东　进

叶炜 · 著

DONG
JIN

浙江工商大学出版社 · 杭州 ·
ZHEJIANG GONGSHANG UNIVERSITY PRESS

山东城市出版传媒集团·济南出版社 · 济南 ·

图书在版编目（CIP）数据

东进 / 叶炜著. — 杭州：浙江工商大学出版社；
济南：济南出版社，2023.3
ISBN 978-7-5178-5260-5

Ⅰ.①东… Ⅱ.①叶… Ⅲ.①长篇小说—中国—当代
Ⅳ.①I247.5

中国版本图书馆CIP数据核字（2022）第238025号

东　进
DONG JIN

叶炜　著

出 品 人	郑英龙
策划编辑	任晓燕
责任编辑	任晓燕　丁洪玉
责任校对	夏湘娣
封面设计	杭州望宸文化传媒有限公司
责任印制	包建辉
出版发行	浙江工商大学出版社
	（杭州市教工路198号　邮政编码310012）
	（E-mail：zjgsupress@163.com）
	（网址：http：//www.zjgsupress.com）
	电话：0571-88904980，88831806（传真）
排　　版	杭州彩地电脑图文有限公司
印　　刷	杭州高腾印务有限公司
开　　本	710 mm × 1000 mm　1/16
印　　张	21.75
字　　数	242千
版 印 次	2023年3月第1版　2023年3月第1次印刷
书　　号	ISBN 978-7-5178-5260-5
定　　价	108.00元

目录

MU LU

第一章 斗鹌鹑

1

　　刘玉胜一手把着鹌鹑一手背在身后，哼着拉魂腔步履轻盈地走在去往县城大寺庙的路上。他手里的鹌鹑不时地探出脑袋，用尖如鹰嘴的喙轻轻啄着刘玉胜的拇指肚。刘玉胜从腰间的鹌鹑袋里捏出一撮小米粒，手刚要喂到鹌鹑的嘴中却又缩了回去，自言自语地说了句："得饿着你哩！待会儿还要看你逞能咬哩！"他手里的这只"白堂"已经把玩了近三个月，早已互相熟悉彼此的脾性。

　　立冬那天，佃户刘三喜在离马鞍山不远的小邾国倒塌的城墙里捉到了这只黑嘴白须的鹌鹑，像是得了宝贝一样，喜滋滋直奔刘家大院。见到刘玉胜就浑身哆嗦，激动得说不出话来，指着手里的鹌鹑直抹眼泪。刘玉胜看到他手里的家伙，两眼也放出光来："大个'白堂'！好东西哪！你在哪里捉到的？"刘三喜哆嗦了半

2 东 进
(DONG JIN)

天，终于冷静下来，语无伦次地说："就在马鞍山脚下的小邾国古城墙下面，一个盗洞的草窝子里，正骚情着呢，被我撵上了！三爷，这个小东西可是带着小邾国的灵气哩！也不知那古城墙底下埋着什么好宝物，暗夜里成群的人都偷偷去那里东挖西挖的！到处都是盗洞！现在盗洞里藏满了鹌鹑。"愣了一下，他又说："三爷，就冲这么大个的家伙，俺明年的租子是不是可以免了？"刘玉胜小心翼翼地从刘三喜手中拿过鹌鹑，不耐烦地朝他摆摆手："免了免了！俺说话算话！有了这只'白堂'，明年你打的粮食全都归你！"话音未落，刘玉胜的老爹刘老太爷颤巍巍地从屋里走出来，远远地用拐棍指着刘玉胜，嘴唇上方的白胡须抖动了半天，口齿不清地说了句："败家玩意儿，整天只知道斗鹌鹑斗鹌鹑，早晚有一天你得把这个家斗败了！"刘玉胜不理老爷子的话，拉着刘三喜进了书房，把鹌鹑去了。刘老太爷干瞪眼没办法，谁让自己从小就宠这个小儿子呢！他大概做梦也不会想到，用不了多久，一路东进的八路军先遣队就会在运西抗日根据地进行土地改革，收佃户租子的"好日子"再也没有了。

今天是大"白堂"的第一次"开斗"，因是"破嘴"，刘玉胜特地选了个黄道吉日。设在大寺庙的斗鹌鹑场，每逢三六九开张，和逢集一样。今儿个逢六，六六大顺。刘玉胜从小到大别无所好，除了军务就好把鹌鹑这一口。他在老刘家排行老三，上有大哥刘美珠、二哥刘美行。三兄弟在运西一带都赫赫有名，刘老太爷在古城的势力又是首屈一指，就连古城县长刘本功也一度靠着老刘家的势力才能站稳脚跟，何况古城的重要关隘围寨现如今就靠刘玉胜守着。这么说吧，仨兄弟在城东头跺一跺脚，城西头的人都能感觉到地动山摇。其实，更让人惧怕的是刘老太爷的兄弟刘二，他早年在抱犊崮山区落草，如今已是整个鲁西南地区响当当的山大王。大土匪刘二轻易不下山，更不到运西来。但只要有他在，除了八路军，刘老太爷在运西的地位就无人能撼动。

远远地看见了大寺庙。时间还早，赶集的人不多。路上，零零散散走着几个人，看到刘玉胜，都有意无意地绕着走。刘玉胜长得一点儿都不凶，相反，眉清目秀，甚至气宇轩昂。他的个子既不像大哥刘美珠那样魁梧，也不像二哥刘美行那样厚实，整个人看上去文文弱弱，打眼就是一白面书生。他唯一的毛病就是爱绷脸，不爱说话，见了谁都不兴打个招呼。只有把着鹌鹑，他才会滔滔不绝地自言自语。说穿了，大家不是怕刘玉胜这个人，而是怕他背后的刘家势力。老刘家好像孙猴子能七十二变一样，不论是谁的天下，他们总能稳坐钓鱼台。

往常，刘玉胜出来斗鹌鹑时喜欢带着刘三喜。刘三喜比他小一岁，从小光着屁股一起玩，长大了也形影不离，他整天跟在刘玉胜屁股后面晃悠，像是一个小跟班。高兴的时候，刘玉胜会给他减些租子，作为对他的奖赏。这个奖赏很丰厚，刘三喜当然是乐不可支。但自从去年娶了媳妇，这小子就再也没有跟着刘玉胜当小跟班的劲头了。他除了下地干活就是老老实实地回家偎着媳妇，过的是"三亩地一头牛，老婆孩子热炕头"的生活。刘玉胜说他是贪恋女人身子，成不了大事。刘三喜总是笑嘻嘻地说："俺本来就不想干大事嘛！再说大事都是恁这样的爷干的！哪轮得着俺们这些草民哪！"没了跟班也好，刘玉胜出来进去更随意了。

大寺庙里很安静。刘玉胜知道战斗已经开始了，脚下不由得加快了步子。挑开门帘，一股浓重的酸腐味扑面而来。只见满当当一屋子的人，个个都伸长了脖子，瞅着中间的大簸箕。两只凶猛的"白堂"正在上下腾挪，互相撕咬，斗得正欢。他们的主人眼珠子都暴突了出来，屏住呼吸，张大了嘴巴，踮着脚尖，鼻翼翕动。屋子里的烟雾此时仿佛凝固了一样，静止成了一张旧历的年画。刘玉胜吸溜了两下鼻子，蹑手蹑脚地凑上前。旁边的人听到他的动静，点头哈腰，小声说了句："三爷来了！"刘玉胜摆摆手，示意他们莫出声，指指手里的鹌鹑，再指指大簸箕。大家瞬间明白过来，看来今儿个刘三爷带了真货，肯定要大战一场。

大簸箕里的两只鹌鹑此时已经渐渐现出胜负。一片片被啄掉的羽毛在空中飞舞着，它们不停地发出叽叽吱吱的叫声。有一只显然已经处于下风，毫无章法地扑棱着翅膀，躲闪着另一只的进攻。那只咬得很凶的鹌鹑的确有些看家本领，只见它步子稳健，跳跃不急不躁，专咬对方的头顶，那里已经没有一片羽毛了，被划出了道道血痕。此时，处于下风的鹌鹑突然发出一声哀鸣。主人终于熬不住了，伸手把住了那只垂死挣扎的"白堂"，叹息了一声，随手把鹌鹑抛向了空中。那只鹌鹑扑棱了几下翅膀，哀鸣了两声，循着窗户的光亮飞出了乌烟瘴气的屋子。咬败的鹌鹑斗败的鸡，败下来的鹌鹑从此会吓破了胆，再也没有了斗性，终生不敢和任何鹌鹑再斗，只能郁郁而终。主人也只能将其放生或者当场摔死。斗赢的那只则变得更加趾高气扬，不可一世。

大家见这只"白堂"的确凶猛，一时间都不肯拿出鹌鹑上场了。刘玉胜推开前面的人群，说了句："起开！让俺来！"人群发出一声好，随即安静下来，众人眼睛齐刷刷盯紧刘玉胜手里的鹌鹑。只见刘玉胜把袖子撸到了胳膊肘子，在大簸箕正中间的位置蹲下来，轻轻捋了捋大鹌鹑头顶上的羽毛。此时，这只大"白堂"早已按捺不住，双目圆睁，死死地盯着簸箕里残留的几粒米。为了保持斗性，刘玉胜已经饿了它整整一天了。对方刚刚打了一场胜仗，当然也是不甘示弱，摆出一副十分轻蔑的样子来。它的主人则目光冷峻，一副忧心忡忡的样子。刘玉胜认得他，是古城大药房赵老板的大公子赵当归，他有个妹子叫赵灵芝，是运西一带有名的大美女坯子。

只见双方准备停当，赵当归和刘玉胜把手中的米粒洒在两只斗性十足的鹌鹑中间。米粒刚刚落地，两个家伙就同时飞腾起来，互相扑咬对方。刘玉胜眼睛一动不动地盯着刚刚获胜的那只鹌鹑，它的胸前有一团斑斓的花纹。这是一只十分凶猛的花"白堂"！斗性十足！轻易不下口，一下口就专拣对方致命的地方咬，以稳、准、狠而著称。没有经验的对手一旦被它啄中，轻则掉下一片羽毛，重则鲜血淋淋。刘玉胜心中暗叹：好一只恶鸟！自己的这一只大"白堂"个子高大，虽说是第一次上阵，斗性却不在对方之下。但毕竟是"破嘴"之战，经验不足，很容易冒进急躁吃亏。好在它很沉稳，看似毫无章法的进攻，其实内里大有玄机。它每次腾挪总是要努力比对方高出一截，这样就能抢占制高点，从高处俯冲当然要比在低处盘旋有利得多。虽然这样下去会消耗很多的体力，但总归比让对方咬住好得多。刘玉胜希望速战速决，久战恐对己方不利。

此时，大簸箕里尘土飞扬，羽毛翻滚，双方均已现出体力不支迹象。刘玉胜看看赵当归，他的额头上冒出了一层细密的汗珠，看样子也是十分着急。忽然，簸箕里传出两声凄厉的叫声，争斗的双方同时啄了对方的头顶，嘴里叼着对方的羽毛，被啄过的地方渗出斑斑血迹。双方仍旧怒目相向，互不示弱，左右腾挪，准备发起新一轮的进攻。人群中发出几声好。几乎与此同时，刘玉胜和赵当归都迅速出手，各自把住自己的鹌鹑，互相抱拳说道："承让承让！"围观的众人见此情形，知道双方这是要休战。此时休战，可谓是恰到好处，再让两只鹌鹑斗下去，必有一方会惨败，从此再也不能战斗。这两只鹌鹑都是稀见之物，如因这次争斗废了斗性也确实可惜。毕竟这还不是秋季的全县大赛，到那时再战不仅有展示自家鹌鹑斗性的机会，还可以得到丰厚的奖赏。

自从把鹌鹑在运西一带以及抱犊崮山区盛行以来，已经成为这里的一个盛大活动。鬼子没有进来以前，每年秋季，霜降以后，秋茬庄稼收割完毕，正是逮鹌鹑的好时节。逮鹌鹑最好是在棉花地，棉花采摘过后，棉秆子还留在田里，那里的鹌鹑最多。逮鹌鹑的人半夜就要起来，背上网，带上鸟笼，扛几根竹竿，来到棉花地，先把竹竿插到地里，把装了母鹌鹑的鸟笼吊在竹竿上，再把捕鸟的网布置在竹竿周围。装在笼子里的母鹌鹑叫"诱子"，为了刺激发情，要把它们挂在灯光下。母鹌鹑一发情就叫，这一叫，躲在野地里的雄鹌鹑就憋不住了，争相从藏身处奔跑而出。在鹌鹑交配季节，哪个跑得最快，哪个就赢得交配权。面对如此具有诱惑力的"美鸟"，雄鹌鹑只能自投罗网。

其实，鹌鹑其貌不扬，叫声也不悦耳，它的最大特点就是好斗。"武大郎把鹌鹑——什么人玩什么鸟。"鲁西南的人喜欢把鹌鹑，是有其历史渊源的。新捉的雄鹌鹑，野性十足，"把"是驯化它们的最好方法。像刘玉胜这样喜欢玩鹌鹑的人，没事就把鹌鹑"把"在手中。其方法是用一只手的无名指和小指夹住鹌鹑的双腿，用大拇指和食指圈住鹌鹑的脖颈，另一只手梳理它的羽毛，捋它的腿，抚摸它的头部。把鹌鹑最重要的是要掌握好力度，用力大了，会伤到鹌鹑；用力小了，会让鹌鹑挣脱出去。就这样把握个把月，每天把上几个时辰，以增进彼此的感情。鹌鹑会慢慢通了人性，渐渐与主人心意相通，情同手足。

把熟之后，鹌鹑才能去"破嘴"打斗，常胜将军俗称"铁嘴"。在鲁西南斗鹌鹑少则可以赢取小米等粮食，大则可以赢得真金白银。更重要的是，自家把玩的鹌鹑获胜了，作为主人就感觉有了面子，可以在同行间扬眉吐气。这即是把鹌鹑的最大乐趣。

其实，"把鹌鹑"是如此，"把人"亦如是。

2

按说时令已经去冬近春，天气应该是慢慢回暖才对。但今年鲁西南天气有些怪，该冷时不冷，该暖时不暖。比如过年那几天，往年都是大雪纷飞，今年却是艳阳高照。年过完了，天又开始冷起来，一晃冷了都好几个月了。刘玉胜缩着脖子，回味着在大寺庙斗鹌鹑的情形，再摸摸腰间的鹌鹑袋，心里琢磨着再把玩把玩，多斗几场，兴许还能增进些斗性呢。

平常，刘玉胜率领一众手下驻守在古城围寨，偶尔也会住回到县城东头的刘家大院。那是一个三进青砖黛瓦的大四合院。在这个规模不算很大的县城，刘家大院看上去很有些打眼。只见大门口蹲了两个大麒麟，威风凛凛。门楼则是挑高的两层飞檐，两边宽大的门框上贴着"忠厚传家远，诗书继世长"的大红春联。门楼上方挂着一块金银镶边的匾额，上书"耕读传家"四个金光闪闪的大字。进门是一个"一统河山"的照壁，雕刻着松鹤延年的吉祥图画。

刘玉胜进去的时候，大哥刘美珠正蹲在照壁旁边劈柴。他光着膀子，嘴里哈着热气，身旁的柴禾堆成了一座小山，看样子已经劳作了大半天了。这种体力活按说都可以交给下人们去做，但老爷子持家有方，事必躬亲，自己上了年纪以后，就让三个儿子亲力亲为。大哥刘美珠从小就喜欢出力，家里大小活计，无论粗活重活，几乎全由他一人担了。刘玉胜很敬重这个大哥，从小到大刘美珠也总是护着他这个弟弟。刘玉胜大声喊了句："大哥，要不要俺帮你？"刘美珠看了他一眼，又瞅了瞅他腰间的鹌鹑袋，再看看他脸上略有不悦的表情，笑呵呵地说了句："看样子今天没尽兴吧？人和鸟都耷拉着脑袋！"刘玉胜笑笑："倒也没输！打了个平手！"刘美珠劈完最后一块木头，起身，拍了拍身上的木屑，对刘玉胜说："洗洗手，赶紧去屋里吃饭。都等着你呢！今儿个家里有客人，爹把县城最有名的厨子张麻子请了来。你嫂子她们这会儿都在锅屋里帮厨呢！"刘玉胜愣了一下，是什么客人，这么兴师动众？刘美珠从照壁后面的水井里压了一桶水，哗啦一下倒进一个大木桶里，蹲下身子，招呼刘玉胜也过来洗。刘玉胜解下腰间的鹌鹑袋，小心翼翼地挂到旁边的桂树枝上。

"是给你说媒的媒人！"刘美珠笑出了声，"爹为了让你放心，特地请来了远近闻名的李媒婆，说是要给你说个好媳妇，来管好你呢！爹连县长刘本功都请了来！"刘玉胜正洗手，此时僵住了。他支起耳朵听了听后院的动静，里面不时有爽朗的笑声传来，看样子大哥没唬他。他嘟囔了一句："谁说俺要娶媳妇了？俺还要带着队伍打仗呢！"刘美珠笑道："你个憨货！光知道打仗打仗，带着队伍打了这么多年，都二十大几的人了，还没成个家，这成何体统！你不急，咱爹可着急哩！这次，他是铁了心要给你找个女人收收你的心哩！这不，瞒着你把帖子都换过了，八字也都看过了！"愣了一下，他又说道："你知道李媒婆给你说的谁？是古城大药房赵老板的小女儿赵灵芝！李媒婆说那可是一个远近闻名的小仙女！"大哥的话并没有让刘玉胜有多高兴，他当然知道大药房的赵老板，那是古城赫赫有名的良医。赵灵芝自幼跟着她爹学得一手好中医，据说其本领比她爹和大哥都强，只不过从来不出诊罢了。他不痛不痒地嘟囔了一句："今儿个在大寺庙刚和她大哥赵当归交过手！"

堂屋内，菜已上桌。满满当当一大桌子，有猪肘、羊腿、蒸鸡、大虾、鲑鱼、鹅翅、鸭脖，微山湖里的四眼鲤鱼，还有一盘刘玉胜最喜欢的马鞍山上的野兔子肉！素菜有炸丸子、炖老豆腐、炒笋片、凉拌藕节、油炸花生，旁边还摆了一碟豆腐乳和老咸菜疙瘩，那是刘老太爷一辈子的挚爱！家财万贯，独爱咸菜。在鲁西南，女人吃饭是不上桌子的，包括大嫂二嫂在内，她们只能在锅屋里另开一桌。但李媒婆除外，她是家里的贵客，不但要上桌，还要坐在老爷子的右首边，连县长刘本功都要屈尊在左首。不过，这样的待遇也就这一回。想当年，给大哥刘美珠和二哥刘美行说媳妇的时候，李媒婆也只是坐在下首而已。看来，这次给小儿子说亲，老爷子是非常重视的，不然也不会在这个时候就招来李媒婆，并且惊动了县长刘本功。刘本功一直不说话，他一会儿看看刘老太爷，一会儿看看李媒婆，一会儿看看刘玉胜，脸上始终挂着高深莫测的微笑。这和他平时的样子不太吻合，刘玉胜感觉此中必有蹊跷。

菜上齐了，摆的是四个碟子八大碗，外加四大件头鸡二鱼三丸子四肘子。八大碗是八个扣碗，大口锅大火一起蒸出来的。此时刘老太爷颤巍巍地端起酒杯，嘴角抖动了两下，说道："有劳李媒人费嘴费心，把赵家的姑娘说给俺家老三，俺们首先要敬你三杯！"李媒婆用一刻也不离手的红手帕遮住嘴，哈哈笑着说："老爷子莫要客气！这是俺的本分！只是那赵家小姐身子确实金贵，俺不知费了多少唾沫星子，才说动她下嫁到咱们这里来！在这个事儿上，当爹的都当不了姑娘的家！"刘老太爷颔首说道："人家毕竟是药房赵老板的千金嘛！"说着，老爷子转脸看着刘本功。刘本功笑笑："你们一个是书香门第，一个是中医世家，很般配！来，我也敬李媒婆一杯！"李媒婆接过话头说："这杯酒可不敢当！刘县长来到了咱古城，咱们这儿才有了太平日子，该我敬县长才是！"说着，李媒婆看看一直不说话的刘玉胜，又说："你看咱们家玉胜一表人才，要不是前朝废了科举，老三一定是早就中了举人了！再说了，老三在外头这些年，见多识广，什么世面没见过？现在又参加了刘县长的队伍，更是前途无量啊！那赵家姑娘嫁给咱家老三，也是她修来的福分！"不愧是靠嘴吃饭的媒婆，一席话说到了刘老太爷的心坎里了，他对刘玉胜说："还不快给李媒人敬酒！"刘玉胜平素也不怕老爷子，对他的话也是有一搭没一搭地听着。但今儿个当着众人的面儿，他不敢造次。尽管心里一百个不情愿李媒婆给自己说媳妇，但他面上还是装出一副诚惶诚恐的样子来，毕恭毕敬地给李媒婆敬了两杯酒。

李媒婆注意到了刘玉胜的目光，不动声色地哧溜一声喝了酒，竖起大拇指夸刘玉胜人才两好，和赵家姑娘真是郎才女貌、天作之合！说罢，李媒婆转脸问老爷子："下定的日子也定了，咱们准备何时迎亲呢？"老爷子沉吟半晌，说道："还得麻烦李媒婆询下赵姑娘的小日子，看定在雨水如何？"《月令七十二候集解》："正月中，天一生水。春始属木，然生木者必水也，故立春后继之雨水。且东风既解冻，则散而为雨矣。"雨水前后，鸿雁南来，草木萌动。此时节，柳絮飞落，杜鹃夜啼，牡丹吐蕊，樱桃红熟，正是万物生长的最佳时节。说罢看了看刘本功。刘本功点点头，说道："这个时节寨子上也没有什么事，玉胜可以安心成亲。"李媒婆见状，乐呵呵地说："老爷子上懂得天文，下识得大礼，大喜的日子就这么定了！俺明儿个就去大药房和女方合下大小日子，也让赵老板有个准备！富贵人家嫁娶，可不比俺们平头百姓，要庄重讲究得多！"

此时刘玉胜早已心烦如砧板上的鲇鱼，只想快点离开这令人气闷的屋子。他最喜欢的还是待在寨子里，看手下的人练兵。不带兵时他宁愿和鹌鹑打交道，也不愿意和人说话。尤其是李媒婆这样的男人相女人身的人，说话时嗲声嗲气、手舞足蹈，直让他反胃。他心里记挂着那只"白堂"，便找了个去锅屋盛菜的由头，想去把鹌鹑。大哥二哥明白他的心思，纷纷起身给李媒婆和刘本功敬酒，推杯换盏起来。

锅屋里很安静，大嫂柳梢和二嫂新月正围在锅屋小桌旁小心翼翼地嚼着鲑鱼。她俩看到刘玉胜，向他招手说："三弟快来，瞧今天这鱼，新鲜着呢！张麻子特意多炖了几条，这么多俺们可吃不完。"因为刘玉胜和大哥二哥年龄悬殊，加上老娘死得早，俗语说长嫂如母，两个嫂嫂平时都很照顾他，把他当小孩子一样看待。这回刘玉胜也说媳妇了，两位嫂子忍不住拿三弟开玩笑，说转眼小三子都长成大男人了！刘玉胜本来都已经走进锅屋了，听到嫂子取笑自己，脸色通红，转身就走。大嫂柳梢呦了一声："小三竟然也知道害羞了！"二嫂新月吃吃笑着说："等那个赵家姑娘上了门，他就不害臊了！"

　　两个嫂子一个是山前伏里村的大户，一个是山后陈家的独女，都生得天仙一般。她们一个是国字银盘脸，一个是瓜子美人相，在运西一带小媳妇里面，都是数一数二的人尖儿。奇怪的是，两人过门这么些年，肚子一直没见什么动静。刘玉胜估摸着老爹之所以这么急着给自己说媳妇，不光是为了让自己收心持家，更是想早日抱上孙子。毕竟老爷子的年龄已经不小了，对自己的身后事也早已有了准备。问题是大嫂二嫂为何这么多年都不能生养个娃呢？难不成是她们身子有恙？但不可能都有问题啊！或许是大哥二哥有问题？这个可能性不能说没有。因为他们都是一根血脉，不排除是家族遗传的问题。如此一来，检验这一谜团的任务就落到了刘玉胜身上了。如果他和赵灵芝有了娃，那就说明不是家族遗传的问题。如果赵灵芝嫁过来以后也不能生养，那问题就大了。刘家的传宗接代就遇到了大麻烦，这无疑会给老爷子一个致命的打击。他这一辈子心心念念的就是香火旺盛，子嗣繁衍。他对刘玉胜三兄弟最常说的话就是：不孝有三，无后为大。如果老刘家在三兄弟这里断了后，无疑就等于要了他的老命。他呕心沥血勤勤恳恳一辈子，积攒下来的家产和钱财就没有了任何意义。想到这些，刘玉胜顿觉肩上又压了一副担子。他知道或许往日那样优哉游哉把鹌鹑的日子就要一去不复还了！

　　张麻子炒完了最后一道菜，从锅屋里出来，他一会儿背着手，一会儿摸摸锃光发亮的光头，慢慢向刘玉胜这边走过来。刘玉胜拿眼睛余光瞟了瞟他，继续给手中的鹌鹑喂着米粒。张麻子年龄比刘玉胜大了十几岁。从小到大，都是听人张麻子张麻子的叫，刘玉胜也不知道他本来的名字是什么，而且一直以为他脸上一定是长满了麻子，哪知道张麻子的脸盘比谁都干净，看上去不像个厨子，倒像县中教书的先生。

张麻子很小心地靠近刘玉胜，生怕惊动了他手里的鹌鹑。他有点儿讨好地说道："三爷咋不在堂屋陪客呢？今天可是你的大日子！"刘玉胜看也不看他，撇撇嘴角说道："还不知能不能说成呢！"张麻子笑笑："饭都吃了，好处也拿了，岂有不成之理？再说了，就李媒婆那张说破天的嘴巴，啥事不能成？"说过这话，张麻子忽然意识到有些不妥，改口道："三爷一表人才，在咱们古城一带可说是青年中的人杰，哪个姑娘嫁过来都是福分呢！"刘玉胜抬头看了看张麻子，指指锅屋里的大嫂和二嫂，说道："福分不福分，你去问问她们！"张麻子不好接话了，有些尴尬地摸了摸光头，呵呵笑着说："俺们就盼着喝三爷的喜酒哩！到时候恁要是不嫌弃咱这手艺，咱愿意过来给三爷帮厨！"刘玉胜点点头，给张麻子看了看手里的鹌鹑，说道："它刚刚和赵当归的'白堂'咬过，打了个平手，也不知道赵当归嫉恨不嫉恨咱？"张麻子瞅了瞅那只精神抖擞的大鹌鹑，说了句："斗鹌鹑嘛，斗完就散了，谁还能嫉恨不成？再说了，赵当归是赵当归，赵灵芝是赵灵芝，两人不是一码事嘛！"刘玉胜心里想：也不知道这个远近闻名的赵灵芝到底长啥样？见过她的人都说她美若天仙，可天仙又是长得啥样？他悄悄看了一眼正在锅屋里说话的大嫂和二嫂，心说有她们的一半就行了！

这时，刘本功从堂屋里走出来，看到刘玉胜在喂鹌鹑，就朝着刘玉胜这边走来。张麻子很识趣地回了锅屋，刘玉胜赶紧迎上去，说道："今天有劳刘县长了！也不知道家里的饭菜合不合恁的胃口？"刘本功摆摆手，笑着说道："咱叔侄都是自家人，客气啥嘛！鲁西南的菜好吃着哩！你这个家伙，今天你是主角嘛，干嘛老躲着啊？"刘玉胜略显尴尬地笑笑："俺讨厌李媒婆那张嘴！"刘本功笑笑说："天下媒婆一个样，哪个说起来不是滔滔不绝天花乱坠？不能说会道还能做媒婆吗？"说完自己哈哈笑起来，刘玉胜也跟着笑。刘本功继续说："这段时间看你情绪不太高，上头的人很关心你啊！让我转告你，男大当婚女大当嫁，你这个年纪也该成家了！再说了，这个婚事咱们队伍上也支持啊，古城大药房的赵老板是个头面人物，你们两家若能联了姻，那对咱们国军在运西的建设是大有好处的！"听话听音，刘本功的话让刘玉胜明白，如今自己这档子婚姻已经不是纯粹的刘家私事，原来上头也很在意！怪不得今天刘本功要屈身过来陪客！

3

古城大药房在古城的正中间位置。药房前面就是县城的中心大道，布满了大大小小的商铺。吃的喝的用的穿的，样样齐全。羊汤馆、丸子铺、鞋袜店、布匹所、杂货铺、粮油店、老茶楼、大戏院，甚或棺材铺、寿衣店等，都集中在这条街上。药房后面就是大薛河。这条河从东边的枣庄沧浪渊顺势而下，过西暨古镇后，穿城而过，一直向西汇入烟波浩渺的微山湖。门口是大路，屋后是大河，人都说大药房占据了古城最好的风水，"生意兴隆通四海，财源茂盛达三江"也就毫不奇怪了。

其实，大药房生意好主要还是药房老板赵一味善经营。赵一味早年跟着京城的大国医练过手，见多识广，精于中医之道，对各种药材了如指掌。他从京城来到古城，看到此地有山有水，物脉、人脉俱佳，就在古城沿街置下了房产，开了商铺，挂出了"古城大药房"的牌匾。开张那天，刘本功也来了。只见他戴着那顶标志性的大礼帽，发表了一通"实业救国乃伟业，治病救人是善举"的冗长大论。赵一味初来乍到，药房开张竟能让县长出面撑场子，也算是在古城出了个大风头，放了足足三刻钟的大炮仗。据说，牌匾上的"古城大药房"五个镏金大字出自京城四大国医之一的孔伯华之手。就冲着这个金字招牌，一开业来药房看病就医的人就踏破了门槛。赵一味在古城站稳了脚跟，药房生意越做越大。他先后娶了两房太太，都好景不长，相继难产离世，留下一儿一女。因命硬克妇，赵一味也就没有再续弦，请了个奶娘兼做用人，将赵当归和赵灵芝这一双同父异母的兄妹带大成人。

赵一味一心想把医术传给儿子赵当归，无奈赵当归沉迷于斗鹌鹑，整日往来于大药房和大寺庙之间，根本无心钻研什么药理医术。倒是小女儿赵灵芝，从小聪慧伶俐、记忆超群，但凡中药名称，只要过眼就能牢牢记住。更妙的是她有一双巧手，抓药从来不用戥子，一抓一个准，此等本事就连赵一味也甚为叹服。尽管如此，赵一味却从来不让赵灵芝在柜台露面，只让她在后院药房仓库熬药、配药和晾晒。此时古城已颇有民国现代气息，街面上时常可以看到未出阁的女儿三五成群结伴闲逛。按说赵灵芝在前面柜台露面也无不可，何况药房顾客多时，仅靠两个小学徒，人手常常不够，放着现成的抓药"圣手"不用，确实让人不解。

赵一味自然是有自己的打算，这里固然有赵灵芝容貌惊为天人，实为绝难见到的美人坯子之缘故，更有赵一味的私心。既然赵当归不争气，无法继承他的衣钵，他就不得不把希望放在赵灵芝身上。因此，他不想让赵灵芝太早出阁，即便是不得不成亲，他也一度想招一个上门女婿。但招婿在古城自有一说，一般只有膝下无子者才可采用此俗。赵家明明有男丁，怎可破此俗规？就这样犹豫不决间，眼见着赵灵芝即将错过出阁的最佳年纪，已年方二八的她再不出嫁可就真成了古城街上的老姑娘了。

尽管如此，当李媒婆上门给刘玉胜提亲时，赵一味也没有一口答应下来，而是拐弯抹角地问李媒婆："这个老刘家的老三可愿意当上门女婿？"李媒婆面露难色："老刘家那可是方圆百里的大户人家，这事恐怕难以应承。"赵一味头也不抬："老刘家不是兄弟三个吗？"李媒婆眼珠子转了转，说道："您老人家膝下有男丁赵当归，难有女婿上门的说法吧？"赵一味半晌不作声，最后说了句："刘家那后生我没见过，听说也和当归一样，喜欢把鹌鹑。这可不是什么好喜好。"李媒婆见赵一味松了口，心中暗喜，随口撒了个谎："那娃早不把鹌鹑了！现在跟着刘县长的队伍可风光呢！咱以后的日子就靠他们哩！"赵一味皱皱眉头，回后院和赵灵芝说了，赵灵芝羞红了脸说："俺都听爹的！"这婚事于是就勉强应承下来。等李媒婆再来，赵一味就收下了礼金，这婚事算是铁板钉钉了。

转眼雨水将至，此时天气乍暖还寒，整个鲁西南地区尚有北风呼啸。随着迎娶的日子越来越近，老刘家一片喜庆，几乎大半个运西的人都行动起来了。该送礼金的送礼金，该送布面的送布面，手头不宽裕的就用牛羊猪鸡鸭鹅代替，总之是要趁此机会好好热闹热闹。这动静迅即传到了整个鲁西南地区，也惊动了盘踞在抱犊崮丛林中的山匪刘黑棋。

婚嫁之事不可马虎。老刘家这边提前三天就搭好了喜棚，早早地请来了方圆百里最好的崔家唢呐。张麻子也在提前搭好的厨屋里忙活起来了，开始杀猪宰羊，准备大菜。没几个时辰，那里就飘出浓重的肉香。大喜之日前一天，赵一味将赵灵芝的嫁妆派人用牛车送了来。赵一味是大药房的老板，赵灵芝又是他唯一的宝贝女儿，嫁妆当然是六十四抬的"全堂"。从这一天开始，赵灵芝基本上不吃东西不喝水，实在饿得慌就吃两个鸡蛋充饥。鲁西南姑娘出嫁有个习俗，要求新娘在同房之前不得下地。为避免不得已的尴尬，赵灵芝只好如此。虽说她不是思想守旧的姑娘，但当地的风习古礼还是必须讲究的。

迎亲的日子到了。

刘玉胜骑着高头大马，后面跟着八抬大轿，一路吹吹打打从刘家大院来到了古城大药房。如果说人生真有四大喜"久旱逢甘雨，他乡遇故知，洞房花烛夜，金榜题名时"的话，刘玉胜现在算是占了两个。他从县长刘本功的亲戚一跃成为驻守要塞关隘围寨的头儿，肩负着和县长刘本功一起驻守古城的重任，这可算是"金榜题名"；今儿个又将迎娶运西第一大美人赵灵芝，可谓"洞房花烛"。俗语说人逢喜事精神爽，刘玉胜骑在大马背上，不时地低头看看胸前的大红绸，生怕红绸歪了，掉了。方圆百里最美的姑娘即将成为他的女人，刘玉胜心里自然是激动万分翻腾不已。他此时的心情如同在大寺庙里斗鹌鹑，一会儿上一会儿下，有点期盼也有点担心。期盼的是赶紧抱得美人归，担心的是会不会受到山上的土匪干扰。这几年运西地区土匪横行，每每遇到男婚女嫁，这些人常常不请自来，抢人掠物。最厉害的那个刘黑棋早就放出狂话来，凡娶亲者必须先给他上供，上供金额依据各家财力不等。遇到姿色甚佳的新娘，刘黑棋还常常掠去先行"开苞"三天，谓之"破处"。此前，古城街上茶楼金老板的女儿出嫁，由于事先没有上供银两，新娘子前脚刚上轿后脚就给抢了去，直到三天之后才被送下山，此时的新娘已是下体肿烂奄奄一息。刘老太爷也曾有过这方面的疑虑，但此前老大刘美珠和老二刘美行娶亲时都安然无恙。想来那时刘黑棋多少也顾忌到刘家的势力，毕竟寨子里有几百条枪哪。现在刘玉胜又驻守围寨，贵为保卫团团长，那土匪再猖獗，也不至于会铤而走险。再说刘玉胜的二叔刘二也在抱犊崮落草多年，刘黑棋以及山上的其他土匪总得掂量掂量吧。赵一味肯把宝贝女儿嫁给刘玉胜，可能也是考虑到这些上上下下左左右右的关系。

古城大药房人声鼎沸，一片欢声笑语。经过这些年的苦心经营，赵一味在古城已是数一数二的头面人物，整个古城做生意开店铺的差不多都送了贺礼。因为人太多，这场喜酒摆满了街上最大的两家饭庄，就这还要连走两场流水席才行。那边刘玉胜迎亲的队伍一进街口，这边就放了烟花礼炮，动静不可谓不大，场面不可谓不阔。迎亲的花轿在药房门口落定，刘玉胜偏腿下了高头大马，朝四方宾客拱拱手，一撩衣服前摆，进了药房大门，拜过赵一味。此时赵灵芝正端坐在闺床上，蒙着红盖头。在一个妇人的示意下，刘玉胜给新娘赵灵芝穿好绣花鞋。遵照新娘脚不落地的习俗，刘玉胜蹲下身子，让新娘子趴到自己背上，再小心翼翼地起身。他的手托住赵灵芝的大腿根，隔着嫁衣仍能感到她身体的阵阵悸动。刘玉胜顿生怜香惜玉之心，小声说了句："莫怕，有俺护着你哩！"赵灵芝不说话。刘玉胜的耳旁一阵温热，那是赵灵芝的喘息。

把新娘背上轿，唢呐声起，迎亲的队伍浩浩荡荡往回返。队伍过了大寺庙，眼看就要到了古城东头，刘玉胜和迎亲的人都松了口气。刘家大院人来人往，大红灯笼高高挂在院子周围。院子中间的香案上摆满了各种贡品，正中间放着一个硕大的猪头。两根缠满喜字红纸的烛台燃得正旺，烛台旁一炷高香烟雾缭绕。香气弥漫整个大院。妇人们早就备好了花生谷物，待刘玉胜背着新娘一进家门就抛洒开来。大嫂和二嫂各守一边扶着新娘，在香案前站定。一阵鞭炮过后，乐声阵阵响起。李媒婆眉开眼笑站在香案一旁。县长刘本功亲自主持婚礼，只听他高呼："一拜天地，二拜高堂，夫妻对拜，送入洞房。"

新娘入了洞房，流水大席随之开始。老刘家在运西是大户，来帮忙的人足有上百号，加上队伍上的代表，流水席至少要续上三堂。这可忙坏了张麻子。只见他顶着满头大汗，一手颠勺，一手挥铲，还不停地指挥着手底下的年轻后生奔来跑去。刘三喜等几个年轻的佃户也都在厨屋里帮忙，颠勺炒菜这样的大活儿他们干不了，择菜洗碗的小活儿都是行家里手。那些负责端大盘的人最是辛苦，在喜棚和厨屋间来回穿梭，脚底生风，忙得不亦乐乎。响器班子起劲地吹着唢呐，一会儿《百鸟朝凤》，一会儿《抬花轿》，唢呐声响彻云霄。吹的人神采奕奕，听的人如痴如醉，把整个婚礼烘托得好不喜庆热闹。刘老太爷陪着赵一味等人坐在堂屋正席，推杯换盏，举杯同贺。张麻子使出了浑身解数，拿出了看家本领，做了几十道地道的鲁西南土菜，凉菜就有姜汁藕、酱豆腐干、葱油腐竹、拌三丝、蒜撅鸡蛋、芝麻盐、调老咸菜、蒜泥肚条、猪头冻、酱肚肝、虎皮辣椒、爆腌肘花、辣猪蹄、芹芽生仁等，八个碟子十个碗，都一一在那里摆着。还有热菜白菜粉条熬肉、豆糊、萝卜熬粉条、烀四角门、绿豆鲫鱼饼子、山药炖羊肉、炒辣子鸡、薄皮辣椒炒鸡蛋、菠菜鸡蛋粉皮、大酥肉、豆芽熬粉条、小酥肉、萝卜炖兔肉、香菜根炒辣椒、芹菜段炒湖虾、炸萝卜丸子、辣椒豆煎鸡蛋、炒素鸡丝、清汆丸子等等。面点和汤类则有豆腐卷、萝卜卷、荠菜包子、香菜煎饼、葱油饼、杂面条、绿豆汤、豇豆汤、小扁豆汤、豆钱汤、萝卜丝疙瘩汤、瓜干绿豆小米汤、三汁糊涂、榆钱汤、丸子汤等等。这些美味，让来吃大席的人都大呼过瘾！

正热闹着，忽听得门外传来一阵混乱的马蹄声，接着是几声枪响，只听见有人高呼："刘黑棋来了！"一院子的人闻听此言，全都目瞪口呆，继而发出几声尖利的叫声，有的抱头钻到桌子底，有的急慌慌跑进厨屋，有的哧溜躲进茅厕……只有刘玉胜弟兄三个极为清醒，并不慌乱。三个人迅即从照壁后面的柴禾垛里摸起短枪，刘玉胜对大哥刘美珠喊道："大哥保护爹和县长！"又对二哥刘美行说，"二哥掩护女眷！俺去挡刘黑棋的队伍！"说完，边朝大门外跑边招呼保卫团的人："大伙跟俺上！有家伙的摸家伙，没家伙的快去寨子里报信！"但还是晚了一步，刘黑棋带着山匪已经冲到了大门前，刘玉胜只打了两枪就被刘黑棋的大马踢倒在地，他的腰部受了重重一击，随即便趴在地上不省人事。冲在前面的保卫团还没来得及打枪，就一个个被挥舞着大刀的土匪砍翻了。其余的人见土匪凶神恶煞，一时间吓得不敢上前，只好缴械投降。

土匪刘黑棋仰天大笑，指着满院子吓得屁滚尿流的人吼道："今儿个老子只想掠走美人，不想大开杀戒，尔等最好老老实实趴着，哪个敢动老子就先砍哪个！"话音未落，只听见一个老者的声音传来："刘黑棋，你好大的胆子！"说话者正是刘老太爷，只见他颤巍巍一步一步从堂屋走出来，刘美珠伸手想拦却被老爷子打了回去。刘美珠没办法，只好一手拿枪一手搀扶着老爷子走到刘黑棋面前。刘黑棋看到老爷子的气势愣了一下，他没想到会有人敢反抗。刘老太爷指着刘黑棋训斥道："刘黑棋，今儿个是俺家小三儿大婚的日子，你来贺喜俺们欢迎，若是来捣乱，那你就打错了算盘！你若是敢轻举妄动，俺们家老三在围寨的队伍你不是不知道！他手底下的几百条枪可能把抱犊崮踏平！"哪料到刘黑棋根本不吃这一套，他冷笑两声，说道："俺要是怕就不来了！老东西少废话，把大美人交出来，这是俺定下来的规矩，你们不是不知道！这规矩既然定下来了，你老刘家也不能改！把新娘子交出来让俺带回山上，三天后原物奉还！"刘老太爷气得浑身发抖，他颤声说道："赵家姑娘已经嫁到俺们家，就是老刘家的人！你若敢动俺们家的媳妇，俺就和你拼了！"见刘黑棋还是不为所动，老爷子又说："你不看僧面看佛面，看在也在抱犊崮落草的俺们家刘二的面子上……"没等老爷子说完，刘黑棋嘿嘿笑了两声，说道："那个刘二正和俺争抱犊崮的地盘呢，俺正想出一口恶气！今儿个来正是要敲打一下这个不知好歹的家伙！敢和俺争，俺先烧了他的后院！哈哈哈！俺倒要看看哪个更厉害！"

此时，一直躲在屋里的赵一味也走了出来。他朝刘黑棋拱拱手，朗声说道："素仰抱犊崮刘司令多侠义之风，想来不至于行那肮脏腌臜之事吧？"刘黑棋闻听此言一愣："你这厮又是谁？"

赵一味笑笑，说道："我乃古城大药房赵一味！"刘黑棋点点头："原来你就是那个良医啊！"说着，刘黑棋从马上下来，走到赵一味跟前，说道："既然赵老板如此识大体，那俺就给你们个面子，限你十日之内筹措三百大洋送往抱犊崮！十日内俺保证不动新娘子半根毫毛！若是过了点儿还没收到大洋，那就别怪俺们不客气了！"说完，刘黑棋大手一挥，手下众喽啰纷纷闯入各屋，搜查新娘和女眷。一时间，女眷们慌成一团，纷纷发出呼救之声。刘老太爷气得直跺脚，昏厥过去。赵一味浑身直哆嗦，却毫无办法。赵灵芝被两个土匪押出洞房，柳梢和新月拼力保护。刘黑棋见状朝众匪大声吼道："将她们一并押往抱犊崮！"

就这样，刘黑棋在众目睽睽之下将老刘家三个儿媳悉数掠往抱犊崮。等刘玉胜等人醒来，一切为时已晚。躲在床底下的县长刘本功躲过一劫，赶忙和强忍腰部剧痛的刘玉胜一起回围寨搬救兵。这边各人忙着给气昏过去的刘老太爷掐人中捶后背，那边赵一味赶紧奔回药房，筹措那三百大洋去了。

俗语说福无双至祸不单行，对于此时的刘玉胜来说，此言或许并不夸张。所有人都没有察觉到，另有一路人马正从延安和山西悄悄向运西围寨一带进发。

第二章　战运西

1

远处的天空灰蒙蒙的，望也望不到头。一圈高高矮矮的群山，为小小的村落构筑了一道天然的屏障。冬末的鲁西南山野，周遭尽是一片衰败的景象。风从山峡间拐了几个弯，变得更加凛冽，吹到脸上像玉米叶子来回往复地拉扯，让人疼痛难忍。眼前小院里干枯的麦秸垛在冷风中发出扑扑腾腾的声音，听上去像在瑟瑟发抖。

也不知道是怎么回事，1939 年的鲁西南的初春特别冷。往年的这个时节，冬尽春来时气温已经开始小幅回升了。但今年，老天爷似乎还沉浸在冬季的严寒里，说什么都不肯回暖。

麦秸垛的不远处，有一个头戴八路军帽，身穿八路军棉服的高个子男人。只见他双眉紧锁，背着手在小院里徘徊。他一会儿抬头看天，一会儿支起耳朵捕捉着屋里的动静。石墙外，一个正在站岗的警卫员脸蛋冻得通红，眼睫毛上落了一层厚厚的白霜。他不时地从大门外往院子里面看看，一副很不放心的样子。这时，一个头戴军帽穿着松松垮垮的军服的红小鬼匆匆忙忙从远处跑来，气喘吁吁地对警卫员小刘说："谷政委还没有动身吧？"小刘点点头，指指里面。红小鬼一头扎进来，喊了一声："谷政委，电报！"高个子男人接过那张薄薄的纸，迅速看了一眼，从上衣口袋里拿出半截子铅笔，在上面一笔一画写下了"谷四喜"三个字。写完了对红小鬼说："告诉陈尔东师长，让他们先走，我随后就到！"红小鬼敬了个军礼，撒开脚丫子就跑开了。

一条大黄狗从麦秸垛后面慢悠悠走出来，懒懒地看了一眼已经跑开的红小鬼的身影，显然它早已经熟悉了这些。它站在原地使劲抖了抖身子，慢悠悠蹲在了屋门口，懒洋洋地看着谷四喜，耳朵不停地跟随着他的来回走动而前后转动着。

谷四喜踱步到院子里一棵老槐树下，身子倚靠在树干上。已经在寒风中来回走了大半个钟头，膝盖疼的老毛病又犯了，加上腰部不时传来阵阵的隐痛，他感到有些体力不支。老槐树此时早已没有了往日遮天蔽日的绿叶，只剩下光秃秃的树枝，向天空伸展着，似乎在无声地诉说着什么。

突然，从紧闭着房门的茅草屋里传出女人痛苦压抑的叫声，声浪一阵高过一阵。另外一个声音更大，在一旁不停地喊着："使劲，闺女，使劲啊！就快好了，就快好了！"

谷四喜眉头更加紧锁，他又开始在院子里焦躁不安地徘徊起来，步子越来越快。边走边不时地看着屋门那边，终于忍不住，靠近了屋门。他几次都伸出手，想推门而进，但犹豫了一会儿终于又缩了回去。大黄狗像无比忠实的卫兵一样，把整个身子都贴在屋门上。它的样子似乎是在提醒谷四喜，此时他只能待在外面。

谷四喜把双手放在嘴巴上，呼呼哈了两口热气。

突然，屋外屋内一片静寂。

大黄狗警觉地竖起了耳朵，站起来，嗅了嗅屋门，呜咽了一声，悻悻地走开了。谷四喜身子紧紧贴在屋门门帘前，侧耳倾听着屋内的动静。

一声婴儿的嘹亮啼哭声从屋内传出。在这寂静的山野里，那哭声显得如此高亢，仿佛是在大声地向整个世界宣示他的到来一样。

听到这小号一样嘹亮的哭声，谷四喜一直紧锁着的眉头终于舒展开了。

大黄狗也兴奋起来，边在院子里徘徊边转头汪汪叫了两声。

这时，一位满脸皱纹的老大娘满面笑容地从屋内走出来，她挑起门帘，双手在衣襟上抹了又抹，咧嘴一笑，露出缺了两颗门牙的黑黑的牙床，不慌不忙地对谷四喜说："生下了，生下了！不是烧锅捣蒜的，是个拉弓射箭的！娘俩都好着哩！好着哩！谷政委快进屋来看看！"

老大娘话音未落，谷四喜早已迫不及待地挑开门帘，一个箭步冲入屋内。

老乡的泥坯土屋过于矮小，屋里的光线很差。加上天气阴冷潮湿，屋内一片黑暗。谷四喜眼睛适应了好大一会儿，才看清屋里的情景。

只见一个脸蛋俊美面色疲惫的女人正斜身躺在床上，身上盖了一层露着棉絮的破被子，额头上铺盖着一层细密的汗珠，在幽暗中闪闪发亮。她的左胳膊正环抱着一个刚刚出生的婴孩。那小小的婴孩被一层大红色的小棉被紧紧包裹着，此时如樱桃般大小的嘴巴正发出似有似无的哼唧声。

这时，天空突然放晴，一缕阳光直直地从糊着白纸的一扇小窗户投射进来，正照在女人半憔悴半微笑的脸上。她的样子看上去就像是延安大教堂里西洋壁画上的圣母。

母子平安，让谷四喜长长地松了一口气。他轻声说道："秦林，辛苦了！"

听了丈夫的话，秦林落了泪。这一年来怀着娃跟着部队在延安和鲁西南之间飞来跑去，真是不容易。马背上的仓促行军，总让她担心孩子能否存活下来。好在，孩子现在看上去很健康。她抬手抹掉眼泪，轻声说："老谷，你快给咱娃起个名吧。之前让你起一个，你总说不知道男娃女娃，现在总该起了吧！"谷四喜略一沉吟，说："其实我这些日子一直在琢磨这事呢！现在我们的部队正在东进，这一路，我们从延安经山西直插山东，即将在鲁南枣庄抱犊崮山区建立自己的根据地。既然孩子出生在此时此地，那就干脆取名东进吧！你说好不好？"秦林点点头，说："好，这个名字好！咱娃就叫东进！希望孩子将来能够记住自己的出生地，听党的话，不断革命，永不忘本，永远前进！"

谷四喜用中指指背怜爱地摸了摸婴儿的脸蛋，忍不住在孩子额头亲了又亲。这是他们的第二个孩子了。两年前，第一个孩子生下来未满三个月就托付给了山西的乡亲抚养，不幸早夭了。现在环境依然十分恶劣，眼前的这个小小的人儿能够健康长大吗？愿老天爷保佑他！此时，那小小的婴孩像是得到感应似的，轻轻发出了两声哼哼。秦林娇嗔地对谷四喜说了句："看你脸上胡子拉碴的，也不刮一刮，都扎着孩子了！"谷四喜笑笑，对秦林说："大部队都已经出发两天了，陈师长也离开了。你身子弱，和孩子暂时都留在老乡这里，要多保重，我要赶紧追赶队伍去了！"秦林有些恋恋不舍但又态度坚决地说："路上要多加小心！这一路向运西抱犊崮山区进发，地形复杂，那里又是鬼子又是土匪的！"愣了一下，又说："你放宽心先走，等孩子满月以后，我们娘俩随后就去跟上队伍！"谷四喜点点头，说："这次党命令咱们先遣队向鲁西南进军，在大后方巩固扩大革命根据地，等于是在日本人和土匪窝子里插入一把尖刀，进可攻退可守！咱们肩上的担子很重啊！东进，创建山东根据地，意义重大！也一定少不了惊涛骇浪和血雨腥风。但再大的困难，咱们也能克服！只要有党在，任何艰难险阻都挡不住咱们八路军！"秦林搂紧孩子，郑重地点了点头，眼光瞄向床头的一个很旧的暗红色小皮箱。那个小皮箱比文件包大不了多少，看上去很结实。这个可是谷四喜最贴心的宝贝，这么多年，不管走到哪里，他都让警卫员随身带着它，可以说是寸步不离。在每一次战斗间隙，别人都在休整，他却常常抱着这个小皮箱躲进安静的角落。秦林常常拿它和谷四喜开玩笑，说谷四喜对待这个小皮箱比对她都要亲！她知道里面装了对于谷四喜来说无比重要的东西。

谷四喜拿起了小皮箱，又恋恋不舍地看了一眼秦林和她怀里的孩子，咬咬牙，一步跨出了门外。小刘正牵着马等在大门口。那匹大白马看到谷四喜，抬抬前蹄，打了一个响鼻，轻轻发出两声嘶鸣。这是部队前不久缴获的最好的一匹马，是陈尔东师长专门叮嘱警卫班留给谷四喜的。谷四喜拍了拍马背，郑重其事地把手里的小皮箱交给了小刘，异常严肃地对他说："小鬼，这一路少不了颠颠簸簸的，箱子里面的东西千万不要搞丢了！"小刘点点头，掂了掂箱子，似乎很轻，里面好像什么也没有装一样。看着小刘一副好奇的样子，谷四喜又说了句："箱子里面有两本书，很重要的两本书，你有兴趣也可以看看，只要别弄丢了就好！"小刘敬了个军礼："是！请政委放心！"

谷四喜骑上马，又恋恋不舍地回头看了一眼老乡的院子，轻轻打了一下马屁股。那马咴儿咴儿叫了两声，撒开四蹄，啪嗒啪嗒追赶队伍去了。只见马蹄声响处，一群群麻雀惊起，扑棱着翅膀飞向高空。

屋里的秦林抱着孩子，听到马蹄声渐远，默默抹了一把眼泪。老大娘拿了一块毛巾，在热水里洗了洗，拧干，递给秦林，说道："你这身子骨，可禁不起眼泪呢，要给娃下奶的！更要小心落下了毛病！"秦林点点头，接过热毛巾，擦了擦脸。看了看怀里的小东进，慢慢露出了慈母的笑容。

随着马蹄声渐渐远去，整个村庄开始向后退，越来越快，最后成为一个小小的黑点。

小刘骑着马紧紧跟在谷四喜后面，一只手握着缰绳，一只手牢牢抱着手中的小皮箱。在高低起伏的群山小路间奔跑了两个时辰之后，人和马都气喘吁吁起来。前面出现一条小溪，泛着白白的雾气。谷四喜勒了勒缰绳，白马慢慢停下来。谷四喜把它牵到小溪边，浑身冒汗的白马低下头，大口大口地饮起了水。谷四喜则蹲在小溪边，撩起水洗了把脸。刚刚解冻的水很凉，却也让人清醒。警卫员也把马牵到水边，自己靠在大树底下休息。他看着谷四喜的背影，终于忍不住好奇，很小心地打开了箱子，却看到里面只有一瓶装满白色药粉的药瓶和两本书。只见最上面一本书封皮写着：中国革命战争的战略问题，作者毛泽东，红军大学印发。印刷的纸张泛着黄色，用的是延安特有的道林纸，字迹看上去有些模模糊糊。

小刘小心翼翼地翻开，书角已经起皱，几乎每一页都有许多圈点、批注的墨迹。可见，这本书不知已被谷四喜翻阅过多少遍了。

2

进入三月，鲁西南天气依然阴冷。因为连续几个月都没有下过雨雪，鲁西南一带的庄稼普遍干旱，眼看着这一茬庄稼即将颗粒无收。

一支长长的行军队伍由远而近，渐入眼帘。走在最前面的，是刚刚追赶上队伍的师政委谷四喜和师长陈尔东等人。

远远地，可以看到一条白光闪闪的干涸的河床。那是中国的母亲河——黄河，因常年的干旱而枯竭了。

部队沿着河床过了黄河，进入了山东境内。

谷四喜骑着马，在河堤上向东看去，是一片一眼望不到边的大平原。本来应该返青的大片麦苗此时因为缺雨，长得蔫蔫的，有的即将枯死。

这时，有几个战士用手摸了摸脸，有些不敢相信似的抬头看天，大声高呼："下雨了！下雨了！下雨了！"

大家一齐高呼起来。

雨点越来越大，越来越密。

谷四喜高兴地对陈尔东说："你看真是天公作美！部队过黄河，黄河干涸；我们过了黄河，刚好下起了雨，多及时！"愣了一下，谷四喜又说："我看啊，对于山东抗战，咱们的队伍也是一场及时雨！"陈尔东点点头，说："是啊，是啊，抗战以来山东一直活跃着不少零零散散的游击队伍，现在时机成熟，毛委员指示咱们千里跃进山东，不啻于在敌人腹地插入了一把尖刀！队伍东进山东以来，一路上得到老百姓的衷心拥戴，可谓是占尽了天时地利人和！"

闻听此言，谷四喜高兴得禁不住大声吟起诗来："好雨知时节，当春乃发生。随风潜入夜，润物细无声。"话音未落，一个人高马大的小伙子骑马过来。他长了一张黑脸膛，浓眉大眼，身体结实得像一块铁板，一看就知道是个山东大汉。他一出口便是大嗓门，他大声对谷四喜和陈尔东说："真他娘的一场好雨！"陈尔东笑笑，说："杨勇啊，我们这个东进队伍今天是和这场及时雨一起跨进了山东啊！"杨勇说："是的！这里虽然有古城中心县委在活动，但还没有党领导的较大的抗日武装和根据地。日、伪、顽、匪，各霸一方，烧杀掳掠，无恶不作，鲁西南人民生活在水深火热之中，他们每天像盼望着及时雨一样盼望着八路军的到来。"

谷四喜略一沉吟，对杨勇说："杨团长啊，你是山东人，山东乃礼仪之乡，我们既然来了，是不是应该带给山东人民一个见面礼嘛！"杨勇很好奇地问："那谷政委要给山东人民什么样的见面礼呢？"谷四喜故意略带神秘地，哈哈笑着说："莫急莫急，等明天你就知道了。"陈尔东也哈哈笑起来，指着谷四喜说着："你呀你呀，都这时候了还卖啥关子嘛！"三个人说笑着一起策马向前，向着前方隐约可见的村子进发。

当天夜半，天空放晴，星斗满天。

除了站岗放哨的战士，其他过度疲劳的指战员都睡下了。他们没有惊动老乡，一个挨着一个，在村子前面的麦场上和衣而卧。在一间临时搭起的指挥所帐篷内，一盏煤油灯还在"滋滋"地亮着。灯下，谷四喜和陈尔东、杨勇三个人正在察看地图，研究部署下一步的行动。谷四喜一手举着煤油灯，一手指着地图说："古城县长叫刘本功，表面为官内里是个汉奸头子，好事不做，坏事做绝！他的本家刘玉胜为虎作伥，是他的得力助手，带了一个保卫团就驻扎在这里。"谷四喜说着，用手指重重地敲了敲地图上方的一个小圆圈，那是古城西北的围寨。陈尔东点点头，说："秘密活动在古城县委的同志说刘玉胜是刘本功的台柱子，没有了他手里的武装，刘本功就是纸老虎一只。"谷四喜放下煤油灯，凝神思考了一会儿，说："我们打下围寨，收编刘玉胜的伪保卫团，作为给山东父老乡亲的见面礼！"一直没说话的杨勇点点头："好！那就把这个任务交给俺们骑兵团吧！"陈尔东说："事不宜迟，队伍稍作休整，明天晚上就行动！"愣了一下又叮嘱说："围寨地形复杂，又是夜间作战，就不用骑马了，保持安静，徒步行进！"杨勇点点头。

第二天夜里，大雨如注。雨水像一堵幕墙，不时地闪着亮光。大雨中，杨勇率领全团战士向着围寨方向急行军。战士们的棉衣早就被雨水浸湿了，雨水顺着帽檐哗哗哗地流到了脸上，再从脸上流到脖子，沿着脖子流入身体，顺着脚脖子往下淌。但战士们个个精神抖擞，奋力前进。均匀而整齐的脚步伴着哗哗的雨声，向着前方进发。半个时辰后，前方不远处出现了一丝亮光，那是古城的围寨。杨勇用望远镜观察了一下周边地形，对身边的人说："传话下去，围寨周围地形复杂，虽然有大雨掩护，但敌人狡猾，比我们熟悉周边情况，我们一定要注意隐蔽！没有我的命令，一律不准轻举妄动！"

从望远镜里，杨勇看到刘玉胜的保卫团正紧张地在围寨周围巡逻，个个如临大敌。此时，他们都在准备着对付刘黑棋，还不知道八路军先遣队进驻古城的消息。不知道是因为寒冷，还是因为害怕，杨勇看到保卫团端枪的手在发抖。对于这些土匪军一样的队伍来说，"八路军"这三个字就像是一把尖刀，让他们不寒而栗。

茫茫大雨中，杨勇率团悄悄靠近了围寨。待大家各就各位，杨勇打了个进攻的手势。一瞬间只听枪声大作，比雨点还要密集的子弹穿过雨幕，如同流星雨般呼啸着射向围寨里的保卫团。一梭梭闪着亮光的子弹将雨水击穿，子弹带着水汽射进围寨，发出清脆的响声。弹头击穿石头时还不时地闪着灼眼的火星。保卫团在呼啸的子弹中一个接一个倒下来了，其中一个人被一颗子弹击穿头部，血雾随着弹头飞升喷洒出来，混合着雨水，足有一丈多高。

此前保卫团除了欺压老百姓，也和抱犊崮地区的小股土匪过了两次招。土匪下山抢粮，中了刘玉胜的埋伏，勉强打了几发子弹后仓皇逃回抱犊崮。刘玉胜自此以为老子天下第一，没有谁再敢惹他。哪里想到，得意没多久，就被抱犊崮大土匪刘黑棋劫了婚宴，掠走了新娘赵灵芝和两个嫂子，正准备上山解救人质报仇雪恨时，又迎来了八路军东进抱犊崮的先遣队！保卫团从来没见过正规的八路军，更没见过这样的大阵仗，看着在流星雨一样的枪炮声中倒下的同伙，早吓得浑身如筛糠，屁滚尿流般扔下武器，转身抱头就往回跑。躲在后面的刘玉胜见状，气得肺都炸了，嘴里不停地骂着："妈拉个巴子，往后跑什么！往前冲啊，俺看谁敢跑！"说着抬起手枪，啪啪两枪击毙了两个同伙。看到两个同伙趴窝，其他人惊得目瞪口呆，往前是死，往后也是死！横竖都是死，只好重新趴伏下来，继续打。

杨勇指挥队伍加强了火力，围寨周围枪声大作。一阵激烈的战斗后，围寨保卫团已经死伤过半，剩下的残兵也已无力还击。杨勇大手一挥，对着战士们喊道："同志们，冲啊！拿下围寨，为古城百姓除害！"战士们边高呼着口号边向前冲："冲啊，冲啊，冲啊。"十几个战士率先跳入了围寨。围寨内没死的保卫团纷纷举手投降。气急败坏的刘玉胜见大势已去，转身想逃跑。杨勇一个箭步向前，凌空一脚把他踹倒在地。刘玉胜先前遭受刘黑棋的那一脚落下的伤痛还没好，现在又被踢中旧伤口，痛得他直在地上打滚，捂着腰，龇牙咧嘴。几个八路军战士围上来，把他五花大绑起来，推搡着押往俘虏区。

凌晨，天光放晴，太阳高照。略带疲惫又满脸喜色的战士们正在打扫战场。他们把尸体归拢到一起，准备拉到围寨外的麦地里埋葬。忽然，一个战士发现在围寨的角落里，一个年纪较大须发皆白的老人捂着肚子，嘴里发出痛苦的哼哼声，正在地上拼死挣扎着。战士走近他，看到他肚子靠近肺部的地方有一片鲜红的血渍。看样子是被子弹击穿了，正流血不止。他朝不远处的随军卫生员白雪摆摆手："这里有人受伤了！"白雪快步跑过来，迅速检查了一下老人的伤口，说："还有救！快！"两个战士卸了一块门板，把受伤的老人抬走了。路过俘虏区时，一个被俘的留着浓密络腮胡子的保卫团成员说："那不是刚到围寨躲土匪的刘玉胜的老子吗？"另一个点点头说："老家伙命苦，在刘家大院遇到土匪，躲到围寨又遇到八路军！不过话又说回来，老家伙命可真大着哩！土匪没打到他，现在肚子都被八路打成了筛子竟然还没死！"

一大早，临时指挥部。谷四喜、陈尔东早已经得知攻占围寨胜利的消息。他们边嚼着老乡送来的煎饼卷大葱边研究作战地图，考虑下一步的行动。

自小在江浙一带长大的陈尔东吃不惯山东煎饼，眉头紧皱着说："我的个乖乖，这个山东美味可真考验牙齿啊！嚼不动！"谷四喜哈哈笑："山东老乡最喜欢吃的就是煎饼卷大葱！你这个牙齿已经吃惯了延安的小米了！现在来吃这个煎饼，还真是一个考验！"愣了一下，又说："咱山东老百姓的性格啊，像极了这个煎饼卷大葱，煎饼能屈能伸，大葱颜色分明，吃着辣乎乎，心里甜丝丝！"

两个人说着看看不远处的战士们，他们大多数都是北方人，吃起煎饼来并不费力。这时杨勇气喘吁吁地一头扎进来，向谷四喜和陈尔东汇报："保卫团已经全部收编！刘玉胜也已被我们生擒，现请示如何处理？"谷四喜和陈尔东互相看了看，都没有急于答复，脸上带着微笑。谷四喜从旁边的竹筐子里拿出一张新煎饼，又从旁边白瓷盘子里拿来一根大葱，卷巴卷巴，递给杨勇说："还没吃饭吧？打了一夜仗，一定饿了！先把这个吃了！"杨勇确实饿了，看到这张煎饼，肚子忍不住咕咕叫起来。他从谷四喜手里接过煎饼，站到一边大口大口嚼起来。

谷四喜和陈尔东吃完了煎饼，拍了拍手掌里的煎饼屑，拢在一起，都吃下了。两人俯下身子，仍旧专注于研究作战计划。只听到谷四喜说："运西地区很重要，我们要在这里站稳东进抱犊崮的第一个脚跟，要把队伍留下来一部分，创建运西根据地，和将来的抱犊崮山区根据地形成东西呼应之势。"陈尔东点点头，表示同意。他看了看不远处的杨勇，对谷四喜说："你看把谁留下来最合适？"谷四喜笑笑："我再考虑考虑，如能找到一个熟悉运西情况的人，那就再好不过了！"

杨勇三口两口吃完了煎饼，等了老大一会儿，见谷四喜和陈尔东对如何处理刘玉胜还不表态，有些耐不住了，抓耳挠腮起来。

愣了一会儿，谷四喜像是突然想起来似的对杨勇说："你把那个刘玉胜带到这里来吧，我要亲自审问审问他，看能不能从他嘴里找到一些有价值的情报。"杨勇说了句："是！"敬了一个军礼，转身走了。看着杨勇急匆匆的身影，陈尔东说了句："真是个急性子！"谷四喜笑笑说："急性子打猛仗，最擅长速战速决！这次战斗虽说打得很顺利，但大汉奸刘本功却逃到抱犊崮，仍然是一大隐患！要尽快消灭！找到一个熟悉运西情况的人创建、巩固运西根据地，是当务之急！"

围寨保卫团被八路军先遣队消灭了的消息传遍古城，大快人心，附近的老百姓都兴高采烈地奔走相告。老乡们聚拢在古城大药房门口，一会儿看看蔫了吧唧的保卫团，一会儿看看气宇轩昂的八路军。有人说："延安的老八路来了！骑在咱们头上拉屎撒尿的保卫团终于被消灭了！"另一个说："这下俺们可就真有盼头了！"站在药房柜台里的赵一味板着脸，始终不发一言。他到后院叫来正在逗弄鹌鹑的赵当归，悄悄地附在他耳旁，说了几句什么。赵当归频频点头，把着鹌鹑出了大药房。他故意绕了两个弯之后，直奔刘家大院而去。刘家大院大门紧闭，赵当归拍了半天门，里面才传来一句怯怯的声音："谁？谁在外面？"赵当归瞅瞅四周，低声说："是我，当归！赶紧开门！"吱呀一声，门开了，刘美珠和刘美行站在门后，手里攥着短枪。刘美珠看了看赵当归手里的鹌鹑，说了句："这个节骨眼，你来干什么？俺们正要去解救老三！"赵当归转身关上门，对刘美珠和刘美行摇摇头，说道："俺爹让我过来告诉你们，千万不要轻举妄动！这次来的不是抱犊崮的土匪，是东进山东的八路军先遣队！八路军不比抱犊崮的山匪，是正义之师，你们快去想办法劝说玉胜，赶紧让他投诚！俺爹说了，眼下只有这一条路了！投诚之后，可以联合八路军先遣队进山剿匪，这样，俺妹子赵灵芝和两位嫂嫂就有救了！"刘美珠看看刘美行，说了句："看来，也只有如此了！"两个人收起了短枪，和赵当归一起向着八路军临时指挥部方向快步走去。

在老乡们你一嘴我一舌的议论声中，刘玉胜被杨勇押过来了。刘美珠看到刘玉胜蓬头垢面，两手护着受伤的腰，一副十分痛苦的样子。他含泪走上前，高度警惕的杨勇一个箭步拦住他："你想干什么？"刘美珠赶紧拱手道："俺是他大哥，想和他说句话！劝劝他，投降咱们八路军！"杨勇疑惑地看了看刘美珠。刘美行也走上前来，拱手说："首长放心，俺们哥俩是来劝他投诚的！"杨勇点点头，示意让刘美珠一人上前。刘玉胜看到大哥，眼睛红了，慌乱中只说了一句话："不要管我，赶紧去大药房，商量如何去救嫂嫂她们！"刘美珠小声说了句："赵老板的意思是让你和八路军合作，这样才能救出赵灵芝和你两个嫂嫂！"刘玉胜愣了一下，随即意识到了什么，点点头。

杨勇押着刘玉胜来到了临时指挥部。

进了指挥部的屋子，刘玉胜低着头，完全没有了往日趾高气扬的样子，看上去十分狼狈。屋子里只有谷四喜一个人，他十分和蔼地看着刘玉胜，心里暗想：这个刘玉胜年纪看上去不大嘛，简直还是个毛头小伙。而且长相俊美，听说脚底下还有些功夫，练得一手好拳脚。这么小小的年纪，就威震运西，真是没有想到啊。他走上前，慢慢给刘玉胜松了绑。对此，刘玉胜显然有些意外，他揣摩不透谷四喜要干什么，满脸疑惑地看着谷四喜。谷四喜和颜悦色地说道："听说你以前在宋师长的部队当过排长，还曾经在喜峰口参加过对日军的作战？"刘玉胜点点头。他看了看谷四喜充满鼓励的眼神，继续说道："后来刘本功把俺拉回来，他在韩复榘的部队当官，让俺当连长。山东沦陷以后，刘本功做了古城县长，又让俺跟着他当了保卫团团长。"说到这里，刘玉胜意识到自己的不光彩，慢慢低下了头。

谷四喜有意缓解刘玉胜的尴尬，笑笑说："你年纪不大，经历倒也蛮丰富的嘛！国民党和日军你都交过手！现在又和我们八路军骑兵团过了招，也算是年轻有为嘛！"刘玉胜一时间不知道谷四喜说的是正话还是反话，不知所措地搓起了手，说道："俺本想和抱犊崮的土匪刘黑棋大干一场呢！无奈……"看到刘玉胜欲言又止，谷四喜鼓励他继续说下去。哪想到刘玉胜语气哽咽，还掉了眼泪。谷四喜更奇怪了。杨勇见状走过来，把刚听说的刘黑棋劫走赵灵芝的事情大致给谷四喜说了。谷四喜听罢一拍桌案，说了句："太猖狂了！一定要想办法消灭这帮祸害百姓的畜生！"

谷四喜说完朝杨勇使了个眼色，两个人走到门口。谷四喜问他："你看刘玉胜这个人怎么样？"杨勇犹豫了一下说："这个人本质上不算坏，而且其遭遇也让人同情。这次战斗中，在围寨躲土匪的刘老爷子肺部中弹，我们的卫生员白雪认真地给他治疗，刘玉胜知道后很感动。看样子，他有些悔改表现。"谷四喜点点头，沉吟了一会儿说："我看刘玉胜这样的人还是可以争取的，争取过来要比杀掉好，他在当地有一定影响，争取他一个，可以影响一大批人嘛。"杨勇说："我回去再向他晓以利害，如能争取过来，就让他在当地继续领导改造后的保卫团，组织抗日武装，建设运西根据地，并派我们的人帮助他工作。"谷四喜点点头，说："好，就这么办！"

杨勇带着刘玉胜出去了。过了一会儿，杨勇又折回来，面带喜色。谷四喜问他："怎么这么快就回来了？"杨勇笑笑："刘玉胜刚才听了您的话，说服驻守在朱屯的保卫团也过来投诚了！这下可好了，没费多少力气古城就完全拿下来了！"谷四喜随着杨勇走到门外，看到朱屯保卫团两个代表，恭恭敬敬地站在那里，他们面前摆放着五挺机枪和各种自制武器。谷四喜哈哈笑着，握住了两位投诚代表的手，说道："欢迎你们啊！我代表八路军先遣队欢迎你们！"谷四喜转头对杨勇说道："看来刘玉胜这个人还是可靠的！"

第二天，在古城大药房的门口，一大群人在争相目睹墙上的告示。只见告示上面用毛笔写着一个粗大的标题，标准的颜筋柳骨，一看就是出自古城老先生之手：

告古城父老书

人群中一白发老者，摇头晃脑、抑扬顿挫地高声念着上面的文字：

"玉胜不才，身为中华民国之军人，乃受敌伪之迷诱，沦为卖国求荣之汉奸，……围寨之役，幸被生俘，得蒙不死，倍享优待，并晓以救国救民之大义，教诲良深……玉胜扪心自问，愧悔交集，今获开释，恩同再生。……誓当重整旗鼓，投效抗战，将功折罪，以雪前耻，以报国人……"

老者身旁一个戴着旧毡帽的人小声嘀咕："看来刘玉胜弃暗投明了！要跟着八路军先遣队打狗日的鬼子了！……"老者看看周围，笑笑说："识时务者为俊杰嘛！"

这边安顿下来，按照预先部署，谷四喜与陈尔东带领先遣队继续东进，杨勇的骑兵团部分骨干留在运西地区与刘玉胜一起开辟运西根据地。为了显示八路军先遣队的诚意，卫生员白雪也留下来了，继续照顾、治疗刘玉胜的老子刘老太爷。

临行前，谷四喜紧紧握了握刘玉胜的手，叮嘱他说："为了创建运西根据地，我们决定从骑兵团抽出第三营和教导队，再加上先遣队卫生员，留在运西地区，以收编后的保卫团为主体，作为东进先遣队第一团。这是我们在山东开辟的又一个立足点！你们今后的任务很重啊！"

刘玉胜点点头，大声说："请谷政委放心，玉胜保证完成任务！"说完，刘玉胜哽咽起来，再也说不出一句话。谷四喜看了看他。他平静了一会儿，低头眼含泪水说了句："俺感谢谷政委和八路军先遣队对俺们的信任，把建设运西革命根据地这么重要的任务交给俺们！可俺真想现在就跟着政委东进抱犊崮，去打狗日的土匪刘黑棋！"谷四喜听到这里，知道刘玉胜救人心切，把他拉到一旁，对他说："人是一定要救的！不过刘黑棋狡猾得很，要从长计议！下一步你们好好练兵，建好运西革命根据地，革命力量强大了，土匪就不敢扰民了。我看目前还是请你老丈人赵一味出面，看能否先用大洋解决问题。据说刘本功也逃到了抱犊崮，并且和大土匪刘黑棋狼狈为奸。你们可以利用和刘本功等人的关系，看能否说服刘黑棋放人！如若不行，再做进一步的打算！"刘玉胜点点头说："谷政委想得周全！玉胜谨遵您的教导！"

3

山东泰西地区群山环绕，山峦连绵。境内泰（安）肥（城）、平（阴）（东）阿、大峰三大山区鼎足分布，泰肥宁、东汶两大平原绵延广阔，运河、汶河纵横贯穿，东平湖一望无际。整个泰西东依泰山连接鲁中，西跨黄河地缘鲁西，南临鲁西南重镇济宁，北靠山东省会济南，不消说其战略地位是十分重要的。

一棵高大的迎客松树下，谷四喜和陈尔东迎风而立。山顶上的风野，警卫员小刘从半山腰爬上来，怀里抱着两件棕黄色的军大衣。他走到两位首长面前，气喘吁吁地敬了个军礼，说："山上风大，杨团长让我给两位首长来送军大衣！"谷四喜点点头，说："还真有点冷！"他把军大衣披在肩上，整了整军帽，大风把帽檐子都刮歪了。陈尔东个子矮小，军大衣披在身上显得很肥大。谷四喜看了笑笑，转身问小刘："杨团长那边还有没有更合适的？天气虽已转暖，但山东的倒春寒也厉害得很呢！这军大衣陈师长恐怕还要穿很久！"小刘略显尴尬地说道："这一批军大衣是骑兵团从鬼子那里缴来的，没几个合身的！"陈尔东笑笑："没事没事，大衣嘛，还是大一点好，从头到脚都暖和！再说这大冷天也没几天蹦跶了，等我们再和鬼子打一仗，缴获的衣服会更多！"谷四喜点点头。小刘退下去了，远远地站在一边。

环顾莽莽苍苍的山野和一望无际的平原，陈尔东说了句："泰西地区环境复杂，日军、国民党和土匪三股势力出没，我们的队伍进入泰西，一定要倍加小心！"谷四喜点点头，对陈尔东说："我去前边的骑兵连看看，让他们先去侦察一下前方敌情。"陈尔东点点头。两个人一起下到半山腰，谷四喜骑上小刘牵过来的大白马，策马扬鞭，疾驰而去。

从先遣队抽建的骑兵连是部队的先锋军，他们一直行进在队伍的最前面，这支队伍是八路军最亮丽的风景线，从鬼子那里缴获的一匹匹高大的骏马昂首阔步，骑马的战士们英姿飒爽。他们能战斗，能吃苦，一连打了几个漂亮仗，是东进部队中最让敌人闻风丧胆的一支队伍。

听到由远而近的马蹄声，杨勇勒住缰绳，回头看到谷四喜，赶紧偏腿下马，嘴上说着："谷政委！"趋身向前，一只手拉住了大白马的辔头，一只手扶住了谷四喜的胳膊。谷四喜下马，抚摸了一下浑身冒汗的大白马，对杨勇说："这一带敌情比较复杂，敌人活跃在汶上县城，你们去前方侦察一下，别让后边的大部队吃了敌人的埋伏。"杨勇敬了个军礼，说道："谷政委放心，我们马上就出发！"说完，杨勇欲策马扬鞭，谷四喜又叫住他，叮嘱他说："前方日军、国民党和土匪都有出没，你们千万要注意伪装！"杨勇想了想，两眼放光地说道："那我们就装扮成鬼子好了，正好上次缴了一些鬼子的军大衣！还剩下不少！"谷四喜看了看自己身上的军大衣，笑笑："这倒是一个不错的主意！鬼子看到你们是自己人，会麻痹大意。要是碰到了国民党和土匪，他们也都害怕鬼子。装扮成鬼子，对他们最有威慑力！"

事不宜迟，杨勇立即下了命令。得到消息的战士们一个个都很兴奋的样子，嘻嘻哈哈地穿上了日军的大衣。不一会儿，都收拾得差不多了。战士们骑着从鬼子那里缴获的大洋马，穿着鬼子的棉大衣，一个个看上去都是日军的模样。从衣着打扮看，根本分辨不出来真假。伪装成了日军的骑兵战士，你看看我，我看看你，边走边互相说笑着："八格牙鲁！八格牙鲁！"他们不时发出哈哈哈的笑声。

太阳已经升得很高了，队伍越来越接近汶上县城。县城西北五里地，就是伪军的一个据点。只见路边竖着一个牌坊，上面写着"官桥"两个字。因为风吹日晒，字迹模模糊糊，有些许脱落。

隐隐约约，他们看到前面出现了几个伪军哨兵。

有几个战士面露紧张之色。杨勇示意大家不要慌张。战士们大概不会想到伪军比他们更慌张。他们看到眼前的这支队伍，打了个激灵，以为是大日本皇军来了。伪军哨兵再三擦擦眼睛，仔细看看，赶紧慌里慌张地敬礼。化装成日本军官的杨勇做出一副不可一世的样子，趾高气昂地指着伪军哨兵，胡乱讲了一通连日本人也听不懂的"日语"："地瓜哪里去挖，地瓜哪里去挖。"骑兵队伍中有小战士在捂着嘴偷笑。

这时，由侦察员扮成的"翻译"上前，命令说："谁是你们的头儿？"伪军大队长毕恭毕敬地从队伍中出来，说："报告太君，俺是他们的大队长！""翻译"说："你没听见吗？联队长来阅兵，快把队伍集合起来。"伪军大队长敬了个歪歪斜斜的军礼，说："是是是，马上集合，马上集合！"说着，他转过身，朝伪军队伍喊道："集合，集合，快点集合，太君要检阅咱们的队伍！"伪军们步伐凌乱地集合起来。

在伪军集合队伍时，杨勇朝大家使了个眼色。骑兵连突然四散开来，将伪军队伍团团包围。一时间伪军都愣住了，一个个目瞪口呆，更加慌张起来。杨勇对伪军喊道："我们是八路军，你们都老实点！缴枪不杀，哪个敢动就毙了谁！"伪军你看看我，我看看你，面面相觑，赶紧全部缴械，纷纷把枪丢在了地上，举起了双手。

押着这些伪军俘虏回到驻地，杨勇绘声绘色地向谷四喜和陈尔东汇报"阅兵"的情况。谷四喜和陈尔东听了哈哈大笑起来，夸奖杨勇说："你们伪装得好啊！不费一枪一弹就让敌人缴了枪！诸葛亮有个草船借箭，你们则来了个'官桥阅兵'！好啊好啊！"杨勇请示说："俘虏的这些伪军怎么办？"陈尔东说："还是以前的政策，愿意留下来参加八路军先遣队的，就收留，愿意回家就放他们回家。"谷四喜点点头，说道："可以多做做他们的思想工作，能留下还是要留下。这年月，这些人回了家，也过不上太平日子，弄不好回头还得被逼着参加日伪军。"杨勇说："那我就按照这个政策和原则去办！"

陈尔东看着门外，对谷四喜说："队伍一直在行军，战士们都累坏了，我看还是休整一下吧，借此机会你再给排以上干部做做思想动员。"谷四喜点头说："也好，我们就在此地来个短期休整，让战士们缓口气。"

得到就地休整的命令，战士们稍微放松下来。但大部分人都闲不着，有的在河边清洗晾晒衣服，有的在擦拭枪支，有的在给马喂草，有的在写家信，有的在互相交谈。年纪较小的几个小鬼在河边嬉笑打闹，互相把还很冰冷的水撩到对方脚下。

在不远处，有一片小树林。东进先遣队排以上干部正聚集在一起，盘腿坐在地上。虽是行军中，但队伍行列整齐，呈方块状排列，像一块四四方方的豆腐块一样。谷四喜双手叉腰，站在"方块"的最前面，用他特有的大嗓门大声说："同志们，毛委员教导我们：现在抗战进入相持阶段，我们要坚持敌后游击战。这是必要的，也是可行的。今后，我们东进先遣队总的任务是：坚持平原游击战争，创建泰西西端的抗日根据地。这里北可连通冀鲁边和鲁西北根据地，南可连通淮河以南与地方抗日武装创建的苏鲁豫根据地，战略地位十分重要。"

陈尔东等人听了频频点头。谷四喜扶了一下眼镜，端起茶缸，喝了口水，继续说："东进先遣队要帮助发展和加强地方抗日武装，帮助发展地方党组织，加强党在农村的基础，广泛地开展地方群众工作。干部要带头遵守群众纪律，尊重地方政权，关心群众利益，以自己模范的工作和纪律，去影响和团结邻近的兄弟部队。"

大家鼓掌。

进入三月以后，气温已经回暖。泰西地区阳光和煦，山脚下的野草已经开始有了些许绿意。有些迫不及待的小野花也悄悄鼓出了花苞。

谷四喜和陈尔东沿着一条小河边散步，边交谈。谷四喜对陈尔东说："按照中央要求，过几天我要到中共山东分局驻地传达六届六中全会精神，这边就暂时交给你了！"陈尔东说："这边你就放心好了！只是到山东分局驻地路程可不近呢，加上这一路敌情复杂，尤其是津浦铁路附近，日军把守严密，路上你要多加小心才是啊！"谷四喜点点头："传达六届六中全会精神是政治任务，耽误不得。过津浦铁路时，我们尽量夜间行进。"陈尔东还是不放心，皱着眉头说："毕竟是要通过鬼子的封锁线，还是带上骑兵团的人吧。如果一个团的人多太打眼，就一个排也好嘛，让杨勇带队。"见谷四喜还在犹豫，陈尔东大手一挥："就这么定了！"

第二天，谷四喜向驻在津浦路东沂蒙山区的中共山东分局出发了。随行的除了杨勇带领的骑兵排，还有七八位刚分配到山东分局的抗大毕业生。谷四喜要把这些还没有多少战斗经验的学生娃带到分局驻地去。

一路上，谷四喜和他们有说有笑，没有半点紧张的感觉。

队伍来到大汶口附近的津浦铁路时已是深夜。这里果然已被敌人严密封锁。只见路边不但拉起了铁丝网，还挂了探照灯，把津浦路周围照得如同白昼。谷四喜挥挥手，让队伍在一片洼地隐藏下来。

这时，打远处走过来一个年纪很大打扮成老百姓模样的人，手里拿着一个铜锣。杨勇骤然紧张起来。谷四喜小声对他说道："不用紧张，一看就知道这个老乡是被迫无奈为敌人打更的，没事。"愣了一下，谷四喜对警卫员小刘说："你把他叫过来，我问问他铁路两侧的情况。"警卫员小刘猫着腰靠近老乡，朝老者摆摆手。老乡看到小刘，先是一愣，下意识地想去敲锣，突然又停住，又看了看小刘，大概判断出不是坏人，就大着胆子走过来。

老乡刚走到谷四喜跟前，突然，一阵隆隆的响声越来越近，紧接着是噼噼啪啪的枪声和扫来扫去的探照灯光。谷四喜指挥大家就地卧倒。刚卧倒，一辆铁甲车从不远处开过来。借着探照灯光，谷四喜观察着隆隆开来的铁甲车。老乡小声对谷四喜说："这是查路车。例行巡逻，他们并没有看见你们。"谷四喜点点头。那几位抗大毕业生一开始还有点儿紧张，不停地擦拭额头上细密的汗珠。当看到谷四喜是那样镇定自若时，心情也平静下来。

等敌人的查路车开过去了，杨勇指着谷四喜给老乡介绍："我们是八路军先遣队，这是谷政委！"老乡闻言眼睛一亮，有些激动地说："你们终于来了！鬼子可把俺们折腾死了！"谷四喜点点头说："老人家，我们到山东来，就是来打鬼子的！"愣了一下，谷四喜问老乡："从这里去东沂蒙，可有什么近路？"老乡想了想说："是有一条近道，不过有些难走。"谷四喜笑笑说："咱们八路军就爱走不好走的路！"老乡说："那你们沿着涵洞穿过铁路，直插山里。山路虽然难走，但比较安稳。"说着，老乡站起来："我把你们带到涵洞那边。"

按照老乡指的路子，谷四喜赶紧指挥大家从一个涵洞迅速穿越铁路。穿涵洞的时候，谷四喜让杨勇带领那几个青年学生娃随骑兵排先走，自己站在涵洞边。等大家都过去了，他才最后一个过去。谷四喜握住老乡的手，说了句："谢谢老人家给我们指路！"老乡动情地说："俺们都盼望着八路军到山东来打鬼子啊！你们来了，俺们的日子就有盼头了！俺被迫给鬼子打更的苦日子也就到头了！"谷四喜郑重地说："你告诉老乡们，请他们放心，我们一定要把鬼子赶出山东！赶出中国！"

在整个沂蒙地区，山东分局的驻地沂水县王庄算是一个较大规模的村庄了。一进入王庄，谷四喜就看到一片低矮草屋之中，矗立着一座颇为显眼的天主教堂，那巨大的十字架和高耸云端的尖顶十分醒目。教堂有着沂蒙地区少有的青色厚重的砖石、尖形的拱门、硕大的玻璃窗以及独特的彩色玻璃。在教堂旁边，还有一座天主教医院。医院上面的十字架比教堂顶端的略小，但颜色更为鲜艳。中共中央山东分局、八路军山东纵队指挥部相继成立后，办公地点就设在这个教堂里面。

得知谷四喜到来的消息，山东分局书记郭涛、山东纵队政委璞玉等人面带笑容走出教堂，站在门口迎接。郭涛看到谷四喜，笑着说："谷政委一路上辛苦哇！"谷四喜快步上前，和他们一一握手。璞玉说道："谷政委这次率先遣队东进开辟山东根据地，分局和纵队这边一定密切配合！"谷四喜点点头："建立山东革命根据地是党中央的英明决策！抗战以来，在中原腹地我们还没有自己的根据地，这不利于抗战的发展。这次咱们联手，建立一个可南下进攻可北上突围的咱们自己的根据地，意义重大啊！"

正说话间，忽然从教堂一侧传来一阵十分响亮的声音：

闲言碎语不要讲，

表一表大卫家的小木匠。

木匠名叫约瑟夫，

手巧人帅脾气好，

忠厚之名传家乡。

媒婆纷纷来拜访，

许了个妹子做新娘。

姑娘名叫玛利亚……

谷四喜侧耳听了一会儿，有些奇怪地问："这是什么歌？他们在干什么？"郭涛笑笑说："这是当地信主的老乡在做祷告唱赞美歌呢！"谷四喜疑惑地说："还有这样的赞美诗？这个调调听上去很像咱们山东梆了啊？"璞玉笑笑说："天主教在山东早已经彻底本地化了！整个王庄的村民差不多都成了教徒，而且在与王庄相邻的院庄、小王庄、水源坪、上下桃峪、东良、大战地、葛沟、双山等村也有不少的天主教徒。"谷四喜闻言皱了皱眉头。

郭涛等人引着谷四喜进入一个会场。会场就设在天主教堂里，进来以后，谷四喜才发现这个教堂比外观上看上去还要宏伟，这里的空间特别大。教堂正中间摆放着一个巨大的十字架，旁边摆放着山上采来的野花和里面盛放着山里的各种果物的水果盘。郭涛有些抱歉地对谷四喜说："实在找不到其他合适的地方了！"谷四喜点点头，环视四周，只见会场上方悬挂着一个十分简陋的横幅，上面写着一行黑体大字：

"传达六中全会精神抗日活动积极分子大会"

下面黑压压坐满了人，都是分局和纵队的抗日积极分子。

谷四喜等人上台，会场响起了热烈的掌声。郭涛主持会议，他坐下来，说道："同志们，前不久中共中央召开了六届六中全会，下面请谷政委为我们传达会议精神。"大家热烈鼓掌。谷四喜刚要讲话，从外面跑进来一个战士，气喘吁吁，满头大汗。战士对郭涛耳语了几句什么。郭涛面露惊恐之色，一下子站起来。台下的战士不知道发生了什么事，面面相觑。郭涛对身边的璞玉等人说了几句话，大家也都紧张起来。

谷四喜问道："发生了什么事？"郭涛小声说道："国民党顽固派秦荣破坏抗战，刚刚在太河杀了我们赴山东抗日军政学校学习的人员及护送部队！"谷四喜拍了一下桌子："岂有此理！"想到这一路上跟着自己的那些学生娃，谷四喜又着急地问："我们损失了多少人？"郭涛说："大概 200 多！"谷四喜立即起身，快速走出了教堂。负责保护他的杨勇和警卫员小刘紧紧跟在他的身后。

在教堂门口，谷四喜站住了，他拉住随后赶到的郭涛，说："你详细说说情况！"郭涛说："秦荣是蒋介石军统特务组织'蓝衣社'在山东的头子。韩复榘逃跑以后，他在惠民打出了'国民政府军事委员会别动总队第五纵队'的番号，自称中将司令，国民党沈鸿烈又委任他为十二区专员兼保安司令。秦荣指示他手下的第五指挥部指挥王志尚率部南下越过胶济路，于三月间抢占原为山东纵队第四支队驻守的太河镇，也就是此次惨案发生的地方。秦荣密令驻守在太河的王志尚设置了圈套，带队的山东纵队第三支队政治部主任鲍辉毫不知情，结果就被一网打尽。"

谷四喜听了，咬着牙沉默不语。

为了解更详细的情况，谷四喜又叫来杨勇，叮嘱他说："你悄悄去一趟太河镇，打探一下到底是什么情况。"杨勇点点头说："谷政委放心，我快去快回！"他又利用官桥阅兵那一招，脱下军装，向王庄教堂神父的助手借了一身传教士的衣服，伪装成传教士的助手神不知鬼不觉地混进了太河镇。

太河镇规模不算很大，但位置极为重要，是一个连通南北通道的重要门户。正因为此，虽说只是一个镇子，但却如同一个城寨一样，四周有围寨，镇口有城门，戒备森严。

一进入太河镇，杨勇就感觉到一股阴森之气扑面而来。镇门有两个国民党的士兵在把守，靠着伪装，杨勇没费多少力气就混进了镇子。他看到镇子里每隔一段时间，就有巡逻队"啪嗒啪嗒"地跑过。整个镇子弥漫着一股紧张恐怖的气氛。看来，王志尚比往常更加紧了戒备。

很显然，王志尚部把这次袭击看作一个重大胜利，镇子里的人到处都在谈论这件惨案。没费多少工夫，杨勇就了解到了事情的大致经过。

山东抗日军政干部学校学习的人员及 200 余人的护送部队，要从清河区南下，过胶济路后准备经太河镇赴沂水。考虑到要护送的这些学生娃大都没有什么战斗经验，护送部队人手又不够，山东纵队第三支队政治部主任鲍辉和团长潘建军走在队伍的最前面。他们不会想到，就在此时，王志尚正全副武装，笑眯眯地站在太河镇城楼上，静待他们入瓮。

到了太河，远远地看到了笑里藏刀的王志尚，鲍辉停了下来，对潘建军说："我们派人将枪支人数通知王志尚，以免他误会。"潘建军点点头，说："那我去通报一下吧。"说着，他一个人走向前，朝王志尚喊话："王队长，我们要去沂水，这些都是抗日军政干部学校的学员，只是从太河镇路过，请你们不要误会。"黑脸膛红皮肤的王志尚狡猾地转了转眼珠，对鲍辉说："你们可以通过，但只能走太河镇西边的那个通道。"

鲍辉听了，没有任何怀疑，带领着队伍来到了一条只有三四米宽的狭窄通道。

看到这条通道，鲍辉皱了皱眉头。潘建军小声提醒鲍辉："会不会有诈？"鲍辉看看不远处的王志尚："应该不会吧，我们只是路过。现在可是国共两党团结抗战的关键时期。"

队伍继续前进，走到西门外的围墙下时，突然响起一阵枪声。接着，机枪、步枪、手榴弹一起打过来。顷刻间，站在外围保护学员的八路军战士倒下了好几个。其余护送人员齐刷刷把枪瞄准了城楼上的人。鲍辉命令大家："不要开枪！开枪我们必死无疑！"愣了一下，他又说道："让我们齐声高呼中国人不打中国人！"八路军放下武器，一齐喊道："中国人不打中国人！"话音未落，又遭到一阵疯狂的射击。一颗子弹击中鲍辉的右腿，鲍辉单腿跪了下去。随后，城门大开，王部从镇内和西、北、南面的山上包抄过来。潘建军指挥八路军迅速还击，一梭梭子弹在耳边呼啸而过。但通道太狭窄了，受地形限制，还击根本不能有效展开，他们像被关进笼子的老虎一样，只能被动挨打。这种情形下，战斗伤亡自然十分惨烈。情急之中，潘建军命令八路军迅速突围，在护送部队的奋力掩护下，以学员为主的 60 余人小分队终于成功分散突围了出去。

但大部分的八路军战士没有成功突围，他们的子弹很快就打光了，包括鲍辉、潘建军在内近 200 名护送人员都成了王志尚的俘虏。所有人都被押往太河镇的王志尚部队驻地。走在俘虏队伍最前面的是鲍辉等 10 余位干部，他们个个都被五花大绑起来。秦荣和王志尚站在一边，背着手，扬扬得意地看着他们。鲍辉忍着疼痛，对着他们大声怒斥："你们这些败类，你们这是在破坏抗战，是倒行逆施，必将受到全国人民的唾弃！"秦荣仍旧不为所动，依然扬扬自得。潘建军也痛骂道："非常时期，中国人要一致对外，你们这样做，就是不折不扣的汉奸！"秦荣脸上的笑容逐渐凝固。王志尚叫嚣道："你们再敢胡说，信不信老子现在就把你们毙了！"王志尚说完看看秦荣。秦荣点点头，说道："既然已经如此，干脆来个一不做二不休！"心领神会的王志尚朝手下做出一个"咔嚓"的手势。

鲍辉、潘建军随即被两个士兵押往太河镇中心的一个广场。广场很大，正中间竖了三根木头柱子。那柱子看上去非常粗糙，上面沾满了鲜血，几百只嗡嗡叫着的绿头苍蝇在柱子边缘爬来爬去。

听说要毙人，广场周围很快就聚集了一大圈人。有王志尚的手下，但大多是太河镇的老百姓，他们看着眼前的一切，有的漠不关心，有的在瑟瑟发抖。

鲍辉和潘建军被牢牢地绑在柱子上，那些绿头苍蝇围着他们飞来飞去。两个人怒目圆睁，他们直到临刑前都认为秦荣和王志尚是在虚张声势，不相信他们敢冒天下之大不韪，置国共合作大局于不顾，这么不经任何审讯就草率地把自己给毙了。

但王志尚显然是要来真的，他的脸更黑了，周身皮肤红得像是要冒出血来。只见他大手一挥，命令士兵列队。士兵们举起枪，瞄准了鲍辉和潘建军。王志尚依旧是扬扬得意的样子。他走到鲍辉和潘建军面前，恶狠狠地说道："你们倒是给老子继续骂啊！"鲍辉咬咬牙说道："王志尚你真是个无耻之徒！你们会永远被钉在民族的耻辱柱上！"王志尚不为所动，走到潘建军面前。潘建军对他怒目而视，突然朝他脸上吐了一口带血的唾沫。王志尚摸了摸脸，手上沾满了唾沫。他恼羞成怒，奋力一挥手，随之一阵枪响，人群发出一阵惊呼。

鲍辉和潘建军就这样英勇就义了。

从太河镇回来，杨勇马上向谷四喜做了详细的汇报。

谷四喜面色越来越凝重。此前他还判断不准太河惨案到底是秦荣和王志尚的个人所为，还是国民党国共合作政策要转向。现在，他感觉情况不妙。这样的惨案不是秦荣和王志尚胆敢制造的，他们一定是得到了更高层的国民党顽固派的授意。这就意味着接下来的抗战局势会更加复杂，一定要消灭这种危险的倾向！换句话说，对于国民党顽固派的妄想，必须露头就打！

在王庄教堂临时隔出的一间会议室里，烛光摇曳，谷四喜和郭涛、璞玉等人正在商讨应对太河惨案的对策。

谷四喜情绪激动，他不停地在屋子里踱步，表情十分严肃。

踱步几个来回之后，他不停地用手指敲击着桌子，说："这个教训是惨痛的！说明有些同志仍然存在着严重的右倾思想。顽固派的屠杀和烈士的鲜血，证明了党的六中全会制定的方针非常及时、非常英明。"顿了一下，谷四喜敲击桌子的手指更加用力："对于国民党顽固派的血腥罪行，我们决不能示弱，必须坚决进行反击！"

郭涛和璞玉点点头，眼睛里都充满了怒火。

谷四喜慢慢冷静下来，继续说："以山东分局和山东纵队的名义向中共中央报告此事，并说明我们反击顽固派的一系列决定。首先要在政治上彻底揭露顽固派的罪行。向全国发出通电，揭露太河事件真相，并致电蒋介石和国民党中央政府，要求惩办祸首秦荣。明天我们还要召开一个追悼死难烈士大会。"

第二天，王庄教堂一片庄严肃穆。

教堂正上方悬挂着一个横幅，上面白底黑字写着：

"死难烈士追悼大会"

众人都在低头默哀。教堂神父站在一旁，手拿《圣经》，口中念念有词，带领着信众在祷告。有人在小声哭泣，一个怀抱孩子的妇女不停地用手背抹着眼泪。谷四喜缓步走上主席台，脸上有泪水划过的痕迹，他举起右手，大声说道："同志们，乡亲们，这次我们遭受了敌人的暗算！造成了一个巨大的损失！国民党反动派顽固分子胆敢破坏国共抗日的大好局面。惨案发生后，抗战破坏者秦荣竟然放出'太河事件是一场误会'的无耻谰言。太河惨案是精心策划、蓄意制造的。这是国民党顽固派消极抗日、积极反共的一个铁证！我们要求国民党山东军政当局严惩太河惨案祸首，杜绝类似事件再次发生，承认一切抗日民众团体的合法活动，慰问死难烈士家属。"

下面的战士和民众振臂高呼："严惩祸首！严惩祸首！"

教堂神父边在胸前画十字边说："阿门！"

这声音久久回荡在教堂上空。

进入四月以后，沂蒙山里的天气忽冷忽热起来。

在王庄临时指挥部，谷四喜忐忑不安地徘徊着。他的手里捏着一封电报，他一会儿低头看看电文，一会儿背着手踱步。

这时，郭涛、璞玉等人从外面进来。

谷四喜把电报拿给他们，说道："中央回电了，指出山东方面过去退让太多……未能于省府、县长西逃时普遍委任自己的县长；有些已委任的，复接受沈鸿烈命令撤销，秦荣形同汉奸，多次向我进攻，未能给予有效还击。中央指示：对于一切顽固分子之无理攻击，必须以严重态度对待。对汉奸分子如秦荣，必须坚决消灭之……"

郭涛咬咬牙，说："看来，是时候反击秦荣，讨伐王志尚了！"

谷四喜和郭涛、璞玉来到一张简陋的桌子跟前。这是一张只有三条桌腿的桌子，另一条腿用砖头撑着，看上去很不稳当。

杨勇在桌子上面铺开一张作战地图。

谷四喜久久地盯着地图，指着地图上太河镇的位置说："集中山东纵队第三、四支队等部，讨伐王志尚，夺回太河镇！"璞玉看着地图，充满疑虑地说："我担心沈鸿烈掌握的吴化文旅和进驻山东的于学忠东北军会出兵，来支援秦荣和王志尚。"谷四喜指着地图，很有把握地说道："我已经让骑兵队派人通知在鲁西的先遣部队以及刘玉胜部向津浦铁路靠拢，如果沈鸿烈和于学忠出兵，先遣部队就开过来参战！"说完看了看杨勇。杨勇报告说："骑兵队的人回来说先遣部队和刘玉胜那边已经做好了万全准备！"谷四喜点点头，又说："事不宜迟，走，我们马上去实地查看下地形！"璞玉阻止谷四喜："您就不要去了吧！太危险，我们去查看一下就可以了！"谷四喜摇摇头，态度坚决地说："我和你们一起去！"

他们来到太河镇不远的一个山头，谷四喜站在一个高坡上，手里拿着望远镜。太河镇周围地形复杂，借助群山的掩护，加上围寨的保护，太河镇像一个固若金汤的巨型碉堡，易守难攻。

几个人边看边交谈。谷四喜说："我们要集中火力，速战速决，不能给王志尚喘息的机会！"璞玉点点头，说："我看至少要集中两个支队的火力才行，王志尚守城部队的武器精良，咱们要集中优势兵力，确保万无一失！"杨勇说："现在太河镇里面戒备森严，我看王志尚已经预料到我们的行动。因此，我们攻打太河镇以后，王志尚可能会趁乱逃跑，我们要断其后路！"谷四喜点点头："有必要在指挥部沂水悦庄附近设下埋伏！我估计王志尚兵败后会向这个方向逃窜。"愣了一下，谷四喜又说："这场战斗很重要，我们要争取以最小的代价来取得最大的胜利！"璞玉点点头："谷政委坐镇后方指挥，我去前线！"谷四喜说："我让杨勇的骑兵队配合你！进攻太河镇的时间就定在后天吧，让部队做好充分准备！"杨勇和璞玉点点头。

进攻太河镇的时间到了。

隐蔽在太河镇围寨不远处的杨勇、璞玉拿着望远镜，侦察、研判太河镇的敌情。通过望远镜，可以清晰地看到不远处的太河镇四处走动的守军。他们正在加固围寨内的工事，看来对即将到来的战事已经有所准备。

霎时，炮火齐发，枪声大作。

八路军向太河镇发起了进攻。密集的炮火轰开了镇门，杨勇看准时机，带领骑兵排一路猛冲，把王志尚部冲击得七零八落。

王志尚虽早有准备，但没料到炮火如此猛烈，硬着头皮率部迎战，根本没有多少章法。一时间，太河镇守兵乱作一团。王志尚毕竟不是等闲之辈，他迅速鸣枪示意，把像牲口一样四处乱撞的守兵归拢到一起，很快重新整理好了队伍。

按照之前的战斗部署，杨勇率领骑兵队发起冲锋之后，璞玉的纵队直接深入太河镇，与王志尚部展开激烈的战斗。双方近距离战斗，只听见子弹呼啸、喊声震天。王志尚的手下虽然也曾经和八路军打过仗，交过手，但那是占据了有利地形，并且八路军是在毫无防备的情况下。现在面对八路军如此猛烈的进攻，守城部队早已慌了手脚，哪还有胆量还击，只是在那里乱放枪，自乱阵脚。八路军冲进太河镇，所到之处，血肉横飞。王志尚一看这阵势登时傻了眼，早吓破了胆，根本无心恋战。

经过激烈的战斗，八路军当天下午就完全收复了太河镇。在混乱中，王志尚率领一小部分队伍仓皇逃走了。

杨勇和璞玉决定乘胜前进，继续追击王志尚，彻底将其消灭，为太河惨案中牺牲的八路军战士报仇雪恨。

璞玉命令纵队："乘胜直扑王志尚司令部。"纵队战士叫喊着："冲啊，拿下司令部，消灭王志尚！"队伍冲进了王志尚的司令部，王志尚的警卫队还在负隅顽抗，纵队与其展开激烈战斗。随着枪响，警卫队士兵一个个倒地。纵队战士眼冒怒火，将警卫队全部消灭。但王志尚却没了踪影。杨勇找遍了司令部的角角落落，都没有发现他的影子。璞玉恨恨地说了句："这个狡猾的家伙，又让他逃脱了！"话音未落，一个士兵急匆匆向璞玉报告："王志尚正率部向我指挥部驻地沂水悦庄逃窜！"

杨勇和璞玉相视一笑。杨勇说道："真是狗急了跳墙！我带领骑兵队去抓这只疯狗！"璞玉笑笑，说："果然不出谷政委所料！幸亏我们早有准备，他这是自投罗网！"

在沂水悦庄，八路军战士早已按照谷四喜的部署，埋伏在路边高地的草丛中。他们在此布下了一张密不透风的大网，只等敌人自寻死路。

远处，扬起了一片尘土。只见王志尚部残余越来越近。隐蔽在路两边的战士握紧了手里的枪，枪口紧紧跟随着对方的移动而调整。不明所以的王志尚部正在慢慢进入逐渐收窄的包围圈。

随着一声令下，枪声如密集的雨点，扫向王志尚的队伍。根本没料到此处有埋伏的王志尚，一时间傻了眼，惊慌失措起来。再看看跟着自己逃出来的残余部下，一个个已经在枪林弹雨中纷纷倒地而亡。眼见大势已去，王志尚还想一逃了之。他调转方向，刚想逃跑，却看见杨勇带领着骑兵队迎面而来，他闭上眼睛，长叹一声："天要灭我！奈何，奈何！"话音未落，一颗子弹击中胸口，王志尚应声倒下马来。

第三章　走抱犊

1

　　花开两朵，各表一枝。

　　话说刘玉胜被政委谷四喜委以重任，建设运西革命根据地。但此时的他，正如热锅上的蚂蚁。大哥刘美珠、二哥刘美行和赵当归等人正聚集在赵一味的大药房，等待他决定究竟如何对付刘黑棋，救出被掠走的赵灵芝和两个嫂嫂。刘黑棋心狠手辣、杀人如麻，从来都不是一个信守承诺的人。刘玉胜担心他抓人是真，贪财是假。刘黑棋这样的悍匪很有可能会拿到赎金后不放人，让自己落得个人财两空。眼看刘黑棋所说的十天大限已近，他们却还没有想出一个万全的办法。眼下，刘玉胜手里的保卫团不断壮大，加上谷四喜留下来的一部分骑兵团的正规军，硬碰硬对付刘黑棋似乎也不成问题。但考虑到刘黑棋盘踞的抱犊崮地势险要，易守难攻，自己这边并没有多少优势。更重要的是，刘黑棋手里有人质，把他惹毛了，他来个狗急跳墙，那就麻烦了。

　　踱来踱去的刘玉胜思前想后，决定还是按照谷四喜的办法，先让老丈人赵一味走一趟抱犊崮。这一趟定是凶多吉少，一方面刘黑棋脾性难测，另一方面盘踞在抱犊崮上的山匪众多，难保所带钱财不被其他土匪盯上。但眼下唯有此法可行，非冒险不可。赵一味自然也明白这一点。为了唯一的掌上明珠赵灵芝，他也甘愿冒这个险，让其他人去走一趟抱犊崮他更不放心。刘玉胜心急气躁，一句不合就可能与刘黑棋发生冲突，不但救不来人还可能会搭上身家性命。况且，刘玉胜的目标太大，前几年和抱犊崮上的众多土匪交过手，自然是积下了不少仇恨。刘老太爷年高威重，但年龄太大，走抱犊崮身体吃不消。至于赵当归和刘家两兄弟，想来都难以震慑住心狠手辣的刘黑棋。

　　赵一味确定走一趟抱犊崮之后，剩下的就是筹措赎金了。这几年，经过苦心经营，赵一味手里有了不少积蓄，拿出这些钱并不在话下。但一向讲究礼数要面子的刘老太爷还是让刘玉胜从家里拿出了不少的现大洋，毕竟赵灵芝是老刘家的媳妇，赎金应该出大头才对。经此一祸，刘老太爷身体大受打击。在围寨受的伤还没完全恢复，现在又落下如此深仇大恨，精神随即垮了下来。尽管如此，他还是在卫生员白雪的搀扶下，颤巍巍地亲自来到大药房给赵一味送行。老太爷抓住赵一味的手，嘴唇哆嗦了半天，终于说了句："对不住亲家公啊，出了这档子事儿，本就愧对儿媳赵灵芝，现在还不得不惊动亲家公，亲自走一趟凶险的抱犊崮！"说完，他拉过刘玉胜，对他说："玉胜啊，来给你丈母爹磕个头，代表咱老刘家感谢他！"刘玉胜听罢，扑通一声跪倒在地，朝着赵一味重重地磕了个响头。赵一味含泪扶起刘玉胜，说道："贤婿快起，此事不能怪你！老刘家一向仁义，我这次走抱犊，一定把灵芝带回来，让你们小夫妻圆房团聚！"说罢，他拿起装满现大洋的面袋子，掂了掂，自言自语说了一句："还挺沉！"一旁的刘玉胜脑子一转，脱口而出："俺看不妨以帮忙护送现大洋的理由另派一个帮手一起去！一来可以有个照应，二来万一出了什么岔子，也好回来通风报信！"大家都认为此法甚好。如此一来，刘黑棋也不会产生怀疑，两个人上抱犊崮总比一个人强。刘家两兄弟和赵当归你看看我，我看看你，都跃跃欲试。刘玉胜摇摇头说："你们都不合适，刘黑棋一眼就能认出你们！最好能派一个他没见过的人。"这时，白雪站出来，说了句："我去吧！刘黑棋肯定不会认出我。"大家一愣。刘玉胜皱皱眉头，说："你也不合适吧，一个女儿家，这一趟太危险了。再说谷政委和杨团长专门叮嘱过一定要照顾好你。要是你出了啥事，俺对他们如何交代？"白雪笑笑："我参加八路这么多年，和敌人斗争的经验比你们都丰富！再说我还可以女扮男装，大不了把头发剪了！所以，我跟着赵老板去最合适！请大家放心！"刘玉胜看看一直没说话的赵一味，赵一味犹豫了一下，点点头。刘老太爷听了这些话，拉着白雪的手说："白姑娘啊，你之前救了俺的命，悉心照顾俺养伤，现在又要去救俺们家儿媳妇的命，你让俺该如何报答啊！"说着，老人欲给白雪行大礼。白雪赶忙拦住他说："老爷子千万别这么说！我们八路军就是要救百姓于水火之中。再说了，咱们现在都是八路军了，是一支队伍了，咱一家人不说两家话！"刘玉胜听了白雪的话，眼睛湿润起来，他哽咽地朝白雪拱手说："白姑娘对俺们老刘家的恩情，俺刘玉胜没齿难忘！"白雪看了他一眼，脸色泛红，说了句："俺这就去化妆！"说着，让赵当归带她去了赵灵芝的闺房。

赵灵芝的闺房还是原来的样子，一切都没有变。那张化妆台上摆放的各种女孩子的物件，还如出嫁前一样。

不愧是大家闺秀，赵灵芝的卧房里随手可见琴棋书画，整个屋里弥漫着一股淡淡的中草药的香味。这样天生丽质、冰清玉洁的女孩子落在了山匪手中，那后果真是难以想象。想到这一点，白雪迅速在赵灵芝的化妆台前坐下来，拿起了剪刀，递给站在一旁呆若木鸡的赵当归，用不容置疑的口吻说：你来剪！赵当归看了看自己整天把鹌鹑的手，头摇得如同拨浪鼓一样："俺不会剪！也不……敢……剪！"白雪呵斥道："那你还想不想救你妹妹赵灵芝了？耽搁的时间越久，她的处境就越危险！"赵当归没办法，拿起剪刀，尽量平复自己的心情。长这么大，他还从来没碰过女孩子的秀发。白雪的头发又厚又软，他的手刚一碰到发梢，就禁不住颤抖了一下。白雪从镜子里看到他的样子，想笑又不能笑，只好闭上了眼睛，说道："我不看你总行了吧，你大胆剪，越短越好！"赵当归点点头，下了狠心，一剪刀下去，一团秀发飘到了地上。愣了一下，赵当归又剪了第二刀，这下轻松多了。就这样，一剪刀一剪刀剪下去，越剪越轻松。不一会儿，白雪一头的长发就变成了小短寸。落下最后一剪，赵当归长长地松了口气。白雪睁开眼睛，对着镜子左右看看，笑了。赵当归剪得没有想象中那么糟糕，反而很有些手法。现在的白雪看上去就是一个"小子"！不过，那灵动的眉宇左顾右盼间，依然可见女孩的秀气与柔美。白雪对赵当归竖起了大拇指，说道："剪得不错嘛！真不敢相信你是第一次拿剪刀！真是个人才！你要是不卖药了，完全可以去开个理发铺呀！"赵当归着得满脸通红，小声嘟囔了一句："俺只会斗鹌鹑！"白雪好像没听到一样，看了看他，说道："把你身上的衣服脱下来！"赵当归愣住了，不敢相信地看着白雪，继而又忽然明白过来，说："你等会儿，俺去去就来。"白雪怒道："来不及了！赶紧脱下来，俺还是闭上眼睛不看你！"赵当归只好三下两下脱下了外套，轮到裤子时，他犹豫了一下，躲进了里间，换下来，递给白雪。白雪有些哭笑不得，也躲进里间，换上了赵当归的衣服。现在的她看上去完全是一个小伙子的样子，不张口说话，根本看不出来是个女儿身。白雪问赵当归："你看看，没什么问题了吧？"赵当归又大着胆子打量一番，脸色通红地指了指白雪高高的胸脯。白雪脸色腾地一下红了，到处看了看，又走到里间，愣了半天，再走出来时，胸脯已经变得平整了。她对赵当归笑笑，说："你的衣服等从抱犊崮回来再还你！"赵当归脸红得直摆手，一句话也说不上来。

白雪再来到大伙面前时，所有人都愣住了，眼前分明是一个药房的小伙计！刘玉胜点点头，白雪的样子让他放心了。其他人都暗暗佩服起白雪来：一个女娃，敢上土匪窝子抱犊崮，真不愧为女中豪杰！

事不宜迟，赵一味叮嘱赵当归带领几个伙计看好大药房，随即动身和白雪一起向着抱犊崮的方向进发。刘玉胜也跟了出去，为确保赵一味此行万无一失，他要亲自带人在暗中保护。

抱犊崮所在地区崖壁峭立，多山顶平坦的方形山峰，这些"方山"当地习惯上称为"崮"。这些态势奇特宛如古城堡的崮群，遍布沂蒙大地，形成中外罕见的地貌奇观。相传，崮最早是玉皇大帝在沂蒙山区插上的七十二根擎天石柱，可后来因海龙王的龙子龙孙们经常顺着柱子爬到天庭去骚扰宫女，玉皇大帝一怒之下，挥剑斩断了这些擎天柱，因此留下七十二个柱桩，才演变成今天的沂蒙七十二崮。"一片好风光，七十二崮堪爱。"这里的"沂蒙七十二崮"，也并非确指。事实上，整个沂蒙山区的崮，大大小小加在一起至少也有上千座之多。而在这些大大小小的崮当中，最有名的莫过于抱犊崮了。抱犊崮为鲁南第一峰，遥望如擎天玉柱直插霄汉，有"鲁南擎天柱"之美誉。

对于抱犊崮，赵一味并不陌生。因为这里遍布各种药材，早年众多山匪未曾落草时，他还曾坐驴车来这里采摘过各类药材。他记得在此采过的野生药用植物有香附、益母草、半夏、黄芪、茵陈、枸杞、石竹花、地黄、车前子、薄荷、何首乌、小蓟、菟丝子、马齿苋等；采过的野生草本植物有刺儿菜、茅草、狗尾草、灰灰菜、爬地秧、米蒿、猫儿眼、稗草、三棱草、黄白草、白菜草、羊胡髭草、翻白草、野苜蓿、苦苣菜、荠菜、灯笼棵等。这个地方，实在是药材丰富之地，要不是眼下日寇入侵、悍匪横行，他定是每隔一段时日就会来此采药。

从运西到抱犊崮主峰路程不近，刘玉胜特地从队伍上抽调了两匹马，一匹枣红大马给赵一味，一匹白色大马给白雪。两个人骑马可以一直到抱犊崮的半山腰。刚进入山脚下，赵一味和白雪就看到了两个正在巡山的土匪。因不知是山匪中的哪一股，他们不敢贸然前去询问。两个土匪都是本地农民打扮，身穿露出棉絮的薄棉袄，头戴瓜皮小帽，脚蹬黑胶布鞋，若不是腰间捆着的铜扣牛皮腰带和身后背着的土枪，根本看不出来他们是山上的土匪。赵一味见多识广，见到这两个土匪也不搭理，继续策马慢慢前行。从山脚到半山腰的山路崎岖，到处都是石头，枣红大马走得小心翼翼。赵一味骑马走在前，白雪走在后，两个土匪一直不远不近地跟着。赵一味由此判断，这两个人可能是刘黑棋的手下，提前到山下接应来了。到了半山腰，他们看到一个用抱犊崮杉木搭建的简易寨门。那里的土匪渐渐多起来，手里都拿着枪，嘴里叼着自制烟卷，斜着眼睛看着赵一味和白雪一步一步走近。一个土匪上前来，喝问道："来者何人？"赵一味下马，拱手道："古城大药房赵一味，前来赎人！"土匪嘿嘿笑了两声说："你还真敢来啊！"说着，看了一眼白雪，又喝问："怎么来了两个人？刘司令不是说了吗，只能派一个人前来！"赵一味指了指手里装满大洋的面袋子，说："这么多货，一个人哪敢上山啊！"土匪奸诈地笑了笑，从赵一味和白雪手里接过缰绳，把两匹马拴到寨门旁边的露天马厩里，说道："刘司令正在山上寨子里等你们！"赵一味看看到顶峰窄窄的山路，更加崎岖难走，只能徒步慢慢往上爬了。

2

抱犊崮之所以能成为土匪窝，主要就是因为地势险要、丛林密布。所谓"自古华山一条路"，对于抱犊崮来说尤其如此。上山的这一条道，路面遍布大小尖利石块，甚是难走。这个地方，真有"一夫当关万夫莫开"之势，极为易守难攻。好在此路赵一味以前也走过，并不是很为难。白雪虽是年轻的女同志，但毕竟是久经沙场的八路军战士，走这样的山路想来也不是什么难事。但和走在前面健步如飞的那个土匪比起来，两个人还是相形见绌了。土匪不但走起来速度极快，而且面不改色，气息均匀。不像赵一味和白雪，喘息中带着些许粗气。走在最后面的另一个土匪年纪虽说较大，但也是步履敏捷，看上去毫不费力。这些已经习惯抱犊崮山路的土匪，对此都已经是轻车熟路。对付这些人，绝不能掉以轻心！

　　越往上走，山路越陡。走到山顶时，看到几间木头房子，几十个土匪有的懒洋洋地斜挎着土枪站在那里，有的横七竖八地躺在地上的草席上，还有的在嘴歪眼斜地剔牙。赵一味看了一圈，并没有刘黑棋的影子。跟上来的土匪指了指眼前一个圆乎乎的巨型馒头一样的"崮"，大声说道："刘司令在上面！"白雪看看耸立在眼前的抱犊之"崮"，倒吸了一口凉气。她终于明白了抱犊"崮"的由来了！原以为爬到山顶就到最高处了，哪知道这才是刚刚开始！山顶上面还有这么一个巨大的"崮"！只见这"崮"拔地通天，"崮"身宛如高高的圆杯倒扣于山峰之上，自颈至巅，峭壁如削，山石裂缝纵横，古柏倒挂。再看那通往崮顶的窄窄的一条乱石小径，差不多呈九十度直线向上，仅容一人侧身通过，这不仅是易守难攻，即使无人把守，也难以轻松爬到崮顶。怪不得山上的那么多股土匪为了占据整个崮顶不断血拼火并，这里不但是整个抱犊崮山区的制高点，还是最有利的战略要地。

　　众土匪看到赵一味和白雪面面相觑的样子，哈哈大笑。年纪稍大的土匪说："你们快点往上爬吧，这么多天了，刘司令早已经等得不耐烦了！去晚了，还不定会出什么事呢！"闻听此言，赵一味和白雪咬咬牙，爬吧，继续往上爬。除了习以为常的山匪，一脚踏上那几乎竖立起来的石头小径，没有几个腿不软的。在前面引路的山匪对赵一味和白雪说："一直朝上爬，不要往下看！"白雪感觉自己差不多是沿着一条竖直线向上爬，朝上看见赵一味的脚板正在自己头顶上方。石头小径一边是凹凸不平的石窝子，勉强可以抓一抓；另一边就是万丈悬崖，如若脚板悬空，定会跌落下去粉身碎骨。白雪感觉身上的钱袋子越来越重，她只能咬紧牙关坚持着。

因坡度实在太陡，这段从山顶到崮顶的石头小径赵一味和白雪足足爬了半个时辰，等爬到崮顶，两人早已是精疲力竭。此时，太阳正悬在头顶，整个抱犊崮山林尽收眼底。崮顶十分开阔，不但有五间宽敞的石屋分布在周围，紧挨着石屋还有一座不大不小的石庙，相传为泰山奶奶庙，庙中供顽石一块，上刻日出形象，没有文字，仅刻一平线，中绘半环，如日出光芒四射，这大概就是传说中的石雕天神像。登崮顶俯瞰四方，令人顿生"登临芳心远，身与碧云齐"之感，眼前顿觉豁然开朗！山之阴群山奔逐，逶迤起伏；山之阳小路如网，村落林立。左麓莲花山，右麓杏花山，平坦的崮头确像一巨大的仙台。崮顶风烈，烟云迷乱。山中白云蓊郁而起，远远望去，袅袅烟霞环绕峨峨崮顶，若隐若现，整个崮顶悬浮于白云之上，宛如虚无缥缈的仙山琼阁。崮顶南边有一石池，水清照人。可惜，赵一味和白雪此时肩负重任，无心欣赏这些风景。

土匪把赵一味和白雪带到正中间的石屋，对看守石屋的两个胡子拉碴的人说："来赎人的！"对方问道："搜过身了吗？"说着，分别动起手来，在赵一味和白雪身上摸来摸去。除了钱袋子，并没有发现什么异物。其中一个说道："进去吧，刘司令已在里面等候多时！"赵一味和白雪往前一步，迈进石屋，只觉眼前一暗。

里面黑乎乎的，眼睛半天才能适应。石屋里弥漫着一股浓重的酒糟味，混合着一股肉香。还有一点臊烘烘的马粪味，好像有什么东西在发酵。等眼睛完全适应了黑暗，才看清里面摆设极为简单，正中间是一个四尺见方的石板桌，桌子两旁各有两个石凳。在石屋最里面的暗处隐隐约约有一张石床，上面似乎模模糊糊躺着两个人。一起进来的土匪向着床上的人说道："司令，他们来赎人了。"那人从床上坐起，边提腰带边骂骂咧咧："他娘的，还以为你们不来了呢！再不来，老子可就把人肉撕票了！"说话者正是刘黑棋。他从暗处走出来，坐到石桌旁。白雪发现他的右手缠着一圈土布，土布上还有血迹，看样子受了伤。刘黑棋眼睛死死盯着赵一味和白雪，一字一顿地说："怎么来了两个？看样子是对俺刘黑棋不放心！那个年轻后生俺都没有见过吧？脸生得很！你们和老刘家是什么关系啊？"赵一味拱手抱拳，说道："在下古城大药房赵一味！"刘黑棋点点头："你就是赵灵芝的爹吧？那天俺在婚宴上见你医者仁心，才勉强答应以现大洋赎人。你这个药房先生倒也仗义哪！"他看看白雪。白雪压低嗓音，故意粗声粗气地说道："俺是大药房的伙计！"刘黑棋不怀好意地笑笑说："你这个伙计长得倒很秀气嘛！"说着，他指了指面前的石桌："来来来，坐下来谈！"

待坐定，白雪把钱袋子放置脚边，故意哗啦一下发出几声声响。刘黑棋看了看白雪脚下的钱袋子，阴险地笑笑："这点钱对于赵老板来说只能算是九牛一毛吧？"赵一味一时间不知道刘黑棋葫芦里卖的什么药，只得小心翼翼地赔着笑，没有说话。反倒是白雪，不慌不忙地说了句："刘司令还要亲自看看吗？"刘黑棋哈哈笑道："那倒不必，想来你们也不敢少一个子儿！给你们个豹子胆，你们恐怕也不敢吧？"说完，他看了看一直站在身边的土匪。土匪对白雪说："把袋子给俺！"白雪愣了一下，看看赵一味。赵一味笑笑，对刘黑棋说："刘司令，道上不都是有个规矩吗？你也让我们先看看人啊！你看我们都带着赎金来了，还能耍什么花招不成！"刘黑棋皮笑肉不笑地说了句："老刘家的三个儿媳妇就在隔壁石屋里，这几天俺都给她们吃好喝好，绝对没动过她们的半根毫毛，你若不信，可以去查看查看！"赵一味听出刘黑棋话里有话，一时间不敢造次。刘黑棋表面上是说可以去查看，但若是去了，就证明对他不信任，下面赎人的事儿就不好谈了；若是不去查看，又不放心三个人质到底怎么样了。正左右为难，白雪站了起来，说："掌柜的陪刘司令说话，俺去隔壁看一眼就是！"赵一味点点头，深为白雪的机智反应所震动。刘黑棋对此也没办法，示意那个土匪带白雪去隔壁石屋。

隔壁的石屋很小，光线显得更加不好。一进门，一股浓烈刺鼻的屎尿味传来。循着这股味道，看到里面似乎什么也没有，只有地上铺着一层脏兮兮的麦秸秆。在一进门的地方，摆放着三只破碗，里面隐隐约约有蛆虫在蠕动。白雪强忍着恶心往里走了两步，这才看见在屋角蜷缩着两个人影。她们察觉到有人进来，都在那里瑟瑟发抖。只听其中一个颤声说道："你莫再逼俺们！不然俺们就撞死在这石屋里！"白雪赶紧说道："两位嫂嫂莫怕，我是来赎你们回家的！"另一个声音说道："你是谁？"白雪答道："我是大药房刚来的伙计，和赵老板一起来的！"听到这话，那两个人才敢从暗处爬过来，白雪这才看清眼前的两个头发凌乱的人正是赵灵芝和新月。赵灵芝还穿着新娘的衣服，脸上有一个明显的伤疤，看样子是被什么硬物打过。新月身上的衣服已经被撕成了一条一条的碎片，连胸脯都露了出来。看到这些，白雪眼睛红了，她们可能已经遭到了刘黑棋的蹂躏！赵灵芝看了白雪半天，摇摇头说："你真是药房的……"不等她说完，白雪就打断了她，抢先说道："你出嫁之后我才来大药房，你不认识我！"屋门口的土匪探头进来，疑惑地看了看，嘟囔了句："快点快点！"白雪问赵灵芝："刘黑棋欺负你们了吗？"赵灵芝眼含热泪，不说话。新月大声哭起来。白雪恨恨地小声说道："刘黑棋不是答应十天之内不动你们一根一毫吗？这个畜生！"新月哽咽着说："他没有欺负灵芝妹妹，想拉俺出去，被俺咬了一口，他急了，撕烂了俺的衣服。这个猪狗不如的东西，把大嫂打蒙了强行拉了过去……"白雪这才想起来，怎么一直没看到柳梢？她着急地问："她人现在哪儿？"新月指指屋角黑暗处，满脸泪水："刚刚睡着了，她痛苦呻吟了一整夜。"白雪慢慢走过去，想查看一下柳梢的伤势。借着微弱的光线，白雪看到柳梢紧紧蜷缩在墙角处，面色十分憔悴，凌乱的头发遮住了前额和脸上的血迹，大腿根还有鲜血在隐隐渗出。作为随军多年的卫生员，她意识到柳梢的伤势可能很严重，必须马上进行救治，不然伤口可能会感染，病情会恶化。可眼下是在抱犊崮，没有任何药物可用，怎么办？情急之下，白雪眼泪都要掉下来了。犹豫了一会儿，白雪想还是尽快把情况告诉赵一味，或许他会有办法。她看到赵灵芝和新月一副又害怕又焦急的样子，安慰她们说："你俩别害怕，也别着急，我和赵老板既然已经到了抱犊崮，就一定会带你们回去！"新月点点头。赵灵芝小声问道："玉胜呢？"白雪小声说："他在山外接应我们！"说完，白雪抹了抹眼角，走了出去。

　　赵一味看到白雪进来，脸上的表情十分严肃，意识到可能出事了。他不好当着刘黑棋的面询问，只说了句："她们都还好吧？"白雪只能点点头，小声说了句："只是大嫂受了伤，需要用点妇科药。"赵一味一听心里咯噔一下，一下子就明白了，他暗暗在心中咒骂了一句："活该千刀万剐的刘黑棋！"但他脸上没有表现出任何情绪，只是指着刘黑棋受伤的手说："既然要用药，我看刘司令的手也需要消炎，伤口恐怕已经溃烂了！"刘黑棋眼珠转了转，说道："俺这点伤不算啥！手下的人替俺包扎过了，没事！"赵一味对刘黑棋的回答早有所料，他笑笑说："我行医多年，只需要看一眼就知道伤口是否发炎。你的伤口用的是未经消炎的土布包扎，而且在包扎前也没有用药，很容易感染。刘司令如若不信，可以拆开土布让我看看。"刘黑棋将信将疑，很不情愿地伸出了胳膊。赵一味拆开了胡乱包扎在伤口上的土布，一股腥臭味扑面而来，整个石屋都充满一股难闻的味道。伤口处有两个牙印，赵一味差不多猜到了是怎么回事。伤口很深，已经感染。他故意夸大其词："刘司令，伤口感染得很严重，如若不马上消毒，你这手和胳膊都不一定能保得住！"刘黑棋一听慌了，急吼吼地说："老子还要用这只手拿枪呢！可不能残废了！"说完，他叹了口气："可这荒山野岭的，哪有什么可消毒的药？"赵一味笑道："刘司令有所不知，这抱犊崮到处都是宝，中药草遍地都是啊！你且让我和伙计出去看看，说不准这崮顶之上就能找到！"刘黑棋点点头："好！那你们赶紧去找找吧！你们治好了俺，俺保证让你们毫发无损离开抱犊崮！"愣了一下，又说："你把草药弄成两服，一服俺用，另一服给其他人！"赵一味知道他担心自制的药草有毒，不过此言正合己意，于是哈哈笑道："刘司令这是不相信我们哪，那我就证明给你看看吧。"

赵一味用眼神示意了一下白雪，两个人一起走到外面。刘黑棋并没有跟着出来，他大概要在石屋里偷偷数一数现大洋呢。那几个土匪也只是远远地看着，没有靠近。这个插翅难飞的地方，逃都没法逃。白雪小声说了句："刘黑棋这个畜生把柳梢糟蹋得不轻！都流血了！必须赶紧救治，按她现在的情况，根本无法走路下山。"愣了一下，又说道："灵芝妹妹和新月二嫂没什么大碍。"赵一味咬了咬牙，说道："我刚才猜出来你急需药物，所以才找了个给刘黑棋这个狗东西治病的理由！"崮顶上有一片草丛，赵一味打眼看了看，对白雪说了句："那里可能会有车前草、金钱草和益母草等，这些专治妇人症！我以前在这个地方看到过很多药草，都是可以治疗此类症状的，除了车前草、金钱草、益母草，还有叶下珠、凤尾草、马齿苋等。至于狗东西的伤口，用普通的'地肤子'就行，遍地都生，是一种很好的草药，几乎不挑土壤，这里到处都是。'地肤子'又叫血见愁，或者草血竭，它对止血有疗效，对尿血、便血、妇女经血不止等疗效都不错。我们一起多找点，尽快把柳梢的伤治好！"白雪点点头，她虽然对中草药不熟，但凭着多年的医务经验，这些常见的药草还是可以分辨出来的。

抱犊崮不愧是药山，仅仅在崮顶的这一小片草丛，就采到了一大把"地肤子"和车前草等。赵一味两手抱着这些草药，走到崮顶中间的水池，洗干净，晾晒在石板上。他找来两片干净的石块，用来研磨药草。他让白雪把晾干的药草掺杂在一起，放在石块上，用力挤压出淡绿色的汁液。赵一味小心地把这些汁液刮到洗干净的两块土布上，土布不一会儿就变得湿漉漉了，散发出一股草药的清香味。

药草研磨得差不多了，赵一味把其中一块蘸满药水的土布交给白雪，让她藏到自己袖子里，叮嘱说："仔细擦拭伤口处！"白雪点点头，去了隔壁的石屋。赵一味则拿起另一块，去找刘黑棋。刘黑棋站在屋门口，盯着赵一味手里的土布。赵一味笑笑："刘司令，我现在就给你抹上？"刘黑棋犹豫了半晌，说了句："不急嘛！"赵一味猜测他是想看看隔壁柳梢用药后的情况，以此来断定药效到底如何。过了一会儿，白雪进来，眼里噙着泪水。赵一味问道："柳梢如何了？"白雪点点头说："药物起作用了，她感觉好多了！"赵一味看看刘黑棋，刘黑棋伸过胳膊："那你也给俺换上！"赵一味点点头，示意白雪过来帮忙。白雪小心翼翼而又异常熟练地把刘黑棋原来的旧土布拆下来。赵一味把蘸满草药的新土布按到刘黑棋的胳膊上。刘黑棋嘴里咝咝吐着冷气，说道："他娘的，还真疼啊！你这是药水还是刀子啊！"赵一味笑着说："刘司令有所不知，越疼越说明药效强啊！你这伤口已经发黑，药效要不强一点怎能彻底消毒？有了这一服药，你这伤口保证不会再继续溃烂！"刘黑棋仍旧在龇牙咧嘴。赵一味示意白雪把新的土布包扎好。白雪低头包扎时，刘黑棋无意间瞥到了白雪耳朵上的耳洞，他愣了一下，随即不动声色地说了句："赵老板，你这位伙计长得好秀气啊！"白雪闻听此言，包扎的动作停顿了一下，稍作冷静，又强作镇定继续包扎。赵一味哈哈笑道："这个小伙计是江浙人，自然和咱们北方不一样！"刘黑棋笑笑："可不是嘛，像俺们这样的大老粗，在这深山老林里面整天和粗野之人打交道，哪见过如此江南之秀气啊。"赵一味和白雪听出刘黑棋话里有话，就不再多说。

包扎完毕，赵一味把钱袋子堆到刘黑棋面前，朗声说道："按照约定，咱们一手交钱一手交人，刘司令，这钱你点一点吧。"刘黑棋嘿嘿笑了两声："今天天色不早了，山路难走，你们不妨就在这山上吃顿饭住一晚再走不迟！俺这山野虽说没什么山珍海味，但野味还是有一些的，就是不知道赵老板吃得惯吃不惯？"赵一味一听，额头直冒汗，他说道："赵某感谢刘司令的美意，只是我答应玉胜快去快回，如若耽搁太久，只怕他误以为节外生枝……"赵一味的话表面上很客气，但话里的意思却也很明显，既拒绝了刘黑棋，又警告他不要生变。不过他吃不准这招对刘黑棋是否管用。只见刘黑棋眼珠转了两圈，眉毛挑动了两下，说道："这样也好！不过……"刘黑棋说着看了一眼白雪。赵一味不知道刘黑棋又在出什么鬼点子，登时又着急起来。白雪似乎意识到了危险，但她很冷静地看着刘黑棋。刘黑棋哈哈笑了几声，说了句："刚才赵老板往俺这伤口上抹了些药水，俺感觉好多了！不过呢，俺想问一个问题。"赵一味说："你问吧"。刘黑棋说："你刚才也说了，俺这个伤口感染得厉害，就这一次用药恐怕不行吧？所以啊，俺想提个要求，能不能让你这伙计多留在这里几天，继续帮俺换药啊？赵老板总不能让俺刘黑棋为了换药再兴师动众地下山吧！"刘黑棋果然阴险狡猾，赵一味和白雪都忍不住吸了一口冷气。白雪猜测刘黑棋已经看出自己是女儿身，他故意找换药这个理由把自己作为新的人质留在抱犊崮。赵一味暗自叫苦，想不到自己好心给刘黑棋治伤治出了如此麻烦！带走三个人质，又留下一个新的人质！要知道白雪可是八路军卫生员啊！怎么能留在这危险的土匪窝子里呢？一旦被刘黑棋识破身份，处境将万分危险！但不答应刘黑棋，他肯定不会让自己带上赵灵芝她们下山。弄不好，他还会将所有人质一并留在山上，到那时真正是落了个人财两空！怎么办？赵一味犹豫着，心里做着复杂的斗争。刘黑棋见状，嘿嘿冷笑了两声："看来，赵老板是舍不得自己的这个秀气的小伙计啊！"赵一味拱拱手，说道："不是赵某不舍得，是当初答应这个小伙计的父母……"话未说完，就被刘黑棋打断，他故作轻松地说道："赵老板放心，等俺伤好了，自然会将你这个小伙计送回大药房！你看如何？"赵一味还想再辩，白雪说话了："赵老板就答应了刘司令吧，你先带三位女眷下山，我就留在此地，给刘司令换药，等他伤养好了，我再去大药房继续从师学艺不迟！"赵一味看看白雪，白雪郑重地点点头。刘黑棋大概没料到白雪会如此大胆，更加坚定了自己的看法：面前的这个小伙计肯定不是等闲之辈！赵一味此时也没什么更好的主意，只好说了句："那就留你在此照顾刘司令吧！也好借机跟着刘司令长长见识！"说完，他朝刘黑棋拱拱手："那我就带着三位女眷下山了！"刘黑棋点点头，对着门口的土匪说："你们护送赵老板等人下山吧！"众匪答应了一声，摇晃着去隔壁石屋了。

赵灵芝和新月身上没有大伤，两个人互相搀扶着走了出来。因为连续多天没有见到太阳，猛一来到屋外，眼睛被亮光刺得生疼，只得用胳膊挡了一会儿，慢慢适应。赵灵芝看到赵一味，忍痛叫了声爹，就再也说不出话来。赵一味看着蓬头垢面的女儿，心疼得不行，他故作镇定地说："爹这就带你们回去！"刘黑棋走过来，装作很愧疚的样子，说道："赵老板啊，俺这次下山掠来千金，绝对不是针对你啊！俺是冲着刘玉胜父子来的！他们家曾经做过对不住俺们的事！此事真是小孩没娘说来话长，俺就不多啰唆了，以后如有机会，会给赵老板叨咕叨咕！"赵一味点点头，没有再说什么。最后从石屋里出来的是柳梢，她弯着腰，身子已经完全直不起来，大腿根的血止住了，已经凝固，看来草药发生了作用。刘黑棋看到柳梢，低下头，对赵一味说了句："恕不远送！"说完转身回了石屋。白雪走到柳梢跟前，问她："能走路吗？这下山的路有点陡！"柳梢咬牙点点头："俺就是爬也要爬回去！这里根本就不是人待的地方！"白雪点点头，只说了句："你们一路小心！"赵灵芝一愣："你不一起走吗？"白雪摆摆手："你们先下山，我随后就来！"赵灵芝看了看赵一味。赵一味点点头。

俗语说上山容易下山难，更何况是抱犊崮这样的险要之地。再加上赵灵芝、新月、柳梢都是手无缚鸡之力的女子，柳梢身上的伤口虽已经赵一味草药治疗，但尚未完全愈合。下山的时候，一行人几乎是一步一歇，如同蜗牛爬行。好在最让赵一味担心的从崮顶到山顶这极其险要的一段，他们在众土匪的帮助下已经安然走过来。剩下的山路依然难走，但已没有如此凶险。只要他们还能前进，到达山下的时间长一些也不怕。走到半山腰的寨门，土匪都不愿再跟着下山，找理由说天色越来越晚，怕在山下遇到另一股土匪。他们牵来枣红马和白马，把柳梢交与赵灵芝和新月，径自回了山顶。临走，给赵一味指了另外一条稍好走一点的路。柳梢伤在下体，已无法骑马前行，赵一味只得让赵灵芝和新月各自骑马下山，他扶着柳梢继续步行。此时，天色已近黄昏，几个人饥肠辘辘，走得越发缓慢。好不容易走到一片杨树林，眼看就要到大路了，突然从树林里窜出几个头戴草帽、手拿钢叉的汉子，朝着四个人喊道："尔等何人？为何到此？"赵一味等人呆住了。

3

经验告诉赵一味，面前的这四个是另一窝土匪。赵一味仰天长叹：难不成刚出虎穴又入狼窝？不知他们是为财还是为人？如若为财，那还好说，大不了把身上剩下的银票都交给他们；若是为了抢人，那就真是欲哭无泪了！他对着四个一身农民装束的土匪拱手道："四位好汉，我们是古城县普通百姓，今儿个只是路过好汉的地盘，绝无惊扰之意，还请高抬贵手，放我们过去！"四个土匪中年纪最轻者迅速扫了一眼马上的赵灵芝和新月，不相信地说了句："俺看你们不是什么普通百姓！倒像是富贾商人吧！"说话者年纪虽小，但留着一脸络腮胡，看上去有一点滑稽，给人的感觉就像是一个小孩穿着大长袍，有点儿不合身。赵一味又拱拱手说："这位好汉，我们确是普通百姓。"愣了一下，又半真半假地说："我是古城大药房的伙计，跟着药房先生学一点手艺，这三位女眷都是我的女儿。"络腮胡嘿嘿冷笑了两声："原来你们真要去古城，那要不少时辰哪！既然天色已经不早，何不在俺们小寨歇息一晚，明早再赶路不迟！"赵一味心中暗暗叫苦，这要是再被土匪掠了去，该如何是好？情急之下，他指了指柳梢，说道："这位好汉，我大女儿受了严重的伤，如不尽快回去医治，恐有性命之忧！"络腮胡仍旧不肯放过，脸色越来越严肃。站在他身旁的一个光头少年一字一顿地说："少他娘的废话！不要不识抬举！俺们少当家的是为了你们好，才让你们在山寨留宿一晚，你可别狗咬吕洞宾不识好人心！"从他的话中，赵一味知道络腮胡是这股土匪的头儿，再拱拱手道："我们绝对无意冒犯少当家的，确实要赶回去救人……"没等赵一味说完，络腮胡大手一挥，示意另外三个土匪："把人带到寨子里去，让老当家的看看！"胳膊拗不过大腿，好汉不吃眼前亏，赵一味他们只好跟着四个土匪走。

穿过杨树林，他们来到山脚下的一个小溪边。顺着小溪旁边的碎石板路往上走，到达一处天然巨石板铺就的开阔平地，那里聚集着几十个穿着庄稼汉衣着的土匪，正在巨石板上用石块支起的架子烤着一头野猪，一股肉香飘荡在周围。他们看到赵一味带着三个女眷，都有些好奇地盯着，互相窃窃私语："估计是个大户，不然也不会娶了三房哪！"络腮胡子喝令他们："不要胡吣！"他们像是很惧怕这个少当家的，都立马住了嘴，只顾埋头吃肉。赵一味把赵灵芝和新月扶下马来，让她俩照顾柳梢，在石板上坐下来歇息，他自己则就地采起了草药。少当家的远远地看着他，好像明白了什么，默默地从一个火堆里拿了几块烤好的野猪肉，走过来，递给赵灵芝她们。赵灵芝看看赵一味，赵一味点点头。走了这么长时间的路，她们也确实饿了。少当家的把手里的最后一块肉拿给赵一味，赵一味接过来，感觉这股土匪和山顶上的刘黑棋不一样，简直是天壤之别！他试探着问："敢问少当家的尊姓大名？"对方笑笑说："俺们这些落草为寇的人，哪管什么姓甚名谁？"愣了一下又说："俺打小就被他们称作少当家的，渐渐原来的名字就都不提了！俺在老刘家排行老小，年长的人有时候叫俺刘小幺。"赵一味点点头："巧了，俺女婿那边也姓刘！"刘小幺愣了一下，故意转移话题，他指着赵一味采来的那些药草说："这些草真能治病？"赵一味点头说："抱犊崮到处都是宝啊，这些都是上好的中药草，研磨成汁敷在伤口就能消炎去毒。"说着，他从地上捡起两个石片，想研磨草约。刘小幺像是突然想起什么似的，拍了一下大腿，说："你等着，俺去上面的洞里给你找一个东西！"说完，哧溜一声沿着石板往上面跑去，赵一味这才发现，那上面有一个入口狭小的山洞。不一会儿，刘小幺拿着一个蒜窝子下来了，兴奋地递给赵一味："俺爹最喜欢吃大蒜，这是他平时捣蒜用的！俺看用来捣药挺合适！"赵一味笑笑："这个的确合适得很，只是蒜味太大了。"说着，放到鼻子下闻了闻又说道："不过，大蒜也有消毒之功效。正好！"他把采来的药草用蒜窝子一点一点捣碎，刘小幺一直蹲在旁边耐心地看着，嘴里嘟囔说："你在药店当了多久的伙计了？手法很是熟练嘛。"赵一味笑笑，没说话。他感觉这个土匪还是个孩子，他的年纪应该比刘玉胜还要小一些。但他为何要留这么浓密的胡子？这一脸的络腮胡让他看上去显老了不少。他边捣药边在心里嘀咕："这个年纪轻轻的小土匪究竟想干什么？把我们抓来管吃管喝不说，态度还这么好，一点没有土匪的样子嘛。"赵灵芝和新月她们也是一脸的狐疑，看不明白眼前的这些农民一样的土匪到底想干啥。像是和赵一味有什么感应似的，刘小幺轻轻咳嗽了两声，说："你们别害怕，俺们和山上的刘黑棋不是一路的！你们是不是刚从抱犊崮崮顶上下来的？"赵一味点点头。刘小幺说道："那你们为何不原路返回？要走这条道儿呢？俺们和刘黑棋井水不犯河水，他有他的地盘，俺们有俺们的地盘。"愣了一下，又说："一会儿等俺爹回来了，只要他同意放你们走，俺不光不拦着，还要派人把你们护送到运西！不过……"说到这里，他停顿了一下。赵一味说道："不过什么？你有话尽管说吧。"他以为这个刘小幺要出什么坏主意，有点儿担心。哪料到刘小幺说了句："你说你是大药房的伙计，看你刚才采药和捣药的样子，也确实像，俺把你们带到这里，就是想让你给俺爹看看病！你要是真会看病，等一会儿俺爹回来了，你也给他弄点草药啥的！"赵一味明白了，也松了一口气，原来他并无恶意。赵一味说道："既然如此，我一定尽力给令尊治病！即便一时间看不好，我也可以到药房请俺师傅来！"赵一味撒了个谎，给自己回古城留了一条后路。他继续说："敢问令尊得的是什么病？有什么症状表现？"刘小幺点头说："听俺爹说也没什么大毛病，就是裤裆里痒得很，附近的大小医所也去看了，不管用。"赵一味皱着眉头说："有多久了？"刘小幺说具体说不好，三个月前他从马兰花那里回来就这样了。赵一味似乎明白了什么，又问："那个马兰花有没有这个症状？"刘小幺摇摇头："那倒没听说。"愣了一下，又说："抱犊崮上的道士给俺爹开了个偏方，说找个未开苞的姑娘，睡几次就好了，俺爹一开始没信。不过最近奇痒无比，他可能熬不住了，今儿个早早地出去，不知道是不是去试这个偏方去了。"说着，刘小幺看了看赵灵芝和新月一眼。赵一味心中一凛，暗想："这个刘小幺，不会为了治好老当家的病而盯上了三个女眷吧？！那个道士是何等可恶！竟然如此信口雌黄！看来，必须尽快离开此地！"

赵一味研磨好了草药，四下里瞅瞅，想找一个隐蔽一点的地方，让赵灵芝给柳梢换药。四周一片空旷，土匪四下里都是，哪有什么遮蔽之地。他看了看稍高处的洞穴，问刘小幺能否借那里一用。刘小幺犹豫了一下说："那里是俺爹的卧房，他应该快回来了，你们动作快一点！"赵一味赶忙让赵灵芝和新月扶起柳梢，他让刘小幺在前面带路，三步一挪，两步一歇，进了山洞。一入洞口，发现这里别有洞天。虽说洞口较小，但里面却很宽敞，比药房的前厅还要大。里面桌椅板凳一应俱全，一张宽大的大红木床横在屋角，被子叠得方方正正。这屋里整洁得很，比药房还显得整齐有序。这个地方一点儿都不像土匪窝，倒像是纪律严明的正规部队。洞里有些暗，刘小幺找来一根白色的蜡烛，点上，放在石头桌子上面。赵一味叮嘱了赵灵芝几句，就和刘小幺向着山洞口走去。刚走到门口，就听下面有人说道："老当家的回来了！"刘小幺转脸对赵一味说："俺爹回来了！"赵一味顺着声音望去，远远地看到一个人高马大的人正向这边走来。他走路的样子有些奇怪，两腿之间像是夹了一个什么东西一样，看上去十分别扭。刘小幺径自走下山洞，喊了声："爹回来了！"他附在老当家的耳边小声说了几句什么。老当家的边听边点头，不时地朝赵一味身上看。赵一味转脸向洞穴问："药换好了吗？好了的话赶紧出来，老当家的回来了！"赵灵芝回答："好了，就出来了！"等她们扶着柳梢一瘸一拐地走出山洞，老当家的才背着手拖拉着腿走上来，和赵灵芝三个擦肩而过时，他狠狠地看了一眼她们。赵一味随即拱手道："老当家的，我们来自古城大药房，刚才路过此地，被少当家的好意劝留，但病人伤口需要治疗，还望能高抬贵手放行！"老当家的没有立即表态，而是继续往山洞走，走了两步后回过头来对赵一味说："听幺儿说你是个药房的伙计，会用这山上的药草看病？"赵一味点点头。老当家的挥挥手："那你跟俺上来一下！"赵一味只得跟着他回到洞里。甫一坐定，赵一味大着胆子看了眼老当家的，只见他天庭饱满、地阁方圆、一副鹤发童颜、精气神饱满的样子，根本不像是一个上了年纪的老人。赵一味猜测他定知晓养生之道，不然这个年纪不会有这么好的面貌。只是在他眉心处有一道深痕，呈暗黑状，这是此时身体有疾的征兆。看到赵一味在看自己，老当家的笑笑说："你光看俺的脸还能看出毛病来？"赵一味也笑笑说："相由心生，身体的毛病全部都在脸上了！"老当家的一愣，说："俺看你不像个伙计，倒像个医术高深的先生！你说实话吧，为何要上这到处都是土匪的抱犊崮？"赵一味沉吟了半晌，犹豫着要不要说实话。老当家的见他犹豫不决，笑道："罢了，看你似乎有什么难言之隐，你先给俺看病吧。"愣了一下，又说："俺这病呢，也有些难以启齿！哪儿都没毛病，就是那地方奇痒无比。"赵一味点点头："还是得看看感染的具体情况如何，眼见为实嘛。"老当家的面有难色，问道："非得看吗？"赵一味苦笑："非看不可。"老当家的没办法了，只得说："那你想怎么看？"赵一味尴尬地说了句："得请老当家的把裤子脱下来！"老当家的看看门口，无奈之下褪下了裤子。赵一味不看不知道，一看吓一跳！一是那地方红肿得厉害，有些部位已经接近溃烂；二是那个东西奇大无比，简直像驴子的一样！看到赵一味盯着自己裤裆的样子，老当家的脸色通红，恨不得找个缝隙立马钻进去。赵一味自觉有些失态，赶紧让他提上裤子。半晌说了句："这不是普通的感染，得下猛药才行！只用这抱犊崮上的草药还不够，必须得用西药！"老当家的说："哪里有西药？这兵荒马乱的年月！"赵一味拱拱手说："老当家的若信得过我，现在放我们回大药房，我知道药房里面偷偷储藏了一些西药。"老当家的问："药房在古城哪个位置？"赵一味说："临街的正中间。"老当家的点点头："那可是个风水宝地啊！"赵一味闻听此言一愣："老当家的对那一块地方很熟？"老当家的笑笑："没上抱犊崮之前，俺可是经常在那一带玩儿！"赵一味一听，猛然间觉得眼前这个土匪头子像一个人。像谁呢？他想来想去，一时间没想出来。老当家的继续说:"今儿个天晚了,你们是不是等明天再回古城去?再说这抱犊崮山区山连着山,崮拥着崮,落草者多如牛毛!各自占据一块地盘,相互之间各不相容,天晚赶路的话,情况怕是更为复杂!"赵一味无法判断老当家的这话是出于真心还是有诈,正犹豫着如何回答,突然听到外面一阵骚乱。只见老当家低吼了一句:"不好!刘黑棋来了!"说着他一跃而起,以迅雷不及掩耳之势冲到了洞外。这一连串的动作如同行云流水一般,直让赵一味感叹,这哪里是一个身体有疾的老人,分明是一个身手敏捷的壮年猛汉!他担心刘黑棋再把赵灵芝她们掠走,急慌中也直奔洞外。

洞外一片混乱,一队人马将整个巨石开阔地带铁桶一样围了一个水泄不通,为首的不是刘黑棋,却是刘玉胜。他骑在马上,看上去威风八面。听出是刘玉胜来了,赵灵芝和新月同时喊了一句:"玉胜!"赵一味一看心中暗喜:救兵终于来了!此时,只听刘小幺大吼一声:"来者何人?为何包围俺们寨子?"刘玉胜指了指身上的八路军军服,朗声说道:"我乃八路军运西根据地刘玉胜!你们赶紧乖乖把我们的人放了,不然休怪俺们踏平了寨子!"刘小幺刚想发作,却听老当家的大喝一声:"休得乱来!"说罢转向刘玉胜:"你真是运西的刘玉胜?"刘玉胜点点头,似乎意识到了什么,有些犹豫不决地问道:"难道你是……"老当家的哈哈大笑起来,笑完了说:"俺乃刘二是也!俺是你小子的亲二叔啊!今儿个真是大水冲了龙王庙,一家人不认一家人了!哈哈哈!"刘玉胜赶紧下马,对着刘二行了个大礼,说道:"玉胜拜见二叔!二叔休怪侄儿有眼不识泰山!"刘二笑着说:"俺上山时你还小着哩!不怪你认不得俺!"说着,他拉过刘小幺,对他说:"快来见过你玉胜三哥！你们哥俩还从未见过面呢！"刘小幺此前听老当家的说过运西老家之事，一把握住刘玉胜的手，叫了声："三哥！"两个人抱在了一起。刘玉胜指着赵灵芝、新月和柳梢，对刘二道："二叔，这是你三个侄媳妇，她们在我大婚之日被刘黑棋狗日的掠到抱犊崮，才有今日岳父大人亲自出面上山赎人……"说着，拉过赵一味，介绍说："这就是岳父大人赵一味，古城大药房的大先生！"刘二这才明白过来，他拉着赵一味的手说："哎呀呀，你看看，你看看，这真是……你们怎么不早说呢！不然也不会有这样的误会啊！"赵一味笑笑："我们要知道你就是运西大名鼎鼎的刘二爷的话，早就实话实说了！"刘玉胜有些诧异地问了句："你们不是去找刘黑棋了吗？怎么到二叔这里来了？"赵一味和刘小幺都有些尴尬地笑笑。赵一味说："一句话两句话说不清楚。"刘二说了句："到上面坐下说吧，俺还不知道到底发生了什么呢？"

刘小幺引导着刘玉胜等人进了山洞，在石桌前坐下来。刘玉胜环顾四周，问道："这么多年，二叔就住在这里吗？"刘二苦笑道："不住在这里还能住哪儿？俺一个落草为寇的人，还能奢望像你们那样住在亭台楼榭里吗？"说得大家都笑了。刘玉胜点点头说："俺知道落草不容易，但没想到会如此简陋！二叔离家这么多年，既然落草不易，为何不回去看看？"刘二摇摇头："回是回不去了！当初离开的时候我就立下毒誓，除非能飞黄腾达，不然永不再见古城父老乡亲！"刘玉胜一直想弄清楚二叔当年到抱犊崮落草为寇的原因，抱犊崮离古城虽说不近，但也说不上很远，这么多年了，他为何就不能回去看看？他知道此话说来甚长，他有心把这支队伍拉到八路军这边来。还没等他张口，刘二问他："你爹他还好吧？转眼间，俺哥俩都二十年没见了！"说到这里，刘二眼角发麻，抹了两把泪水说："其实，俺暗地里也悄悄回去过两回，都是在你姥爷和你奶的忌日的夜里，偷偷到他们的坟头烧了两刀纸，哭了几嗓子，就又悄没声息回来了！"刘玉胜沉默不语。刘二抹了抹脸，看了看赵灵芝她们，破涕为笑："俺一个老头子一会儿哭一会笑的，让你们这些年轻娃娃笑话了！快说说，你们到底出了什么事？"赵灵芝她们低下了头。刘玉胜咬牙切齿地说："真是难以启齿！都是刘黑棋那狗娘养的闹的！就是因为这个事，俺爹的身体才彻底垮下来了！俺大婚那天，刘黑棋下山抢了赵灵芝和大嫂二嫂，扬言让俺们带着现大洋到抱犊崮赎人。当时俺们都以为他不会下山，他不是不知道俺在古城有武装，而且你老人家也在山上！他竟然敢冒天下之大不韪，抢走了赵灵芝！俺们没有办法，担心强攻抱犊崮会让刘黑棋狗急跳墙，把人质给杀了。只好让泰山大人赵一味出面，带上现大洋上了抱犊崮！俺在山下负责接应。俺估摸着如果顺利的话，过午他们就能回来。但一直等到了太阳落山，还不见踪影。俺就急了，带着人摸上了抱犊崮，悄悄抓了个刘黑棋的小喽啰，这才知道他们早就下了山。按照小喽啰指的路，俺就寻到这里来了！哪里知道恰好是二叔的地盘！"刘二听了，说道："那个小喽啰呢？杀了吗？千万不要放回去，放回去让刘黑棋知道你上山，肯定不会善罢甘休！"刘玉胜点点头："俺没杀他，绑起来了，准备带回围寨，说不定回头攻打抱犊崮能派上用场！"刘二又问赵一味："刘黑棋心狠手辣，他没为难你们吧？"这一问让赵一味五味杂陈，他一时间无法用言语描述自己的感受，只得将目光投向了赵灵芝。赵灵芝看看新月，新月说："还是俺来说吧。"她话未说就已是泪流满面，她强忍悲痛，一字一句地说："刘黑棋他就是个禽兽！他把俺们三个掠到山上，当天晚上就想对灵芝妹子动手动脚，被俺和大嫂拼命呵斥住了。第二天他不死心，想把俺拉了去，情急之下，俺狠狠咬了他胳膊，生生咬下了他一块肉！这个禽兽，连肉都是臭不可闻！他发怒了，对俺们姊妹仨咆哮说：'老子今天必须要睡一个！你们自个儿选吧！谁来陪老子睡觉！'他的样子像一头恶兽，俺们都很害怕，抱在一起。俺和大嫂都想保护灵芝妹子，她还没有和老三圆房呢！刘黑棋不管这些，拼命想拉灵芝妹子。大嫂朝他吐口水，骂他是猪狗不如的东西。他恼了，用脚狠狠地踹了大嫂几下，大嫂当时就晕过去了。刘黑棋把昏死过去的大嫂拖了去，俺和灵芝妹妹拼死都没有办法拦下来。刘黑棋吓唬俺们说：'再不老实就让手下的土匪都进来，一个一个把你们这些臭娘儿们往死里糟践！'俺们真的害怕了。一直到天亮，大嫂才被拖了回来，她伤得很厉害。要不是赵老板和白雪及时赶到，用抱犊崮上的草药消炎去毒，大嫂的伤还不知道会咋样呢！"刘玉胜听到这里，用手掌把石桌拍得砰砰响，他咬牙切齿地说："俺一定要亲手宰了刘黑棋这狗日的！给你们报仇雪耻！"刘二紧握拳头，牙齿咬得咯嘣咯嘣直响，他说道："是到了该和刘黑棋这条老狗算总账的时候了！"他说的每一个字都像是从牙缝里蹦出来的一样。

这时，一直没说话的赵一味说了句："刘黑棋太狡猾了！他把白雪扣留在抱犊崮上，说是给自己医治伤口，其实就是当作新的人质！"刘玉胜这才想起来一直没见到白雪，现在听赵一味说她被刘黑棋扣留在抱犊崮，大吃一惊。他又拍了一下石桌，吼道："这个刘黑棋，竟敢扣押八路军战士！"话音未落，赵一味提醒他说："刘黑棋可能已经看出白雪是女儿身！不然也不会有此计策！我当时考虑赶紧把三个女眷带下山，加上白雪自己也做了留在抱犊崮的决定，我就……"刘二说道："赵老板不用自责，你能冒死上抱犊崮把俺们老刘家三个儿媳安全带下山来，已经是很不容易了！"刘玉胜点点头："看来，必须尽快想办法把白雪营救出来！"愣了一下，又说："事不宜迟，必须马上向谷政委汇报！"说着，他看看刘二。刘二点点头："俺们这些人手可以配合你们，到时候来个里应外合！"刘小幺也说了句："爹，反正俺们也过够了这落草的日子，不如趁此机会投奔八路军，打刘黑棋这些作恶多端的土匪，为民除害！"刘二和刘玉胜同时点点头。刘玉胜说："谷政委常常教导我们，要争取一切可以争取的力量！你们若是真心想加入八路军，可不能只打刘黑棋这样的土匪，更要在东进山东的谷政委指挥下和八路军先遣队一起打鬼子！"

第四章　撒大网

1

　　当前，八路军先遣队面临的最大的一个挑战就是在山东开辟建立自己的革命根据地。这块根据地要完全实现共产党的独立领导，与盘踞在山东的日军、国民党形成三足鼎立之势。为此，到山东纵队完成宣讲任务的谷四喜回到泰西以后，迫不及待地和陈尔东一道研究起了创建山东革命根据地的计划。

　　谷四喜和陈尔东站在一张手绘的地图前，久久地看着整个山东地形图。谷四喜指着地图说道："我们的有利条件是现有运西根据地相对完整；不利条件是面积太小，必须扩大。"说到这里，谷四喜沿着运西地区画了一个圈，继续说："这里有连绵的泰山山脉和沂蒙山区，还有微山湖，我看完全可以按照'依山伴湖向外发展'的方针，第一步先将运西根据地扩大到泰西，将两块根据地打通连接起来。下一步再以此为基础，东进到抱犊崮，然后扩大到整个山东！"陈尔东不时地点头，同意谷四喜的作战计划。他说："如此一来，第一步就要铲除国民党在泰西地区的势力，作战需要刘玉胜所在的运西根据地和山东纵队相配合，向东平、汶上、宁阳地区发展，扫除敌人沿汶河设立的全部据点，歼灭伪军，控制泰西的大片地区。如此一来，运西和泰西两块根据地才能连成一体！"谷四喜点点头，对站在临时指挥部门口的警卫员小刘说："你去把杨勇团长叫来，让他去通知刘玉胜同志到这里开会。"话音未落，只听到门外传来一个声音："不用去了，我已经来了。"来人声音洪亮，正是杨勇。他进来，对着谷四喜和陈尔东拱拱手："我是不请自来啊！"谷四喜哈哈笑："真是说曹操曹操就到哇！正要找你商量！"陈尔东笑着说了句："看来你们俩真是心有灵犀一点通啊！"杨勇说道："我刚刚从运西赶过来，正有要事向谷政委和陈师长汇报！"谷四喜点点头："来得正巧！来，坐下来说吧。"

三个人坐下来，不待谷四喜发问，杨勇说道："作为建设运西和泰西根据地的负责人，现在的刘玉胜肩扛重任。刘玉胜善于打仗，但根据地建设可不仅仅是要在战场上英勇善战就可以了，必须有勇有谋，文武兼善。刘玉胜深知自己身上的担子重，压力正大得不行。如何巩固好、建设好运西根据地，这确实不是一个容易解决的问题。"

谷四喜点点头，示意杨勇继续往下说。

杨勇咽了口吐沫，继续说："谷政委啊，当初您做出收服刘玉胜的决定是对的！这个刘玉胜虽然是年轻的一介武夫，做起事来像个老江湖，没什么章法可言，但毕竟是见过大世面的人。他的人被我们收编过来以后，一开始只听他的指挥，他就一个一个地做工作，现在他原来的部下全都心悦诚服地一心跟着咱们八路军队伍打鬼子了！原来的江湖习气也越来越少。"

谷四喜点点头："看来刘玉胜这个人还是可以使用的。"愣了一下，问道："那个刘老太爷身体怎么样？已经恢复好了吧？"

杨勇说道："早好了！咱们的医护人员白雪把他照顾得很好！"说到这里，杨勇欲言又止。

谷四喜说："你有话不妨直说。"

杨勇点点头，说："最近，运西根据地出了点事儿。"接下来，杨勇把刘玉胜派赵一味到抱犊崮赎下赵灵芝等人的事一五一十地汇报了一遍，说到白雪被刘黑棋作为人质扣押在抱犊崮上时，谷四喜猛地站了起来，气愤地说了句："这个刘黑棋简直是吃了豹子胆了！"愣了一下，他又说："看来，我们得提前解决抱犊崮山上的土匪问题了！本来是想先对付鬼子，现在逼着我们改变作战计划！"说完，看了看一直没说话的陈尔东。陈尔东点点头，说了句："解决完泰西的事儿，接着攻打抱犊崮！一举歼灭这些祸害百姓的土匪！"谷四喜对杨勇说："你骑马去把刘玉胜叫来，咱们商量一下作战计划！"杨勇站起来，敬了个军礼，说："我这就去！"

回到运西围寨的刘玉胜一见到杨勇，就知道他为何而来了。事不宜迟，两个人迅速上马，赶往临时指挥部。

刘玉胜和杨勇一路紧赶慢赶来到指挥部时，谷四喜已经和陈尔东商量好下一步的行动。还没下马，刘玉胜便扯开大嗓门："谷政委，您找我！"听到他的吆喝，谷四喜和陈尔东相视一笑，陈尔东说："果然是个急性子的老江湖！"谷四喜笑笑："我要让这个急性子派上用场！"说着，谷四喜和陈尔东一起走出了指挥部。

刘玉胜大踏步走过来，对着谷四喜和陈尔东拱拱手，说："两位首长好！"陈尔东拍拍刘玉胜的肩膀说："分别没多久，咋学会拱手了？我们的急先锋什么时候变得文雅起来了！"刘玉胜脸色一红，不好意思地说："受老丈人的影响呗！"谷四喜笑笑："你那个老丈人赵一味现在怎么样了？看来你们合作得不错嘛！"刘玉胜点点头："我来正是想向您汇报这个事儿。"陈尔东对刘玉胜说："我和杨勇去看看那边的队伍，接下来由谷政委给你布置新任务！"说完，陈尔东和杨勇一起走了出去。谷四喜和刘玉胜走进了指挥部。

不待落座，刘玉胜说道："白雪同志的事儿您都知道了吧？"谷四喜点点头："杨勇已经大致汇报过了，这事你们汇报得很及时。看来，我们在对付鬼子和国民党的同时，也要腾出精力对付这些土匪了！"刘玉胜说："俺在营救被刘黑棋掠走的人质时，遇到了早年在抱犊崮落草为寇的本家二叔，按照您尽最大可能争取一切可以团结的力量的政策，已经把他争取到八路军队伍里来了！他答应和我们里应外合对付刘黑棋，营救白雪同志！"

谷四喜点头说："你做得很对！就是要团结一切力量开辟山东根据地！下一步，要拿下泰西根据地，和现在的运西根据地连接在一起。"谷四喜停顿了一下，继续缓缓说道："运西、泰西根据地十分重要，将来还要和抱犊崮山区根据地连成一体，是山东抗日根据地的重要部分。这也是让你负责建设这两个根据地的根本原因。"刘玉胜有些难过地低下了头："俺很感激谷政委的培养，可俺觉得自己辜负了上级的信任，工作没有做好，也没有保护好您交给俺们的白雪同志，让她落入危险的虎口。"谷四喜沉吟了一会儿，说："根据地事情多，千头万绪不易做。至于白雪同志，我们一定要想办法早点把她营救出来！"刘玉胜点点头："白雪是个好同志呀！本来她只要照顾好俺们家老爷子就行，可她明知道有危险，还是主动要求跟着俺老丈人一起去抱犊崮赎人！前一段时间俺和白雪同志接触比较密切。在一些事情的安排上，白雪的意见最值得听取。您知道俺一直有一个喜好，就是喜欢把鹌鹑。别人劝俺都没听进去，唯独白雪的话让俺犹如醍醐灌顶。俺感觉白雪虽然只是一个普通的医护人员，但她的觉悟很高，可以进一步培养！俺正好也需要一个得力的副手！"

谷四喜笑笑说："根据地建设离不开干部，现在也正是需要干部的时候。所以，要一边建设根据地，一边培养干部。至于你说到的这些，既然白雪有善于说服别人的本事，那可以让她利用自己的身份继续做一下各方面的思想政治工作嘛。即便是对于刘黑棋这样的常年混迹在土匪窝里的大恶人、鱼肉乡民横行霸道之恶匪，也要尽最大努力让他站到革命队伍这边来，如果咱们把这样的人也能'把'好，跟着咱们一起闹革命，那真是再好不过的事情啊。土匪就像那些烈性的鹌鹑，正需要像你这样把鹌鹑的行家里手好好'把一把'。"刘玉胜摇摇头说："刘黑棋这样的惯匪，恐怕不好'把'！'把'也'把'不好！他连鹌鹑这样的小畜生都不如！"谷四喜笑笑："可以试试嘛，凡事皆有可能。说不定白雪同志之所以愿意留在抱犊崮，也是想去'把一把'这个刘黑棋！对于刘黑棋，我们当然要做好最坏的打算，刘黑棋要是不投降那就只好消灭他！"愣了一下，谷四喜继续说："泰西根据地好似插入敌人心腹中的一把尖刀。要巩固泰西根据地，必须解决两个基本问题，那就是武装问题和政权问题。在武装问题上，针对土生土长的游击队易于产生各自为政的游击主义的倾向，要求所有游击队都要置于地方党委统一领导之下，建立政治工作制度，进行必要的组织整顿，要依靠党来统一指挥。"

刘玉胜点点头："目前根据地面临的最紧迫的就是这个问题！"

谷四喜告诫刘玉胜："在政权问题上，运西和泰西是一个战略区，我之政权必须统一。要采取开放民主、减租减息的措施，来加强政权建设。"

谷四喜的话让刘玉胜茅塞顿开，给他吃下了一颗定心丸。他打算在谷四喜这一思想的指导下，尽快把运西和泰西根据地建设如火如荼地开展起来。

在根据地实行减租减息的政策得到了老百姓的大力拥护，他们平时受够了地主老财的剥削和压迫，早恨不得把他们打倒在地再踏上一只脚了。但减租减息的阻力也是很大的，最大的阻力莫过于那些地主老财。他们手中有大量的农田，囤积了很多的粮食。减租减息，说到底就是要让他们少向佃户收一些粮食，他们肯定不情愿。但不愿意也得推行，按照谷四喜的说法，这是目前巩固根据地革命政权的最好手段，也是毛委员在延安实践过的建设革命根据地最行之有效的办法。

刘玉胜感觉谷政委之所以把这个任务交给自己，一方面是出于对自己的信任和考验，毕竟刘玉胜家族势力很大，弟兄三人皆为当地大户，名下各有不少家产。只要他们肯带头做样子做表率，再来说服其他地主老财，减租减息这个巩固根据地的运动就能顺利开展。另一方面，以老刘家为首的刘姓家族在运西苦心经营多年，置下了大半个运西的良田，可说就是最大的地主老财，能不能让这些人带头减租减息，这很能看出他们的觉悟。现在的问题是，刘玉胜的两个哥哥对此能不能认识到位？会不会有抵触情绪？即便他们没有，老爷子是否能同意带头减租减息？他虽说在白雪有意无意的"改造"下，思想已经发生了很大的变化，但毕竟是一个上了年纪的老人了，这么大的家业可都是他一点一点置下的，在这方面保守一点也是可以理解的。

刘玉胜没有料到，自己还没有大搞根据地建设，只是开了个头，这一动向很快就引起了山东日军最高指挥官、第十二军司令官尾高龟藏的注意。老奸巨猾的尾高龟藏知道这样的革命行动肯定不是刘玉胜这样的小地主、小军阀出身之人所能想到的，他派出了探子，很快就收集到了谷四喜和陈尔东正在泰西密集活动的情报。从八路军先遣队一路东进山东的气势，尾高龟藏察觉出了谷四喜要在这里撒一张大网，想把山东的日军一网打尽。作为日军在山东的最高将领，他当然明白对于大日本帝国而言这是一个多大的威胁！他必须趁着一路东进的八路军先遣队尚未在山东站稳脚跟，集结重兵铲除这一心腹大患。

2

进入五月，泰西天气变得一天比一天热起来。这天，阴云密布，一场暴雨正在泰西的上空酝酿。尾高龟藏纠集一支 8000 余人全副武装的日军队伍，兵分九路，像排列整齐的九队蚂蚁一样，在泰西根据地外围地区龟速行进。在这 8000 余人的日军队伍中，还有百余辆装备精良的汽车、坦克，以及百余门大小炮。尾高龟藏的如意算盘拨拉得很得意，他要以绝对的战斗优势全歼谷四喜和陈尔东率领的东进山东的先遣部队。

只见尾高龟藏骑着一匹黑白相间奇丑无比的战马，煞有介事地佩戴着高级望远镜和日式指挥刀，趾高气扬地走在队伍正中间。队伍行进到一半，他用望远镜看了看前方，突然跳下战马，命令手下的人把作战地图拿来。一名日军军官在尾高龟藏面前徐徐展开作战地图。尾高龟藏用手指在地图上来回画着一个圈，用日语说道："命令队伍向肥城以南，汶河以北推进，逐步合围！"

此时，谷四喜恰好离开师部驻地去了东汶宁支队。在师部驻地，已经听到风声的陈尔东焦急地在屋里转圈。杨勇站在一边，眼睛随着陈尔东，转来转去。这时，侦察兵进来报告："前方发现大部日军，有八九千人，正分九路向我方合围。"陈尔东点点头，看看杨勇，说道："谷政委已去东汶宁支队指导工作，现在这里还有先遣队师部、骑兵团、津浦支队与鲁西区党委机关，共计 3000余人，与敌方力量太过悬殊，我们必须想方设法突围出去！"杨勇点点头，此时的确不能硬拼。陈尔东铺开地图，拿起红笔，在西南方向做了一个标注，对杨勇说："你带领骑兵团，作为先导，向西南方向突围，过汶河，去东平、汶上一带。我指挥其余大队人马随后赶上。"杨勇敬了个军礼："坚决完成任务！"

队伍紧急集合。

杨勇带领骑兵团，先行悄悄出发了。先遣队师部与津浦支队、鲁西区党委机关，紧随其后。队伍行军到半路，在汶河南岸发现敌情。侦察兵向陈尔东报告："大批日军正从汶河南岸合围！"陈尔东铺开地图，手指停留在西南平原一带，皱紧眉头。他对侦察员说："这里一马平川，没有掩护，我们这么多人过去，如果被鬼子发现，又无处可躲，太冒险了！"侦察员点点头，说道："那怎么办？如果咱们再返回驻地，岂不是更危险！"陈尔东指着地图上方大峰山区，说道："我们北去大峰山区，那里更易于掩护！"侦察员说："骑兵团先导部队怎么办？现在通知他们已经来不及了！"陈尔东想了想，说："那就让他们按照原计划，先行突围试试。"

此时，杨勇率领的骑兵团正小心翼翼地穿过西南平原，突围出乎意料地成功了。队伍到达安全区域，战士们都欢呼起来。杨勇冷静地命令大家："同志们少安毋躁，大部队还没有突围出来，我们在原地等待。"等了半天，却发现陈尔东仍旧没有跟上来。他们不知道，此时陈尔东带领的北去大峰山区的大部队正遭到敌人的重兵堵击。面对日军猛烈的炮火，八路军的火力根本压不住。情急无奈之下，陈尔东指挥部队退守到陆房地区。

陆房地区四面环山，像一个面盆，纵横十余里，但周围山区并不大。陈尔东站在谷底，环视四周。山间凄厉的鸟鸣声不断。话务员报告："陈师长，谷政委来电！"陈尔东迅速走过去，接过电话。电话里传来谷四喜焦急的声音："先导部队已经突围，你们现在哪里？"陈尔东说道："我们已经退到陆房地区，这里的地形无法隐蔽大部队，现在形势十分危急。"谷四喜说道："你们迅速占领周边高地，以防日军先于我们抢占有利地形，坚持到天黑，再进行突围。"陈尔东说："我正有此意。周围到处都是敌人，我们只有等到天黑，再寻找突围的机会。"放下电话，陈尔东立即命令部队："马上占领陆房西南的肥柱山和牙山！津浦支队和师特务营扼守陆房以东和东北的凤凰山。"

就在战士们抢占高地的时候，日军突然发起了猛烈进攻。炮火不断，枪声密集。一瞬间，八路军指战员倒下了好几个。在密集的炮火掩护下，敌人越来越近。面对敌人的猛烈进攻，指战员们用步枪、手榴弹和白刃同敌人格斗。血战持续了整整一天，日军的尸体一片一片倒在阵地前面。时间一点一点过去，天渐渐黑下来，日军终于不再发动进攻。枪炮声渐止，山间恢复了宁静。

这一次战斗，日军损失不小，被歼灭 1200 余人，其中有 50 多名军官，包括一名大佐。但他们并没有就此罢休。

陈尔东拿着望远镜，从山顶看敌人正在就地宿营，搭建帐篷，埋锅做饭，准备继续包围陆房。天越来越黑，陈尔东叫来几个主要负责人，对他们说："我们必须趁此机会突围出去！遵照谷政委的指示，我们必须轻装前进。"

夜幕下，战士们五个一组、三个一队，在忙着掩埋笨重物资。

一切就绪之后，陈尔东指挥大队人马悄无声息地沿着山间小路，向东南和西南方向突围。队伍在山中迤逦前进，像一条灵动的灰蛇。一路急行军之后，前面出现一个村庄，队伍终于到达了东平县无盐村。谷四喜正站在村口，焦急地等待着他们。他看到陈尔东的队伍，大步跨过去，与陈尔东握手，说道："你们终于突围出来了！"

第二天一早。陆房地区炮声隆隆，火光冲天。日军重新发起了总攻。一阵狂轰滥炸之后，日军发现八路军这边没有什么动静。尾高龟藏有些意外，自言自语道："怎么一点反抗都没有，难道八路都被炸死了？"尾高龟藏指挥日军军官，小心翼翼地进入陆房。日军东找西找，连一个八路军的人影儿都没找到。尾高龟藏脸上一副扭曲的表情，用蹩脚的中文说了句："空城计！八路的空城计！"站在他旁边的一个日军副官说："这些八路怎么会一夜之间在我们的眼皮子底下凭空消失？难道他们长出了翅膀，飞出去了？"

此时的南京总统府，非常安静。面对全国的抗战形势，经过各方努力，蒋介石同意国共开展合作，共同抗日。此时全国战局处于上下胶着状态，他正一筹莫展，坐在书房里，有一搭没一搭地和宋美龄交谈着什么。这时，副官进来，对他耳语了一句。蒋介石一愣，问道："歼敌多少？！"副官回答："1200余人，其中有50多名军官，包括一名大佐。"

"八路军伤亡如何？"

"伤亡360人。"

蒋介石露出一副振奋的表情，说道："娘希匹，东进山东的谷四喜、陈尔东了不起！马上给八路军总部打电报，就说我对此'殊堪嘉慰'！"

宋美龄愣了一下，说道："八路军先遣队东进山东，属于'先斩后奏'，如此一来，岂不导致在事实上承认了先遣队在山东的合法地位。"

蒋介石愣了愣，说道："非常时期，我们还是要做出一些姿态的！"

副官出去了。

宋美龄点点头，轻启红唇："你这篇'表面文章'做得好！"

蒋介石背着手，在屋子里踱了几步，说道："八路军东进山东的这支队伍不可小觑！鲁南苏北地区处于南北中间地带，战略位置十分重要。嗯，我看毛泽东这一着棋下得好啊！"

五月的天气，不冷不热。在先遣队驻地无盐村，谷四喜边散步边思考着下一步的行动。说是散步，在他脸上却看不到丝毫的轻松感。他像往常一样，保持着他的标志性动作，背着手，眉头紧皱。前面，有几个指战员在交头接耳。他们看到谷四喜过来，都突然不说话了。谷四喜有些奇怪，笑着问他们："我难道是瘟神吗？你们怎么见了我都不说话了？说嘛，你们有话就说嘛。"一个指战员看了看其他人，鼓起了勇气，说道："谷政委，我们不是在议论你，我们是在谈论陈师长。"谷四喜一愣，说："陈师长怎么了？"另一个指战员回答说："陆房战斗是一次没有准备的被动仗，部队处境一度十分危险。虽然突围出来了，可骡马辎重损失不小。"谷四喜笑笑，说道："你们的意思是陈尔东师长在现场没有指挥好？"几个人同时点点头，说道："这也是大家的意见。"谷四喜皱了皱眉头，说道："你们知不知道，陈师长早在 1928 年便参加了湘南暴动，次年随着起义军上了井冈山。他作战骁勇，十年内战，负伤十余次，曾经带着一个连在敌人重重包围中救出林师长。在平型关战役中，他是前线的指挥员。虽然他文化水平不高，但十分机敏，在枪林弹雨中由一个普通农民锻炼成为红军的优秀指挥员。"

几位指战员听了，点点头，不再说什么了。

谷四喜继续说："陈师长这几天情绪不太高，你们应当鼓励他。在敌后复杂的环境中，打个把被动仗，是难免的事，况且陆房战斗还是我们取得最终胜利的战斗嘛！给了敌人很大杀伤嘛！"愣了一下，谷四喜半认真半开玩笑地说："就连所谓的蒋委员长都给我们发了贺电呢！说什么'殊堪嘉慰'！"

大家都笑起来，不再窃窃私语了。

谷四喜转身去了陈尔东的住所。

一进门，就看到陈尔东一副愁眉不展的样子。谷四喜背着手走进屋里来。陈尔东看到他，说道："我知道大家对这次陆房战斗有看法，我也在反思。"谷四喜笑笑，说："总结经验教训是好的，但我们要振作精神总结，不要哭丧着脸总结！我看有必要为此召开一个祝捷大会，这次战斗本来就是一个很大的胜利嘛！"陈尔东当然知道谷四喜的用意，这都是为他好，他心里充满感激，但没有说什么。

第二天，祝捷大会在无盐村乡场上召开了。战士们整齐地坐在地上，谷四喜和陈尔东等人坐在临时搭起的简易主席台上。谷四喜环视了一下会场，说道："同志们，陆房战斗我们以很小的牺牲，歼灭了日军 1200 余人，其中有 50 余名军官，包括一名大佐。我军在敌人的重重包围下，保存了自己，消灭了敌人，这是一个很大的胜利嘛。有的同志埋怨丢了骡马驮子，这没有什么嘛，我们刚刚从山区来到平原，辎重太多也是个累赘嘛。这次敌人使我们丢掉了包袱，能够更加轻便灵活地在平原地区作战。至于丢掉了一点家当，将来建立了巩固的根据地，还可以重新建设起来。"指战员们听到谷四喜的讲话，频频点头。谷政委说得很有道理，他们受到很大的鼓舞，先前的埋怨都没有了。陈尔东看着谷四喜，眼睛里有点点泪光，脸上流露出感激之情。可以看出，他的情绪也有了明显的好转。

3

陆房战斗之后，先遣队上下进行了深入思考。趁着这次战斗，谷四喜等人都在思考在山东、在泰西，以及今后在整个后方应该坚持什么样的抗战方针和策略。

在泰西驻地的一间简陋的民房里，烟雾缭绕，不时传来一两声咳嗽。谷四喜、陈尔东、杨勇和运西的刘玉胜、在泰西的各部队负责人以及鲁西区党委成员此时正在这里仔细研究下一步的行动部署。谷四喜问刘玉胜："敌人发动九路围攻之前，古城没有这么多日军吧？"刘玉胜想了一下回答："没有这么多。"谷四喜接着说："这就说明，敌人是从各地集合起来的队伍，现在也并没有解散，随时可能卷土重来。"谷四喜问杨勇："你看应该怎么办？"杨勇想了想回答道："我们的队伍不能挤在一起。"谷四喜说："对！这就是陆房战斗给我们的一个深刻教训。目前在平原地区不宜大部队集中行动，需要分散。要像渔夫一样，把网撒开。"谷四喜站了起来，有些激动地向刘玉胜交代："你们联合津浦支队要浩浩荡荡地往东走，把敌人引到铁路边上去！"刘玉胜点点头："明白了，我们分头行动！"谷四喜看看陈尔东。陈尔东点点头，说："我赞成谷政委和大家的意见，分散开来，既有利于保存我们自己的力量，也有利于对敌人各个击破！"

这边正在想着怎么分散开来，那边先遣队后方留守处及教导大队一行正走在去往泰西的路上，他们要抓紧时间尽快和大部队会合。随着鲁西南天气转热，战士们脱下了厚衣服，只穿着补丁摞补丁的薄衬衫，"轻装"前进。在这支队伍里面，有几个女同志，特别打眼地走在队伍的中间位置。秦林走在这几个女同志的前面，此时她产后不到四个月，面容依然能见出几分憔悴。秦林的前面是一个挑夫，他的脸膛很黑，高大的个子，典型的山东大汉模样。担子的一头是行李，另一头便是小东进。小东进大部分时间都在安静地睡觉。一旦醒来，便小声哼哼。队伍里几个女同志心疼小东进，互相说着："筐子太小了，孩子躺得太久，别累着了！"于是，她们纷纷轮流地抱起孩子来，一会儿把东进举起来，一会儿抱在怀里逗着玩。这样一来，她们的速度就慢了下来，渐渐走到队伍后面去了。一个战士从挑夫身边路过，看到担子一头空了，很着急，指着担子问前面的战士："谷政委的孩子哪去了？"前面的战士不知道孩子被女同志抱着了，也跟着着急起来。一个个到处打听："只顾轻装前进了，谷政委的孩子不会弄丢了吧？！"一个战士赶紧去问挑夫。挑夫故意装出一副惊讶的样子来，说："哎呀，我还真没发现孩子没了！莫不是真丢了不成？"战士们更着急了！一个个满头大汗，到处找。秦林看到了他们，问："你们找什么呢？慌慌张张的。"战士们面面相觑，说也不是不说也不是。说出来怕秦林着急，不说又憋得慌。正犹豫着，抬眼看到那几个女同志，正在逗弄孩子玩呢。他们这才松了一口气，对秦林说："我们还以为孩子弄丢了呢。"秦林笑笑，说："这么大的队伍，大家都看护着呢，哪能丢了孩子。你们放心吧！"

此时，津浦路东，谷四喜、陈尔东等人正站在路边，笑容满面地迎接留守处及教导大队的到来。远远地看着越走越近的队伍，谷四喜、陈尔东脸上满是喜悦之色。队伍走近，谷四喜和陈尔东一一和他们握手。谷四喜的目光越过眼前的战士，急切切地寻找着秦林。秦林也在寻找着他。当谷四喜看到秦林怀里抱着刚过"百天"的小东进时，高兴地朝他们直摆手。秦林也看到了谷四喜，两个人注视许久。秦林忍不住眼含泪水。谷四喜抱起孩子，轻轻拨弄了两下脸蛋，说道："看看我们的小东进，多精神！"说着他转脸关切地问秦林："你们一路辛苦了吧？"秦林拂了拂黏在额前的散发，苦笑了一下，说："没啥。大家都很照顾我们娘俩。供给部还专门拨了一头牲口给我们呢。"谷四喜一愣，脸上露出不安的神色，但当着秦林的面没说什么。

背过身去，谷四喜郑重地对带队的供给部长说："你们这样做是不合适的，给同志们的印象不好啊。"供给部长摸着头皮，笑笑说："革命队伍要尊老爱幼，您不是经常这样教导我们嘛。这可不是搞什么特殊对待！"谷四喜严肃地说："下不为例！"供给部长连连点头，说："下不为例！"谷四喜拍拍他的肩膀，说道："赶紧去休息一下！"

谷四喜抱着孩子，和秦林一起进了一间茅草屋。

鲁西南地区老百姓大都住在这样的茅草屋里。因为秦林和小东进的到来，当地把驻地最宽敞的两间茅草屋让给了谷四喜。一开始谷四喜不答应，后来陈尔东和杨勇他们一再劝说，说孩子小，需要个安静点的地方。谷四喜这才答应下来。这里不但是谷四喜休息的地方，也是他的办公室。陈尔东、杨勇等经常到谷四喜的茅草屋里来，商量下一步的行动。

这天，他们正在讨论着，侦察兵突然来报："200里外发现敌情，正向我方活动。"陈尔东愣了一下，问道："敌人有多少？"侦察兵说："和上次的规模差不多。"谷四喜点点头，说道："看来从各地集合起来的日军果然一直没有解散，要尽快布置大家转移。"

这时，里屋突然传来"哇"的一声。小东进声音无比嘹亮地哭了起来。大家不约而同把眼光转向了里间的土炕。秦林意识到小东进跟着先遣部队有很大的隐患，她着急起来，眼眶里噙着泪水，一时不知道怎么办才好。

杨勇说了句："我们可以抽出一部分同志专门掩护小东进转移。"谷四喜严肃地说："现在我们一个战士要顶十个用，怎么能抽出人掩护他。"谷四喜走到炕前，爱抚地摸一摸小东进的脸蛋，毅然决然地说道："我看，干脆把他交给老乡养活吧！"闻听此言，陈尔东和杨勇各自叹了一口气。他们都知道谷四喜之前一个寄养的孩子早逝的事情，现在又要把第二个孩子交给老乡，这真是硬生生的骨肉分离啊！实在不忍心的陈尔东对谷四喜说："那我们先去动员部队转移。"说完，他和杨勇走出去了。

谷四喜看看秦林，秦林已经哭得满脸泪水。她哽咽着对谷四喜说："东进可是咱们的第二个孩子，咱们在陕北生的第一个孩子，就是因为寄养在乡亲家中，因为缺乏必要的医疗条件夭殇了。这次如再把东进寄养，你能放心吗？"谷四喜走过来，两手扶住秦林的肩膀，用手轻轻抹去她脸上的泪痕，说道："我知道你担心孩子，我也担心呢。但现在是战争时期，东进跟在我们身边会更危险！把他交给乡亲，咱们应该更放心！"秦林把头埋在谷四喜的怀里，肩头抖动，发出呜呜呜的哭声。

把小东进寄养在哪里更合适呢？谷四喜陷入了沉思。想来想去，他想到了刘玉胜。刘玉胜两个嫂子都未生养，把小东进交给她们最合适，也最放心。

这是一个让秦林永生难以忘怀的夜晚。就在今夜，她要把小东进送到刘玉胜的大哥刘美珠那里寄养。他们出发送小东进时，细雨蒙蒙，伸手不见五指，远处偶尔传出低低的狗叫声。谷四喜忙于军务，连送她们娘俩的时间都没有。只好让先遣队事务股股长陪着秦林，抱上小东进，骑上马，一路快马加鞭，来到了古城刘家大院。

刘美珠事先得到了消息，他听到外面轻轻敲了两下门，隔了半分钟又敲了三下。这是事先说好的暗号。大门开了，屋内也很快亮起了油灯。那灯光很小，透过纸糊的窗户，弱弱地洒到院子里。借着微弱的灯光，秦林看到刘美珠和柳梢披着宽大的衣服，急慌慌地走过来给他们开了门。他们看到秦林和怀里睡着的孩子，热情招呼着："快进来，快进来，外头冷，别让孩子受了凉！"

秦林进到屋里来。房屋很暖和，收拾得很干净。

刘美珠引导秦林把孩子放在里间屋子的床上。床上新换了一个小小的大红颜色的棉被，透着一股温暖。身体刚刚痊愈的柳梢对秦林说："这是俺专门为孩子连夜缝制出来的。身上的伤刚好，针脚赶不上以前了！"秦林感激地点点头，说道："给妹子添麻烦了！"柳梢说道："快别这样说！你们为了俺们，不也是把命都担着吗？这点事儿，不算啥！你们放心去打鬼子，孩子交给俺们，俺们一定保护好！"秦林抚摸着小东进的脸，眼泪又忍不住滑了下来。她给孩子掖了掖被角，捂着嘴强忍住哭声走了出来。

在外间屋子，刘美珠问事务股股长："队伍什么时候走？"事务股股长说了句："马上就走。"刘美珠点点头，说："回去给谷政委说，请他放心，俺们一定会把孩子当作自己的孩子，决不会让他受一点委屈！"事务股股长握住刘美珠的手："我代表谷政委和部队谢谢你们了！"说完，事务股股长陪着秦林走出了院子。

秦林先是步子很慢，一步三回头。后来就慢慢加快了步伐。她怕自己哭出声来，用手紧紧捂着嘴巴。随着嗒嗒嗒的马蹄声远去，他们的身影慢慢消失在茫茫夜色中。

远去的秦林仿佛仍能听到小东进轻轻的哭声。

转眼间，时间又过去了一个月，鲁西南的天气彻底热了起来。谷四喜和陈尔东站在泰西临时驻地的山坡上，周围视野十分开阔，鲁西大平原一望无际。谷四喜对陈尔东说："中央指示纵队的一个支队继续分兵到徐州东南，你怎么看？"陈尔东笑笑，说："中央书记处决定组织八路军第一纵队，统一指挥新黄河以北山东和江苏境内及冀鲁边区八路军各部队。刚刚又成立了山东军政委员会，现在纵队支队不归先遣队建制，也就是说不归你我管吧。"话音未落，警卫员小刘跑过来，敬了个军礼说："谷政委、陈师长，集总刚刚来电。"

谷四喜接过电文，看了看，笑着递给了陈尔东，说："你看看，刚才还说支队归谁指挥的问题，现在集总来电，明确指示支队应归还先遣队建制，直属先遣队指挥。"陈尔东愣了愣，说道："如果这样的话，我带一个警卫排亲自到湖西去，指导支队向徐州东南展开。"谷四喜想了想，说："这样也好，只是湖西情况复杂，你带过去的兵力又不多，千万要小心！"陈尔东点点头，说："你这边留下来的人也不多，也要多保重！"

两个人郑重地握了握手。

陈尔东走后，谷四喜身边的人手一下子更少了，谷四喜辗转反侧睡不着，索性在屋内踱步思索着。杨勇拿着一张新的地形图来找谷四喜，谷四喜边展开地图边招呼他坐下。

秦林从里间走出来，给杨勇倒了一茶缸子水。

杨勇说："现在谷政委身边的兵力太少，这里又是一片大平原，不好隐蔽，我很担心你们的安全，我们要不要转移到运西根据地那边去？现在小麦未收，有些田地青纱帐已起，到处都可隐蔽，敌人防不胜防。"谷四喜放下地图，抬起头说："只要随时提高警惕，安全应该不成问题。我们的队伍虽说只有二三百人，兵力不逮，但船小好调头，泰西广大农村，就是我们的天然屏障。"

杨勇看看秦林。

秦林当然想到运西根据地去看看小东进。但她知道谷四喜有自己的考虑，她点点头，表示同意谷四喜的看法。

事实上，杨勇的担心也不无道理。

这天下午，谷四喜和杨勇正在商量下一步的行动，作战参谋向谷四喜报告："前方发现敌人，距离我们只有几里路了，我们要赶快撤到运西去！"谷四喜闻听此言却不慌不忙，手拿一把蒲扇，在屋里来回踱步。他看了看一头汗水的作战参谋，又到屋门口看看在西天高悬的太阳，不慌不忙地说："不要紧，继续侦察各个方向的情况。"

过了半个时辰，各路侦察员纷纷回来报告。有一路报告："敌人距离只有十里地了，附近老百姓都撤走了。"谷四喜仍然不慌不忙，若无其事地踱步。

侦察员们爬上村头的大树，已经可以看到敌人队伍扬起的灰尘，从远处滚滚而来。侦察员不断前来报告。锄奸部科长等也来催促说："谷政委，再不走就来不及了！"谷四喜仍旧在屋内不慌不忙地来回走着。

此时，太阳眼看就要落山。各路侦察员也都已回来，都在焦急地等待着谷四喜的指示。谷四喜却很不着急，直到听完了他们全部的汇报，全面掌握了周围的敌情，才不慌不忙地下令："出发，去运西！"

这时敌人离谷四喜的驻地只剩下三里左右了。

他对杨勇等人说："在敌人围上来的时候，要弄清他们的意图再行动。敌人离得近一些，他们的意图就能看得更清楚一些，同时，行动要尽量放在黄昏以后，以便利用暗夜隐蔽自己。"

队伍出发后，果然迅速摆脱了敌人，接着连夜行军。拂晓时分，顺利到达东平汶上公路。谷四喜站在路旁看着战士一个一个穿越路基，才最后一个走过了公路。本来一夜的急行军，战士们又困又累。但他们看到谷四喜站在那里，又都抖擞精神，向前走去。

部队通过了公路，又顺利过了运河。就这样，谷四喜带着这支二三百人的队伍安全抵达了运西地区。

第五章　剿恶匪

1

谷四喜说得没错，白雪之所以留在抱犊崮，一是出于无奈要先把赵灵芝她们三个人救出火坑，另外她确有说服刘黑棋向八路军投诚的想法。即便是说服不了刘黑棋，能把他手下的一众土匪说动也是不小的收获。虽说白雪只是东进先遣队的一个普通的卫生员，但却一直在谷四喜的身边，曾目睹他成功地说服刘玉胜投诚，并且大胆启用刘玉胜负责运西根据地。谷四喜多次给部队做过报告，每次都要强调当前团结一切抗日力量的重要意义。白雪对此心领神会，她记得谷政委说过："在所有的工作当中，人的思想工作是最难做的，但也是最有意思和最有意义的！"她在给伤员治病的时候，总是不由自主地和战士聊一聊，有时候很简单的几句话，就能让他们心情好起来。在救治刘老太爷的时候，她就用这种方式做通了他的思想工作。她也不知道自己为何喜欢以这样的方式来和人打交道，但她知道这是一件非常有意义的工作。

看着赵一味带着赵灵芝她们下了山，白雪一时间又高兴又害怕。高兴的是顺利完成了救人的任务；害怕的是自己一个人留在这蛮荒山头，弄不清楚刘黑棋葫芦里卖的什么药。他会不会已经看出了自己其实是女扮男装？如果被他识破了，他又会如何对待自己？会不会像对待柳梢一样，生出那禽兽不如的事端来？刘黑棋似乎知道她和赵灵芝不一样，这从他对待两人不同的态度可以看出来。他专门让一个土匪把赵灵芝她们待过的石屋打扫了一下，还在地上铺上了一层厚厚的干山草。赵一味离开的当天夜里，白雪几乎一宿都没合眼。她不敢睡，生怕刘黑棋半夜里闯进来。奇怪的是，这一夜竟然无事。

第二天一大早，白雪站在抱犊崮崮顶边缘，看到远方的云海之处，水云一色，晨曦初显，一轮丹阳冉冉跃出云海，真是蔚为大观。想来如果不是这等乱世，这里倒也不失为一个世外桃源。可惜的是，当下外族入侵，国共携手合作尚有裂隙，山河破碎，民不聊生，谁能置之度外闲看云卷云舒？时为初夏，正是抱犊崮景色宜人之季节，层林中红黄绿浸染，山涧中鸟兽虫嘶鸣，山风阵阵拂过，顿觉凉意绵绵。白雪内心暗叹：天下动荡不堪，只可惜了这良辰美景！正遐想间，忽闻身后传来刘黑棋的脚步声，白雪浑身一颤，料到今日必有一番斗智斗勇。但见那刘黑棋不慌不忙，仿佛一夜间匪气全失，变得心平气和。他缓缓说道："姑娘昨夜睡得可好？"白雪愣了愣，随即意识到身份已被识破，心想干脆来个见招拆招，陪他耍耍！她笑笑："刘司令好眼力，只是如何知晓小女子身份？"刘黑棋哈哈一笑："俺虽然长居山寨之中，孤陌寡闻之至，但姑娘的身形、耳垂上的耳洞、唇齿间的气息，莫不透露出姑娘假扮的讯息。"白雪没有再说什么。她心中暗想："这个刘黑棋粗中有细，看来并不像民间所说的有勇无谋！要对付这样一个难缠之山匪，恐怕没那么容易！弄不好，在这易守难攻的抱犊崮自己要吃大亏！"

一个土匪走过来，对刘黑棋说道："司令，棒子糊糊熬好了！"刘黑棋点点头，对白雪说："姑娘饿了吧？俺这山野里虽然没有什么山珍海味，却有自种自收的时令粮食。眼下山下的棒子刚刚成熟，正是鲜嫩可口的时候，俺让手下的人熬了一锅棒子糊糊，请姑娘尝尝鲜。"白雪嗅嗅鼻子，果然闻到了一股玉米粥香。她跟着刘黑棋进了石屋，见石桌上已经摆了两大碗玉米粥和一个竹筐子，里面盛着黑黄的煎饼，旁边还放了一碟咸菜疙瘩和一碟萝卜干。刚坐下，一个土匪又送来两根葱。这个葱看上去比较特别，葱叶很小，几乎全是葱白。刘黑棋说这是抱犊崮特有的山葱，刚让他们从崮顶的野地里拔出来的，还带着这个季节山上特有的晨露。一向不吃葱的白雪，看到如此白绒绒的山葱，竟也忍不住拿起煎饼卷了一根，再配上咸菜和萝卜干，送入嘴中，满口生津。再端起大碗喝一口不浓不稀的玉米糊糊，伴随着一股带着山野味道的甘甜，玉米糊糊由口滑入食道，顿觉通身舒泰。在这样的年月，还能喝到如此地道乡野的玉米粥，真是难得。看到白雪喝完了整整一大碗玉米粥，刘黑棋有些得意地说："要不要再来一碗？抱犊崮的棒子糊糊可是别处没有的！这里的棒子得了抱犊崮山水滋养，又沐浴山野日月的精华，才有这等甘甜的味道。"白雪情不自禁点点头。刘黑棋大手一挥，对站在门口的土匪说："再给这位姑娘盛一大碗！"白雪看了看刘黑棋，很奇怪这个恶贯满盈、声名狼藉的抱犊崮第一悍匪，今天怎么一反常态，变得如此彬彬有礼甚至温文尔雅？这个刘黑棋，难不成是一个多面人！

不得不说，这是白雪跟着谷四喜率领的先遣队东进山东以来，吃到的最好的一顿早饭。队伍东进以后，一路风餐露宿，哪有机会吃到如此美味的饭？即便是在运西根据地，一度粮食较为充足的时候，早饭也是能将就就将就，甚至能不吃就不吃。没想到在这个荒野山间，白雪竟然吃到了平生最可口的早饭。放下碗筷，刘黑棋依旧不慌不忙地说了句："俺还不知晓姑娘姓甚名谁呢。"白雪笑笑："姓白名雪。"刘黑棋眼睛一亮，有些夸张但又不失礼貌地说道："原来是白雪姑娘，你这名字真是他娘的太好了！而且……"他看着白雪，打住了话头，一句脏话露出了精心掩盖起来的山匪本性。这倒让白雪耐不住了，等他说下去。刘黑棋沉吟了一会儿，略有尴尬地说道："而且姑娘的名字和俺这山野粗人的名字还有些渊源！"白雪一愣，心里说这都哪跟哪儿啊，自己的名字怎么可能会和一个悍匪的名字有关系！刘黑棋见白雪不以为然，继续说道："你看啊，姑娘你的名字是白雪，俺的名字是黑棋，白对黑，雪对棋，你说这是不是缘分？"白雪听了，扑哧笑出声来，心里骂道："这个刘黑棋，真是能生拉硬扯胡搅蛮缠，这样的比附亏他也能想出来！"

话说到此处，白雪感觉时机已经成熟，她装作无心的样子问刘黑棋："看你也不是一个无心无脑之人，放着好好的日子不过，为何要冒险上山当土匪？又为何在刘玉胜大婚之日劫掠新娘？难道不知道刘玉胜在运西地区家大势大吗？"刘黑棋似乎早已料到白雪会问这些问题，他依旧不慌不忙地说道："谈到这些，真是应了俺们抱犊崮山区那句'小孩没娘，说来话长'的老话！俺该从何说起呢？"他好似陷入了沉思，半晌说道："你一个外人，对你说说也无妨！俺之所以上山当土匪，正是因为山下没有好日子过！自打鬼子进入咱们这里以后，哪还能有咱平头百姓的好日子啊！俺们家在滕县边上，俺爹是个木匠，鬼子没来之前，他经常去滕县给人家干活，挣点小钱勉强够家里人填饱肚皮。俺娘一个人带着俺和俺姐在家种地，闲时她也去滕县给富人家浆洗衣服啥的。鬼子到了滕县，烧杀抢掠，搞得整个县城鸡飞狗跳，不得安宁。俺娘也就再也不敢去滕县做工了。俺爹是个木匠好手，本来都是给人打个床板桌子凳子啥的。随着鬼子进入滕县到处杀人，棺材一时间成了抢手货，他就改了行专门给人打棺材。最忙的时候，他一天要打五六口棺材板！常常累得眼冒金星，拉锯拉得胳膊都抬不起来。俺爹不得已也把俺带了去，要俺给他打个下手。给人打棺材这个事儿，咋说呢，就是挺拉扯的。一是看到人家死了人，还多是被鬼子打死的，心里也怪难受的，那时候恨鬼子恨得牙疼呀！但没办法，胳膊拗不过大腿嘛！二是那段日子俺爹确实也挣了不少钱，这钱挣得不是很光彩，但确实是挣了不少。"刘黑棋说到这里咽了口吐沫。

白雪说了句："你们这也是做善事！日本人杀死了那么多中国人，有多少尸体被抛到了荒郊野外！能有口棺材，那也是少之又少的！"

刘黑棋点点头说："打得起棺材的基本上都是稍微富庶一点的人家。吃饭都成问题的随便找一张破烂席子一裹，刨个坑就埋了！即便是那些打得起棺材的，也各有各的情况，棺材板的厚薄、木料的好坏，都有区别。最惨的是鬼子不让收尸，想打口棺材都不行。本来俺爹在滕县干这行还挺顺当的，但有一次被驻扎在滕县的日军小队长叫过去，说是太君的日本女人得了怪病死了，要打一口日本棺材。俺爹还从没做过这种，别说做了，就是见都没见过。他一开始想当然地以为天底下的棺材不都是一个样嘛，就自作主张打成了咱们这边的棺材样子。没想到棺材打好以后那个日本小队长看了很愤怒，叽里呱啦说了一大通，俺爹也没听懂。后来才知道，日本人的棺材都是规规矩矩的方盒子，和中国的一头大一头小的棺材不一样。俺爹刚要重新打，没料到小队长朝他甩了一皮带，皮带上有一个铜扣，正巧打在俺爹的天灵盖上，他当场就翻了白眼咽了气。俺爹被鬼子打死了，他做梦都没料到刚给鬼子打好的那口棺材最终装了他自己。埋了俺爹不久，鬼子在滕县大扫荡，把俺家的房子烧了。幸亏俺娘和俺姐跑得快，没有被狗日的鬼子撵上，不然恐怕不死也要被糟蹋了。"

听到这些，白雪面色凝重地说道："既然鬼子祸害了你们全家，那你为何还不站出来打鬼子？"刘黑棋苦笑了一下，继续说道："被鬼子烧了房子以后，没了住的地方，俺娘就带着俺和俺姐一路讨饭到了古城。有一天要饭要到了刘玉胜家，他的爹老子刘老太爷见俺们三个可怜，就收留了俺们。俺娘为了报恩，带着俺姐在刘家大院给一家老小洗衣洗碗啥活都干。刘老太爷的婆娘死得早，家里那时也需要个女人帮衬。哪想到老东西看上了俺娘的身子，把俺娘掀翻在锅屋里的麦秸草堆里。没多久，俺娘发现自己怀上了老东西的孩子！自那以后她就变得沉默寡言，终日以泪洗面。"

听了刘黑棋的话，白雪眼前浮现出刘老太爷那张和气慈祥的脸。她一时间不知道刘黑棋所说是真是假，如若所说属实，那些关于刘老太爷在投诚之前的不好的传说就是真的！但从投诚以后的表现来看，他和刘玉胜一样，好像都变得规规矩矩的，没有一丝一毫地主的样子。她问刘黑棋："这些就是你要报复刘玉胜一家的原因吗？"刘黑棋点点头，又摇摇头，说道："不只是这些！俺后来之所以会上了抱犊崮，和刘玉胜也有关系！他们父子两个逼死了俺家两条人命！"听到刘黑棋提到刘玉胜，白雪愣了一下，难道刘玉胜也……联系到刘玉胜投诚之前的所作所为，白雪好像明白了什么。刘黑棋继续说道："随着俺娘的身子越来越重，刘玉胜兄弟三个看俺们娘仨的目光就越来越凶。尤其是那个老大刘美珠，每次见到俺就威胁说要杀了俺们一家三个。我猜俺姐的死就和他有关。那天，因为俺娘身子重，不能下腰，就让俺姐替她去河边给他们一家洗衣服。俺姐早上走了以后就再也没有回来。有人说她可能掉进了河里淹死了，也有人说看见刘美珠在河边将俺姐掀翻在地，脱下了她的裤子，完事后就把俺姐推到了河里。"白雪不相信地瞪大了眼睛："这不可能，刘美珠不像这样的人！刘家兄弟里面，他是最忠厚老实的一个！"刘黑棋苦笑："忠厚老实？俺告诉你，老实人肚子里有牙！还是毒牙，比毒蛇都毒！所以俺那天才把他婆娘也掠了来！"白雪似乎明白了刘黑棋为何要那样糟践柳梢了。

山野间传来一声山鹰的嘶鸣，刘黑棋似乎讲得有点累。他站起来，走到外面。白雪愣了一下，也走了出去。刘黑棋说："你看这抱犊崮，要不是赶上这年月，住在这里该有多好！"白雪说："只有把鬼子赶出去，老百姓才能重新过上好日子！"刘黑棋笑笑，叹了口气说："鬼子既然进来了，一时半会儿再想赶出去就难了！当初国民党抵抗不力，把恶狼一样的鬼子放进来，鬼子'以华治华'，发动伪军和汉奸，让咱们自己人打自己人，一时间哪还有出头之日？"听了这话，白雪吃了一惊，她想不到躲在这山野间的悍匪对国运竟然也能有如此认识！看来自己确实把刘黑棋这个人看低了！他不是一个毫无头脑的鲁莽土匪。看来，争取他站到八路军先遣队这边来的时候到了！想到这里，白雪轻轻咳嗽了一声，说道："现在真心打鬼子的人不是国民党，是八路军！刘司令要是真有心抗战，和八路军合作才是正道！"刘黑棋听了，先是沉默不语。白雪以为他听进去了自己的话，哪料到他突然冷笑了两声说："俺就知道你是个女八路！你一开始的女扮男装，你的当机立断和大胆行为，都说明你不是一个普通女人！幸亏俺把你留了下来！"白雪一愣："你不想打鬼子，替你爹报仇雪恨？"刘黑棋仍旧冷笑："俺知道你们八路在打鬼子！但你们的力量还是太弱，根本不是鬼子的对手！"白雪说道："所以才需要团结一切可以团结的抗日力量！"刘黑棋摇摇头："你知道俺娘是怎么死的吗？她是得知俺姐被害以后找刘美珠拼命被推倒在大水缸里活活憋死的！俺知道刘玉胜现在投靠了八路军，既然他选择了你们，俺就只能和你们对着干了！"白雪摇摇头，对刘黑棋说："你的敌人不是刘玉胜，鬼子才是咱们中国人真正的仇人！与其自相残杀，不如联起手来抗日！"

刘黑棋意味深长地看了看白雪，说了句："太晚了！俺曾经和鬼子联手杀过八路军！所以才把你留下来，准备交给鬼子，以此换取鬼子精良的武器弹药！一个女八路，在皇军那里应该值不少钱吧！"

白雪傻眼了。

2

　　为了治病，刘二不得不回了一趟古城。和以前偷偷摸摸回来不一样，他这次是大摇大摆、明目张胆甚至有些故意张扬地走在古城街上。而且他不是一个人，身后尾巴一样跟着一个如花似玉的姑娘。那姑娘脑袋后面没有梳鲁西南老娘儿们平常的粗壮大辫，而是高高地盘了一个发髻，让她充满了别样的活力。鲁西南的大姑娘结婚以后，都要把大辫改为盘髻，以显示稳重和成熟。盘髻是将头发归拢在一起，于头顶、头侧或脑后盘绕成髻。关于鲁西南女人盘髻有各种说法：成锥状者，又称"锥髻"；成螺蛳形的称"螺髻"；盘髻较小的称"髻"。据说五六千年以前生活在鲁西南的原始先民们，就已盘发成髻。现在刘二带回来一个盘着发髻的女人，难道说是他的婆娘不成？不过她的年龄看上去不太像啊，太年轻了，不知比刘二小了多少。姑娘腚大腰圆、胸脯很高，一看就知道是个风骚能生养的主儿。这姑娘是谁？刘二为何要带着她回来，而且还这么招摇过市？

　　刘二带着姑娘径直进了古城大药房。赵一味早已在前厅等候。他看到刘二，拱拱手说了句："到后边去吧，那里清静。"刘二点点头，也没多说，跟着赵一味入了后院。在一间诊室坐下来，赵一味开门见山，问他："这几天感觉怎么样？没有再恶化吧？"刘二环顾四周，没见出什么异样，才说了句："你的草药很不错，不但没有恶化，还好了稍许，但半夜里仍然感觉奇痒无比。"赵一味点点头说："那个在抱犊崮用的草药治标不治本，你这个病灶必须用西药。"说着，赵一味看了一眼一直低着头的姑娘。刘二说："她叫马兰花，别看她年轻，早出了阁，现在跟着俺过日子，不过不常在山上住，她住在离抱犊崮不远的马庄。"赵一味点点头，猜测就是这个姑娘得了和刘二一样的痒病。这个名叫马兰花的姑娘看上去文文静静的，咋能得上这样的难言之病？八成还是不太检点的刘二先得上以后，再传给她。按照惯例，赵一味还要查看一下她的病情，但刘二那副样子肯定不可能同意他一个大男人去查看的。赵一味对刘二说："你们先坐会儿，我到前厅差个伙计去叫下灵芝过来！"刘二明白赵一味的意思，点点头。

　　赵一味再回来时，赵灵芝就跟了来。她从抱犊崮回来以后，在赵一味几服草药的调养之下，恢复得很快。现在的她一眼看上去就是一个鲁西南的小媳妇，机敏中透着乖巧，坚毅中透着温柔。她看到刘二，小声叫了声："二叔！"刘二点点头。赵灵芝又说："玉胜他一大早就到寨子那里去了，说是去请一个很重要的人，等你中午回家时要见一面。"刘二笑笑："玉胜想得倒很周到！"赵一味对赵灵芝说："你带兰花姑娘到里间去看看吧。"赵灵芝看了马兰花一眼，说好。马兰花闻言起身，跟着赵灵芝走出去了。不一会儿，马兰花回来坐回了原位，羞得满脸通红。赵灵芝把赵一味叫到一边，在他耳边小声说了几句。赵一味频频点头。他对刘二说："看来还得用西药！一会儿我去前厅配药，我来给你注射，让灵芝给兰花姑娘注射。"刘二和马兰花都瞪大眼睛，刘二说："注射？啥叫注射？注射什么？"赵一味笑了一下，说："你们都不要紧张，注射就是打针，用一个细细的针筒把药物注射到血管里去！"刘二和马兰花似懂非懂，但出于对赵一味的信任，只好点头说："注射就注射吧，俺们既然来到药房，就听赵老板的安排！"赵一味去前厅配药了。赵灵芝看马兰花还是一副很紧张的样子，就笑了笑，说道："打一针差不多就好了！这种消炎的西药很难弄到，但见效特别快，我爹还从来没舍得给别人用过呢！"

打完针，拿了药，已近中午。赵灵芝对赵一味说："爹，玉胜说让你也过去吧，去见见那个大人物！"赵一味沉吟了一会儿，问："那个人是从泰西那边过来的吗？"赵灵芝摇摇头："不知道，听玉胜的意思好像是一个八路军首长！"赵一味点点头："那你们先走，我收拾一下过会儿就去。"赵灵芝带着刘二和马兰花去了刘家大院。三个人走在人来人往的大街上，一把年纪的刘二还有点紧张，额头上冒了一层汗。马兰花看到了，很贴心地把掖在腰间的手捏子递给他，说："擦擦！"刘二很听话地接过来，仔细擦了擦，嘴里嘟囔了一句："这还不到狗日的三伏天呢，咋就这么热！"

知道刘二今天要来，刘家大院一早就开始忙活了。老爷子一大早起来就指使刘三喜去请张麻子，来了赶紧让他拉菜单，那边差人去街上买菜。大嫂柳梢和二嫂新月也起了个大早，把锅碗瓢盆都刷了个遍。刘美珠和刘美行一个去了古城大酒坊，一个去了烧饼铺。刘二从小就喜欢吃那里的芝麻大烧饼，这么多年过去了，烧饼铺一直还是那个味道。鲁西南的大烧饼状如大瓷盘，白面揉成团以后用手掌心一拍，放到一个圆形盘子里，再用手掌揉成饼状，撒上一层黑芝麻后，直接用力一甩，那圆饼样的面团就老老实实地贴在烧得旺旺的炭火炉上了。这一套动作下来，如同行云流水，干脆利索。不一会儿，烧饼的香味便四溢开来。刚出炉的烧饼又香又脆，入口盈香，十分可口。这样的大烧饼别处并不多见，因此也是鲁西南老百姓待客的上佳食物。至于大酒坊里的酒，则是为另一位重要客人准备的。这位客人不善饮酒，但对于南方米酒则情有独钟，尚可酌饮几杯。

眼看就要到刘家大院了，刘二的脚步却越来越慢。赵灵芝带着马兰花都走到了大门口，刘二却磨磨蹭蹭不肯上前。刘老爷子一看到赵灵芝的身影，就拄着拐棍颤巍巍地走出来。刘二看到了他，终于快走几步，远远地喊了声："大哥！"刘老太爷扶着拐棍的手哆嗦着，半天才说了句："老二啊，你可回来了！二十多年了！"刘二点点头说："回来了，哥！俺终于又迈进了这个家门！"说着他一把扶住了老爷子，问他身体咋这样了。老爷子边让他进屋边说："都是让刘黑棋那狗东西闹的！他抢了咱们老刘家三个儿媳妇，这真是老刘家从未有之奇耻大辱！你和玉胜这次一定要联手报这个仇！把刘黑棋在抱犊崮上的老窝端喽，不然俺就是死也不会瞑目！"刘二点头说："俺这次回来就是为了和八路军先遣队首长商量这个事儿！"一家人进了堂屋，刘美珠、刘美行两兄弟见过刘二，齐声叫了声"二叔"。刘二点点头说："当年还都是小毛娃子，现在也都是有家有口的人了！这年月过得可真是快啊！"因为刘二出生晚，年纪比刘老太爷小了不少，加上这些年在抱犊崮深山老林里休养生息，身体看上去和壮实的年轻人差不了多少。一家人说起刘二这几年的遭遇，一个个都唏嘘不已。

说话间，只听外门一阵喧闹，刘玉胜带着谷四喜和杨勇进来了。刘老太爷和刘二站起来，想走出堂屋迎接。谷四喜快步走上前，握住老爷子的胳膊，说道："老爷子不用起身哪！"刘老太爷握住谷四喜的手："贵客降临，俺们理应门外迎候！"他转脸对刘二说："这是八路军先遣队的谷政委！咱们的大救星！"又指了指刘二对谷四喜说："谷政委啊，这是俺家老二，今儿个刚从抱犊崮回来！"谷四喜紧紧抓住刘二的手说道："哎呀！久仰大名啊！抱犊崮地区对我们八路军来说，是一块十分重要的战略之地，攻可进南边的韩庄、徐州等，退可守北边的费县、临沂等，下一步我们要加强抱犊崮的力量，东进支队将很快在抱犊崮开辟新的抗日根据地！到时候运西、泰西和抱犊崮将整体连成一片，成为整个山东乃至华北地区抗战的大后方！"刘二点点头说："刘某愿意全力配合咱们东进的队伍！"谷四喜说："那太好了！咱们就是要联起手来打鬼子！"刘玉胜高兴地说道："咱们都坐下来说话吧！"

这边落座，赵一味也到了。刘玉胜略做介绍，谷四喜说："早就听说古城有个大药房，大药房有个赵老板，今天终于见到了！上次听刘团长说赵老板无惧悍匪刘黑棋，带着现大洋去抱犊崮赎人，可敬可佩啊！"赵一味摆摆手说："谷政委的大名如今在咱们鲁西南那才是如雷贯耳哪！大家都说'山东来了谷政委，早晚赶走日本鬼儿'！"一句话说得大家都笑起来。厨屋开始上菜，张麻子使出了浑身解数，做了满满一桌子运西土菜，仅羊肉就有红焖羊头、红焖羊肉、粉皮炒肉、农家羊肉、酱羊蹄、烤羊腿、烩羊杂碎等。谷四喜看了啧啧赞叹："厨师手艺真是高超！"刘玉胜笑道："听说谷政委最喜欢咱们鲁西南的羊肉，今天早上就让张麻子宰了一只羊！给谷政委，也给俺久未回家的二叔尝个鲜！"说着，大家举杯共饮，好不热闹。刘老太爷招呼说："来来来，吃肉吃肉，'羊肉就米酒，年年岁岁有'！"大家动起筷子，堂屋内一片欢声笑语。几个女眷陪着马兰花围坐在锅屋，也喝羊汤吃羊肉，一个个脸膛红润，豪情不输须眉。

酒过三巡，赵一味举杯给谷四喜敬酒，他面色凄然，带着几分愧意说："对不住谷政委！我没有尽到责任！让白雪落在抱犊崮悍匪刘黑棋手里，希望咱们八路军能早日将她营救出来！"谷四喜点点头，说道："白雪是个好同志！这次主动请缨上山赎人，自愿留在抱犊崮以换取人质下山，充分体现了咱们八路军的风采！今天我们来这里，就是要商量一个营救白雪同志消灭刘黑棋的万全之策！玉胜和杨勇两位团长已经想出了一个办法，不妨先说说看。"刘玉胜看了看杨勇，杨勇点点头。刘玉胜说："那俺来说说吧！抱犊崮地势险要，易守难攻，这里盘踞着众多悍匪。除了刘黑棋，还有逃往山里的刘本功，那里还有国民党残余的顽固势力。这些人和鬼子走得近，有的就是明目张胆的二鬼子，对百姓坏事做绝，我们绝不能让刘黑棋和这些势力联手！因此咱们只能智取不宜强攻。俺们考虑由二叔在内部接应，分头和刘黑棋之外的众山匪联络，各个击破，劝和促降，欢迎他们投诚！防止他们和刘黑棋有所勾连。"刘玉胜说完看看刘二，刘二点点头说："抱犊崮上的每家土匪间几乎都有旧恨新仇，一般不会联手。倒是你说的那个国民党残余势力，不好判断！尤其是那个刘本功，老奸巨猾，善于合纵连横，不可不防！待俺回去后就去熟悉一下各家情况，看能否说服他们放下武装加入咱们的抗日队伍。"谷四喜点头说："若能如此，功莫大焉！我们若能不损一兵一将就将刘黑棋制服，那再好不过！只是任务艰巨，困难重重。"众人陷入沉思。刘玉胜接着说："最关键的问题是抱犊崮崮顶只有一条狭窄的山路可行，难以攻克，能否设法引蛇出洞，让刘黑棋下山？"刘二沉吟了半天，说了句："刘黑棋警惕性很高，没有特殊情况不会下山，更不会离开崮顶。"刘玉胜点头说："那咱们就剩下一个办法了，集中运西主要兵力包围抱犊崮，断其粮草水源，将刘黑棋逼下崮顶！"谷四喜频频点头，他对杨勇和刘二说道："这个办法说白了就是分三步走。第一步内部瓦解，防止刘黑棋联手其他势力；第二步，诱其下山，至少下得崮顶，一举歼灭之；第三步，如不能诱使其下山，则将其困死，逼其投诚！"众人点头。谷四喜接着说："但有一个问题，就是一定要防止刘黑棋狗急跳墙，伤害白雪同志！大家务必清楚，咱们这次进攻抱犊崮，目标主要有两个，一是消灭刘黑棋，二是救出白雪同志！如不能达到这两个目的，这次任务就是失败的！"谷四喜的一席话又让大家沉默下来。

沉默半晌，刘二一拍大腿，朗声说道："俺们争取两步就解决刘黑棋！这任务就交给俺刘二了！俺今天来就是要向谷政委和八路军表个决心，再说白雪同志是为了营救俺老刘家的三个儿媳才被刘黑棋押扣为人质的，俺拼死也要把人救出来！就算是俺送给八路军先遣队的一个见面礼吧！"大家听了这话，都很振奋，谷四喜举起酒杯，说道："倘若如此，真是解决了咱们心头一个大患啊！更为重要的是，这次行动如果顺利，为将来八路军在抱犊崮建立抗日根据地也打下了坚实的基础！"

午饭吃完了，事情也商定了。刘玉胜把谷四喜引到刘美珠的卧房，让他看看小东进。小东进还在睡觉，柳梢站在一旁，悉心照料着。谷四喜对柳梢说了句："让你们费心了！"柳梢红着脸说："娃娃乖得很，谷政委放心好了。"谷四喜点点头，给熟睡中的小东进掖了掖被角，眼睛里闪着点点泪花。沉默了一会儿，他说："这个小家伙还挺会享福！午睡都睡得这么香！"刘玉胜和柳梢都笑起来。待了一会儿，谷四喜说："娃娃在你们这里，我和秦林都放心！"

刘玉胜起身送谷四喜。谷四喜在门口叮嘱他："千万别走漏了风声！"刘玉胜说道："今天来的都是自己人，谷政委放心！"

谷四喜哈哈笑着说："自从队伍东进以来，这还是第一次在酒桌上商量击敌之大事，我也是入乡随俗了吧！"刘玉胜也笑了，说道："咱们鲁西南人都是在饭桌上商量大事儿，越大的事儿越是如此！"谷四喜点点头："这次拿下抱犊崮，回击悍匪刘黑棋的任务就交给你们了！你那个二叔够义气，我看这次任务完成后可以把他的几百号人全部编入你的队伍，再把山上的其他几股有意投诚的土匪争取争取，运西的抗日队伍就更加壮大了！"说完，谷四喜和杨勇一起回驻地去了。

3

刘二和马兰花回抱犊崮的时候，刘玉胜本来要给他们安排两匹马，但刘二说赵一味叮嘱他鉴于目前的恢复情况一个月内最好不要骑马。刘玉胜只得找了一辆驴车，送他俩回去。刘老太爷有心留他们多待两天，但刘二有任务在身，多耽搁一天白雪就多一分危险。刘玉胜也主张让他们早点回去，策反众匪和诱引刘黑棋下山的任务没那么容易。如果两者相较，策反众匪还容易一点，刘二毕竟在抱犊崮待了那么长时间，可以说在那里说得上话的除了刘黑棋就是他刘二了。加上八路军先遣队东进抱犊山区，形势一片大好，众土匪与其在山野里这么荡着，还不如归顺到八路军这边牢靠。刘黑棋这些年在抱犊崮横行霸道、坏事做绝，众匪对他早已是恨之入骨，新仇旧恨加在一起，肯和他联手对付八路军先遣队的估计不会多。至于刘本功那里的国民党残余部队，虽说瘦死的骆驼比马大，其武器装备也比较精良，但毕竟和山外的国民党主力部队失去了联系，重要物资装备补给不了，面对八路军先遣队的东进攻势，谅他们也不敢轻举妄动。说到底最难的还是刘黑棋这头，这个狗东西在抱犊崮耕作多年，熬成了精，最难对付。想让他下山，必须得想个万全之策。

刘二边赶驴车边唉声叹气、愁眉不展，坐在旁边的马兰花忍不住说了句："就因为这病就把你愁成这样？人家赵老板不是说了嘛，打了针吃了他给开的药，个把月就彻底见好。"刘二转身看了一眼马兰花随着驴车颠簸而上下晃动的身子，伸手捏了一把她晃荡来晃荡去的大奶子，说："你个娘儿们家懂个屁！"马兰花红着脸说道："你个老东西，是不是觉得一个月不让你近俺的身子你就受不了？眼看一把年纪了，还跟个叫驴似的，害臊不害臊！"刘二嘿嘿嘿笑起来："你个头发长见识短的货，不懂就别瞎说！老子可不像年轻时候那样稀罕你这身子！"马兰花一听这话，脸色黯然，嘟囔了句："老东西今天终于说了实话了！俺看你就是嫌弃俺了，嫌弃俺是窑子出身！"刘二有些恼怒地说："嫌弃你什么？俺一个土匪还能嫌弃你？你就别瞎咧咧了！"马兰花还是不肯放过，仍旧在那里说："你个老东西就是嫌弃！你不嫌弃咋不正式娶了俺？俺伺候你这么些年了，把你服侍得舒舒服服的，你咋就从没提过让俺过门的事儿？刚才在家里，也不敢说俺是谁，连个名分都没有！"刘二干脆不再理她，只顾赶车。走了一半，刘二又开始叹气。马兰花问他到底为了啥事，愁成这个鬼样，以前还从没见他这样犯难过。刘二说了句："为了救那个女八路，俺刚向八路军先遣队的首长夸下海口，有办法对付刘黑棋，现在俺一想，这事儿没那么容易啊！"马兰花皱皱眉头："你没事招惹刘黑棋干什么？你没那个金刚钻揽哪门子瓷器活啊！"刘二一听这话有点生气，想起马兰花从前在窑子里的事情，更是气不打一处来，粗声粗气说了句："你还忘不了刘黑棋这狗日的驴屌是不？！"马兰花一看刘二急了，赶忙偎过来，嗲声嗲气地说："那个狗东西哪能和你比？别看他面上凶七凶八的，内里尿包一个，他那个哪能和你比！不光是他，俺年纪虽小，可在窑子里待了五六年，见过的男人也不算少，就数你最厉害！不然俺年纪轻轻也不会死心塌地地跟着你这个糟老头子嘛！"刘二听了这话心里舒服多了，说了句："这次说什么也要把狗日的刘黑棋引下山来！只要他下了崮顶，剩下的就交给八路军先遣队和玉胜他们了！"马兰花眨巴眨巴眼睛，说道："这也不难办啊！俺在窑子里时的那个老鸨是刘黑棋的干娘，眼看马上就要过六十大寿了。刘黑棋没了亲娘，现在最孝顺的就是她，到时候给刘黑棋送个信，他保准去贺寿！"刘二眼睛一亮，跳下驴车，连声说"吁吁吁"。驴车不动了。他拉住马兰花的手："你说的是真的？那俺直接把你送一趟窑子，你让那老鸨修书一封，送给刘黑棋，哄他下山来！"马兰花听了这话冷笑了一声："你个老东西真是没了记性！你忘了俺当初是逃出来的了！要不是听了你的话俺哪敢从老鸨眼皮子底下跑出来？她只要告诉刘黑棋俺在抱犊崮，刘黑棋还不把俺给活剐了！你现在让俺回窑子，老鸨不但不理我，说不定还会把俺关起来！"刘二听了急得直搓手，说道："那咋办好那咋办好？"马兰花笑笑："不就是想让刘黑棋下山吗？依俺看啊，不如就直接上抱犊崮去，告诉刘黑棋哪天他干娘过大寿，他一个大老粗哪能记住确切的日子！"刘二重新赶起毛驴，点点头，又摇摇头，又点点头，最后说了句：

"俺看只能这么办了！反正是骗狗日的嘛，那就骗到底好了！回去你就上山去给他送信！"马兰花瞪大眼睛："你真让俺去见那个杀人不眨眼的混世魔王啊？要是露了馅，他肯定会把俺活剐生吃了！"刘二笑着说："只要你不紧张、别露怯，就没事。只需要告诉他一个过寿的日子，他不会察觉出什么。"马兰花还是不放心："你就不怕他再对俺起歹意？"刘二沉吟了半天，没有说话。他心里很清楚，让马兰花上山，那一定是有风险的！刘黑棋生性多疑，相不相信这个事儿还很难说，就算是他信了，也有可能临时变卦不下山。马兰花当年在窑子里，就是他开的苞，这么多年过去了，他恶习难改，难保不再对马兰花动手动脚。让马兰花上山，刘二不能不想清楚这些！他得先过了自己这一关，才能狠下心来让马兰花去冒险。毕竟，马兰花跟了他这么多年，虽说没有夫妻的名分，但不是夫妻胜似夫妻，这么多年两人感情一直还是很瓷实的。

刘二想了一路，直到看到了寨子，才下定决心：让马兰花上抱犊崮！只有她才不会引起刘黑棋的怀疑，也只有她能接近刘黑棋！刘二决定事不宜迟，到了寨子稍加休整，他就去联络盘踞在抱犊崮上的几大山匪，如果一切顺利，第二天就让马兰花上山！当天傍晚，趁着太阳将落未落，刘二只带着两个贴身的年轻伙计，先后摸到了几大家土匪的山门。这些土匪平时和刘二称兄道弟，大家本来的共同目标就是防着刘黑棋，所以一拍即合。刘二没费多少口舌，就把各家匪首说服，一起抱团铲除刘黑棋！回到山寨，已是夜半时分。刘二叫醒已经熟睡的马兰花，叮嘱她天一亮就去抱犊崮找刘黑棋。马兰花一开始还骂刘二心狠如蛇蝎，后来一想，刘二真是老奸巨猾，他让自己身子还没恢复就上山，就是要防备刘黑棋起歹心！刘黑棋他再怎么禽兽，也不会冒犯痒病的风险！

想到这一点，马兰花脸色通红，在心里面暗暗把刘二骂了大半夜。

第二天一早，刘二亲自在暗处把马兰花护送到半山腰，眼看着她在两个土匪的盘问下顺利地上了崮顶。他忐忑不安地蹲在原地，心里打起了鼓。那马兰花见到刘黑棋的手下，当然也是不慌不忙，她一个窑子出身的人，多大的场面没见过？两个土匪也明白，敢上山找司令的女人那肯定不是一般的人物。两个土匪一前一后，把马兰花夹在中间，前面的带路，后面的就眼睛不眨地看马兰花摇来晃去的身子。山太陡了，抬头就是马兰花的腚，不看也得看，看了就春心荡漾、心猿意马，裤裆就忍不住耸起了一个"小抱犊崮"。举着个"小抱犊崮"爬山那不是件舒服的事儿，简直是活受罪。后面的土匪爬了一半，就对前面的土匪说，你一个人带这个娘儿们上去吧，俺就在原地看着。前面的土匪弄不清楚是咋回事儿，也就糊糊涂涂地答应着。好不容易到了崮顶，马兰花累得娇喘不已，再加上下体痒痛，她忍不住在心里骂刘二，骂完了刘二骂刘黑棋，狗东西真会选地方！怪不得抱犊崮山区的土匪都拼命要争这个崮顶，原来真是一道天堑！环视崮顶四周，除了几个土匪，看不到刘黑棋的影子。带她上来的土匪指了指中间的石屋，马兰花走过去，看到了里面隐隐约约坐着两个人，一个是刘黑棋，另一个是留着短头发的女人，看上去精神还好，显然还没有遭太大的罪。马兰花心里说："看来她就是那个女八路了！为了救她，自个儿冒了个大险！真不知刘黑棋看上她哪一点了！"这样想着，马兰花前脚已经迈进了屋，只听刘黑棋吼了句："搜过身了没有？！"土匪回答："报告司令，是个娘儿们！说是你的老相好，俺就没敢搜身！"刘黑棋一听，站起身来，看了看马兰花。白雪也转过头，看到眼前站着个年轻村妇，颇有些吃惊。随即意识到了什么，知道外面的人已经开始行动了。刘黑棋盯着马兰花看了半天，终于认出了她，嘿嘿笑道："你个骚妮子，是从天上掉下来的吗？怎么跑到俺这里来了！这山高路陡的，没把你脚底磨穿？"马兰花冷笑一声，半是玩笑半认真地说："身子都被穿过了，还在乎脚底！"刘黑棋当然知道这话里的意思，想起在窑子里那销魂一刻，更放松了警惕，拉着马兰花的手让她坐在白雪旁边。马兰花故作不知的样子问道："这位姑娘是……"刘黑棋笑笑："人家可是老子的贵客！"马兰花撇撇嘴，说道："你在这里倒是逍遥自在，可能把咱那干娘都忘得一干二净了吧？"刘黑棋听到马兰花说起干娘，很警觉地问："干娘怎么了？"马兰花听他这么说，心里一喜，看来这个狗东西有日子没见那老鸨了！这就好办了。她不慌不忙地说："干娘她想你啊！她在想六十大寿的时候自己最疼爱的干儿来不来呀？这不，托俺上山问问你呢。要是你能来，干娘就说搞得热闹一点，要是你不来，她也就无心做什么大寿了！"刘黑棋脸色一沉，想了想说："想不到干娘都六十了！"愣了一下，他十分肯定地说道："你回去告诉干娘，六十大寿不但要搞，还要搞得热热闹闹！到时候俺一定带着厚礼去拜寿！"马兰花点点头："那就说定了！大寿的日子是后天，晚上在窑子里大设酒宴，你几时能到？"刘黑棋转了转眼珠，说："俺早到晚到都会到！拜寿嘛，哪能迟！要是白雪姑娘愿意，到时候俺带着她也过去看热闹！"说着看了一眼白雪，白雪心里一惊，知道刘黑棋这是要把自己作为下山护身的人质，便只笑不说话，随后愣了一下起身说道："我到隔壁屋子歇会儿！你们再说会儿话。"刘黑棋对此未加阻拦，马兰花只好赔着笑脸，看着白雪走出石屋。白雪的身影刚出门口，刘黑棋就迫不及待地一把拉过马兰花，嘴里说着："自己送上门来的小骚货，那俺就不客气了！"他的手伸进了马兰花的裤腰。马兰花故作镇静地笑笑说："你要是不怕脏了你的手……"刘黑棋一愣："此话怎讲？"马兰花指指自己的肚子："得了脏病了！还没好！"刘黑棋神情沮丧起来，骂道："真他奶奶的，得了病还上山来干什么！"说着，刘黑棋甩了甩手，像是上面沾了什么恶心的东西一样。马兰花一听暗喜，看样子刘黑棋要放过自己了！她故作娇嗔状，说道："人家来是奉了干娘的命嘛，给你送个信儿就走了！"说着站起了身。刘黑棋说了句："怎么，这就走吗？这么急慌干什么？来一趟不容易，何不多留几天，和俺们的客人做个伴儿，后天一起去干娘那儿多好！"马兰花一听，心里咯噔一下，难道被刘黑棋看穿了？自己也要被扣为人质了不成？她左思右想，笑着说道："你这里虽好，但山风大，俺不习惯；再说干娘那边事情太多，俺要回去帮忙哩！哪像你这样的大人物，干娘疼你，到时只管去吃去喝！"一席话说得刘黑棋哈哈大笑。笑完了说："既然你不愿意在俺这里多留，那就赶紧下山去吧！山陡路滑，要小心哪！给干娘带到话，就说俺后天会提前下山去拜寿！"马兰花闻言赶忙说："好好好！那俺就下山了，这段山路真是太难走了！回去还要不少时辰！"说着，装作无意的样子朝隔壁石屋看了一眼，结果什么也没有看到。

看到马兰花顺利下到了半山腰，藏在暗处的刘二松了一口气。按照事先的约定，马兰花不能直接回寨子，她要往窑子那边的方向走，以防止诡计多端的刘黑棋在后面跟踪。当天夜里，刘二差人跑了一趟古城，把刘黑棋下山的日子告诉了刘玉胜。刘玉胜一听大喜，赶紧拿出抱犊崮山区地图，谋划封山断路截击刘黑棋。看来看去，截击的地点就数通往刘二寨子的那片杨树林最合适，那里一般都是刘黑棋下山的必经之路，另外八路军也易于找掩护，刘二的队伍也好就近隐蔽。在把这个方案呈送给谷四喜之前，刘玉胜先去征求杨勇的意见，毕竟他的作战经验丰富。杨勇看了方案点头称许，说杨树林树木密集，地势西高东低，事先占据高地打下埋伏，料可一举歼灭顽敌。沉吟半晌他又说了句："刘黑棋老奸巨猾，会不会另选其他路线下山？"一句话提醒了刘玉胜："据二叔说，后山确另有一条小道通往山下，但那条路很少有人走，且距离较远。"愣了一下，又说："为确保一举消灭刘黑棋，我们在后山也打下埋伏！"杨勇点点头："估计刘黑棋若走后山，不会带太多匪兵，后山派出少量兵力即可，还是要把主要埋伏打在杨树林！"刘玉胜点头。刘玉胜和杨勇一起把作战方案报给谷四喜，谷四喜表示同意，提出在确保白雪安全的情况下，若能活捉刘黑棋最好，这个悍匪恶贯满盈，如能在运西根据地公审后再枪毙，可以让老百姓树立打鬼子的信心，也能大大威慑另外一些顽固分子！杨勇点头说："如遇刘黑棋顽强抵抗怎么办？"谷四喜斩钉截铁地说："那就就地正法！"

时间紧迫，大量调兵遣将已不现实，动静太大也容易引起刘黑棋的注意，刘玉胜只带了运西根据地的精兵强将，兵分两路，趁夜色向着抱犊崮进发。黎明前，一路大部队埋伏于杨树林，一路小股部队埋伏于后山。刘二手底下的几百条枪也分为两路人马，一路在寨口接应，防止刘黑棋狗急跳墙逃窜；另一路埋伏在半山腰，一旦刘黑棋被抓，就马上冲上崮顶占据要塞。一切准备就绪，只等天亮。刘黑棋奸诈多变，既没有确定下山的具体时间，只说早到晚到都会到，但究竟何时到，上午还是下午，没有说；也没有确定是否会带着白雪下山，带人下山的好处是好打掩护，时刻把人质攥在手心里对他也是一个筹码，但白雪下山来就增加了逃跑的机会，刘黑棋不得不考虑这一点。所以，带不带白雪下山，也不能确定。刘玉胜埋伏在杨树林，心里忐忑不安：这次行动充满变数，不知道能否确保万无一失？

此时的鲁南天气已经十分炎热，偏偏这天连一丝风都没有，埋伏在杨树林里的士兵个个热得浑身冒汗。从凌晨一直到中午，没看见一个人影下山，刘玉胜心里直打鼓："难道刘黑棋走了后山？不对，后山的埋伏如若发现了他的踪影，一定会发出信号。又或者刘黑棋嗅到了什么动向，不下山了？要知道，从抱犊崮到老鸹的大院，至少要走两个时辰！这个时间点还不下山，到底咋回事儿？"刘玉胜越想越不对劲。直到过了午时三刻，忽然听到前面传来一阵急促的马蹄声。不妙！刘黑棋骑马下来了！只见那马跑得飞快，如履平地，一看就知道早习惯了在山路上奔跑。更糟的是，白雪也在马背上！刘黑棋一手握着缰绳一手牢牢揽着白雪，把她当作了人肉盾牌！马的速度很快，打枪又怕伤着白雪，怎么办？眼看着刘黑棋就要穿过杨树林，刘玉胜还没发出捉人的命令。在这千钧一发之际，忽然从树上跳下来一个人，双胯骑在刘黑棋的头上，把刘黑棋掀翻在地，两个人抱在一起连打了好几个滚儿。刘玉胜定睛一看，从树上跳下来的正是二叔刘二，只见他两手捂着裤裆，正疼得龇牙咧嘴，新痛加上旧伤，让他疼痛难忍。刘玉胜在心里暗暗佩服，还是二叔了解刘黑棋，想得周全，料到他会骑马挟持人质下山，这才做了多手准备，不然后果不堪设想！此时他顾不上刘二，指挥众人一拥而上，把刘黑棋团团围住。刘黑棋从马上跌落下来，摔了个嘴啃泥，根本顾不上反抗，只能束手就擒。再看那马突然受了惊吓，驮着白雪已经跑出好远。

刘二对着刘玉胜喊道："俺在树林旁边备了两匹马，赶紧骑马去追！"刘玉胜看看树林不远处，果然拴着两匹白马。他跃上马背，朝着白雪消失的方向奔去。

第六章　挽狂澜

1

安排好运西根据地营救白雪的任务以后，谷四喜带着队伍继续东进，来到梁山宋江寨北的前集。这天，晴空万里，谷四喜和杨勇站在路边，边走边交谈。谷四喜说："运西根据地已经建立起来了，陈师长也马上带着队伍从湖西检查工作回来了，我们的力量越来越壮大了。"杨勇点点头，说："是啊，先遣部队东进山东以后，可以说是发生了翻天覆地的变化！"说话间，打远处走过来一支队伍，走在队伍前面的正是刚刚完成湖西检查任务的陈尔东。谷四喜迎上前去，伸出双手："陈师长辛苦啦！湖西那边情况怎么样？"陈尔东摇了摇头，说："情况复杂，说来话长啊！"

此时前集一派节日景象。只见稍远处，战士们有的在搭台子，有的在栽杆子；有两个战士正在拉一条巨大的庆祝八一建军节的横幅标语；近处，几个战士在排练文艺节目，是一个话剧。陈尔东问谷四喜："这是要准备召开庆祝大会呢？"谷四喜点点头："开一个庆祝会，既能鼓舞士气，也欢迎你从湖西归来！"话音未落，一个地方情报站人员骑着从鬼子那里缴来的洋车子，慌慌张张地送来一份情报。他上气不接下气地说："有一股敌人从汶上出动，带了四门大炮，有西渡运河、向梁山开来的迹象。"谷四喜和陈尔东相视一笑。谷四喜说："看来鬼子是给咱们送枪支弹药来了！光送枪支弹药还不够，还送来了大炮！"陈尔东哈哈大笑，命令侦察员："继续严密侦察！"谷四喜对杨勇说："通知各部队，庆祝大会暂时停开，做好战斗准备。"杨勇出去了。

　　一会儿，一路侦察员来报："这股敌人属于日军第三十二师团，领头的是少佐大队长长田敏江。"谷四喜点点头，对陈尔东说："此人官儿不算大，但据说是日本天皇的亲戚，来华之前还受过天皇的接见，算是个皇亲国戚，因此此人特别骄横。"陈尔东说："那我们就给他来个下马威，打打他的嚣张气焰！"侦察员继续说："敌人护送的是一个炮兵小连队，有两门意大利野炮。"谷四喜一愣："不是说四门吗？"侦察员汇报说："是两门，另外还有两辆拉弹药的炮车，被误认为是四门大炮。"谷四喜笑笑，说："两门也不错嘛。"陈尔东激动地对谷四喜说："吃掉它！不能让它跑掉了！"谷四喜没有马上表态，他在等待第三波侦察。一会儿，侦察兵又来报告说："这股敌人是孤立的，没有后续部队，也没有其他敌人策应。梁山周围没有敌人的据点，稍远一点的东平、济宁、古城、阳谷等地，敌人也都没有增兵。"谷四喜点点头。陈尔东说："我方兵力虽然只有先遣队师部四个连，但青纱帐已起，便于隐蔽活动。南面杨勇的骑兵部队，远不过三十里。运西刘玉胜的部队也随时可调来增援。而敌人并不知我方虚实，我们的攻击可以做到出其不意。这是一个可遇不可求的战机。"谷四喜点点头，说道："只要我们动作迅猛果敢，消灭这股敌人是完全可能的。"

孟林是梁山南坡的一片松柏林，林子密度不算很大，面积却不小。几个战士正在匆忙拆除原来搭建在那里的"八一"庆祝大会主席台。谷四喜和陈尔东一起来到孟林周围，开始勘察地形。他们登上半山腰，向东南望。东南茫茫一片高粱和玉米，像是波涛起伏的绿色大海，一直延伸到天边。近处，可以看到从汶上过来的大路。稍远一点，路便消失在高粱、玉米丛中。谷四喜指着那片庄稼地，对陈尔东说："敌人过来时，路两旁的青纱帐正是伏击他们的好地方！"他们把目光转向西南，一里开外的原野上耸立着一座孤零零的山包，像一头卧地的黄牛。陈尔东说："这座山叫独山，山周围有些民房，叫独山庄。独山脚下有几座石灰窑，南面紧靠大路有个车马店。这一带很可能会成为战场。"谷四喜点点头说："我们要做好群众疏散工作，前集和独山庄的群众必须和先遣队师部一起向后集转移。"陈尔东说："我现在就去做好战前准备工作！"

一切就绪，先遣队师部开始向后集的天帝庙转移。

谷四喜每临大战一向镇定从容，这次更是如此。只见他手摇大蒲扇，正在翻看《水浒》。刚刚过来支援战斗的杨勇走过来，他看到谷四喜在看《水浒》，露出一副惊讶的表情。谷四喜对他晃了晃手中的书，笑着说："在梁山脚下看《水浒》、打鬼子，多有意思啊！"杨勇露出一副恍然大悟的神情，说道："这真是历史的巧合！不过，在赵宋年间，梁山的英雄好汉打击的是官军，而咱们八路军今天要消灭的却是穷凶极恶的日寇。"谷四喜说："说得好！我们要打好这一仗，再大大地鼓舞一下士气！"

第二天中午，青纱帐里扬起一阵烟尘。敌军队伍过来了，打头的是伪军，接着是日军，步兵、骑兵、炮兵，队列整齐，一个个神气十足。出乎意料的是，日军并没有走二连埋伏的那条路，他们选择了另一条路，误打误撞一直闯到了前集。见此状况，埋伏在庄里庄外的四连和十一连突然开火。谷四喜听到枪声，命令二连："立即冲出青纱帐，赶到敌人屁股后面开枪。"二连迅速包抄到日军背后，打了他们个措手不及。日军遭到前后夹击，纷纷抱头鼠窜。敌人的步兵堵住了炮兵，骑兵又冲散了步兵，整个队形大乱起来。不一会儿，伪军就全部被打散了，日军也瞬间伤亡惨重。

长田敏江的战马因为战斗突然打响而受惊，不断发出嘶叫声。他勒住惊马，挥舞指挥刀，哇哇叫着下令其余人员整理好队伍。他指着梁山的方向，命令炮兵："给我开炮！"炮兵慌乱中开始向梁山开炮。随着隆隆炮声，八路军的火力被暂时压制。日军轰了半个多小时，不见动静。长田敏江哇哇喊道："游击队的干活！继续前进！"日军队伍行进到梁山西南角，迎面撞上刚刚赶来的刘玉胜，又遭到迎头痛击。日军又乱作一团，无奈之下只得退守到独山庄。

远处，谷四喜和陈尔东站在后集的山坡上，手里拿着望远镜，观察着战斗的情况。此时，天已擦黑。陈尔东对谷四喜说："看来敌人只有这孤零零的一坨！趁此机会，把他们全歼了！"谷四喜点点头，说："既然敌人进了村子，就等于进了我们张开的口袋，我们等天彻底黑下来以后再行动！来一个关门打狗！"

当天晚上，部队从三个方向向日军发起攻击。白天日军遭到八路军的痛击，已经筋疲力尽，更没料到八路军晚上又发起如此猛烈的进攻，一时间疲于应战。战斗一直持续到夜半。日军退守到车马店，用密集的火力进行顽抗。此时，天已微微发亮。有些缺乏和日军作战经验的干部和战士，开始对自己信心不足。一位连干部对另外一位干部说："打了这么长时间还攻不下这股敌人，看来这仗打得没把握。要是更多的日军援兵赶到，我们将处于不利境地。"

在临时指挥部，谷四喜在踱步。杨勇站在一旁，脸上的神色也是十分焦灼。陈尔东进来说："下面有连队干部散播不利言论，动摇战士的信心。"谷四喜大怒，说道："在此关键时刻，大家要坚定信心团结一致才对！"他对杨勇说："让了解情况的干部赶紧到师指挥所来！"杨勇跑了出去。不一会儿，团政委急匆匆赶到。陈尔东开门见山："你把下面的情况给谷政委汇报一下。"团政委点点头，擦了擦头上的汗珠，说道："有些人原本以为，歼灭这股敌人不费吹灰之力，哪想到经过一天一夜的战斗，还没有消灭敌人。大家担心后面会有敌人援兵赶到，我们无法赢得这场战斗。"谷四喜说道："敌人是孤军深入，现在企图固守待援。但是，古城、汶上的敌人兵力空虚，如果临时抽调，最快要明天中午才能到达。我们已派部队向汶上方向警戒。你们放心打，要集中力量，一鼓作气，争取明天十点以前全歼残敌。"团政委点点头，说道："我回去做做战士们的工作，坚决打赢这场战斗，全歼敌军！"谷四喜握住他的手，坚定地说："有一句俗话，两军相逢勇者胜，一定要坚定信念，把敌人消灭掉！"团政委精神为之一振。他立即返回前沿阵地，看到团长正愁眉不展，他脸上被炮火熏得黑乎乎一片，正在卷一颗烟丝。他看到团政委，问："怎么样？谷政委有什么指示？"团政委说："谷政委交代咱们一定要打赢这场硬仗，敌人是孤军深入，我们一定可以打赢！"团政委猛吸了一口烟，吐出了一圈烟雾，说道："既然如此，那我们重新调整部署，向敌人发动总攻！"

团政委从指挥部前脚刚走，谷四喜拿起了电话。说道："给我接先遣队师直参谋长。"几秒钟后，电话里传来参谋长的声音："请谷政委指示！"谷四喜问道："你那边的三个连队的情况如何？思想上稳定吗？"参谋长说："还算稳定。但总攻难免要损坏民房……我们担心……"谷四喜立即说："房子打坏了，战后再赔偿，现在要不顾一切地消灭敌人。"参谋长回答："好的，我们立即还击！"

日军躲在独山庄的民房内，借助民房掩护，不停向窗外射击，八路军一时间无法突击。杨勇十分着急，他跳出战壕，携带两个炸药包，对身旁的战士说："你们掩护我！"另一个战士见状，也抱起一个炸药包，跟在杨勇身后。在密集的火力掩护下，两个人突破敌人的火力封锁，上房刨开房顶，向房内扔下炸药包。这时，日军一梭子弹打向屋顶，战士跌落下来。杨勇急红了眼，骂了句："妈拉个巴子小日本！"

随着接连几声轰响，房子塌了。被逼无奈的日军打开屋门，一窝蜂胡乱向一片豆地里跑去。他们做梦也没有想到，先遣队骑兵连会埋伏在豆地周围。骑兵连的战士们挥动着闪闪发光的大刀片，奋力向敌人砍去。原来躲在独山庄附近的老百姓也纷纷跑出来，帮着八路军一起活捉四散逃跑的敌人。就这样，这支 300 余人的日军队伍被八路军通通吃掉了，还抓住了几个俘虏。

战士们边欢呼边开始打扫战场。谷四喜背着手在战场走来走去，他问陈尔东："活捉的人里面有没有长田敏江？"陈尔东摇摇头："还没有发现。"陈尔东叮嘱正在打扫战场的战士："注意搜寻长田敏江的尸体。"不一会儿，一个战士站在一片洼地里大喊："长田敏江的尸体在这里！"谷四喜和陈尔东走过去，看了一眼，正是长田敏江。谷四喜说："敌人这次损失不小，又死了个重要人物长田敏江，估计会恼羞成怒，很快卷土重来，我们要做好战斗的准备！"陈尔东点点头。

先遣队指挥部变得热闹起来，周围的老百姓纷纷来慰问八路军。有的从地里抱来西瓜，有的从家里拿来了猪肉，还有很多人挎着一篮子一篮子的鸡蛋。不远处，战士们和老百姓围成一团，对着两门野炮议论纷纷。有一个百姓说："这是什么家伙，咋从来没有见过？"另一个说："和咱们见过的土炮一点儿都不一样！"一个战士说："还不一定有咱们的土炮好用。"另一个战士说："听说这是意大利野炮，威力可比土炮强大得多。"谷四喜和陈尔东走过来，大家给他们让开一条道。谷四喜哈哈笑着说："这两个家伙可真不小！"陈尔东笑笑，说："我们要多多缴获这样的武器，用敌人的大炮来打敌人！"战士们很兴奋，都在说着："用敌人的大炮来打敌人！"兴奋之情溢于言表。

谷四喜和陈尔东离开人群，往外围走。谷四喜说："这次梁山战斗不同于消灭伪军的围寨战斗，也不同于被动的陆房突围。这是一次在平原地区进行的、以日军为作战对象的成功的伏击战，在双方兵力相当，日军火力处于很大优势的情况下，咱们先遣队取得了全歼日军一个大队的战果。战前，许多指战员对于平原作战缺乏信心；战后，士气大振，提高了广大指战员坚持平原游击战的信心和勇气，为八路军在平原地区开展游击战积累了十分宝贵的经验。"陈尔东点点头，说："梁山战斗的胜利大大鼓舞了鲁西群众的抗日热情，现在，许多老百姓加入了八路军。仅仅梁山和东平湖之间，就有3000多名青年参加了我们的队伍！"谷四喜高兴地说："太好了！眼下我们的队伍正是需要进一步壮大的时候！"停顿了一下，谷四喜又说："这次我们缴了鬼子的两门大炮，俘虏了六个鬼子，全歼了他们的一个大队。山东的日军总指挥尾高龟藏肯定会气急败坏，要对我们进行大扫荡。下一步我们要化整为零，依靠群众，利用青纱帐与敌人周旋。"陈尔东点点头。

夜里，周围一片寂静，天空中星光点点。在独山脚下，有两个战士正挥舞着铁锹，呼哧呼哧喘着粗气。在他们的面前，两个大坑正慢慢成形。一个战士压低嗓门说："好不容易缴获的大炮，政委为什么吩咐我们要埋起来？"另一个小声回答："鬼子要来扫荡了，政委说我们要和他们打游击，带不走，先埋起来再说。"挖好了大坑，两个人把两门大炮推了进去。他俩没注意到，就在不远处，一个老乡的身影悄悄闪过。埋好缴获来的两门意大利野炮，两个战士平整了一下土，尽量恢复成原来的样子，不仔细看，根本看不出来脚下的土有被动过的痕迹。

不出谷四喜所料，这边埋好大炮，部队刚刚做好准备，日军就声势浩大地来扫荡了。尾高龟藏纠集5000多名重兵，调动100多辆汽车、40多辆装甲车，浩浩荡荡开进了梁山地区。面对日军庞大的扫荡队伍，八路军化整为零，和日军玩起了捉迷藏。他们白天都躲进高粱地，晚上再找村子休息。抓不到八路军，尾高龟藏气得哇哇乱叫。他们穷凶极恶地逼近一个个村子。

　　有一次，谷四喜离开驻地村庄才五六里，敌人就包围了村子。连日来的一无所获让尾高龟藏急红了眼，穷凶极恶之下把全村的老百姓集中到村头老槐树底下。在老乡前面站着一排鬼子，他们端着刺刀，样子十分凶狠。尾高龟藏叽里呱啦说了一大通。一个胖胖的翻译阴阳怪气地说："太君问你们话呢，八路军俘虏了太君的人，他们都到哪里去了？"老百姓很安静，低着头。有几个偷偷看看日军和翻译。尾高龟藏又说了一大通，样子更加愤怒。翻译说道："你们要是都不说，就等着吃枪子儿吧。"尾高龟藏走到一个中年男子面前。男子昂起头。尾高龟藏掏出了手枪，说道："八路的干活！"男子临危不惧，不说话。尾高龟藏把手枪抵在男子的头上。男子面露一丝惊恐，但仍旧不说话。尾高龟藏扣动了扳机，却没有子弹。只听见尾高龟藏狞笑了几声，挥了挥手。站在前排的一个日本士兵，把刺刀刺向男子的大腿根。男子发出一声惨叫。站在男子后面的女人和孩子抱着男子大哭。尾高龟藏把女人拉出队列。中年男子面露恐惧。尾高龟藏命令把女人反手绑了起来。女人开始哭号，呼喊着："孩子他爹，救救俺，孩子他爹！"尾高龟藏开始解女人衣服上的纽扣：一颗，一颗，又一颗。隐约可以看到女人的胸脯。女人跪了下来。尾高龟藏不为所动。眼看女人的上衣被解开了，露出里面的红肚兜。女人在拼命挣扎。这时，一个老者站了出来。他说："你们把女娃娃放开！"尾高龟藏狡猾地笑笑，停止了解衣服。老者说："八路军带着俘虏跑了，去了哪里俺们都不知道。但俺知道被缴获的那两门大炮在哪儿，你放了俺们这些百姓，俺就带你去！"尾高龟藏点点头。老者带着尾高龟藏来到了独山脚下。在他的指点下，鬼子果然挖出了那两门大炮。

但鬼子仍旧洗劫了村子。尾高龟藏狞笑着拉走女人，女人大声呼喊。尾高龟藏狂笑不止。男人去阻止尾高龟藏，被一枪击毙倒地。女人呼喊着："孩子他爹！"鬼子们兽性大发，在村子里烧杀奸掠，无恶不作。村庄遭受了一场前所未有的浩劫。老百姓死的死，伤的伤。老妇抱着孩子，哭天抢地。没死的男人们都恨得咬牙切齿，喊着："俺要去找八路军，打狗日的鬼子！"

2

为了避开鬼子的大规模扫荡，谷四喜带着队伍登上了东平湖里的小岛。对于这个小岛的地形，谷四喜不是很熟悉。这天，谷四喜带着杨勇和警卫员小刘正在观察岸边的地形。从不远处走过来一个小老乡，谷四喜和他攀谈起来。一开始，老乡不大敢说话。杨勇告诉他："这是谷政委！我们是八路军。"老乡脸上的表情这才活泛起来，说道："早就听说谷政委要来山东打鬼子，没想到说来就来了！谷政委来了，俺们就有救了！这些年鬼子可把俺们害惨了啊！"谷四喜握住老乡的手，说："让老乡们受苦了！我们应该早点来！"老乡眼睛里含着泪水。谷四喜问他："这湖里的水有多深？"老乡抹了抹眼泪说："最深处有十几米呢！"谷四喜又问他："那最浅处呢？"老乡说："小岛周围水都比较浅，而且水草很多。"谷四喜点点头，大体明白了小岛的情况。

回到小岛上的临时指挥所，他对陈尔东和杨勇说："俗语说知己知彼百战不殆。我们要弄清敌人用什么船、使用什么火器，研究如何在湖里与敌人周旋。敌人的机动船，最怕水草缠住螺旋桨，在水浅草多的湖面，靠不上岛。我们可以利用这一点来对付鬼子，让队伍休整一段时间。"陈尔东点头说道："我们可以利用这一段时间派出小部队到岸上去打汉奸筹款，协助群众躲避敌人的'扫荡'。"谷四喜点点头，对杨勇说："要通过各种途径密切注意敌人的动向，把保卫部的侦察员撒到泰安、莱芜、济宁、肥城一带，直接监视敌人的行动。"杨勇点点头。

这天，侦察员回来报告："敌人到了五十里外的村子。"谷四喜一愣，马上说："你讲得可能不对，快回去重新侦察！"侦察员又回去侦察。半天回来报告说："敌人果然没有出现在那个村子。"陈尔东有些惊讶地问谷四喜："你是怎么知道敌人动向的？"谷四喜解释说："敌人不会从天上掉下来，是有迹可循的。一股敌人有好几百，他一出来就要拉壮丁、找向导、骚扰百姓，这样就暴露了他们的行动路线，侦察员说的那个村子，远离敌人的行动路线，不会有敌人。但是也可能有例外，所以需要再次去侦察。"陈尔东点点头，说道："看来谷政委的脑子里，有一张活的敌情图啊！敌人的一举一动都逃不过！"谷四喜哈哈大笑。

正说着话，保卫部战士来报告："谷政委，陈师长，我们在梁山战斗中俘虏的六个鬼子跑了！"谷四喜和陈尔东相互看看，下令："赶紧去追！"谷四喜和陈尔东也走了出去。这不是一件小事。谷四喜知道，如果让这几个俘虏跑了，就意味着会暴露自己的位置，鬼子肯定会把这个小岛夷为平地。所以，必须把逃跑的鬼子一个不少地抓回来！

谷四喜等人跑到湖边，看到六个鬼子正在下湖，拼命往对岸游去。保卫部的战士边追边喊："站住！再不站住就开枪了！"鬼子不为所动，仍然往深处游。一个战士放了一枪。几个鬼子愣了一下，不但没有停下来，反而游得更快了。见此情形，战士们纷纷下了湖。有一个鬼子不会游泳，被呛得直流眼泪，慢慢向水中沉去。其余几个鬼子仍然在奋力往对岸游。几个水性极好的战士很快就逼近了鬼子，在水中和鬼子搏斗起来。鬼子急着想逃跑，自然是和战士们拼起命来。幸好几个战士水性好，三下五除二便把三个鬼子摁倒在水里。三个鬼子在水里扑腾了半天，终于筋疲力尽，只得束手就擒。

虽然战士追回来三个鬼子，但有两个水性好的鬼子还是在水里失踪了。保卫部战士向谷四喜和陈尔东报告："追回来三个，淹死一个，有两个鬼子失踪了！"谷四喜和陈尔东听了都非常着急。谷四喜说："失踪者一旦跑进敌人据点，敌人必将下湖扫荡，我们必须马上撤离东平湖！"陈尔东点点头："通知队伍，今晚就撤！"

谷四喜拿出随身携带的微型作战地图，指着津浦铁路以东、陇海路以北、沂河以西、蒙山以南这一块地方，说："我们去鲁南！鲁南北倚沂蒙山区，南接徐海平原，是华中通向延安的交通要道，也是在徐海平原开展敌后游击战争的重要依托。控制它可以威胁津浦、陇海纵横两条铁路，可以说战略地位十分重要！"陈尔东点点头，同时不无担忧地说道："这个地方被日军牢牢控制，日军几乎侵占了每一个县城，对鲁南山区形成了四面包围之势。在层峦叠嶂的山区内，日伪军、国民党部队和封建地主武装犬牙交错，各霸一方。我们的队伍打进去可能不太容易。"谷四喜说道："越是这样越是需要我们打进鲁南。在鲁南也有一支由共产党领导的武装，叫人民抗日义勇总队。他们现在困于枣庄东北的抱犊崮附近的车辋、大炉一带，各方面都受到极大的限制。我们如果不早点打进鲁南，他们的情况就十分危险！"陈尔东边指着地图边说："还有一个不利的局面，国民党苏鲁战区总司令于学忠率东北军第五十一军、第五十七军约2万人，受蒋介石之命，由皖北进入鲁中、鲁南，驻扎于沂山、鲁山、莒县、日照、临沂、费县等重要山区。沈鸿烈拉拢于学忠和逃往抱犊崮的大汉奸刘本功等人，做出了一个'防区划分'的决定。把山东纵队的防区划在泰山、徂徕山以南，津浦路以东，滕县以北，石莱以西的狭小山地，并规定：山东纵队除胶东、鲁西各支队仍在现地外，其鲁南及胶济铁路北各支队应向前定地区集结。"谷四喜说："显然，沈鸿烈他们搞这个动作就是一个诡计，是企图依靠东北军的力量来限制八路军的发展，并借以挑拨八路军和东北军的关系。看来，八路军在鲁南的处境更加困难了！"

此时，在鲁南和鲁中山区，日军集结了两万人正在进行一次大"扫荡"。只见鲁中、鲁南的山区，只要鬼子所到之处，一个个村庄火光冲天、百姓惨叫、牛马受惊、孩子哭号。严峻的形势迫切需要八路军快速东进鲁南。这天，集总指挥部收到中央电文，电文指出：在日军"扫荡"后，鲁南局面混乱，省府秦荣部和东北军损失很大，我应趁此机会将先遣队师部等开赴鲁南，以巩固鲁南根据地，并应大放县长、区长，以及在可能条件下下放专员，以争取政权。不久，陈尔东手里拿着电文，来到了谷四喜住处，进门就说道："一纵来电，要求将骑兵团调往鲁南。"谷四喜说："好！我们按照中央的部署来。"谷四喜指着地图，说道："骑兵团立即由鲁西出发，过南阳湖，进入邹县、滕县边界，然后进入抱犊崮山区。那里已经有运西的刘玉胜等人拉起的队伍，铲除悍匪刘黑棋之后，原来活动在山里的土匪现在大部分都愿意接受咱们的整编，负责人正是刘玉胜的二叔刘二。"

陈尔东点点头，指着地图说："师部机关稍后从费县南下，到达大炉地区。"谷四喜说："我们和少数参谋人员，加上两个连队仍旧暂时留在泰西，以策应运西，连通抱犊崮。这样的话，津浦路东也有了八路军先遣队的主力部队，而且是在平型关打击日寇的老八路。这无疑会对日伪和国民党军队产生很大震动，沈鸿烈排挤山东纵队的计划也会因此成为泡影！"陈尔东点点头。

初秋时节，天高云淡。在先遣队驻地，谷四喜和秦林正在包饺子。陈尔东走进来，说了句："包饺子呢！"秦林笑着说："刚才在野地里挖了一些野菜，包几个野菜饺子给战士们尝尝鲜。"陈尔东洗了手，说："我也来帮忙吧！"陈尔东说着便坐了下来。谷四喜问他："集总是不是又来电了？"陈尔东说道："料事如神啊，老谷！你咋知道的？"谷四喜笑笑，说："我们的先头部队到鲁南有些日子了，集总该让我们也过去了，我们过去才能大干一场嘛！"陈尔东点点头，说："集总指出肥城山区甚小，主力应转移到泗水、费县、临沂地区。"谷四喜点点头，说："吃完饺子，我们就收拾收拾，继续东进，向鲁南进发！"

这天，谷四喜正在收拾文件，准备向鲁南转移。杨勇进来，说："冀鲁豫支队和苏鲁豫支队发来电报。微山湖地区的苏鲁豫区党委正在搞'肃托'，杀了许多人。"谷四喜看了电文，突然重重地拍了两下桌子，怒道："岂有此理！真是胡闹！在这个节骨眼上，部队哪经得住这样的折腾？！"杨勇说："电报说，连苏鲁豫支队的副支队长兼四大队长梁兴初也被当作'托匪'抓了起来！"

谷四喜对杨勇说："给主持此事的苏鲁豫支队政治部主任兼四大队政委王凤鸣发电报，命令他立刻停止捕人杀人，同时将他们发来的电报转发给山东分局。"

谷四喜决定去一趟湖西，眼下制止这场混乱的"肃托"运动是当务之急。

事不宜迟。谷四喜骑着马，带着几个警卫员行进在层峦叠嶂的抱犊山区。警卫员告诉谷四喜："前面就是大炉。"谷四喜点点头，看到路过湖西将要去延安的山东分局书记郭涛正在这里等他会合。两个人握手，简短寒暄。郭涛告诉谷四喜："湖西情况很严峻！我们必须尽快赶去制止这种行为！"谷四喜说了句："救人要紧！再打电报通知王凤鸣，所有被押人员一律不得处决，要等我们到达湖西后再作处理。"郭涛点点头，说："情况紧急，马上出发！通知警卫部队，把师政治部保卫部的干部全都带上！"

湖西处于微山湖以西的苏鲁豫皖四省边界，紧靠津浦、陇海两条铁路干线，逼近战略要地徐州，是连接华北与华中两大战略区的纽带。初秋的湖西水波荡漾，湖岸两边风光旖旎。然而，谷四喜一行根本没有心思欣赏这里的美丽风景。为了早点到达，及时制止王凤鸣的胡来，他们只好星夜兼程。

皎月当空，星河灿烂，马蹄声急。

原来，湖西"肃托"首先是从区党委下属的湖边地区搞起来的。湖边地委组织部部长王须仁在湖西区军政委员会主席王凤鸣的支持下，大搞刑讯逼供。王须仁这个人非常难以捉摸，他的腰部受过伤，因此整天弓着腰，两只眼睛深深地陷在满是络腮胡子的脸上，一副眼镜挡在前面，很难看清他那诡秘的眼神。这个人心狠手辣，不管是对敌人还是对自己的同志，他都下得去狠手。有一次，王须仁严刑拷打湖西干部学校的一个教员。王须仁质问他："说，你是不是'托派'？"教员一开始不张口，与王须仁怒目相向。王须仁继续用刑，嘴里说着："我就不信治不了你！"这位教员终于忍受不住酷刑，发出阵阵惨叫，哭喊着："我说，你们要我说什么都行！"王须仁仰天大笑。

在王须仁的严刑拷打之下，"肃托"像瘟疫一样，很快蔓延到区党委，许多领导干部相继被关押。其中包括区党委宣传部部长、统战部部长等大批优秀干部。王须仁的暴行，很快传到了冀鲁豫支队驻地。支队长杨得志听说了湖西"肃托"的乱象之后，非常着急。但他对此却没有办法，王须仁打着"肃托"的旗号，这和延安的"肃托"运动的精神是一致的，谁也不敢轻易干涉和否定。直到有一天，王须仁的"肃托"运动终于蔓延到了冀鲁豫支队这里。

这天，副队长递给支队长杨得志一份电报。杨得志看了一眼，脸色变得铁青。他的手在发抖，无比气愤地对副队长说道："王凤鸣竟然说我们支队活动的鲁西南地区党委中也有不少'托派'，还要我将他们逮捕后送到湖西去处理！真是岂有此理！"旁边的副官提醒他说："我们是不是向上级汇报一下？"杨得志点点头，说："我们要一面向上级反映，一面回电严词拒绝。我们绝不能像王凤鸣和王须仁那样胡来！"

杨得志决定去一趟湖西，想说服王凤鸣和王须仁停止无原则的"肃托"运动。马蹄声疾，杨得志快马加鞭，率领部队到了湖西。此时，王凤鸣对他还算客气，和大队长梁兴初一起招待他吃饭。席间，杨得志问王凤鸣："听说你们还在杀人？"王凤鸣毫不在意地说："那些托派分子，不杀怎么行？"杨得志看看大队长梁兴初。梁兴初没表态。

杨得志对王凤鸣和梁兴初说："你们杀人有没有请示报告？这样搞下去可不行。"王凤鸣置若罔闻，丝毫不搭理杨得志这个话茬。杨得志没办法。吃过饭，他单独对梁兴初说："老梁，你再劝劝王凤鸣吧，他这样搞，是要犯错误的！"梁兴初听了杨得志的话，点点头，表示同意。

当天夜里，梁兴初辗转反侧。

第二天天一亮，梁兴初来到王凤鸣住所。王凤鸣刚刚起床，正在洗漱。他看到梁兴初，有些奇怪。梁兴初对王凤鸣说："我昨天夜里一宿没睡，寻思我们不能这样搞！杨得志说得对，我们必须向上级报告！"王凤鸣不怀好意地笑笑，说："报告？报什么告？'肃托'就是上面搞起来的！你是不知道延安那边的情况，比我们搞得要厉害得多！"说着，王凤鸣晃了晃手里的小册子。梁兴初看了看那个小册子，是康生的《铲除日本帝国主义的走狗——托洛茨基匪帮》。梁兴初犹豫着说："尽管如此，我们也得向山东分局和东进山东的八路军先遣队报告。不然，早晚会出岔子！"王凤鸣不耐烦地挥挥手，眨巴眨巴眼睛说："出什么岔子？老梁你不懂！在这方面，你觉悟性和敏感度不如我！"顿了一下，王凤鸣又说："我实话给你讲，有人供你与徐州敌人有密切关系，也是托匪！要不是咱们之间的关系，我早就……"梁兴初愣住了，继而指着王凤鸣，语无伦次地大声呵斥："你，你，你，真是一派胡言！"王凤鸣不怀好意地笑笑，对警卫说道："来人，把托派分子梁兴初抓起来！"卫兵过来架住了梁兴初。梁兴初奋力推开了他们，指着王凤鸣呵斥道："王凤鸣你真是胆大妄为！老子也是走过长征的！你这样诬陷好人，终究会自食其果！"王凤鸣根本不理梁兴初的怒斥，嘴里说着："老子抓的就是你们这些走过长征的，在老子跟前摆谱！没门！"他对卫兵挥了挥手，梁兴初就被押走了。

此例一开，四大队的营连干部，也一个一个被投进监狱，他们大都是经过长征的老红军。

梁兴初被关起来，惊动了苏鲁豫支队长彭明治。他立即赶到湖西找到王凤鸣。两个人边喝茶边聊。彭明治对王凤鸣说："你这样搞下去，越发不可收拾。我劝你适可而止！"王凤鸣笑笑："'肃托'是一件很严肃的事情，可不是你我所能掌控的！哪能说停就停！只要队伍里还有托派，这场运动就要搞下去！"彭明治说："我反对搞'肃托'，更不同意逮捕梁兴初。"王凤鸣冷笑道："你反对也没有用！我实话告诉你，你为'托派'分子说情，你也有嫌疑！你信不信我现在就把你抓起来。"彭明治愣了一下，随即呵斥道："王凤鸣，你，你，你真是不可救药！我可都是为了你好！"彭明治看看门口虎视眈眈的卫兵，甩了甩袖子，走了出去。

回到驻地，彭明治指示发报员："马上向谷政委报告。快！"

3

谷四喜发给湖西的电报，很快就到了王凤鸣和王须仁的手里。王须仁拿着谷四喜发来的电报，弓着背，在屋里踱起步来，脚步明显有些慌乱。王凤鸣对警卫员说："把侦察科长叫过来！"几分钟后，侦察科长毕恭毕敬地进来。王凤鸣对他说："谷政委要来湖西，你到湖东去侦察一下敌情，准备迎接谷政委的到来。"侦察科长说："是！我这就去侦察！"

看到侦察科长走了，王凤鸣又对王须仁说："你赶快去录牢里所有人的口供，该抓的抓，该杀的杀！等谷政委来了，就一切都晚了！他不是要来调查吗？那我们就给他来个铁证如山！"王须仁点头哈腰："明白，我马上按照您的意思去办！"

此时，湖西监狱里关押着许多犯人，他们差不多都是被冤枉的同志。那些本该关押敌人的牢房，现在却满是自己人。虽是白天，但牢房光线很暗。被关押的人在悄悄讨论着当前的形势。梁兴初说："这是一起大冤案，我们必须尽快想办法向上面反映情况，让谷政委知道真相。"其他人附和："是啊是啊，不然我们都得冤死在他们手里！"梁兴初紧皱眉头说："可是我们都被关在这里，怎么给谷政委写信呢？"一个人说："我这里有一个烟盒，可以把信写在烟盒子背面！"梁兴初眼睛一亮，说道："好！现在也只有这个办法了！"他迅速在烟盒子背面写了密密麻麻的几行字，简单报告了湖西"肃托"的情况。

信同时写给山东分局和八路军先遣队。

梁兴初在烟盒上写好了信，自言自语："这信怎么送出去呢？我们这些人肯定不能出去啊。"说完，大家你看看我我看看你。最后，大家都把眼光投向了角落里一个蓬头垢面的人。他是一个小商贩，此刻正在呼呼大睡。梁兴初轻轻晃醒他，问："小伙子，你是在镇上做糕点的吧？"小商贩点点头，说道："到现在俺也不知为啥抓俺这个做小买卖的！幸亏今天俺家里人就来交赎金。"梁兴初说道："我们这些人也都是被冤枉的，拜托你出去后把这封信交给我们在镇上的地下交通站，交通站会再转给我们的人。"小商贩点点头，说道："地下交通站在哪儿？"梁兴初笑笑："就在你们糕点店旁边。"小商贩瞪大了眼睛，说道："棺材铺？可那老板是个瞎子啊，整天戴着一个墨镜！"大家笑笑。小商贩似乎明白了什么，摸了摸后脑勺，也笑起来。

与此同时，谷四喜一路急行军，终于赶到了离湖西不远的湖东。早在湖东等候他们的参谋交给他一张纸。谷四喜很奇怪，这只是一个皱巴巴的烟盒。他徐徐打开来，看了一眼，猛地拍了一下桌子说："胡闹！真是胡闹！他们竟然还在杀人！公然抗命，胆子也太大了！"谷四喜把信递给了一旁的郭涛。郭涛皱着眉头，说道："看来我们还要加快行军速度！"谷四喜点点头，说："越早到越能挽救更多的同志！"

而在王凤鸣和王须仁这边，也在加紧审讯犯人，试图造成既成事实，让谷四喜奈何他们不得。

湖西"肃托"在继续蔓延。

去湖东侦察的科长回来了，向王凤鸣报告："湖东敌人根本不知道谷政委等人要来，还是在原来的地盘活动。但我们还是不能掉以轻心，应该多安排一些警卫力量！"王凤鸣正为谷四喜等人来调查而烦躁不安，听到侦察科长这么说，气不打一处来，吼道："看来，你是翘首盼着谷政委他们早点来啊！"侦察科长愣了愣。王凤鸣又说："我看你也是一个'托派'！"说完，他对着门外喊："来人啊，把他抓起来，投进牢房！"见此情景，侦察科长没有做任何反抗，嘴角露出一丝嘲笑，说道："疯了，疯了，真是疯了！"

湖西牢房在一处地主宅院，几间阴暗潮湿的下房内，里面关了许多重要人员，包括湖西人民抗日武装最早的领导人、鲁西南地委书记……他们的许多战友已惨遭杀害。这时，侦察科长被推了进来。因为光线太暗，他打了个趔趄，差点摔倒。一个人站起来，扶住了他。侦察科长眼睛慢慢适应下来，环视四周，说道："大家不要怕，谷政委就要到湖西来了！"阴暗的牢房里立刻活跃起来，大家纷纷说着："这下咱们有救了，有救了！"担心被外面的人听到，大家不敢发出太大声响，只能互相交换着目光。从这天开始，所有人内心开始燃起了希望之火。白天，大家都把目光转向窗户，盼望着早点看到谷政委的身影；夜晚，大家都侧耳倾听，想听到谷政委的马蹄声。他们都在心里默默念叨："谷政委，你快来吧！我们都盼望着你呢！"

谷四喜正在马不停蹄地赶路。他边赶路边亲自听侦察员报告，了解敌情，以便决定行军路线，采取一切措施提高行军速度。他不断地重复着一句话："我们提前多到一会儿，就能挽救更多的同志！"在滕县与薛城之间迅速穿过津浦铁路之后，谷四喜到达微山湖东岸。东岸湖面更加宽阔，岸边是广袤的原野。青纱帐随风摇荡。

遭王凤鸣威胁的苏鲁豫皖支队长彭明治率领部队过湖来迎接谷四喜。谷四喜一见面就问他："明治同志，你怎么还不是托派啊？"彭明治一愣，不解地问："谷政委，我怎么会是托派呢？"谷四喜说："许多人也不是托派，不都被王凤鸣打成托派抓起来了？"一句话揭穿了湖西事件的真相。彭明治如释重负，松了一口气，向谷四喜汇报了湖西"肃托"后的严重局势。他说："现在湖西人人自危，到处弥漫着恐怖气氛。因为担心被扣上托派的大帽子，没有谁敢起来反对王凤鸣。只要谁敢说个不字，王凤鸣就给他扣上托派分子的大帽子。工作根本无法正常开展，形势十分严峻。"谷四喜点点头，叮嘱他说："我看你暂时留在湖东吧，不要跟我去湖西了。王凤鸣也会把你抓起来的。我们去处理这件事情！"

谷四喜一行渡过微山湖便直奔单县。到达第四大队驻地附近，住进了一个小村子里。谷四喜对警卫员小刘说："你去通知王凤鸣，我们已经到了，让他马上过来汇报！"接着，谷四喜把带来的干部叫在一起，叮嘱大家分为两组，调查被害干部和被害人员家属，一定要把事实真相调查出来。

村子里，街道上到处贴着"为'肃托'的初步胜利告苏鲁豫群众书"的油印单。谷四喜看着这些油印单，愤愤地说："把党组织都搞垮了，大批党员干部被杀掉了，弄得群众人心惶惶、干部战士人人自危，还说什么'初步胜利'，如果'彻底胜利'，那要搞成什么样子！"

谷四喜坐在桌子旁边，桌子上摆放着纸和笔，他的表情十分严肃。王凤鸣犹豫着跨进门槛。谷四喜双眉紧皱，从眼镜后面狠狠地盯着他。王凤鸣进来敬了个军礼，说了句"谷政委"，就低下了脑袋。他手里拿着一沓刚刚赶出来的汇报材料。谷四喜请他坐下。王凤鸣坐下来，说："我把湖西'肃托'情况向谷政委汇报一下。"说完，开始照着稿子，磕磕巴巴地念，汇报漏洞百出。谷四喜不耐烦地打断了他，单刀直入，问他："你为什么把梁兴初抓起来？"王凤鸣说："他是'托派'，和徐州的敌人有勾结。"谷四喜说："你有什么证据？"王凤鸣举起手中的材料，说："有别人的口供。"谷四喜严肃起来，根本不理那些材料。不等王凤鸣回答就进一步追问："你打人了没有？有没有逼供？有没有用刑？"王凤鸣吞吞吐吐，在谷四喜的逼视下，只得承认用了刑。谷四喜说："用刑讯逼出来的口供，算什么证据！如果说别人的历史你不了解，梁兴初的情况你还不知道吗？他爬过雪山，走过草地，身上负了十几次伤，怎么可能会成了反革命？"王凤鸣还想狡辩，嘴巴张了张，没等他说话，谷四喜就拍案而起，厉声责问："你抓了那么多人，杀了那么多人，既不请示，又不报告，无法无天到什么地步？我这次要不是带着部队过来，我看你也敢把我抓起来！"王凤鸣从椅子上滑下来，一下子瘫坐在地。

另一间屋子里，郭涛正在和对王凤鸣唯命是从的党委书记谈话。书记悔恨自己已铸成大错。

之后，谷四喜也同这名党委书记谈了话，谷四喜不无惋惜地说："你们应当分析一下嘛！区党委的同志，他们是参加过'一二·九'运动的，还有的曾经当过北平学联的宣传部部长，他们在湖西拉起那么多武装，为党做了很多工作，如果他们是托派，能这样干吗？"党委书记低下了头。

在多人牢房，大家都眼巴巴地看着窗户。他们看到一些未见过的干部的身影在外面走动，小声在那里推测说："谷政委他们应该已经到了。"大家都欢欣鼓舞。嘴里都说着："有救了，有救了，我们有救了！"

在其中一间单人牢房，关着的是苏鲁豫支队独立大队政委郭影秋，此时他并不知道谷四喜的到来。前几天，郭影秋还住在多人牢房，他正在和大家聊天，突然门外传来一声："郭影秋，出来！"郭影秋一愣，两腿蹒跚走了出去。树影婆娑中，他被押往审讯室。在审讯室里，郭影秋看到一张简陋的办公桌后，坐着一个满脸横肉的人。屋子里摆放着各种刑具，阴森可怖。王须仁拿着一张纸在他面前晃悠，说："这是山东分局来的电报，电报里说，山东分局统战部部长郭子化已经交代自己是'托派'了，而且供出你是'托派'。你承认不承认自己是'托派'？"郭影秋张大嘴巴，刚说出"不"字，对方就重重地发出一声"嗯"。郭影秋看了看眼前的刑具，叹了口气，只好说："我是由郭子化介绍入党的，既然他是'托派'，那我只好承认我也是。"王须仁冷笑了两声说："算你识相！承认自己是'托派'就好！免得我们用刑！"

郭影秋被押回牢房，越想越不对。同牢房的民运干事陈景文问他："你承认了吗？"郭影秋点点头。陈景文说："你不能承认！承认了就等于助长了王须仁的嚣张气焰！再说了，没有的事，你承认什么？你还是不是革命者？"郭影秋想了想，大声喊叫："我要翻供！我不是'托派'！"可是，根本没有人理他。他再喊，就过来一个士兵，拉住他，把他关押到了单人牢房。

就在谷四喜到达湖西的这天上午，为了造成既成事实，王须仁再次提审郭影秋。王须仁说："你承不承认自己是'托派'？"郭影秋坚决地摇摇头，坚定地说："我不是'托派'！"王须仁没有取得口供，恼羞成怒，说道："好，好，好，你们都不承认是不？那就给你看看不承认的下场！"他对警卫员说："把'托派'分子陈景文给我押上来！"被称为"托派"分子的陈景文押来了，他已经被折磨得不成人样，披头散发。王须仁恶狠狠地问陈景文："说，你是不是'托派'？"陈景文被折磨得已经没有力气说话了，慢慢摇了摇头。王须仁对警卫员挥了挥手，当着郭影秋的面抽打起陈景文来。陈景文发出阵阵惨叫，直到被活活打死了。王须仁气急败坏地威胁瑟瑟发抖的郭影秋说："你承认不承认？如果再不承认，就将和陈景文同样下场！"此时，郭影秋不知道谷四喜已经来解救他们，他陷入了巨大的恐惧之中。

几个小时以后。郭影秋被带到一个四合院的西屋内。阳光照射进来，使屋子显得分外明亮。郭影秋进来抬头看，对面桌后面坐着几个人，似乎都不认识。中间坐着的那个亲切地招呼郭影秋坐下。问他："你叫什么名字？"

郭影秋回答："我叫郭影秋。"

"你认为'肃托'怎么样？"

"我认为'肃托'是正确的，可我是被冤枉了。"

"是谁冤枉了你？"

"是郭子化。"

"郭子化怎么会冤枉你呢？"

"郭子化在山东分局自首，承认自己是托匪，而且还供出我也是托匪。可是，我不是……"

"郭子化自首，还供出了你？你是怎么知道的？"

"王须仁说是分局来了电报。"

"岂有此理！"

坐在中间的人气愤地拍了一下桌子，站了起来说："郭影秋同志，我们不是来审讯你的。分局根本没有发过那样的电报，郭子化同志也从来没有自首过，这完全是捏造！"他走到郭影秋面前，自我介绍说："我是谷四喜。"说完指指身旁的两位干部说："这位是郭涛同志，郭子化同志也赶来了，你等一会儿就会看到他。"郭影秋愣住了，一时间无法接受这样的逆转。谷四喜命令警卫："立即释放郭影秋！"郭影秋泪如雨下，一句话也说不出来。他握着谷四喜的手说道:"您要是再晚来一会儿,我可能就被拉出去枪毙了!"谷四喜点点头,说了句:"看来许多同志都是被冤枉的!"经过和郭影秋这次谈话,谷四喜决定快刀斩乱麻,无条件释放所有被关押的同志。

谷四喜去了牢房。他先去了关押梁兴初的地方。梁兴初衣衫褴褛,伤痕累累。他看到谷四喜走进牢房,立即扑上前去,紧紧抓住谷四喜的双手,泣不成声地说:"谷政委啊,您再晚来一步,我们可就见不着您了!"谷四喜搀扶他坐下,仔细查看他的刑伤,愤慨地说:"这简直是对革命同志的犯罪!"

在另一间牢房,侦察科长受刑最重,卧在床铺上。谷四喜进来时,他挣扎着要坐起来。谷四喜立即迎向前。警卫员小刘给侦察科长介绍:"这就是谷政委!"侦察科长此前没有见过谷四喜,目光中有一丝疑虑。谷四喜安慰他说:"同志,你受委屈了!你是一位好同志。为了开辟湖西根据地,你和区党委的同志做了许多工作,党是知道的。"侦察科长热泪夺眶而出。谷四喜见侦察科长伤势严重,对随从说:"立即转送卫生队,要细心护理、精心治疗!"

让那么多的同志受了委屈,谷四喜立即召集被释放的同志在湖西开了一个会,努力消除王凤鸣、王须仁在湖西"肃托"的影响。谷四喜面对台下一双双热泪盈眶的眼睛,一时间十分激动。他亲切地对大家说:"同志们,你们受苦了,受委屈了!我代表山东分局和八路军东进山东的先遣队向你们慰问!慰问受冤枉的同志,慰问无辜受害者的家属!"会场因激动而响起一片哭声。谷四喜的眼睛也湿润了,他激动地说:"这不仅是哪一个同志的不幸,这是由逼供而造成的又一次惨痛的教训。这是我们党的严重损失！"接着，谷四喜十分痛心地说："湖西'肃托'的严重错误，破坏了党的威信，削弱了党的战斗力，损害了我党我军和群众的鱼水关系。全体同志要加倍地努力工作，尽快地挽回这一事件给党造成的严重损失。受委屈的同志，要本着实事求是的原则，积极帮助党把问题搞清楚。"

会场再次响起掌声，持久而热烈。这掌声回荡在辽阔的湖西大地。

湖西"肃托"虽已经被制止，但谷四喜心情依然十分沉重。他在思考为何在革命的大后方会发生这样的事情？一方面和延安刮起的"肃托"风有关，更重要的是有王凤鸣和王须仁这样的革命投机分子的存在。这个教训无疑是深刻的！

在湖西的这段时间，谷四喜一直在思考这个问题。

这天，他正在散步。低着头，表情严肃。迎面走来的是迎接他到湖西"肃托"的彭明治，他是1929年参加革命工作的红小鬼，曾在谷四喜领导的第一军团政治部工作过，政治敏锐性很强。谷四喜严肃地问他："明治呀，你还记得打 AB 团的教训吧？现在湖西事件又重犯了那种错误呀！"彭明治点点头，说道："有句话不知当说不当说？"谷四喜笑笑："有话尽管说，你是老革命，又在政治部工作过，还不了解我的脾气吗？说，你尽管说。"彭明治说道："我觉得要注意王须仁这个人。他整天弓着腰，显出一副谦卑的样子。你来了以后，很少抛头露面，话也不多，似乎并无多大本事。可是郭影秋等都揭露了王须仁大量骇人听闻的严重罪行。"

谷四喜做思考状，说道："你提醒得好！现在可能是好人牺牲了，坏人却逍遥法外。"要调查这次"肃托"事件，无疑，王须仁是一个关键的突破口。于是，谷四喜悄悄地派人对王须仁展开了调查。几天后，保卫部人员向谷四喜报告对王须仁的调查情况："王须仁是一个来历不明的人物。抗战前，在北京读书时入过党，之后被捕叛变。抗战后，和北平流亡学生一起到了山东，先在韩复榘部队和第五战区第二游击司令部干了一段时间，后来加入了湖西人民武装抗日义勇队第二总队。总队政委觉得他来历不明，就没让他带兵，叫他在政治部当军法官。后任政委郭影秋见他搞刑讯逼供，便不让他管审讯，分配到湖边地委当组织部部长。哪料到他在王凤鸣的支持下，又搞起了'肃托'运动。"

谷四喜说："我看可以先解除王须仁的职务，交保卫部进一步审查。"

此时，王须仁知道自己大势已去。他也十分清楚自己罪孽深重，革命队伍不会放过他。无奈之下，他选择了自我了结。王须仁举起了手枪，枪口对准自己的脑袋。一声枪响，屋外老槐树上一只飞鸟惊恐飞起，掠过正在地图前商量战事的谷四喜和郭涛等人的头顶。他们听到了那声清脆的枪响，有些意外地互相看看。警卫员小刘进来，汇报说："报告谷政委，王须仁已畏罪自杀！"谷四喜闻言一愣，眉头紧皱，重重地叹了一口气。郭涛看看他。谷四喜说了句："已经死了一个，尽量不要再死第二个了！我们还要保存力量打鬼子呢！"郭涛点点头，表示同意谷四喜的意见。他知道谷四喜所说的意思，既然死了一个王须仁，就不要再让王凤鸣死掉了。

为此，谷四喜和王凤鸣谈了一次话。谷四喜问王凤鸣："你已经认识到你严重的错误了吧？"王凤鸣眼珠转了转，点点头，做出声泪俱下的样子，说："认识到了，认识到了，我犯下的错误非常严重，甚至可以说是严重的政治上的错误。我向上级检讨，我要求上级给我处分！"谷四喜点点头，重重地拍了拍他的肩膀，说："你能认识到错误，并能进行自我批评，这很好。你的情况我们已经上报给中央，下一步就等待中央的决定吧。现在，我们考虑先将你调离湖西。你要好好把握戴罪立功的机会！"王凤鸣做出一副感激涕零的样子来，说道："请谷政委放心！我一定认真改正错误，戴罪立功！"就这样，谷四喜以快刀斩乱麻的决心，平息了这场风波，挽救了湖西的危局。

在湖西的这些日子，除了平息"肃托"事件，谷四喜一直在谋划着八路军东进的路线。他无时无刻不在沉思，沉思时他总喜欢背着手，边踱步边思考。

这天，警卫员小刘进来，报告说："前方传来消息，咱们的队伍已经拿下了抱犊崮码头镇！"谷四喜高兴地说："太好了！拿下码头镇，不但可以支援当地抗日武装，还能够打通与华中区的联系。部队南下郯城码头对巩固以抱犊崮为中心的山区根据地，发展平原游击战争，具有重要的战略意义。我们马上去抱犊崮！"

第七章 杀无赦

1

活捉了刘黑棋，救回白雪，抱犊崮最顽固的土匪窝算是拿下来了。现在抱犊崮的主要土匪势力基本上已被铲除，这些土匪大都自愿留下来参加了八路军，经过整编之后，由刘玉胜和刘二来统一指挥。这支队伍与运西、泰西根据地互相呼应，配合八路军东进山东部队创建抱犊崮革命根据地。奔走于运西、泰西和抱犊崮之间，刘玉胜变得更加忙碌起来。此时的他，迫切需要一个副手。

自从白雪从抱犊崮回来之后，赵灵芝和两位嫂嫂对她悉心照料，几个人朝夕相处，成为无话不说的好姐妹。再加上赵一味精心调制的滋补草药，经过不长时间的休养，白雪身体状况已经完全恢复。经此一场变故，她又成熟老练了许多，已经完全不是当初的那个卫生员了。赵灵芝看到刘玉胜终日奔波于两地之间，就给刘玉胜吹起了枕边风："何不让白雪姑娘出来帮忙做一点运西根据地的工作？她虽说年龄不大，却是老资格的八路，有胆有识、有勇有谋，不是正合适的人选吗？"对此，刘玉胜自然是心领神会。他早就在谷四喜和杨勇那里有过这样的建议，如今条件已经成熟，或可再次提出。随着八路军先遣队东进步伐加快，抗战的重心不断向抱犊崮地区转移，刘玉胜的主要精力恐怕也会转到抱犊崮，运西和泰西革命根据地的领导必然要交与他人。白雪是再合适不过的人选了。

　　除了向上级建议任命白雪，刘玉胜还要请示如何处理刘黑棋。当初谷四喜曾经提出要尽量活捉刘黑棋，现在刘黑棋已经在围寨的地牢里关了不少时日，究竟如何处置还要上级做出明确指示。就在这个当口，一件意想不到的事情发生了，大嫂柳梢突然发现自己怀孕了。一开始刘美珠还没有意识到什么，高兴地到刘老太爷跟前报喜，激动地说："爹，您老要抱孙子了！咱们老刘家终于有后了！这下您老再也不用担心老刘家的香火了！"老爷子听了很高兴，连声说了几声好好好，嘱咐刘美珠："好好照顾柳梢！让她安心养胎，以后家里的大小活计都不要再干了，交给新月和灵芝她们！"刘美珠点点头。其实，柳梢怀孕，最高兴的就是刘美珠了。毕竟婚后这么多年，柳梢的肚子一直没见什么动静，一家人都盼望着能有个后，哪知道从抱犊崮回来不久，柳梢就有了身孕！刘美行和刘玉胜知道了这个消息，也都很高兴，打算在刘家大院摆上几桌酒席，把张麻子请来再弄上八个盘子八个碗，一家人好好庆祝庆祝。但新月和赵灵芝知道柳梢怀孕后却一直都不说话，新月还天天拉着个脸，见了柳梢都躲着走。刘玉胜看着有些奇怪，就问赵灵芝："二嫂怎么了？难道她是嫉妒大嫂怀上了不成？她和二哥也是婚后多年，至今肚子也一直没有什么动静。"赵灵芝若有所思地摇摇头，想说什么却欲言又止，最后还是什么都没说。

柳梢吐得越来越厉害，情绪也越来越低落。她有时候甚至会用拳头不停捶打自己的肚子，嘴里小声说着"孽障孽障孽障"。有一次，她疯狂捶打肚子的样子被刘美珠看到了，刘美珠吓得出了一身的冷汗。他赶紧冲上前拦住了柳梢，不明白她为何要这样作贱自己。他对柳梢说："你不为自个儿着想，也该为肚子里的孩子着想吧！那可是俺老刘家的骨血！"听了这话，柳梢再也忍不住，号啕大哭起来。她的哭声很大，惊动了刘老太爷和刘家大院里的下人们，他们都支起耳朵听是怎么回事儿。赵灵芝和新月先是在各自的房间里抹眼泪，后来听柳梢越哭越凶，终于忍不住跑去了大嫂屋里。柳梢看到她们，发出一声长号："俺对不住老刘家啊！俺肚子里怀的是刘黑棋的孽种啊！"一句话让刘美珠如遭雷轰，一下子瘫坐在地上。赵灵芝见状赶紧去扶，安慰他说："是刘黑棋那天杀的强迫的大嫂，大嫂也是为了救俺们才遭了刘黑棋的毒手！"刘美珠瘫坐在地上，欲哭无泪。他抬眼看到墙角的铁斧，起身摸起斧头就朝关押刘黑棋的地牢跑，边跑边喊："俺要亲手剐了刘黑棋老狗日的！"还没跑到门口，却看到站在堂屋门口的刘老太爷向前挺了挺身子，一下子扑倒在地。刘美珠扔下了斧头，大叫了一声："爹！"在锅屋的刘美行闻声也边喊边跑了过去。弟兄两个一边一个抱着刘老太爷，连声呼唤："爹，你咋的了？爹，你咋的了？"但老爷子已经没了任何反应，身体挺直，鼻息全无。赵灵芝和新月听到外面的动静，也跑出来，看到刘美珠和刘美行正抱着老爷子大哭不止，明白一切都为时已晚。老刘家接连出了大事的消息迅速在古城传播开来。得到消息的刘玉胜从寨子里一路狂奔，到刘家大院时看到老爷子已经被抬到了门板上，安放在堂屋右侧的草席上。他扯开喉咙大哭不止，边哭边喊着："爹啊，你怎么突然就走了啊！爹啊，你怎么不等孩儿回来啊！"他扑倒在刘老太爷身上，以头抢地，双手紧握成拳头，失去理智一般咚咚咚敲打着门板。

此时，忽听得新月一声惊呼："大嫂！使不得啊！千万使不得！"赵灵芝朝着刘美珠这边喊："大哥快来，大嫂她要拿剪刀自杀！"刘美珠听了，却不为所动，仍旧呆若木鸡，面无表情地坐在老爷子身边，手里紧紧攥着老爷子的手。他嘴里像是在喃喃自语："让她随着爹去吧！她哪还有脸活着啊！"刘玉胜一听愣住了。刘美行说了句："都是刘黑棋狗日的！"刘玉胜马上就明白了什么。他一个箭步跨进了大嫂的屋，看到赵灵芝和新月正手忙脚乱地从大嫂的手里夺剪刀，柳梢的脖子上已经留下了一道血迹。刘玉胜一边赶紧让人去大药房叫赵一味，一边提了盒子炮，直奔刘黑棋所在的地牢。刚走到门口，忽然听到一声断喝："刘玉胜你要干什么？你冷静点！"说话者正是刚刚赶过来的白雪。刘玉胜愣住了。白雪继续说道："当务之急是救人和处理后事，至于那个关在地牢里的刘黑棋，他还能跑了不成？千刀万剐也好，一枪毙了他也罢，咱们有的是时间来折磨他！"一席话惊醒梦中人，刘玉胜点点头，逐渐冷静下来，他一边对白雪说："你先去大嫂屋里看看她的伤口要不要紧，我老丈人马上带着药过来！"一边对着几个下人吼："你们几个快去叫出丧的裴瞎子，就说俺老刘家要发丧！另外几个赶紧去抱犊崮，通知俺二叔下山！"下人们分头跑开了。

不一会儿，赵一味先到了，他先去看了看柳梢，柳梢并无大碍，抹了点药水，叮嘱注意多休息即可。又去了堂屋，干号了几嗓子，边号哭边说："亲家公，你咋说走就走了呢！"哭声未落，裴瞎子就到了。他是古城有名的办丧事的大老执，但凡像模像样的人家，家里死了人，都要请他来主丧。他名字虽然叫瞎子，眼睛其实并不瞎。不但不瞎，还两眼放光炯炯有神。他干这行也是子承父业，接的是老裴瞎子的班，已经干了几十年的大老执了。如今虽是一把年纪了，但还在操持着整个古城大户人家的婚丧嫁娶。裴瞎子见惯了这样的场面，进来就不慌不忙地问刘玉胜："还没给老爷子喊路吗？"刘玉胜说："光忙乱了，还没有呢！"裴瞎子说："赶紧先让你大哥给你爹多喊路，不给他喊，他不知道往哪个方向走！要是迷了路，就找不到你们家列祖列宗了！"说着，裴瞎子找来一个高脚凳子，让老大刘美珠站上去，对着西南方向喊："爹去西南大路啊，西南大路好走啊！爹去西南大路啊，西南大路好走啊！"喊着喊着，刘美珠就号啕大哭起来。刘美行和刘玉胜等人也都扯开了嗓子，大哭不止。

接下来，裴瞎子又安排一些人去扎灵棚，一些人去请打棺材板的木匠，一些人去请崔家喇叭，一些人去老林看坟场，一些人去扯缝孝衣的白布，另外一些人则去请厨房、账房和大总理等。一院子的人一时间都忙开了。张麻子气喘吁吁地从外面进来，手里拿着常常挂在腰间擦汗的毛巾，捂着脸边哭边喊："老叔啊，你咋走了呢！"哭了几声，裴瞎子扶起他，说了句："行了，起来吧，哭两声就行了，厨屋那边就交给你了！"张麻子擦去眼角的泪水，说："裴爷放心，厨屋你就甭问了！俺保证把大菜做得瓷瓷实实的！"刘玉胜从堂屋里走出来，对张麻子说了句："厨屋就拜托你了！"张麻子点点头。刘玉胜像是对张麻子说又像是自言自语："真他娘的，办完喜事办丧事，喜事紧跟着丧事，整个古城也真是没有第二个了！"张麻子一听这话，知道刘玉胜已经恢复如常，他就像平时一样和他开句玩笑说："恁老刘家这段时日也真是够热闹的！"刘玉胜苦笑道："不是热闹，是闹心！都是因为刘黑棋这禽兽不如的龟孙子！他要是不被千刀万剐，俺真是心有不甘哪！"愣了一下，又说："只要谷政委同意千刀万剐了刘黑棋，你倒是可以借此机会练练手！你剐过鱼剐过牛羊猪，还没剐过人吧？"一句话说得张麻子脊背发冷，他不相信地看着刘玉胜，确定他不是在开玩笑，不敢接话了。刘玉胜冷笑了一下，从牙缝里挤出了一句话："俺看你也是个屄货！一说剐人就屄了！你要是真下不了手，到时候俺就自己亲手来！"说完，进堂屋了，接着传来他一阵狼嚎般的哭声。张麻子知道，刘玉胜这次是真伤心了，他要来狠的。

　　老刘家要发丧，来帮忙的人自然很多。佃户们不用说了，一听说老爷子没了，二话没说就都来了，街面上做生意的各家各户也都派了人手来，加上寨子里调过来的士兵，乌泱泱一大院子人。院子里站不开，连大门外都蹲了一大圈。裴瞎子是见过场面的人，经验自然丰富，他给这些人一个个派了活，大家都开始忙活起来了。灵棚扎得很快，厨屋外面也搭了棚子。流水席的棚子也搭了两个，喇叭和账房的棚子则搭在了大门外。木匠来了五个，是古城李家的，一般都是两个人来，多时也不过三个，但现在是老刘家办事，知道不能大意，来的都是好手。老李和刘玉胜仨兄弟商量棺材板用啥料。鲁西南的棺木一般有柏木、松木、楠木、柳木、桐木，也有铜、石等材料制作的棺材。一般多以松木、柏木加工而成；上好的、特别讲究的棺材就用很名贵的楠木。刘玉胜兄弟三个想用楠木，但楠木在鲁西南比较少见，不好找，只有抱犊崮山上能找到。刘玉胜沉吟了半天，对老李说："你带着人去抱犊崮找找看！能找到合适的最好，不能再说。"老李带着人去抱犊崮了。

裴瞎子拿着老皇历看了半天，又请了会看日子的老私塾先生，两人商议来商议去，五天之后是开门发丧的黄道吉日，于是日子就定在五天之后。五天时间相对充裕，各项准备也就比较从容。在鲁西南，人死了以后孝子守棺时间越长就被看作孝心越重，办丧也吉利。一般的人家，停放个两三天也就可以了，多的也有超过十天半个月的，那对于孝子孝眷来说是很熬人的，要一直守在棺木旁边，但同时也是在向外界宣告，对丧事的看重和对死去的亲人的情感。裴瞎子选了五天，停放的时间不多不少。毕竟是兵荒马乱的年月，刘玉胜又军务缠身，来个十天半个月也不现实。再说在鲁西南的农村，超过七十的老人驾鹤西去就算是喜丧了，喜丧就该按喜丧的规矩办，停多停少各有各的说法。刘老太爷虽说是被活活气死的，但七十三毕竟也算是高寿。老话说"七十三八十四，阎王不叫自己去"，老爷子今年正好赶上了七十三，也真是流年不利。但话又说回来，要不是因为刘黑棋，老爷子迈过这个七十三的坎儿也不是个难事儿。先是小儿子婚礼新娘被劫，再是大儿媳遭奸怀孕，别说是一个年过古稀的老人，这样的事儿搁谁心里，恐怕都不容易咽下这口气。

到抱犊崮给刘二送信的人前脚刚进院子，刘二骑马就到了。他一进院子就号啕大哭，边哭边数落："哥啊，你这是咋的了？怎么说走就走了啊！"他的身后跟着马兰花，她的哭声很奇怪，细细的，听上去像是苍蝇嗡嗡在叫，但很有穿透力，直往人耳朵里钻。刘二来了，大家都松了口气。刘老太爷西去以后，他就是老刘家辈分最大的人了。在办丧这个事情上，刘玉胜兄弟三个有些不好定的，刘二可以一锤定音。他和马兰花在堂屋里哭了半天，裴瞎子把他拉起来，和刘玉胜一起向他说了一遍整个发丧要办的事儿。刘二听了频频点头，说："你们咋办就咋好。"说到棺材板需用楠木，不好找，已经派李木匠去抱犊崮山上了，但不知能否找到。刘二听了，说了句："这有啥难的，抱犊崮半山腰就有三棵上百年的楠木！赶紧派人去告诉李木匠不用去找了，俺让人把那棵最粗最壮的砍了来就是！"刘玉胜一听如释重负。老爹走得冤，如能陪上一副楠木棺材板，也算是一种补偿吧。刘二问："俺哥前些日子不是好好的吗？怎么说没就没了？"刘玉胜看了一眼大嫂的屋子，正看到马兰花被赵灵芝拉了去。他重重地叹了口气说："俺爹是被刘黑棋活活气死的！"刘二瞪大眼睛说："人不是都回来了吗？刘黑棋也抓米了！"刘玉胜一字一顿地说道："大嫂在山上时被刘黑棋糟蹋了！怀上了他的孩子！"刘二呆住了。他恨恨地说："刘黑棋现在关在哪里？俺要亲手剁下他的物件！他娘的，吃了豹子胆了！"刘玉胜点头说："莫急，有他喝一壶的！俺想好了，不但要剁了他的命根子，还要剐了他的肉，剥了他的皮！"刘二担心地问："你大哥美珠呢？他没事吧？这对他的打击可够厉害的！"一句话提醒了刘玉胜，有一会儿没看见大哥了，他去了哪里？两个人赶紧去堂屋看看，没有，刘美行说这会儿没看见他。去大嫂屋，只有赵灵芝和新月、马兰花三个，还在安抚柳梢。再四下里看看，都没有。刘玉胜额头上冒了汗，说了句："俺去关押刘黑棋的地牢那边看看！"

　　地牢离古城不远，刘玉胜快马加鞭赶到时，只见地牢大门洞开，看守地牢的士兵也不知道到哪里去了。刘玉胜心里直打鼓：狗日的刘黑棋不会是跑了吧？他下马往地牢里奔去，只见刘美珠正和两个士兵在奋力拉扯，他手里拿着一把尖刀，嘴里狂喊着："让俺阉了他！让俺阉了他！你们给俺松开！"刘玉胜松了一口气，只要刘黑棋没跑就好。接着，他眼泪就掉了下来。想想大哥真是不容易，老爹年轻的时候家里穷得叮当响，只好给地主当长工。没有哪个女人肯嫁给一个家徒四壁的穷光蛋，直到后来三十大几了才遇到一个女叫花子，两个人同病相怜，也没办什么仪式，就住到了一起。生下三兄弟以后，两位老人操劳过度，老娘走得早，老爹一个人一把屎一把尿把他们三个拉扯大，并为三兄弟置下了一份大家业。老爹年龄大，刘美珠作为家里的老大，要帮着照顾这个家不说，还勤勤恳恳地代爹管理一大家子上上下下的事情，真是和爹一样操碎了心！如今又摊上这么一个窝心的事儿，搁谁都受不住。刘美珠还在举着刀挣扎，关在牢里的刘黑棋看上去却并不害怕，嘴角反而挂着一丝冷笑，他带有嘲弄的表情更加激怒了刘美珠。依照刘玉胜的性格，他恨不得现在就把刘黑棋宰了，但白雪的叮嘱又回荡在他的耳边。他知道自己不能由着性子来，他现在是八路军的干部，不是当年的保卫团，更不是土匪。想到这里，刘玉胜上前抱住了刘美珠，喊了一声："大哥！"刘美珠看到刘玉胜，知道自己杀不了刘黑棋了，把刀子一扔，捂着脸蹲到了地上，边哭边说："爹啊，你走了啊，谁来给俺做主啊！"刘玉胜拉起他，哽咽着说："大哥你起来，俺答应你办完丧事之后让你亲手宰了这个狗日的！不但要宰了他，俺还要剐了他的肉，剥了他的皮！咱们现在先回家去，八路军是讲规矩的，等公审完了这个狗东西，自会有一个了断！"刘玉胜这话既是说给刘美珠听，也是警告地牢里的刘黑棋。果然，刘黑棋听了他的话，脸上早已经没了嘲弄的笑容，变得异常冰冷起来。

2

　　最难过的还有柳梢。她现在是万念俱灰生不如死。被掠去了抱犊崮，没逃过刘黑棋的黑爪，被糟践得不成样子，还怀上了孽种，这落在哪个女人身上都是天大的打击。为此感到内疚的还有赵灵芝和新月。她们比谁都清楚大嫂柳梢为何遭此厄运。要不是柳梢站出来保护赵灵芝、掩护新月，或许遭到刘黑棋毒手的就会是她俩。现在，赵灵芝和新月两个人的目光时刻都不敢离开柳梢，怕她再想不开寻了短见。包括马兰花在内，三个人轮番安慰劝说柳梢，好像都没有让她安下心来。柳梢说自己不但怀上了孽种，还因此气死了老爷子，她就是老刘家一个不可原谅的罪人！死有余辜的罪人！赵灵芝实在看不下去，担心要强的柳梢终会再寻了短见。她悄悄地去了一趟大药房，对赵一味说出了抱犊崮发生的实情，她带着哭腔说："爹，大嫂是为了我才被刘黑棋糟蹋的，你要想法子帮帮她！"赵一味沉吟了一会儿，说："办法不是没有，但须柳梢下决心，也需要和美珠等商议商议。"赵灵芝愣了一下，说："是什么法子？"赵一味说道："我这里有一服药，分三次服下去就可以把肚子里的孩子打掉！"赵灵芝瞪大眼睛，一时间说不出话来。赵一味说："这事儿还真的要好好商量商量，现在正是办丧的节骨眼上，是不是等丧事过了再说？"赵灵芝摇摇头说："大嫂已经两天没进食了，她现在每时每刻想的都是死，如果不给她说个法子，恐怕等不了丧事办完她就随公爹去了！"愣了一下，赵灵芝又说："爹你把药给我吧，我带回去拿给大嫂和大哥，让他们自己做决定！"

赵灵芝从药房回来，先去堂屋把刘玉胜叫了出来。刘玉胜连续三天没睡好，正想打个盹儿，回到自己屋就往床上躺。赵灵芝一把拉过他，说："你先别睡，和你商量个事儿！"刘玉胜见赵灵芝一脸的严肃，从床上坐起来说："啥事儿？"赵灵芝从衣兜里掏出一包药，说："这是从俺爹那里要来的堕胎药，大嫂现在寻死觅活的，不给她想个解决的法子她恐怕撑不过办丧这几天。"刘玉胜呆住了。大嫂的事儿他不是没想过，但他一直不敢在大哥刘美珠跟前提。刘美珠已经到了快要崩溃的边缘了，他担心这个时候提会让他受不了。但不解决也确实不是办法，弄不好老刘家会再搭上两条人命！刘玉胜想了半天，说："这事儿得大哥大嫂拿主意！"赵灵芝说道："大嫂肯定听大哥的！终归还是大哥拿主意。再说大嫂现在恨不得捶死自己，她肯定是不想留下这个孽种！"刘玉胜点点头说："那我去找大哥！这事总得有个了断！"

刘玉胜又回到了堂屋，正好二哥刘美行不在。大哥一个人伏在刚漆好的大红的楠木棺上，默默地掉眼泪。他看到刘玉胜进来，说了句："不是说回去睡会儿吗？咋又回来了！"刘玉胜在棺木旁边盘腿坐下来，说了句："哥，当着爹的面儿，俺想和你商量个事儿！"刘美珠像是知道什么似的，在另一边蹲下来，那里的麦秸草已经被他压出来一个身形儿。他已经两天没进自己卧房了，一直睡在棺材旁。嘴上说是要给爹守灵尽孝，看着棺前的长明灯。他说："不能让长明灯灭了，灭了爹就找不到路了！"刘美珠蹲下来不言语。刘玉胜还在字斟句酌。两个人一时间都不说话，还是刘美珠先说了句："俺这两天想来想去，这事儿不能怨你大嫂！她是最无辜的！"刘玉胜点点头说："哥你能这么想就对了！大嫂自己想不开，这两天都没吃啥东西，她心里解不开这个死疙瘩！赵灵芝去了一趟大药房，说是有法子……但这事儿得要你做主……"刘美珠眼睛一直盯着棺木，不说话。过了半天，才说了句："不走那条路！俺去给柳梢说，去解了她心里的死疙瘩！"他说完，摇摇晃晃地站起身来，向着自己的卧房走去。看着大哥摇晃的身影，刘玉胜掉了眼泪。自从爹走了以后，大哥好像一夜之间就老了许多，变成了爹的样子。头发白了大半，背也驼了，腰也弯了，整个人像是萎缩了一样，没了精气神。刘玉胜拨弄了一下棺前的长明灯，喃喃自语："爹啊，大哥他的魂儿也跟着你去了！"话音未落，一阵风吹来，差点把长明灯吹灭了。同时，棺木里发出一声"咚"的声响，刘玉胜心里一惊，莫非爹还没有西去？他有心把棺材盖打开，又怕有什么不吉利。附耳再去仔细听，又没了什么动静。他到院子里找裴瞎子，把他拉到棺材旁边，说："刚才好像听到里面有动静！俺爹他不会还……"裴瞎子摇摇头："不可能，不可能，俺做这行几十年，送走了不知多少西行者，还从未遇到过这样的事儿！"刘玉胜说："刚才的确有动静。"裴瞎子笑笑："人死魂还在，七天内不会远行，这也实属正常，不必大惊小怪！"刘玉胜不好说什么了。裴瞎子出去了。刘美珠从外面进来，脸上还有泪痕。他进来一言不发，刘玉胜挑起刚才的话头："你刚出去那会儿，咱爹在棺材里面好像有什么动静！"刘美珠闻言大哭不止，哭完了说："这是咱爹在显灵啊！他是想告诉俺不要去做混事啊！俺刚才和恁大嫂说了，孩子不能拿掉！要生下来！好歹那也是留一个后！"刘玉胜心里涌过一阵暖流，接着又泛起一股悲凉。难得大哥能想通这一点，但这也确属无奈的选择。这里面有对大嫂的原谅和安慰，更有成家多年没有诞下一儿半女的考量。不管肚子里的孩子是谁的，毕竟是柳梢身上掉下来的一块肉，只要生下来，就是刘家的后！

　　解决了这件棘手的事，一家人总算去了心头病。刘玉胜让张麻子弄了几个好菜，一家子好好坐下来吃了顿饭。自从出了这档子事，他们几乎没有一起吃过一顿饭。尽管吃饭的时候，氛围有些冷清，大家都不说话，但好歹之前压在心头上的包袱都放下了。当天夜里，刘美珠和刘美行提出来守灵，刘玉胜就回了卧房。赵灵芝刚刚和衣躺下，看到刘玉胜进来，又起身给他倒了一盆洗脚水。刘玉胜边洗边问她："大嫂那边怎么样了？"赵灵芝说："好多了，大哥和她商量完把孩子留下来之后她就好多了。"愣了一下，赵灵芝又说："大哥能做到这样，真是不容易！"刘玉胜点点头："大哥也是为了顾全老刘家的名声和香火。"赵灵芝听到香火两个字，浑身一震，她默默倒掉了洗脚水，重新躺在了刘玉胜的身边。刘玉胜叹了口气，说道："或许是俺老刘家命该如此……"话没说完，赵灵芝捂住了他的嘴，嗔怒道："俺不信！你身体这么好！"说着，拉过刘玉胜，闭上了眼睛。刘玉胜说了句："咱爹还没……"赵灵芝抱住刘玉胜的头，喃喃自语道："爹盼望的是香火……"刘玉胜终于按捺不住，在黑漆漆中气喘如牛。

　　开门发丧的日子到了。鲁西南的风俗是头天开门，第二天下午入土为安。三声炮响之后，响器班子的喇叭也吹起来了，从这时起才算是正式发丧，所有的仪式才正式开始。只见来吊丧的人一个接着一个，络绎不绝。男男女女，各色人等，纷至沓来。刘玉胜三兄弟忙着磕头谢客，女眷则一直坐在棺材前，每有吊丧的前来都要哭上几声。大嫂有孕在身，不宜在丧事上出现，赵灵芝早早地就把她带去了大药房，在后院的闺房里歇息，早晚三餐自有人张罗。刘二带着马兰花又从抱犊崮赶了来，抱犊崮事情多，上次来了以后他们又回去了两天。他告诉刘玉胜，谷政委马上就要到抱犊崮，现在土匪是没了，但刘本功纠集的国民党残部却还在见机兴风作浪，刘本功现在已经改头换面，成了国民党的副师长了！为了谷政委的安全，也为了彻底扫清创建抱犊崮革命根据地的障碍，这段时间不得不留意刘本功的动向。刘玉胜听了他的话，又心事重重起来，他隐隐担心那个曾经的古城县长、老奸巨猾的刘本功会趁这个时机起事。一想到这个，他脸上又凝重起来。正这样想着，忽听外面一阵骚动，接着传来一声洪亮的声音："老哥啊，俺刘本功来晚了啊！"几乎所有的人都蒙了，不知道刘本功这个时候来是什么意思。是真心来吊丧还是趁火来打劫？刘玉胜下意识地去摸腰里的家伙，被刘二摁住了，他轻声说了句："人说一笑泯恩仇，他刘本功既然敢来吊丧，咱们就得以礼相待！毕竟，他也是咱们的远房亲戚。"说罢，刘二带着刘玉胜走了出去，扶起正蹲在地上捂脸假哭的刘本功，朗声说道："请刘师长到客屋歇息！"刘本功起身远远地看了一眼棺木，叹了口气，对刘玉胜说："老大哥一生光明磊落，就这样走了实在是太可惜了！"他跟着刘二和刘玉胜来到了客屋里。刘玉胜安排手下人沏茶，刘本功却并不喝上一口。他扯了几句丧事上的官话，突然问了句："听说那个刘黑棋被关押在这里的地牢了？"刘玉胜一愣，心里琢磨着刘本功究竟意欲何为？只听刘二说道："刘黑棋鱼肉百姓，无恶不作，罪大恶极，真是死有余辜！"刘本功笑笑："土匪嘛，总是无法无天，何况刘黑棋这样的大土匪！"刘玉胜听出刘本功话里有话，心里直打鼓：要不要趁此机会把这个满嘴仁义道德的远房表叔抓了？他以前在古城当国民党的县长，对自己提携不少，但也做过为人不齿的汉奸！现在又跑去抱犊崮成了国民党残余势力的副师长，对想在抱犊崮开辟革命根据地的八路军来说，始终是一个威胁，趁他自己送上门来的机会抓了他也未尝不可。但转念想起谷四喜的话，现在正是国共合作抗日的关键时候，虽说国民党暗里在勾结外鬼，打压八路军，但明面上还是在团结抗日。如果这时候把刘本功抓了，会不会影响整个鲁南地区抗战的局面？思来想去，刘玉胜还是没有下定抓人的决心。

刘本功此来的确不单纯是为了吊丧，他是想借着吊丧的时机来探个虚实。毕竟打人不打脸，撵狗不撵客，何况是来吊丧的客！但刘玉胜还是没有料到，刘本功会提出带走刘黑棋的要求。刘本功似笑非笑地说："既然刘黑棋罪大恶极，那就让我带回去就地正法吧！毕竟他是抱犊崮上的悍匪，由我们来枪毙他是理所应当的。"别说刘玉胜，连刘二都没想到刘本功会提出这样的要求。他刘本功以为自己还是古城的县长？那是八路军先遣队没有东进山东之前！他现在不过是国民党残部的一个副师长，却还想代表国民党？看到刘本功那扬扬得意的嘴脸，刘玉胜真想一枪把他给崩了。见刘玉胜和刘二都绷着脸，刘本功也不便逼得太狠，他知道刘玉胜的脾性，闹不好会把自己扣留。他故意说了句："你们现在忙着出丧，不如把刘黑棋交给我，我这次来虽说只带了十几个弟兄，但因考虑押送刘黑棋，所以个个都是全副武装，保证不会让刘黑棋出什么问题！"他的意思很明确，门外有他的人，且都带着武器，今天是发丧的日子，大家都不要大动干戈为好！还是刘二反应快一点，他说道："眼下俺们老刘家忙着发丧，确实没有空闲管刘黑棋的事儿，要不等发完丧，刘师长再来带人吧！"刘二的话虽然说得委婉，但意思也很明确，那就是：刘黑棋你现在不能带走，这个事儿只能等到丧事办完之后再说。他这话接着刘本功的话茬说得很恰当，也在理，刘本功一时间也没别的办法，只好说了句："这样也好！"说完，起身要回。刘玉胜说了句："既然来吊丧，按老理都得吃了饭再走！"刘本功担心节外生枝，摆摆手说："天还早，饭就不吃了，老哥走了俺来哭一嗓子，心里好受多了，这就回了！等办完丧再来不迟！"

送走了刘本功，刘二对刘玉胜说了句："看来得赶紧把刘黑棋毙了！防止夜长梦多！"刘玉胜点点头，说道："等谷政委那边的指示到了，就立即动手！"话音未落，门外的唢呐声起，又有人吊丧来了。刘玉胜抬眼一看，来者不是别人，正是杨勇。意外的是，杨勇不是穿着便衣，而是穿着八路军军服，显然是代表八路军先遣队而来。刘玉胜上前和他紧紧地握了握手。杨勇说道："谷政委军务缠身，实在抽不出空来，他让我告诉你，节哀顺变！"刘玉胜眼含热泪："谢谢谷政委！队伍正在进驻抱犊崮，事情千头万绪，你还过来干什么？"杨勇看了看灵堂，说："我给老爷子鞠个躬吧！"说完，他快步走到堂屋前，站定，脱下八路军军帽，郑重地对着那个大大的"奠"字鞠了三个躬。刘二和刘玉胜看了，都感动得说不出话来。他们拉着杨勇到了客屋，小声说了刚才刘本功来过的事儿，把抓到刘黑棋的前后经过和想立即枪毙的想法都说了一遍。杨勇边听边点头，听到打算立即枪毙刘黑棋时，犹豫了一下说："按照谷政委的意思，不如等办完丧事就在古城开一个公审刘黑棋的大会，在大会上宣布他恶贯满盈的弥天之罪，然后就地正法，这样既能震慑那些还对国民党等反动势力抱有幻想的人，又可以解了咱们心头的恶气！"刘玉胜听了，觉得这样最为稳妥恰当。他看看刘二，刘二也点点头。刘玉胜说："那就按照谷政委的意思办！等俺爹入土为安，就马上公审刘黑棋！"

头天下午开门来吊丧的大都是至亲好友，一些关系稍微远一点的则大都在第二天上午过来，烧一刀纸，磕头传香后再到灵前哭一嗓子，就完了，等着大老执安排吃大席。鲁西南红白喜事都是流水席，这时厨屋是最为忙碌的。张麻子一头大汗，还是忙不过来。好在一些大菜和熟菜都是事先做好了，有的头天就做成了半成品，直接配料上桌就行了。比较辛苦的还有端大盘子的年轻人，他们要在厨屋和流水席之间来回穿梭，上菜收盘子。有的盘子摞得老高，让人担心随时会倒下来，但他们游刃有余，盘子晃而不倒、摇而不掉，考验的正是手劲和平衡的功夫。三轮流水席走过，该待的客都待了，该吃的也都吃了，紧接着是亮花圈和行路祭。行路祭要在西南大路，众多来吊丧的亲朋好友对着棺木行跪拜大礼，最重的礼数是九叩九拜，跪拜完毕，行大礼的人满头大汗，吹喇叭的也累得不轻，跪在棺木两边的孝子更是膝盖直打哆嗦。行完路祭，棺木被重新抬起，直奔刘家老林。那里早已挖好墓穴，金鱼、大葱等也都由裴瞎子等置办完毕。到了老林边上，女眷等皆不得入，只有孝男等前去送葬。待棺木入穴，孝子等行最后大礼，这才开始填埋，入土为安。不一会儿，原地就起了一座小山包。所谓繁华落尽，任尔何等荣华富贵，终须一个土馒头。

看着眼前的新坟头，刘玉胜忍不住悲从心来，他在心里说了句："爹啊，西行路上，一片光明！"

3

办丧这几天，刘二和马兰花在抱犊崮和运西两边跑，着实是辛苦。他一个老爷们还好说，虽然年纪也不小了，但毕竟骑马习惯了，起早贪黑赶夜路都没啥问题。但马兰花毕竟是个女人，这样赶来赶去就有点受不了。送走刘老太爷，当天晚上回抱犊崮的路上，马兰花终于憋不住，问刘二咋就不愿意在老家过夜。刘二一开始没理她。再问，他就不耐烦地说了句："这些天天天有人到抱犊崮寨子里来'串门'，我猜来者不善，都是刘本功狗日的派来的说客。他想拉拢一些思想不牢靠的人反水，想把老子辛辛苦苦拉起的队伍给弄散了！"马兰花不明白："刘本功为何要这样做？以前两家井水不犯河水，不都是相安无事吗？"刘二摇摇头："以前老子的队伍不成规模，都是散兵游勇，现在队伍打起了八路军保卫团的旗子，他看着心里肯定天天打鼓！这才派人明里暗里策反。俺要是不在寨子里，估计更容易让他得手！"愣了一下，又说道："活捉了刘黑棋以后，其他几股力量表面上都接受了八路军先遣队的收编，现在对外统一都是八路军先遣队保卫团，但一个个各怀鬼胎，在刘本功的游说下，暗地里不知道有几个会投奔他的队伍！"

刘二的担心是对的。他去运西的时候，刘本功每天都派人悄悄潜入原来各股土匪的寨子，一个个试探他们是否愿意并入国民党的队伍。有几个已经被他蛊惑，国民党那边不缺军饷，有吃有喝有枪炮，美式装备十分精良。而八路军这边缺吃少衣，吃的都是粗粮不说，有时候还得靠野菜充饥，更别说武器装备都是长枪短枪了，有的甚至连长枪短枪都没有，只能使大刀片子。用刘本功的话说，跟着国民党，吃香的喝辣的；跟着共产党，吃瘪子饿肚子。水往低处流，人往高处走，早日跟上国民党，早点吃上国军粮！

就这样一次次明里暗里的游说之后，刘二的保卫团走了不少人。再任由这样下去，估计用不了多久，保卫团就彻底散架了，必须给刘本功长点记性，吃点苦头！刘二有点后悔那天在出丧时没把刘本功抓了。抓了刘本功，就不会再有现在的烦恼。当然，那样做，也可能会点燃两方互相进攻的炮捻子。正在左右为难之际，两个好消息传到抱犊崮：一个是刘玉胜要在古城公审刘黑棋，只要刘黑棋被毙掉，对于刘本功和动摇的山匪就是一个极大的威慑；另一个是谷四喜率领的八路军东进的先行部队已经来到了抱犊崮。那样的话，刘二的保卫团就有了主心骨。

那天的公审大会场面甚是宏大，整个古城的人差不多都来了，会场人头攒动，黑压压一片。为了让刘本功死了那份劫走刘黑棋的心，也为了给死去的老爷子报仇，刘玉胜决定来个快刀斩乱麻，办完丧事第二天就开了公审大会。刘黑棋作恶多端、臭名远扬，整个鲁西南的人对他恨之入骨。他强抢民女，几乎每一个新出嫁的女人都会被他掠去，美其名曰开苞；他杀人如麻，曾经为了抢百姓的粮食血洗了整个村庄，男女老少一个都没放过，整个村庄瞬时血流成河；他强拉壮丁入土匪窝，不从者剜其眼睛削其耳朵杀其家人，手段骇人听闻。这样的大恶霸，不杀不足以平民愤。当刘玉胜宣布将刘黑棋押到台上时，喧闹的会场一下子安静下来，大家一开始都屏住呼吸、瞪大眼睛，生怕错过了看鲁西南的第一大恶人的最后机会。紧接着，人群中爆发出一阵阵怒吼："杀了他！阉了他！剐了他！砍了他的头，剥了他的皮，喝了他的血，抽了他的筋……"声音此起彼伏，一浪高过一浪。看到人群如此激动，刘黑棋这个一向无所畏惧的悍匪也吓破了胆，本来高高扬起的头颅慢慢低了下来。刘玉胜对着乌泱泱的人群挥了挥手，用古城铁匠土法制作的铁皮大喇叭喊道："乡亲们！大家安静一下！刘黑棋这个悍匪恶霸，咱们是一定要枪毙的！但在枪毙之前，希望大家能上台来揭发他的恶行！咱们八路军是讲规矩的，他刘黑棋有多大的罪行，咱就给他多大的量刑！大家对他的控诉越多，咱们给他的处罚就越重！杀他的方式有很多，咱们选一个最能给乡亲们报仇雪恨、最能解气的！"

　　话音未落，一个断了一条手臂的老人步履蹒跚地走上台，对着刘黑棋的脸吐了一口浓痰，那浓痰粘在刘黑棋的胡须上，一点一点滴落下来。老人手指着刘黑棋，骂道："你个遭天谴的，你杀死了俺儿子，抢走了俺家的儿媳，还砍断了俺的手臂，你让俺们一家顷刻间就家破人亡！把你千刀万剐都不能让俺解恨！"说着，他对着刘黑棋的肚子狠狠地踹了一脚，刘黑棋应声倒地。下面的人喊道："让他跪着！不要让他躺着！"看押他的两个士兵把刘黑棋扶起来。这时，一个年纪不小的妇女犹豫不决地走上来，她上台后嘴哆嗦了半天，却一句话都说不上来，只是指着刘黑棋，过了好大一会儿才哭出声来，边哭边数落："你个恶霸，你个遭雷劈的！你不但抢了俺家的闺女，手底下的恶匪连俺这个老太婆都不放过！俺那个村子，半个村的大闺女都怀上了你的孽种，她们跳河的跳河，上吊的上吊，都是因为受不了这样的羞辱！你个畜生不如的东西害死了多少黄花大闺女！"在台上坐在刘玉胜旁边的白雪脸色一会儿红一会儿白，恨不得把眼睛都瞪出来。她咬牙切齿地对刘玉胜说："赶紧把刘黑棋毙了吧，再听下去，俺咬死他的心都有！"刘玉胜摇摇头："乡亲们心里有火，得让他们把心中的怒火发出来！"刚说完，一个看上去年龄不大的孩子走了上来，他似乎有许多话要说，但又有些胆怯，刘玉胜给他打气说："孩子，你有什么话就说，八路军会给你做主！"他这才点点头，大声哭诉道："刘黑棋杀了俺爹，抓了俺娘，当着俺的面糟践了俺姐，抢了俺家仅有的一袋子粮食，烧了俺家的房子，俺去阻止他，他还把俺的……俺的……给割了！"白雪听不下去了，咬着牙说了句："对于刘黑棋，千刀万剐都不解恨！"台下的乡亲们更是气愤，挥着拳头都要上台来，恨不得生吃了刘黑棋的肉喝了他的血。刘玉胜见时机成熟，大手一挥，拿着大喇叭对台下喊："乡亲们，抱犊崮大悍匪刘黑棋罪恶滔天，实该千刀万剐！俺宣布现在就把他押下去，一枪崩了他！"台下面有人喊："不能一枪崩了他，不能给他一个痛快！要一点一点折磨他！"往日威风八面的刘黑棋此时吓得身子如同筛糠一样，再也硬气不起来了。

就在两个保卫团的士兵押送刘黑棋往台下走的时候，在外面站岗的哨兵忽然跑过来，对刘玉胜说道："刘本功带着大队人马来了！"刘玉胜一听，霍地站起来，当机立断，命令立刻把刘黑棋就地正法。说着，他从腰间掏出盒子炮，顶在刘黑棋的头上。刘黑棋正在做最后的挣扎，他狂叫道："你不能杀俺！刘本功来了，他是来救俺的！你不能……"没等他喊完，只听见砰砰两声枪响。刘黑棋的头顶穿了两个血窟窿，两股血柱喷涌而出。刘黑棋倒地身亡。枪声先是让乡亲们一愣，接着又爆发出几声叫好。也有人很不解气地喊道："两枪就给崩了，真是便宜了刘黑棋这狗日的！"有人喊："死有余辜！把他的尸体拖去喂野狗！"还有人喊："刘黑棋坏得连血都是黑色的，恐怕连野狗都不吃！"就在这一阵高过一阵的声浪中，刘本功骑着马到了。他看了一眼躺在一片血泊中的刘黑棋，知道为时已晚，仰天叹了口气。刘玉胜朝白雪使了个眼色，白雪心领神会，悄悄去寨子里调兵去了。刘玉胜对着刘本功拱拱手，说道："不知道刘师长驾到，有失远迎！"刘本功冷笑道："玉胜啊，你可是亲口答应等到发完丧，让我再来带人的！你竟然食言，自作主张把刘黑棋给毙了！"刘玉胜笑着说："刘黑棋罪大恶极，古城乡亲们要求公审，不枪毙他实在难平众怒啊！"刘本功一脸严肃："刘玉胜，你知不知道你这是在破坏国共合作抗战的大局！"刘玉胜冷笑着说："刘师长此言差矣！他刘黑棋既不是你的人，俺刘玉胜也早已不是你的手下，你凭什么这么说！俺实话告诉你，俺的一切行动都是经过八路军先遣队谷四喜政委批准的！"听到谷四喜这三个字，刘本功愣了一下，随即又说道："你不要以为八路军的队伍进了抱犊崮就天下太平了，我告诉你，抱犊崮还是国民党的天下！"刘玉胜指了指地上刘黑棋的尸体，说道："他也说抱犊崮是自己的天下，现在又怎么样！"一句话噎得刘本功说不出话来了。他看看四周，古城老百姓都对他怒目而视，再看看自己带来的队伍，已经被白雪调来的保卫团团团包围，他长叹一声，对刘玉胜说道："我很痛心呢！放着眼前的阳关道你不走，偏要走那无人问津的独木桥！刘玉胜，算我看走了眼！"说完，拔腿就走。刘玉胜在他身后说了句："不是要带走刘黑棋的吗？尸体咋不带走！这个恶人死在这里都脏了俺们脚下的土！"

白雪不明白，刘本功为何三番五次地想带走刘黑棋。刘黑棋的恶名能给他带来什么好处？刘玉胜告诉她，刘黑棋以前和国民党在抱犊崮的残余部队一个鼻孔眼出气，接受国民党的武装领导，他们都把八路军看作眼中钉肉中刺，都恨不得把八路军早点赶出去。所以，他俩是绑在一根绳子上的蚂蚱。刘黑棋手底下有不少枪，刘本功当然不希望刘黑棋死，刘本功现在到处抓人抓壮丁，如果能把刘黑棋手底下的那些人都收编过来，对于国民党在抱犊崮的残余势力来说当然是好事。白雪点点头，这个刘本功，不愧是国民党的县长，自从逃出古城上了抱犊崮之后，在国民党残余部队那里也混得有模有样，转眼间又成了副师长了！这股残余势力，对东进抱犊崮的八路军先遣队始终是一个很大的威胁，不知道谷政委是否已经有了对付他们的办法。当前虽然国共之间存在摩擦，但表面上还是在共同抗战，只能斗而不破。对于刘本功这个吃也吃不得、吐也吐不得的硬骨头，还真是没啥好办法！

刘玉胜能感觉到经过这一系列的磨难，一路跟着东进先遣队的白雪已经和此前的卫生员判若两人。她不但和大药房大夫一起，培养了好几个能救治伤员的医务战士，而且协助刘玉胜训练寨子里的保卫团。她还在刘玉胜的支持下在运西根据地领导了减租减息运动。因为刘玉胜自己是地主出身，这场运动等于是自己革自己的命，他考虑来考虑去还是由白雪来出面，指挥这场并不容易的根据地"革命"。在运西，大大小小的地主有很多，刘老太爷走的时候光来吊丧的就有几十个。他们若是知道是刘玉胜在领导这场"革命"，恐怕多多少少会有意见。他们一定会在背后戳刘玉胜的脊梁骨，说他是个败家子，爹老子熬了半辈子好不容易置办下的一份家业，转眼间就被败坏了！老刘家这才过上几天好日子，当了几天地主？说富不过三代，他老刘家连两代都没有！真是"崽卖爷田不心疼"！不争气没出息的货！所以，在老爷子活着的时候，刘玉胜迟迟不敢大范围动手搞"减租减息"，就是担心老爷子想不通，他想不通就意味着其他大大小小的地主更会想不通。现在由白雪来指挥这场运动，他在背后默默支持，是最好的办法。

白雪果然不负所望，第一个就拿刘玉胜家来开刀。她要老大刘美珠交出家里的地租和借贷契约，一个一个仔仔细细统计出来，地租减去一半，利息也减去一半。得到这些消息的佃户当然是欢天喜地，都在那里夸共产党好，八路军好！竖着大拇指说共产党真是咱们老百姓的大救星！八路军真是让老百姓过上了自给自足的好日子！也有看透形势的人称赞刘玉胜有种，减租减息等于是把老爷子一辈子攒下的家业分给老百姓，这并不容易做到！不高兴的人也有，老二刘美行就有些想不通，三弟刘玉胜这是傻了吗？自己家的地租得好好的，为何要减少佃户们上交的粮食？借出去的钱为何就不收利息了？脑袋被驴踢了也不至于做这样的傻子！这不成了败家子嘛。老爷子要是在天有灵，肯定是不会答应的！他要是还活着也得被气死！老大刘美珠既不支持也不反对，他说的原话是："只要是老三同意的事，俺都没有意见。"自从老爹西去，刘美珠似乎就变了一个人一样，凡事不管不问，看什么都顺眼顺心了许多，活活成了又一个刘老太爷。眼见柳梢的肚子渐渐隆起，刘美珠天天蹲在家里，看着柳梢，生怕她磕着碰着，累着乏着。其他事情他一概不问，所有的家务都交给了仅剩的两个下人。自从柳梢怀孕，照顾八路军先遣队托付的小东进的任务就交给了赵灵芝。小东进长得很快，见天就长一点，转眼间都能抱出去溜达了。有时候刘美珠也会抱上小东进到古城街转一圈，被熟人看到了，就开他的玩笑说："呦，孩子都这么大了！"刘美珠就笑着说："可不是，这是俺的大孩！"说完，就哈哈大笑。

有刘玉胜的支持，老刘家带头割自己的肉，运西根据地减租减息还算顺利。只有两个地主想不通，无论白雪怎么做工作，都声称非得找刘玉胜当面论理不可。这两户一是城东的王家，一是城西的赵家。两个人一起找到刘玉胜，当着白雪的面质问他："玉胜啊，咱可一直都是一根绳子上拴着的，俺们就是整不明白了，咱的日子过得好好的，你咋就允许这个外来的女娃娃革咱们的命呢？她不是咱的人，当然不明白咱这家业置办得是多么不易！咱们没偷没抢，自个儿起早贪黑，一分地一分地攒出来，一亩田一亩田积下来，靠的是什么？靠的是咱自己这双起满老茧的手！"说着两个人同时伸出手掌来，给刘玉胜看。刘玉胜笑着说："你们不用给俺看，俺也有！俺手上的老茧比你们都多！"白雪在一旁笑出了声。王家和赵家地主同时瞪了白雪一眼，又说："俺们靠自己攒下的家业，咋能就这样不明不白地败下了呢？说句难听的话，就是那小鬼子、国民党来征粮，那还得和咱商量商量嘛。"刘玉胜看出他俩有情绪，对此倒也能理解。他指着自己问他们："俺是谁？"两个人你看看我，我看看你，说道："你是刘玉胜呗！你是古城八路军先遣队保卫团的团长！"刘玉胜看看白雪，笑笑说："俺还是古城最大的地主！"王姓地主摇摇头说："你不是，你不是，你爹是，你和你爹不一样，你爹绝对不会同意你这样败家！"

赵姓地主附和道："就是就是，刘老太爷要是活着，肯定不会同意你这样糟践自己。"刘玉胜还是笑："你俩咋就不明白，俺为何带头要革自己的命，不但俺自己要革命，还动员俺哥革命！这是为啥呢？因为形势变了嘛。俺问问你们，现在是个什么形势？"王姓地主说："啥个形势？共产党八路军的天下呗！你是八路军，所以你说了算！你要革命就革命，要革谁的命就革谁的命，想怎么革命就怎么革命！"赵姓地主说："就是就是。"刘玉胜不笑了，他一脸严肃地说道："俺告诉你们，现在是咱们老百姓的天下！谁说了都不算，咱老百姓说了算！比如要枪毙刘黑棋，那就是咱老百姓在公审大会上发出的呼声！"王姓地主摇摇头："那不是那不是，有些时候是老百姓说了算，有些时候不是。如果都是老百姓说了算，那咱也是老百姓呢，现在说了咋不算？"赵姓地主附和说："就是就是。"刘玉胜又笑笑说："你算是问明白了，问题的根子就在这里了！为何你有时候说了算，有时候说了不算呢？因为你有两个身份，一个是老百姓，一个是小地主。你有时候说话站在老百姓这一头，有时候说话站在小地主那一头。枪毙刘黑棋和现在减租减息，你站在哪一头是不一样的！"听到这里，两个小地主似乎明白了什么，但还是有些疑惑。白雪对着刘玉胜竖了两下大拇指。刘玉胜接着说："你们看啊，这枪毙刘黑棋，老百姓欢迎不欢迎？"两个挠挠头说："那当然欢迎！"刘玉胜说："好，那现在减租减息，老百姓欢迎不欢迎？"两个人愣了愣，小声说："好像也很欢迎。"刘玉胜一拍大腿，说了句："就是嘛！"两个地主这下子明白了，站起身，说了句："减租减息，回去就减他娘的！"

　　看着两个人兴高采烈离去的身影，白雪忍不住又对着刘玉胜竖起了大拇指，说道："真有你的，刘团长！你刚才的一番话，真是戳中要害了！还是那话说得好，'士别三日当刮目相看'！你的水平真是高！"刘玉胜摆摆手："你就别给我灌什么迷魂汤了！就是真有一点点进步，也是跟谷政委他们学的！"愣了一下，他又说道："谷政委通知我，让我马上到抱犊崮的要害门户大炉，大部队马上要进驻那里，他安排我和杨团长组成先头部队，为东进主力部队扫清障碍。我明天就出发了，运西这里一切都交给你了！"白雪点点头："你放心去好了！运西和泰西已经连成一片，整个根据地一荣俱荣一损俱损，整个抱犊崮山区安宁了，运西这边才能安宁！你去大炉，也是为了运西的安稳哪！"

第八章　起风云

1

　　码头镇是鲁南抱犊崮山区的一个商业和文化中心，比郯城县城还要繁华。在这里，小商小贩来来往往，生意兴隆。置身于码头，吆喝声、叫卖声不断，热闹非常。谷四喜走在街头，笑呵呵地看着这一切，在心里说道："等把鬼子赶出中国了，我们全中国人民就都能过上这样热热闹闹的好日子了！"来到部队驻地，谷四喜看到战士们已经穿上了新棉衣，脸上都洋溢着幸福快乐的表情。他们热情地和谷四喜打着招呼，一个个喊着："谷政委！谷政委！"

　　陈尔东走过来，笑呵呵地对谷四喜说："打下码头后，不仅缴获了一批武器弹药，而且补充了大量军用物资，还筹款 20 万元！"谷四喜点点头，说："码头解放后，广大爱国青年纷纷报名参军，抗日群众组织如雨后春笋般纷纷建立。等时机成熟，我看可以成立人民政府。只有成立了自己的政府，我们才能在根据地站稳脚跟。"陈尔东点点头。

在谷四喜的推动下，郯城人民政府在码头镇成立了。这天锣鼓喧天，不绝于耳。街头随处可见"郯城人民政府成立了"的标语口号。成立了自己的人民政府，老乡们高兴得合不拢嘴，他们有的踩高跷，有的扭秧歌。谷四喜和陈尔东站在街口，看着这一切，脸上充满了笑容。一个上身穿着军装下身穿着便装的人走过来，向谷四喜和陈尔东敬礼，问好。他好像很不好意思的样子，匆匆忙忙就跑开了。谷四喜对陈尔东说："你看我们的新任县长多精神！"陈尔东点点头，说："也不知道他能否领会谷政委的苦心，能不能建设好新郯城，这可是我们在抱犊崮山区的新尝试！"谷四喜说："让我们拭目以待吧！现在郯城人民政府成立了，这里的人民终于可以当家做主了，八路军身上的担子很重啊。"陈尔东点点头："这是胜利的果实，我们一定要好好保护！"

谷四喜对陈尔东说："我考虑把从湖西调出的原苏鲁豫支队第四大队进驻于此，改称东进先遣队第二大队。你看怎么样？"陈尔东点点头，说："我同意。他们的任务是在地方武装的密切配合下，发展郯码地区的抗日武装斗争，巩固抱犊崮山区东南的外围阵地。"

这时，警卫员小刘走过来，低声对着谷四喜说了一句什么。谷四喜一愣，继而说道："这么快就生了！"陈尔东说："秦林生了？恭喜谷政委！"谷四喜迫不及待地问警卫员："男孩女孩？"小刘愣了一下，摇摇头说："这个，我还不知道。"谷四喜哈哈大笑："情报不准，情报不准！"

　　秦林正躺在老乡的床上，脸上带着疲倦的幸福，包裹得严严实实的婴儿正安静地躺在她的身旁。一个老大娘正在用小勺一小口一小口地给婴儿喂白开水。谷四喜轻轻走进来。秦林睁开眼睛，略有疲惫地对他笑笑。老大娘对谷四喜说了句："大人孩子都好着呢！"说完就出去了。谷四喜在秦林身边坐下来，用手指抚摸了一下孩子的脸。秦林说："你还没给孩子起名字呢。"谷四喜想了想，说："东进山东的队伍现在正在南下，就叫她南下吧！"秦林点点头："南下好，和东进一样，都是革命进程的见证！这个听着也像女孩的名字。"谷四喜点点头，问道："刚才老乡在给孩子喂开水？"秦林点点头，说："奶水还没有下来……"谷四喜说："革命的日子太苦了……让你和孩子都受罪了！"秦林低下头，说了句："现在大家都很苦！等革命胜利了，好日子就来了！"

　　第二天，秦林还没有下奶，刚生下来的孩子只能喝白开水充饥。老大娘看在眼里，疼在心里。晌午时分，老大娘端来一碗浓浓的汤，对秦林说："赶紧把这碗肉汤喝了，喝了就有奶水了！"秦林坐起来，接过碗，喝了一口，说道："真香啊！这是什么肉？"老大娘笑笑："慢慢喝，喝完了我再去给你盛！这是小羊羔肉！喝了下奶快！"秦林一愣，说："大娘，这兵荒马乱的年月，哪来的小羊羔啊？"大娘不说话了。秦林有些奇怪地说："大娘，你怎么不说话啊？"大娘犹豫了半天，说了句："咱家不是养了一只小羊嘛，以前怕鬼子发现，就一直藏在地窖里了。今天俺把它宰了，这羊羔如能让小娃吃上奶，也算是立了功了！"秦林听着，流下了眼泪。大娘拿手给她擦，边擦边说："孩子你哭啥？莫哭，莫哭……"秦林哽咽着说："大娘，这小羊羔可是你们一家的希望啊！怎么能说宰了就宰了呢？都是因为我……"大娘摇摇头，说道："这事啊，你就别给谷政委说了！俺们都知道他不拿群众的一针一线，这汤，是俺们娘俩之间的秘密！"秦林犹豫着，勉强点了点头。

是年秋，抱犊崮山区的老百姓日子过得异常艰难。先遣队的日子也不好过，凛冬将至，战士们如何过冬是一个很大的问题。谷四喜和陈尔东商量了半天，最后决定从地方开明士绅这里想想办法。抱犊崮山区虽说总体情况不好，但有几个大地主家道甚为殷实，其中或许有对革命有意愿的爱国人士。

孔庄是大炉南面的一个村庄，也是扼守抱犊崮山区北大门的关键所在。虽然时局艰难，但孔庄大地主杜若堂的日子过得依然滋润。这天晚上，大地主杜若堂家里灯火辉煌、人声鼎沸，热闹非常。只见院子里挂满了大红灯笼，屋门上贴着大大的"囍"字，几间大屋摆满了酒席。杜若堂身披红绸，端坐在主桌正中间位置。坐在他身边的是几个年纪稍大的本地乡绅。杜若堂不时地招呼着大家："吃！吃！吃！大伙儿都别客气！"他左边的一个蓄着山羊胡子的老者笑着说："今天是杜兄大喜的日子，俺们就好生热闹热闹。在这兵荒马乱的年月，能在孔庄摆起这样场面的酒席的，除了杜兄，方圆百里可没第二个了！"右边的老者对着杜若堂竖起了大拇指，说道："杜兄这是第四房喽！真是宝刀不老，宝刀不老啊！"杜若堂哈哈大笑，说道："来，咱们喝！喝啊！"

厨屋里，炉火正旺。三个下人正呼哧呼哧各自拉着一个大风箱，三个厨师并排站着，熟练地颠勺、炒菜。其他几个下人在忙着传菜，他们一个个满头大汗，一道道鸡鸭鱼肉被前脚后脚地端上来，冒着热气。厨屋的两个下人在小声交谈。一个说："这饥荒年月，杜老财这样摆阔，真是造孽啊。"一个说："他娶的这个小姨太太，可是方圆百里最俊的女人，听说今年还不到十四呢！"
一个说："也不知道那家人是怎么想的，把一个不到十四岁的俊俏
闺女嫁给一个六十岁的老头！听说这个女娃还是大地主刘步洲的
亲戚！"一个说："杜老财可不是一般的人啊，他不但手里有钱，
还有枪！他就是咱们这里的土皇帝，掌握着装备，有机枪的护院
武装，就算哪朝官府都奈何不了他！那个刘步洲肯定是想联合杜
若堂！"一个说："听说八路军的先遣队到咱抱犊崮山区来了，不
知道杜老财这回还能稳住不？"一个说："杜老财这个人，啥世面
没见过！肯定稳得住！"

两个人正说着话，看见两个穿着八路军军装的人从门楼走了
进来，门口护卫站岗的人拦住了他们。只听见那个高个子的八路
说："我们是八路军先遣队后方司令部代表，今天是贺喜来了！"
说着举了举手里的大礼包。护卫犹豫了一下，说："你们先等等，
俺进去通报一声！"

那边屋里的杜若堂满面红光，此刻正举起酒杯一饮而尽。刚
放下酒杯，护卫进来，对他耳语几句。杜若堂脸色刷地一下子变
成了霜白色。稍作冷静，杜若堂若无其事地让大家慢慢吃，他随
着护卫快步走出了屋门。各桌的人面面相觑，不知道发生了什
么事，小声交头接耳起来。走到门楼，杜若堂老远就拱手，嘴
里说道："贵客驾到，有失远迎，有失远迎！"高个子八路军拱
手："我是八路军先遣队的杨勇，听说杜先生今日大婚，奉谷政
委之命，我和刘玉胜团长代表后方司令部特来贺喜！"杜若堂笑
笑："两位贵客亲自来道贺，真是不敢当，不敢当！快请进，快
请进！"

杜若堂对下人说："还不赶快去收拾收拾偏房的桌子，拿两副

新碗筷！"下人说道："是是是，马上就好！"杜若堂引导两人进入偏房。边走边说："这屋安静好说话，那边太吵了！"杨勇和刘玉胜对视一眼，心领神会地笑笑。

三个人落座。杜若堂对下人说："叮嘱厨房，炒几个好菜！把女儿红端上来！"杨勇说："不要麻烦了！我们来贺喜，酒就不喝了。"杜若堂脸色一暗，说道："哎，喜酒嘛，当然要喝一点！"刘玉胜端起茶杯，说："以茶代酒，一样一样！"杜若堂见状便不再坚持。

杨勇笑着说道："府上今天可真是热闹啊，自打鬼子进到抱犊崮，就很少能见到这么热闹的场面了！"杜若堂点点头，说道："鬼子作恶多端，哪还有咱老百姓的好日子！"刘玉胜说："八路军先遣队东进抱犊崮地区，就是想把鬼子赶出去，在这里建立革命根据地，让老百姓重新过上好日子。我们这次来府上，一方面是来贺喜，另一方面也是想邀请你和八路军联手抗日。"杜若堂狡猾地转了转眼珠，说道："恐怕我是心有余而力不足啊！"

见杜若堂耍滑头，杨勇只好把话挑明了说："我们现在的原则是争取一切可以争取的力量。听说你手底下有一支武装，咱们若能联合起来，必将给抱犊崮的鬼子以沉重打击！"话已挑明，杜若堂只好说道："这是大事，须从长计议，容我想想，容我想想！二位请先用茶！"

见杜若堂并无真心联手之意，杨勇和刘玉胜只好先行告辞。杜若堂起身送客。经过偏房隔壁，两人看到一个穿戴整齐的新娘此刻正端坐在床沿上，小声哭泣。一个女下人端着饭菜进来，说道："四姨太就吃点东西吧！不吃，会饿坏身子的！"一听到被唤作四姨太，女人哭得更厉害了。

第二天一大早，在先遣队后方司令部驻地，战士们正在操练。有走正步的，有练拼刺刀的，有练射击的。

刘玉胜站在一边，认真指导战士们操练。杨勇走过来，表情严肃。刘玉胜转脸问他："看你这脸上阴云密布的，怎么了？"杨勇说道："侦察员刚才报告说，杜若堂不但不答应和咱们联手抗日，还一夜之间从枣庄引来了百十来个鬼子！他这是不识好歹、认贼作父！挟鬼子以自重！"刘玉胜点点头，说："对待杜若堂这样的人，采用谷政委主张的先礼后兵是没有用的！还不如当初直接攻打拿下孔庄。现在杜若堂引来枣庄的鬼子，如此一来孔庄就成了抱犊崮山区的一个钉子了。"杨勇说道："我们必须拿下孔庄！在抱犊崮地区，像杜若堂这样的地主有很多，他们在八路军和鬼子之间摇摆不定，我们要狠狠打击一下杜若堂，把他的嚣张气焰打下去，也让其他地主看看，不抗日没有出路！因此必须拿下孔庄，击毙杜若堂！"刘玉胜点点头，说："那就把孔庄打下来！算是咱们进驻抱犊崮给老百姓的见面礼！"

风声渐紧，事不宜迟，说打就打。这天夜间，先遣队后方司令部悄悄包围了孔庄。孔庄炮楼里的几个鬼子和伪军正在打牌，值班的伪军正在打盹。四姨太屋里的灯突然亮起来，一会儿杜若堂从屋里出来，边走边系裤腰带。迎面走来一个鬼子，看到他，不怀好意地笑笑，指了指四姨太的房间，旁若无人般向里面走。杜若堂脸色灰暗，追上前去，点头哈腰指着二姨太房间说道："太君，太君，你去那个房间，那个房间！"鬼子愣了愣，说道："那里花姑娘的有？"杜若堂点点头。鬼子摇摇头，指着四姨太的房间说："这个，这个更好看！"边说边哈哈大笑起来。杜若堂眼看着鬼子走进了四姨太的房间，却一点办法也没有，只能把牙齿咬得嘎嘣响。

接着，里面传来四姨太的尖叫声和呼救声。

杜若堂一拳头打在自己的额头上。不知此刻的他是否已经后悔没听杨勇和刘玉胜的劝告，把鬼子请进大院，等于是引狼入室，他本想借鬼子吓唬八路军，却没料到鬼子才是那猛虎饿狼，连自己新娶的女人也不放过。他捂着耳朵在原地蹲了许久，然后晃晃悠悠地站起来，朝炮楼走去。上了炮楼，看到放哨的伪军在打盹，杜若堂狠狠地踢了他们两脚，破口大骂道："狗日的，还敢睡觉！都什么时候了！不怕八路军把狗日的给毙了！"话音未落，一颗子弹穿透了杜若堂的下颌。杜若堂应声倒地。接着是一阵密集的枪声，炮楼里的伪军顿时乱作一团，几个鬼子慌慌张张摸起手枪。但已经晚了，此时八路军已破门而入，冲进了杜若堂的大院。一时间，大院里乱成了一锅粥，三个姨太太和下人们都抱成一团，躲进了床底。从四姨太房间里跑出来的鬼子，提溜着裤子，嘴里叽里呱啦地说着："八格牙鲁，八格牙鲁！"话音未落，就被一颗子弹击倒在地，蹬了蹬腿，伸直了身子。

战斗打了一刻钟不到，伪军死的死、逃的逃。鬼子见杜若堂已死，也都无心战斗，抛下几具尸体逃回枣庄大本营去了。

战斗结束以后，一个小战士带着杜若堂的四姨太来到杨勇和刘玉胜面前。刘玉胜有些奇怪地看了看这个穿着花里胡哨的女人，说道："她怎么还在这里？"小战士说："这个女人想参加八路军，跟着咱们打鬼子！"刘玉胜看了看杨勇，杨勇说了句："我们的队伍一般不要女人！她又不是医务人员！"四姨太抬起头，脸上满是泪水。她十分痛苦地说："俺恨透了鬼子！鬼子把俺糟蹋得不成样子，俺想跟着八路军打鬼子！"说着，四姨太扑通一声跪了下来。刘玉胜连忙让她起来。问她："你叫什么名字？"她回答："俺叫桂花。"刘玉胜对杨勇说："等谷政委到了，咱们一起请示一下再说吧！"杨勇点点头说："也好。"桂花说了句："八路军要是不收留俺，俺就只好投奔舅舅刘步洲了！"闻听此言，刘玉胜一愣，心中暗想既然她的舅舅就是名震抱犊崮的刘步洲，或许可以利用这一点做些什么。

凛冬已至，抱犊崮山风呼啸。晚来浓云密布，一场暴风雪正在酝酿。

谷四喜和陈尔东此刻正站在一张巨幅抱犊崮地区作战地图前。从地图上的标注可以看出当前各方势力日伪、国民党顽固派、东北军和八路军犬牙交错、互相渗透，你中有我，我中有你。谷四喜指着地图，说道："抱犊崮地区形势复杂，如何打开局面，是我们必须首先解决的问题。想当年，刘备三顾茅庐，诸葛亮提出了三分天下的'隆中对'。如今，我们该提出什么样的对策呢？"陈尔东笑笑："难道我们也要来个'三分天下'吗？"谷四喜摇摇头，坚定地说："鲁南根据地，我们决不能'三分天下'！也不能同国民党建立共同根据地，而是要充分发动群众建立由我党独立领导的抗日根据地！我们要把抱犊崮山区全部拿下来！"陈尔东点点头，说："看来谷政委已经想出了办法？"谷四喜说："我最近一直在考虑这个问题，简单说就是六个字：插、争、挤、打、统、反。"

谷四喜指着作战地图，说："插，就是插入日伪军和国民党军队之间的空隙地带，隐蔽地由边缘深入腹地。争，就是广泛发动群众，争取团结一切抗日力量。挤，就是挤掉消极抗战、积极反共反人民的顽固势力。打，就是打击日军和汉奸武装。统，就是同国民党军队，特别是驻在鲁南的东北军疏通关系，保持统一战线。反，就是反'扫荡'、反摩擦。"陈尔东边听边频频点头，等谷四喜说完，他禁不住竖起大拇指，说："谷政委总结的这六个字水平高！这个六字方针同毛委员关于'发展进步势力，争取中间势力、反对顽固势力'的策略的精神是一致的，是这一策略同鲁南的革命实践的结合呢。"谷四喜笑笑，说："是毛委员指导我们东进山东作战嘛！只要有时间，我就要学习他的著作嘛！"愣了一下，又说道："目前在抱犊崮山区的许多'司令'当中，主张同共产党、八路军联合抗日的只有大炉的万春圃和滕县的孔昭同。对于他们，我们要'促成坚持抗战、团结和进步'。"陈尔东说："这恐怕还需要我们去做很多工作。"谷四喜点点头，说："这个万春圃我让他们打听过了，是大炉地区的开明士绅。他性情豪爽、讲义气，人称'万三爷'。民国以来，军阀混战，民不聊生，为了保境安民，他组织了一个民团。'九·一八'事变后，他的长子万国华、管家杨春茂、管武装的刘清如先后加入共产党，他同党有了联系。1937年9月，临沂第三区专员张里元要万春圃恢复临沂、费县、峄县、滕县四县边区联庄会，中共苏鲁豫皖边区特委书记郭子化派郭致远以地方名流身份同万春圃一道去见张里元，决定由万春圃以恢复联庄会名义建立抗日武装。随后，在中共的帮助下，万春圃组建了这支武装。"陈尔东边听边点头说："既然如此，到了抱犊崮山区核心地带以后，我们首先要尽快联系、团结万春圃！"谷四喜笑笑："我意正是如此！"

进了大炉，就算进入抱犊崮的核心区域了。虽然已是寒冬，又刚落过雪，但天气似乎并不寒冷。或许这和抱犊崮山区的地形有关，特殊的山区地形让这里的气温自成一体，冬暖夏凉。万春圃所在的万庄很大，是一个很有些古朴气息的村子。这样的村子，零零散散地分布在抱犊崮山区各个角落。谷四喜、陈尔东和秦林等人慢慢走进来，边走边欣赏这难得的世外风景。万春圃和夫人正笑盈盈地站在门口迎接他们。万春圃老远就拱起手，说道："欢迎谷政委、陈师长来到大炉！"谷四喜和陈尔东一起抱拳拱手。谷四喜说道："感谢万兄盛情邀约，今天特来拜望。"秦林和万夫人手拉着手，也互致问候。这次之所以要带秦林过来拜望万春圃，是谷四喜的刻意安排。在万春圃明确联手八路军以前，以私人身份来赴家宴是最稳妥不过的了。

几个人一起往院子里走。万家的院子很大，方方正正的四合院甚为开阔。院内有古槐两棵、梧桐树一棵，角落有石榴树等若干。

在万春圃的引导下，谷四喜、陈尔东走进古色古香的客厅。环顾四周，不说雕梁画栋，也是精心营构。客厅正中悬挂着四幅"梅兰竹菊"图，透着主人的高雅情趣。万春圃亲自给谷四喜和陈尔东倒茶。万夫人说道："你们先坐下来喝茶，我去厨屋帮帮忙。"谷四喜笑笑，说道："嫂夫人亲自下厨，真让我们不敢当啊！"万春圃说："今天贵客临门，家里特地杀了一只本地小山羊，内人要亲自展示展示手艺。她做的鲁南风味的全羊席可真地道呢！"秦林说："我也去厨屋给嫂子帮忙吧，我要好好看看嫂子是如何做这全羊席的！顺便也跟着嫂子学一手！"万夫人笑道："好好好，除了全羊席，我还要让你们尝尝羊肉馅的锅贴呢！"说着万夫人拉着秦林一起去了厨房。

谷四喜、陈尔东和万春圃聊起了抱犊崮眼下的抗战形势。谷四喜说："我们刚到抱犊崮，对这里的情况还没有摸透，还望万兄多多指教。"万春圃点点头，说："谷政委放心，咱们都是一家人，今后自然要精诚团结。你们到抱犊崮以后，这里的抗战就有了主心骨了。"愣了一下，万春圃说道："你们刚来抱犊崮，这里条件差，生活上可能有许多不习惯。我这里地方宽绰，你们要是不嫌弃，可以先住到我家里来。"谷四喜和陈尔东互相看看，点点头，陈尔东说道："如果万兄不介意，我们可以把指挥部设在这里。"

宾主相谈甚欢，不知不觉间，那边全羊席已经做好，满满当当摆了一大桌子，从羊头到羊尾一共做了十几个菜，外加一盘羊肉馅的锅贴。谷四喜看了，赞叹道："嫂夫人真是好手艺啊！"陈尔东也频频点头，说："谷政委最喜欢吃羊肉了！我也馋得紧呢！好久没吃到肉腥喽！"万春圃哈哈笑道："那就不要客气了，我们今天就做个大碗喝酒大口吃肉的水泊梁山好汉吧。"倒满了酒，几个人共同举杯。屋内洋溢着欢声笑语，融融暖意与屋外的寒气形成了强烈的对比。

第二天，在万春圃的张罗下，谷四喜和秦林住到了万家大院。

抱犊崮山区刚下过一场小雪，万家大院青石板铺就的地面上还残存着明显的水迹。谷四喜站在窗前，看着院子。他突然发现下人们走路的样子很奇怪，都小心翼翼，异常谨慎，生怕惊动了什么似的。有时候，他们甚至连互相说话也是很小声的。谷四喜问秦林："你看这些人的样子是不是有点奇怪啊？"秦林刚起来，正在梳妆。闻言她走到窗前，看了看，笑笑说："他们可能是有点怕你这位'大官'！"谷四喜一愣，说道："这可不行！我们不能脱离群众啊！他们怕我们，说明对我们还不了解！我们必须主动接近他们，和他们拉家常。"说完，谷四喜走了出去。他走到厨屋，和里面的一个年轻人一起择菜、聊天。谷四喜问他："你叫什么名字？今年多大了？是哪个村子的？"小伙子回答："俺叫四柱子，今年 19 岁了。俺住在山那边。"谷四喜笑笑："四柱子，那你肯定有三个哥哥吧？他们是不是叫大柱子、二柱子和三柱子？"谷四喜本想和小伙子开一个玩笑，却不想小伙子闻言脸色暗淡下来，拉低声音说："俺上面是有三个哥哥，可他们都被鬼子打死了！有一次鬼子到村子里扫荡，抓走了俺大嫂子，俺大哥想救下她，人还没救下就被鬼子一枪打死了。俺嫂子也被鬼子弄死了！后来，俺娘把二哥和三哥都送到了革命队伍里，让他们去打狗日的鬼子！后来他们先后都在队伍里牺牲了，一个被鬼子挑了肠子，一个被鬼子砍了头！"谷四喜听完怒火中烧，恨恨地说："我们一定要把鬼子都消灭了，给受害的亲人报仇！"四柱子点点头："尽管俺三个哥哥都为了打鬼子牺牲了，但俺娘还是咬牙让俺接着去打鬼子！俺娘说，要在战场上流尽俺们的最后一滴血！所以俺就加入了万爷的队伍，俺知道万爷是打鬼子的！"听了这话，谷四喜感动得一句话也说不出来了。愣了一会儿，哽咽着说："有时间我要去看看老人家，这是一位伟大的母亲！正是有千千万万这样把亲人送上战场打鬼子的伟大母亲，我们才有了战胜鬼子的底气和勇气！"四柱子点点头。谷四喜告诉他："现在抗战进入最艰难的胶着时期，我们要上下一心团结起来，把鬼子赶出抱犊崮，赶出山东，赶出中国！"

万春圃也经常到谷四喜屋里来，有时抽一袋烟，有时就来坐坐。趁此机会，谷四喜给他讲国内外的形势和八路军的历史传统。

这天夜里，抱犊崮又下了一场雪。与往年比，今年鲁南地区有点早寒，雪下得也早。这场雪过后，抱犊崮山区一片白雪皑皑。远处山包都顶了一层花白的头发，近处的树冠上也是一片银白。

万家几个下人正在清除院子里的积雪，有的用铁锨铲，有的用扫帚扫。而万春圃和万夫人，则坐在堂屋里喝茶。万春圃说道："今年冬天来得早，不知道谷政委他们的队伍如何过冬？"愣了一下，又说："谷政委真是了不起。他这么忙，我看到他还抽时间读毛委员的著作，教勤务员认字、写字。"万春圃脸上露出些许感动的神情。万夫人说："我有一次看他的马病了，谷政委亲自动手和马夫一起给马灌药呢。"万春圃点点头，说："谷政委吃的穿的都和战士一样，穿的是几乎褪成白色的军衣，盖的是打了补丁的被子，吃的是高粱煎饼就咸菜。这样的部队、这样的领导，真是天下少有！"说到这里，万春圃吩咐夫人说："你一会儿给做点好吃的送到谷政委那边去，他们吃得太差了！"万夫人点点头，说："听勤务员说谷政委爱吃辣椒，我一会儿让厨房杀一只鸡，炒成辣子鸡丁。"万春圃说："好。谷政委太辛苦了，这大冬天的，我们要想办法给他补补身子。"

外面冷，厨房里也不暖和。万夫人忙活了半天，做好了一大盘辣子鸡。她招呼警卫员小刘说："你给谷政委端过去吧。"小刘直摆手，不敢收，说收了谷政委肯定会批评！万夫人说："这是我和万三爷的一点心意，你尽管送去，如果谷政委说你，由我兜着。"小刘犹豫了一会儿，接了过来，双手端着，进了谷四喜屋。谷四喜正在研究作战地图，双手不时地放到嘴边，哈着热气。他看到辣子鸡，眼睛一亮，说道："哎呀，今天伙房改善生活啦！"说着动了两筷子，夹起一块鸡肉，放进了嘴里，嚼得很香。边嚼边说："还放了辣子！好吃，好吃，好吃啊！"秦林说了句："看把你馋的！"吃着吃着，谷四喜突然感到事情不对，便放下筷子问小刘："这辣子鸡是从哪里来的？"小刘支支吾吾地说："是万夫人特意给你做的。"谷四喜愣了一下，对秦林说："你赶紧拿出钱来马上叫小刘送去！"秦林转身从里屋拿了些钱，递给小刘。谷四喜叮嘱小刘："你给万家讲明三大纪律、八项注意是我军的规矩，作为政委，我要带头遵守！千万不要让他们产生什么误会！"小刘点点头，走了出去。

万春圃正在吃饭，他看着小刘进来，手里拿着钱，一下子就明白是怎么回事了，他非常感动。他对万夫人说："俺活了50多岁了，还没见过这样的长官、这样的军队！八路军真正是仁义之师、王者之师啊！有了八路军，把鬼子打出中国就有了希望。八路军、谷政委，俺万春圃跟定了！"这时，一个护院的士兵风风火火地跑进来，大老远就喊："不好了，不好了！"万春圃一愣，问道："慌张什么？怎么了？"士兵说："国民党顽固派刘本功扣押了你的小儿子和女儿！说是要作为人质，你要是站到他那一边，就把人放了！若参加八路军，就……就……"万春圃急得满头大汗，问："若参加八路军就怎么样？"士兵抹了抹额头上的汗珠，说："就把他们杀了！"万春圃呆住了，他看看夫人。万夫人在抹眼泪。万春圃咬了咬牙，说："儿子、闺女宁可不要了，也要跟着共产党走，跟着谷政委打鬼子！"

正说着话，谷四喜走进来。他说道："听说他们抓了你的两个孩子！你放心，我们会把他们解救出来！陈师长他们现在已经出发了！"万春圃拉住谷四喜的手，说："我要在共产党、八路军的领导下抗战到底！我惨淡经营了多年，手里攒下了几百条枪，我要把这些武器装备包括机关枪和迫击炮，全部交给八路军！"谷四喜点点头说："八路军欢迎万兄！也感谢万兄！"至此，万春圃的四县边联武装和苍山游击大队正式编为八路军临沂、郯城、费县、峄县四县边联支队，万春圃被任命为支队长。

2

团结了万春圃，谷四喜又把目光瞄向了孔昭同。

谷四喜向万春圃打听："孔昭同这个人怎么样？"万春圃说："孔昭同是滕县人，曾在北洋军中当过中将师长和福建兴泉永镇守使。北伐后，他卸甲归乡，开药店，办学堂，济世育人。1938年初，日军占领济南后继续南下，占领了泰安、兖州，滕县告急。滕县城中土豪劣绅怂恿他出面组织替鬼子卖命的维持会，他却说：'咱扛把子上街卖拳、要饭去，也不能当汉奸！'"谷四喜点点头，说："我也听说孔昭同的不少抗战事迹，他曾经和当过阎锡山军长的杨士元组织鲁南民众抗日自卫军，是一个可以争取的人。"万春圃说："日军攻滕县的时候，孔昭同的儿子孔宪尧、孔宪纲遭飞机轰炸而遇难。不久，抗日自卫军也遭日军袭击而溃散。但失败不但没有打垮他，反而更坚定了孔昭同的抗日决心。他毁家纾难，变卖家产充作重组军队的经费，同时身披写着'上尽国忠，下报家仇'的黄缎带，在滕县山区为组织抗日武装而奔走呼号，坚持抗战。1939年3月22日，孔部在滕县龙岭山下同一百余名日军遭遇，孔昭同已年近花甲，但老而弥坚，他脱掉皮袍，光着膀子，面对敌人，奋臂高呼：'尧纲两儿，魂若有灵，助父杀敌，雪耻报仇！'随即在山鸣谷应的回声中带领勇士冲向敌人。他的勇猛吓坏了鬼子，这次战斗日军丢下几十具尸体，狼狈逃窜。"谷四喜边听边不时地点头，说道："孔昭同果真是一条汉子！我们一定要把这样的勇猛爱国之士拉到革命队伍里来。孔昭同部中最早同先遣队联系的是其第二旅，这个旅原来是我党领导的鲁南人民抗日义勇队的一部分，旅长董尧卿是共产党员。1938 年 8 月作战失利，与党失去联系后编入孔师，成为该师主力。先遣队进驻鲁南后，董尧卿派人来联络，随即恢复了党的关系。"万春圃点点头说："这支队伍，谷政委一定要争取！"

说话间，陈尔东从外面进来，说道："刚得到消息，孔昭同派山东教育界知名人士彭畏三前来联络，现正在路上。"谷四喜高兴地拍了拍桌子："真是说曹操曹操就到！我正想着怎么和孔昭同取得进一步联系呢！他的'特使'就到了！我们要用最隆重的礼仪来欢迎！"谷四喜转脸问万春圃："咱们抱犊崮迎接贵客最隆重的方式是什么？"万春圃笑笑，说："十大碗呗！"谷四喜说："那我们就摆一个十大碗！"

万春圃所说的"十大碗"是抱犊崮山区特有的招待贵宾的菜谱，包括一路顺风——红烧猪耳（猪耳俗称顺风耳），双凤朝阳——清炖仔鸡，三元及第——芝麻馅糯米丸子，事事如意——糖醋整鱼，五子登科——枣子、肉丁子、栗子、玉米子、葱头子，鹿鹤同春——绿豆、百合汤，麒麟送子——鸡蛋饺子，八仙过海——海带排骨汤，地久天长——韭菜小猪肠，十全十美——土豆烧牛肉。

谷四喜、陈尔东等就以这个"十大碗"隆重宴请孔昭同的"特使"彭畏三。

彭畏三看着满满当当一桌子的菜，心里很高兴。他知道这是抱犊崮山区待客的最高的礼数。这可是在战争年月，凑齐这些个菜很不容易。谷四喜对彭畏三说："彭先生大名，如雷贯耳啊！今日一见，真是三生有幸哪！"彭畏三拱拱手，说："谷政委来到抱犊崮以后，这里的百姓无不争相传颂八路军先遣队，你们才是当代真俊杰、大英雄！"愣了一下，彭畏三又说："不才这次来，是奉滕县孔昭同老先生所托。现在刘本功也正在想方设法拉拢孔老先生，但孔老先生对国民党消极抗日、积极反共很反感，对共产党坚决抗日很钦佩。"谷四喜见机说道："请彭先生转告孔老先生，八路军可以与孔师长合作抗日，孔师长可保持原来的番号，继续在原地区活动，今后双方要加强联系、增进了解。"彭畏三点点头，说："这边可否派一位政工干部去那边做政治部主任？"谷四喜哈哈一笑，用手指指在一旁作陪的杨勇，说道："杨勇同志是老红军，在围寨等各次战斗中，他都担任了主攻的骑兵团团长，在火线上杀敌数百，是一位久经考验的好干部！我们可以把他派过去做部队的政治工作！"彭畏三向杨勇拱拱手，说：那边正需要这样的好同志指导工作！

第二天一早，杨勇和彭畏三一起离开先遣队。行前，谷四喜握着彭畏三的手说："以后希望随时通报敌情，加强联系。孔师长在供给上有什么困难，我们可以帮助解决。"彭畏三点点头，重重地握了握谷四喜的手。

谷四喜又握了握杨勇的手，叮嘱他说："你肩上的担子不轻，过去以后，尽快把部队的政治思想工作做好！把八路军的优良传统带过去，把部队的战斗力提上去！"杨勇敬了个军礼，说："请谷政委放心，坚决完成任务！"谷四喜点点头："到那边以后，要抓紧完成任务，物色培养好可靠的政工干部。这边马上进行新的战斗，我们要把白彦打下来，你要尽快赶回来！"杨勇点了点头。

过罢旧历年，抱犊崮山区又落了一场鹅毛大雪。雪下了整整一夜，第二天，大炉西面的抱犊崮戴上了一顶圆圆的白帽子。周围一片白雪皑皑，山上的松树被大雪压弯了，不时听到咯吱咯吱的树枝的断裂声。

天刚刚亮，因为下雪，光线很强。在纷纷扬扬的大雪中，谷四喜和陈尔东带领师部出发了。下雪天，尤其是雪夜，往往是发动奇袭的好时机。因此，谷四喜命令骑兵团在夜里开展行动。谷四喜、陈尔东率领着部队紧随其后，踏上了"雪夜袭白彦"的征途。

白彦，位于抱犊崮和天宝山之间的山区，是南北交通枢纽，也是鲁南通往沂蒙山区的必经之地。白彦地形地貌具有抱犊崮的突出特征，群山环绕，地形复杂，有一夫当关万夫莫开之势。谷四喜与陈尔东骑马并排走在一起。两个人的帽子上都落满了雪，谷四喜眉毛胡子上也沾满了雪花。陈尔东说了句："我们都成了白眉大侠了！"谷四喜笑笑说："大地主孙鹤龄，是白彦当地一霸，可比白眉大侠厉害得多！他的儿子孙益庚是白彦的乡长。我们之前曾派人同他们联络，想争取他们一道抗日，但他们不但拒绝，还与日伪勾结，强迫周围几十个村庄组织反动民团，断绝交通，成为八路军向天宝山区发展、打通与沂蒙山区联系的严重阻碍！"陈尔东说道："看来孙鹤龄和杜若堂是一个德行，不到黄河不死心，不见棺材不落泪！对于这样不合作的地主恶霸，棍子不打在身上他们是不会觉得疼的！我们就是要狠狠地打，打他个落花流水屁滚尿流！"谷四喜点点头，说道："白彦这个地方太重要了，打下来以后敌人绝对不会善罢甘休的，他们肯定会卷土重来。我们可能要反复争夺，和他们展开一场拉锯战是少不了的。"陈尔东点点头，说："白彦就是一颗钉子，打白彦就是拔钉子。我们拔下来，敌人再钉上，我们再拔！反复几个来回，就拔掉了！"

这时，到滕县孔昭同部协助工作的杨勇飞马过来。谷四喜笑着说："'杨疯子'来了！"陈尔东也笑，说："杨勇参加过长征，别看文化程度不高，但身经百战，打起仗来眼一瞪便不顾一切，不把敌人消灭决不罢休，前面的几场战斗证明，'杨疯子'的绰号名不虚传！这次调他回来带领骑兵团打白彦，一定行！"杨勇远远地就和谷四喜、陈尔东打招呼："谷政委，陈师长！"谷四喜问他："从滕县孔昭同那里回来还没有来得及休息吧？这次打白彦你觉得有什么困难啊？"杨勇向两位首长敬了个礼，说："没有困难，坚决完成任务！"谷四喜点点头，说："打下白彦后，要立即摧毁敌人留下的一切防御系统，迅速把群众发动起来。发动群众，是我们在白彦立足的关键！你要切记，我们的铜墙铁壁是群众，而不是工事。"杨勇点点头，对此心领神会。陈尔东说："为了解除进攻白彦的后顾之忧，我已经命令刘玉胜部在郯城、码头一带牵制南面的敌人。另外，苏鲁支队和苏鲁豫支队也从陇海路南开过来了。再加上特务团，都要配合我们作战。我还通知了孔昭同部在北面策应我们。因此，我们的兵力占绝对优势，你尽管放心打！"杨勇点点头，说："请两位首长放心！"说完，向两位首长敬了个军礼，便追赶前面的队伍了。

指挥部离白彦不远，谷四喜、陈尔东气定神闲地在指挥部等待着前方的消息。不远处，炮声隆隆，密集的枪声不断。杨勇指挥骑兵团向白彦发起了一轮又一轮进攻。在指挥部这边，谷四喜胸有成竹。陈尔东笑着问他："你对杨勇这么有信心？"谷四喜点点头，说："拿下白彦不成问题。"愣了一下，又说："我担心的是拿下白彦之后，敌人会反复反攻。这个时候就需要杨勇有点耐心了！他这个人是个急性子，不知能否经受住考验。"话音未落，侦察兵来报："骑兵团已经拿下白彦！"谷四喜指示："马上从部队抽调干部，协助地方党组织发动群众，只要把群众发动起来了，我们就可以在白彦与敌人展开反复争夺！"

谷四喜走在白彦的大街上，背着手，脸上流露出一丝笑容。他看到原来的伪区公所门前，已经挂起了"白彦区抗日民主政府"的牌子。

遵照谷四喜的指示，战士们把大地主孙鹤龄的粮仓也打开了。那些饿得连附近的树皮都吃光了的饥民，手捧着刚分到的粮食，眼睛里闪烁着感激的泪水，纷纷说着："八路军来了，咱们老百姓就有救了！"

农救会、妇救会、儿童团也都组织起来了，地头、场院，响起了嘹亮的抗日歌声。街头巷尾，贴满了抗日的标语："打倒地主痞，消灭日本鬼！""抗战胜利万岁！"

不远处，战士们正在拆除孙鹤龄经营了几十年的碉堡寨墙。有几个老乡眼里露出疑惑的目光，在小声议论着，一个说："看这个情形，八路军这是不打算常待啊？"另一个说："是啊，不然好好的碉堡寨墙拆什么啊！"谷四喜闻言走上前，主动和老乡打招呼，说道："请大伙儿放心，我们既然打下了白彦，就一定会守住！不过在这个过程中可能会反复和敌人展开争夺，但白彦最终肯定是属于我们的！"老乡们点点头，都竖起大拇指，夸谷政委英明，八路军英明。谷四喜握住老乡们的手，说道："不是我们英明，是乡亲们拼力支持，是人心向背！"

谷四喜来到部队训练场地，检阅训练成果。战士们正在训练，看到谷四喜，指挥员命令大家集合。谷四喜环视一圈，对大家说："我们占领了白彦，就像掐住了敌人的脖子，敌人是不会甘心的，现在他们正在拼凑兵力，要重新夺回白彦。我们不能在这里和敌人死拼，要撤出去打。经过反复争夺之后，白彦终归会回到我们手里！"

正如谷四喜所料，日伪军很快就调集700余人的兵力，从北面的平邑、西北面的城后、东南面的梁邱，同步向白彦合击。遵照谷四喜的指示，八路军主动撤离白彦，临行前他们挨家挨户嘱咐老乡："藏好粮食，隐蔽到地窖里。"谷四喜命令把水井也封起来。不远处，几个战士合力搬运一块大石头，准备封井。其中一个战士说："让狗日的鬼子来吧，来了也没水喝，渴死狗日的！"

部队随后隐蔽到白彦两侧的山地里，设好埋伏圈，准备在这里伏击鬼子。刚隐蔽下来，鬼子就来了。他们先前吃了败仗，这次抱着一雪前耻的妄想，摆出一副雄赳赳气昂昂的架势来了。待鬼子行进到八路军的埋伏圈，两军展开了激烈战斗。凭借地理方位上的优势，八路军消灭了一大片鬼子。鬼子杀红了眼，嚎叫着往前冲，费了九牛二虎之力，终于爬进了白彦。但眼前的情景却让他们傻了眼，周围一片死寂。想修工事，找不到民夫；想要吃饭，找不到粮食；想喝水，井被封了；人渴得嗓子直冒烟，大洋马渴得直刨蹶子，日军气得直骂娘。

晚上，骑兵团乘着夜色又对白彦发起了进攻。一时间，火光冲天，炮声隆隆。敌人无险可守，只得狼狈而逃。趁此间隙，谷四喜命令杨勇指挥部队进行生化演练。他说："鬼子什么丧良心的坏事都做得出来，他们打急眼了有可能会释放毒气，我们要做好万全之准备。"于是，按照谷四喜的部署，战士们进行了防毒演练。

没几天，敌人又拼凑出2000余人从东西两个方向夹攻白彦。八路军还是采取主动撤离策略，在外围同敌人激战了两天，在运动战中消灭敌人的有生力量。敌人重新进入了白彦，但眼前依然是一片狼藉。面对着这个烂摊子，他们无可奈何。杨勇指挥骑兵团当晚又对白彦发起了袭击。为了消灭更多的鬼子，这次八路军悄悄打进白彦，同敌人展开白刃肉搏战。骑兵团骁勇善战，日军渐渐支持不住。日军指挥官下令："释放毒气！把八路军全部毒死在白彦！"日军边放毒边逃跑。他们哪里会想到，八路军战前早做了准备，进行过防化训练，此时，八路军战士纷纷用湿毛巾捂住嘴巴，并未受毒气影响。

第三次拿下白彦之后，谷四喜和陈尔东在先遣队指挥部，听取了杨勇的汇报。杨勇说："在连续十四昼夜的三次白彦争夺战中，八路军共歼敌800余人，缴获长短枪300余支。"谷四喜笑笑说："战果不错！"杨勇说："敌人在最后打毒气战，幸好在战前我们做了训练，不然后果不堪设想！"陈尔东说："白彦战斗的胜利，给了鲁南山区军民极大的鼓舞。"杨勇说："是啊，战斗一结束，周围的老百姓就赶来慰问。有一个开明士绅说：'开始我见你们拆毁了工事，还认为你们不敢和日军打，现在才知道，这是好计谋啊。'"谷四喜点点头，说："白彦战斗的胜利，沉重地打击了日伪军，震慑了鲁南地方的反动势力，同时也鼓舞了与共产党团结抗日的友军。这次，孔昭同率部在白彦以北策应我们，他提出要求，希望我们接受对他的队伍进行改编。"陈尔东说："白彦这一仗打得太好了！"

白彦战斗的胜利，鼓舞了孔昭同等开明士绅，使他们下决心争取光明。孔昭同亲率人马，到先遣队驻地接受点编。谷四喜和陈尔东检阅了孔昭同部队，给指战员颁发了八路军臂章，先遣队还给他们补充了弹药和衣服。

这年秋天，孔昭同病重，他躺在床上，目光浑浊地看着窗外。一片枯黄的树叶缓缓从院内的梧桐树上飘落下来。孔昭同把唯一还在跟前的小儿子叫到床前，对他说："我怕是熬不过这个冬天了。我走了，你要带着队伍继续跟着谷政委干革命！共产党、八路军不歧视我们、不撤换我们，也不拆散我们的部队。共产党一定会胜利，你一定要跟着共产党走。"小儿子郑重地点点头，眼睛里含着眼泪，说："爹你放心，不管发生什么事情，俺都会跟着共产党！"两颗热泪从孔昭同眼睛里滚落下来。

秋天的鲁南大平原，到处弥漫着丰收的喜悦。在先遣队进入鲁南取得节节胜利的大好形势鼓舞下，鲁南各地的地方武装也纷纷发展起来，组建了运河支队、沂河支队、峄县支队和铁道游击队。

这天，谷四喜正在看一份文件。只见他眉头紧皱，越皱越紧。原来他发现刘玉胜签名签错了字：刘玉胜的"胜"写错了，多写了一个点。谷四喜皱了皱眉头，自言自语地说："以后还要担当大任呢！这怎么行？"他对警卫员小刘说："你让刘玉胜同志到我这里来一下。"

不一会儿，刘玉胜笑呵呵地进来。谷四喜请他坐下来，和蔼地问他："你读过多少书啊？"刘玉胜一愣，说："俺打小就只知道把鹌鹑斗蟋蟀，俺爹也管不了俺。小时候听说古城附近大寺庙里有个教书先生，可学堂的门儿朝哪儿开我还不晓得呢！"谷四喜被他逗得笑了起来，说："啊呀，还不晓得呢，你后来是怎么识字的？"刘玉胜说："俺是跟着刘本功当国民党连长时开始学的。以前当班长、排长的时候，连钟表也不认识，搞不清几点钟。夜里换岗都是点根香，以香为准，一刮风，那岗就换得快了。当连长后，上级来了通知，俺连'通知'这两个字也不认识，就让文书给俺念，念完后，通信员叫俺在通知书上画个'知'字。俺不会画，文书就教我。因此，俺头一个会认的字就是这个'知'字，以后再一个一个地学。"谷四喜颇有兴致地听他讲完，然后问道："听说你签名时还要文书代笔，是吗？"刘玉胜不好意思地点点头，小声说："是的。"谷四喜皱紧了眉头："连自己的名字都不会写，那怎么行呢？"刘玉胜半开玩笑半认真地辩解道："现在俺这个大老粗有图章了，到时候，盖个章就行了，不用签名。"谷四喜摇了摇头，说："老粗太粗了也不行啊！你识多少字啊？"刘玉胜不好意思地说："俺也不晓得。不过，一般文件都能看下来，可要是字太潦草了就不行。你和陈师长的签名一笔一画写得认真，俺都能认得。不过，有的字笔画多，就只能秀才认半边，念白字是常有的事。"谷四喜语重心长地说："偶尔念个把白字，也在所难免，但多了就不好了。部队好比是一所学校，你以后还要担当大任，不提高文化水准不行，字不但要会念，还要会讲、会写、会用。"刘玉胜抬手挠挠头，问道："那俺应该怎么学？"

谷四喜招呼刘玉胜坐到了自己跟前，说道："用到什么，你就可以学什么，慢慢地积少成多。比如唱游击战，敌后方，坚持反'扫荡'……你不仅要会唱，而且要会写。"谷四喜拿起一支铅笔边写边说："比如这个游，就是游来游去，活动的意思……"

　　谷四喜在逐字讲解了歌词后，问道："你回去打算怎么办？"刘玉胜激动地表示："俺回去一定好好学习！"

　　刘玉胜回去后，买了笔墨纸砚，装进了赵灵芝特意缝制的布袋里。

　　是夜。昏暗的油灯下，谷四喜在沉思。秦林走过来，抚摸着他的双肩。谷四喜说道："先遣队进入鲁南以前，在鲁南只有日伪军和国民党的政权，八路军的兵源和财源都无法保证。"秦林说："是不是因为我们没有建立自己的政权？有了人民政府这些就都解决了。"谷四喜点点头，说道："我在创建抱犊崮山区根据地的动员报告中说过，主力部队不仅有掩护地方党的任务，而且应以武装力量的各方面帮助地方党工作……要自上而下、自下而上地争取政权。目前看，这个思路还是对的。无论是插、争、挤，还是打、统、反，都要以自己的力量为基础，这个力量就是政权和武装。"秦林点头说："建立政权需要良好的群众基础，现在抱犊崮山区群众基础比较好的地方并不是太多啊。"谷四喜皱眉，说道："我要把湖西根据地的王凤鸣派到峄县来，虽说他犯过错误，但毕竟他有这方面的经验，让他担任工委书记，建立峄县抗日群众动员委员会。"秦林点点头，说："天不早了，早点上床休息吧。"

　　没事的时候，谷四喜最喜欢和老乡谈天。他需要从老乡那里了解情况，获取有价值的信息。这天，谷四喜和往常一样，正蹲在地上和一个老乡谈天。看到刚刚从湖西赶过来的王凤鸣走过来，谷四喜招呼他也蹲下来。王凤鸣笑笑，说："谷政委，你知道我最佩服你哪一点吗？"谷四喜说："哪一点？"王凤鸣说："你到哪儿都能和咱们老百姓打成一片！这一点，连我这个长期在湖西做群众工作的老民运都自愧不如！"旁边的老乡也说："谷政委就是俺们自家人嘛，他和俺们说话拉呱，亲着呢。"王凤鸣笑笑，说："可不是嘛！你看谷政委这个蹲的动作，看似简单，但不习惯的人蹲一会儿就会双腿发麻，谷政委不一样，一蹲就是大半天，和咱们抱犊崮山区的老乡一样厉害！"谷四喜笑笑："你倒是观察得仔细！"

王凤鸣学着谷四喜的样子蹲了一会儿，腿麻了，干脆一屁股坐在了地上。谷四喜和老乡哈哈大笑。王凤鸣对谷四喜说："建立峄县抗日群众动员委员会，我想把万春圃请出来，担任主任。他参加过抗日运动，在当地很有些名望。"谷四喜点点头："你的想法很好，要多团结万春圃这样的人，早日建立咱们自己的抗日民主政权。"

对于先遣队来说，峄县民主政权的建立是一件大事。这是巩固后方根据地的根本举措，也是取得革命最终胜利的强大保障。所以，对于峄县成立抗日民主政权，谷四喜是高度重视的。对于峄县县长的选举，他也高度关注。

峄县县长的选举地点设在峄县大院里，老乡们正在进行豆选。豆选是几个候选人包括王凤鸣在内，整整齐齐背对着乡亲们蹲成一排，在他们身后各放着一个透明的罐子。老乡们每人手里拿着一颗豆子，这颗豆子就代表一张选票。他们把豆子放进谁后面的罐子，就选谁当县长。老乡们一个一个有秩序地投完豆粒，选举也就结束了。不出所料，豆选的结果，王凤鸣的最多。万春圃走上前来，宣布："根据大家的投票结果，我宣布王凤鸣当选为峄县第一任县长。"老乡们热烈鼓掌。

王凤鸣就任峄县第一任县长，标志着鲁南地区第一个县级抗日民主政权——峄县县政府产生了！谷四喜等人的脸上露出了会心的微笑。按照他的设计，鲁南抗日民主政权要实行"三三制"。县长的权力要受到代表大会和参议会的监督，为此，还要召开鲁南抗日人民代表大会，选举成立鲁南抗日救国联合总会和鲁南参议会。

时过不久，鲁南抗日人民代表大会在费县臼子峪召开了。这天天气晴朗，碧空如洗。会议进行得很顺利，午饭时间，谷四喜招待大家吃窝窝头。与会人员聚集在一片空地上，每人手里拿着一个地瓜面窝窝头。看到谷四喜手里也拿着一个窝窝头，专程从滕县赶来的彭畏三打趣道："谷政委请我们吃饭，窝窝头也甜得很呢！"大家都点头，说笑。谷四喜拱拱手，说道："对不住大家喽！虽然没有白面馍馍，但我这颗心可是诚挚的、热情的，欢迎大家！"众人纷纷把窝窝头叼在嘴里，腾出手鼓掌。

谷四喜对彭畏三说："这次代表大会，我们要成立鲁南抗日救国联合总会和鲁南参议会，大会想推举你为参议长候选人。你看怎么样啊？"彭畏三谦虚地说道："如此重任恐难担当啊！"谷四喜笑笑，说："彭先生最合适，就不要谦让了！"愣了一下，谷四喜又说："我们还要成立鲁南行政督察专员公署。这样，在鲁南便从上到下建立了中国共产党自己领导的抗日民主政权。"彭畏三点点头，提醒谷四喜说："不要只注意上层统战工作，而忽视了发动群众。"谷四喜点点头，说道："先生提醒的是。我们不能抹杀和忽视了下层群众工作与广大农民的发动。鲁南地区的特点是地主势力十分强大，广大农村被地主武装割据，非常闭塞、落后，群众运动受到压制，而鲁南地区的党组织，是在军事力量推动与统战工作影响下产生发展起来的，群众基础比较薄弱，因此，发动基本群众的工作尤为迫切。"

天空中传来一声山鹰的啼鸣，一只山鹰飞掠而过。两个人把目光投向山鹰，继而投向远方，都在思考着什么。

3

鲁南抗日民主政权成立以后，东进部队很大一个任务就是抓生产抓训练。为了检阅训练成果，部队搞了一个"八一"军政大检阅展览。谷四喜和陈尔东等人兴致勃勃地来看展览，边看边指点。走到一幅字跟前，谷四喜仔细看了看。他在落款处看到"刘玉胜"的名字。谷四喜高兴地对陈尔东说："这个刘玉胜蛮厉害嘛，几个月前还不会正确地写自己的名字，后来我找他谈了话，你看现在写的，比我都好！"陈尔东点点头，说："果然是有模有样！军政干部提高文化水平是必要的！这也是谷政委抓政治文化教育的显著成效啊！"谷四喜点点头，十分高兴的样子。

部队要自足，生产是根本。在部队和老乡们的共同努力下，抱犊崮山区这年的庄稼有望获得大丰收。整个鲁南地区，大片大片的都是刚刚成熟的高粱，连成了广阔的青纱帐。大地一片通红，沉甸甸的高粱穗子随风摇摆。在山间小道中，有一小队人马，穿行在漫山遍野的青纱帐中。原来是谷四喜和鲁南区党委书记一起到郯码地区检查工作，县长王凤鸣陪同。谷四喜看到田野里有老乡正在收高粱，但却只割高粱穗，不砍高粱秆，有些奇怪，就问老乡说："为何只收高粱穗呢？"老乡抹抹头上的汗，无奈地说：

"县政府不让砍高粱秆！"谷四喜看看王凤鸣，有些奇怪地问道："为啥不让砍？"老乡说："那不是到处都贴着告示吗，说要保护青纱帐，便于反'扫荡'，下了一道死命令，要老百姓只割高粱穗，不砍高粱秆，谁砍了高粱秆就抓到县政府去审问，有的人为此还挨了打！"

谷四喜越听越气愤，他压制着内心的怒火，质问陪同的县长王凤鸣："是这样吗？"王凤鸣脸色通红地点点头，说："我们担心敌人来扫荡，所以保留青纱帐"。谷四喜耐心地说："你们的想法是好的，但对群众不要强迫命令，可以动员群众晚砍些日子，但是群众要烧火、要种地，高粱秆迟早是要砍的，不能动不动就抓人，更不准打人。"王凤鸣点点头，说："谷政委说得对！我们马上改正！"谷四喜语重心长地说："我们现在的群众基础还比较薄弱，一定要像爱护我们自己的眼睛一样爱护群众哪！"王凤鸣唯唯诺诺地说："我这就去把那些告示都撕掉！"

王凤鸣刚走，老乡拉住了谷四喜，悄声说道："你就是大名鼎鼎的谷政委吧？"谷四喜呵呵笑着点点头，说："我是谷四喜。"老乡把他拉到一边，小声说："谷政委，俺要向您举报！"谷四喜一愣，说："老乡要举报谁？"老乡说："举报王县长！他现在常常和本县大地主刘步洲鬼混在一起，抽大烟、嫖女人！"谷四喜大吃一惊，问道："县长王凤鸣是湖西干部出身，不可能这样啊！"老乡摇摇头，说："谷政委不信可以派人去调查！俺经常给地主大院送柴禾，亲眼看见过好几次！"谷四喜似信非信地点点头。

对于老乡的举报，谷四喜不敢马虎。他知道老乡没有必要对自己撒谎，十有八九是王凤鸣真有问题。但在掌握确凿证据之前，他也不能轻易怀疑一个参加革命多年的同志。于是，谷四喜悄悄派正在抱犊崮干部学校学习的刘玉胜去调查。

在作战指挥部，有一棵粗大的石榴树，树上挂满了红彤彤的果实，树下有一张石桌。这天，谷四喜正在树下石桌前，边翻阅资料边思绪万千。刘玉胜风尘仆仆地从外面走过来。谷四喜说："你来得正好，抓紧把情况汇报一下。"刘玉胜说："几天来，通过明察暗访听反映，王凤鸣确实有问题。他和刘步洲勾结在一起，不仅抽大烟，还胡搞女人，估计是已经被地主腐蚀了！"谷四喜一拍石桌子，大怒道："乡亲们刚能过安稳日子，吃顿饱饭，顽匪没剿净，土改亟待行，广大人民群众正用期待的眼睛看着新政府，眼下就党纪军纪不整，腐败风气滋生，照这样下去，胜利成果难保啊！"

刘玉胜点点头说："谷政委，很多群众反映，县政府工作不力，特别是县长王凤鸣，群众反映的情况俺真不敢相信！群众还给他编了一个顺口溜，说：他一有空，就往刘家院里钻；来人送礼全不拒，暗搞女人抽大烟；充当了刘家保护伞，敌友不分上贼船。"谷政委皱皱眉头，说："刘家？就是那个大地主刘步洲吗？"刘玉胜点点头说："刘步洲这个人俺最清楚，他的恶名早就传到了运西。他垄断商界，巧取豪夺，虽富甲一方却横行乡里。当面充善人，背后是魔鬼。王凤鸣县长不仅被刘步洲捐粮献款所蒙骗，还与他同流合污上了贼船！"谷四喜愤怒地说："耻辱，天大的耻辱。谁能想一个久经考验的战士，在湖西'肃托'运动中犯过错误发誓要改正的干部，重新做人刚当上人民县长竟又堕落到如此地步！若事实如此，我们要电告上级，严肃处理！绝不能再姑息养奸！"

其实谷四喜不是不知道，王凤鸣的问题由来已久。当初在湖西，他就纵容王须仁以"肃托"为名滥杀革命干部。王须仁畏罪自杀之后，本着培养一个干部不容易的想法，想再给王凤鸣一个将功赎罪的机会，哪想到当上县长不久，他就去了大地主刘步洲的大院，他说是要去争取刘步洲的支持，想把刘步洲转化过来。哪里想到，刘步洲不但没被转化，倒是他自己很快就"投降"了。

根据刘玉胜搜集来的情况，那天是王凤鸣一个人去的地主大院。他边往大院里走边问说："刘兄在家吗？"刘步洲闻言急忙从屋内走出，说道："不知县长大人驾到，有失远迎，失敬失敬！"王凤鸣拱拱手说："刘兄，今日登门，别无他事，想请你一如既往支持政府解决目前之困局啊！"刘步洲做出一副真诚的样子说："县长大人，共产党八路军德惠四海、海纳百川、万民拥戴，老朽愿效犬马之劳，昨日以我薄面邀请县内众乡绅、商贾等，晓以国家兴亡、匹夫有责之理，感恩于共产党八路军为国为民之洪福，纷纷表示倾囊相助，为政府，特别为县长你排忧解难！"王凤鸣闻听此言抱拳说："刘兄辛苦啦，据反映刘兄多年来劣迹不少，多有民怨，但可以洗心革面，多做贡献，将功补过！"刘步洲点头如鸡啄米，说道："县长大人教诲的是，老朽一定将功补过，洗心革面！"王凤鸣见状，很满意地点点头，说："刘兄，关于钱粮之事，请你再辛苦辛苦，联络联络，早日兑现，告辞啦！"刘步洲上前一步说："县长，老朽还有事向你汇报哪！"王凤鸣皱皱眉头说："要不咱回头再谈，我还有点事。"刘步洲还是坚持，说："县长给个面子嘛，不过在家里吃顿饭而已！"王凤鸣抱抱拳说："刘兄，我们有纪律，绝不能在你家用饭，告辞了！"刘步洲拉住王凤鸣的胳膊说："县长大人不能一点面子也不给老朽吧！吃顿便饭，能触犯什么纪律，再说咱还得商议筹备粮款的大事咪！"王凤鸣仍旧不为所动地说："不！谢谢你的好意，告辞了！"

刘步洲见状硬拉着王凤鸣坐下，说了句："县长大人！今天给您介绍认识一个苦命人，小小年纪她父母就叫日本鬼子的飞机丢炸弹炸死啦，她是我的亲外甥女，投奔到我这里，我能不收留嘛。女娃命苦啊，嫁了不识时务的杜若堂，谁料杜若堂和鬼子勾结，结果不得好死。我看着女娃可怜，才又收留了她。她非要参加八路军打鬼子，一直没参加成，现在正好你们认识认识！"话音未落，一个娇弱女子从里间款款出来，对着王凤鸣作揖，说了句："王县长！俺叫桂花，想参加八路军打鬼子！上次有个杨团长说八路军不收女人，可俺明明看到有女人在队伍里嘛！有个叫刘玉胜的领导说是要请示谷政委，可也不知道请示没请示，他就劝俺离开了队伍，幸亏俺舅他愿意再次收留俺，不然这兵荒马乱的年月，让俺一个弱女子到哪里去？"

王凤鸣看了看眼前略带妩媚的女人，说了句："既然刘先生诚心诚意，好吧，恭敬不如从命，简单吃点，但这酒万万不能用！"他说着在桌前坐下来。刘步洲笑着说："哎！自古无酒不成宴，咱们少饮点！"桂花做娇媚状，边倒酒边说："求求县长，准许俺去当八路军吧！"王凤鸣笑嘻嘻地说："想参军好啊，欢迎！不过这事确实得部队首长批准！"桂花撒娇道："上次就说请示没批准，这次就请求县长帮俺再好好说说吧！"王凤鸣喝了酒，面色红润，眯着眼说："我可以向部队首长如实反映反映。"桂花大喜，说："谢过王县长，小女子敬你一杯！"说着，拿手抬了一下王凤鸣的酒杯，王凤鸣一饮而尽。

这时，刘步洲故作真诚地说道："王县长，你我也相处多日，请问家中二老可好，可曾成家？"王凤鸣闻言情绪黯淡，说道："自从我参军打鬼子，已整五年未曾进家门。有心回家探望老母，无奈军务繁忙难脱身啊。更别提成家的事情了！"刘步洲做出一副同情的样子来，说道："没想到县长大人至今还是孤身一人！可怜的老人家身边无人侍奉，不知这日子咋过的……"桂花不失时机地说道："县长，你收俺当丫鬟吧！我给你洗衣做饭堂前侍奉老太太！你是一县之长，俺若能伺候你，就当是参加了革命，也当了八路军了！"刘步洲附和说："好！王县长，桂花说得对，依老朽之见把老人家接来，老朽这里尚有现房数间，能有桂花在老人跟前侍奉，一是堂前你能尽孝，二来也能安心工作。"王凤鸣愣住了。刘步洲和桂花的话戳中了他的心思。见王凤鸣犹豫不决，刘步洲又说："就这么定了！恕我直言，再为工作，再为革命，孝还是要尽，家也应早成，据我所知，八路军也兴结婚生子啊……"桂花做恳求状，说："县长，你就收下我吧，做牛做马都行！"说着，桂花跪了下来："县长，你就收了俺这苦命的丫头吧！"王凤鸣语无伦次地说："我……快起来，不行，绝不行……"刘步洲趁机对下人说道："马上带县长到后边洗个温水澡，换身新衣服，一定要让县长走出咱家门时变个样！"下人说："是！"边说边推扶王凤鸣，王凤鸣半推半就，桂花跟在他身后一起进入一间屋子。等他们走远，刘步洲说了句："狗护院，鸡打鸣，庙里和尚都念经。是人就得食烟火，黑猫白猫都吃腥！"

这天，王凤鸣背着手走进指挥部，一副满面春风的样子，看到谷四喜，嬉皮笑脸地说道："报告政委！"谷四喜略带嘲讽地说道："原来是县长大人驾到！来得正好，请坐！"王凤鸣一愣，听出谷四喜话中有话，有些忐忑不安地坐下来。等王凤鸣坐定，谷四喜说道："听说县政府的工作干得不错，特别是你王县长劳苦功高啊！谈谈工作情况吧！"王凤鸣紧皱眉头说："具体情况我正在让秘书写呢，写好再向您汇报！"谷四喜讽刺道："嗬！不愧是一县之长，汇报点事还得秘书替你写，你自己说，我时间等不得。"王凤鸣吞吞吐吐："我……"谷四喜说道："王县长，自己做的事情难道自己心里没数吗？"此时王凤鸣头上出现了一层细密的汗珠，说道："政委，我怎么觉得今天气氛有些不对？是不是你听到了什么风声？"谷四喜说道："不是听说，是我们看到某些同志，特别是负主要责任的个别领导，已经在背离党和群众的邪道上越走越远，越陷越深！"王凤鸣慌了，赶紧说道："政委，你是最了解我的。非常时期在地方上干工作，刀山火海必须闯，龙潭虎穴也得钻，三教九流需要交，五行八作也得处，林子大了什么鸟都有啊，特别是目前社会上敌我共存、鱼龙混杂，干得越好越多，越是必遭嫉妒是非。我就知道会有别有用心的小人，打我的小报告，造谣陷害、挑拨离间！"

谷四喜直视着他，不说话。

王凤鸣在谷四喜的逼视下，慢慢低下了头，自我辩解道："政委，我自当了县长以来，走访调查，化解矛盾，团结革命对象，筹粮集款，搞统一战线，为了开展工作，为了工作需要，我承认生活作风上是有些不检点，有时我也得入乡随俗、身不由己啊……"谷四喜闻听此言，大怒道："再入乡随俗、身不由己，咱八路军的优良作风也不能变！党纪军规不可违！再为工作，也不能干出对不起党、对不起人民的事情来！我问你，工作中你管住你的嘴了吗？迈正你的腿了吗？金钱面前动心了吗？美色面前动念了吗？"王凤鸣继续辩解说："我……虽说在生活小节上……可毕竟功大于过嘛！"谷四喜虎着脸，说道："王凤鸣同志！功大于过？那些牺牲在战场上的战友们有功吗？那些用鲜血和生命为革命做贡献的乡亲们有功吗？你用明镜对照了吗？用标尺量了吗？我们每个人都应该深刻反省！"王凤鸣低下了头。

这时，一个战士骑马飞奔而来。马还未停稳，就慌慌张张地跳下来，向谷四喜报告："报告谷政委，抱犊崮保卫团天宝山大队队长叛变！他们将八路军一个侦察班和师政治部几位民运干部扣押在了山寨内，情况十分危急！"谷四喜皱皱眉头，说："保卫团不是已经编入八路军了吗？这样的叛徒我们要严惩不贷！"王凤鸣咬咬牙，说道："谷政委，我请求戴罪立功！请您给我一个改过自新的机会！我请求去天宝山剿匪。那里的地形我比较熟悉，也比较了解。"谷四喜犹豫了一下，说："那就再给你一次将功折罪的机会吧！"

话说那天宝山地势险要、易守难攻。叛贼裹挟了一些群众固守天宝山的险峰南大顶。八路军向叛匪发起攻击，王凤鸣表现英勇，带领战士们冲锋在前。但八路军连续进攻三次，都以失败而告终，伤亡巨大。指战员个个义愤填膺，王凤鸣咬牙切齿地说："攻下来以后一定杀他个片甲不留！"

得到天宝山久攻不下的消息，谷四喜着急地在指挥部里踱步。杨勇和刘玉胜进来。刘玉胜说："谷政委，要不要让俺二叔刘二的队伍配合王凤鸣？"谷四喜摇了摇头："暂时用不着，咱们是八路军，打一个叛匪没那么难！"愣了一下，谷四喜对他们说："你们带几个干部马上到天宝山前线去，我担心王凤鸣他们打急了眼，上去以后违反我们的政策。"杨勇点点头说："听说这场战斗打得很惨烈，战士们都恨不得生吃了叛匪。"刘玉胜说："我们赶快出发吧，情况紧急，形势不等人！"

天宝山，战斗还在继续。杨勇和刘玉胜带着几位干部赶到，加入了战斗。战士们一个个红着眼睛，怒火中烧，愤怒地扣动机枪，往敌人的阵地扔手榴弹。叛匪占据南大顶高地，下面的机枪根本打不着，手榴弹也扔不上去。这时，王凤鸣带着一个小战士从石头后面冲出来，奋不顾身靠近南大顶。在快靠近的时候，小战士中弹身亡。王凤鸣继续前进，终于靠近南大顶，他一连扔上去三个手榴弹。上面的炮火哑了，战士们一齐往上冲。南大顶上面的敌人仍然负隅顽抗，胡乱打起枪来。王凤鸣不幸中弹，负了重伤。刘玉胜和杨勇也急红了眼。冲上南大顶以后，他俩和杀红了眼的战士们同叛匪展开肉搏战，见一个杀一个。即便有人举手投降，也不管，一枪崩得脑浆直流。

在指挥部，谷四喜正焦急地等待前方的消息。满身血迹未干的杨勇气喘吁吁地进来，喜忧参半地说："谷政委，南大顶攻下来了！但我们牺牲了不少同志，王凤鸣也受了重伤！"谷四喜点点头："王凤鸣同志经受住了考验，证明他还是一个好同志！"愣了一下，谷四喜看了一眼他身上的血迹，又问："你们有没有枪杀俘虏？"杨勇一愣，低下了头。谷四喜说道："都杀死了？"杨勇说："大家杀红了眼，见一个杀一个。"谷四喜跺跺脚，说道："我不是派你去制止他们吗？你这是违抗命令！"杨勇说道："我愿意接受任何处分！但那些叛徒太可恨了！我们牺牲了太多的同志！"谷四喜说："这不是你杀了几个叛徒的问题，这是执行我们八路军政策的问题！你去好好反省反省！"

这时，陈尔东进来。谷四喜对他说："天宝山一战我们牺牲了不少人，战士们杀红了眼有情绪这是人之常情，但乱杀俘虏不符合我们的政策，你赶紧去跑一趟，消除不好的影响，做好善后事宜！"陈尔东点点头，说："谷政委说的是，我这就去。关于这一点，我看有必要在大会上讲一讲。"谷四喜说："我会讲的，并且也要向上级汇报此事，做自我批评！"

自从先遣队东进入鲁以来，山东就一直存在着先遣队和山东纵队这两支武装，是平行的单位。为了协调两个单位的工作，总结前一段时间的经验，为时三周的师高级干部会议正在抱犊崮的桃峪进行。这是先遣队东进入鲁以后举行的一次重要会议，对东进入鲁以来的工作，进行了热烈的讨论。谷四喜和陈尔东主持了会议，会议的出席者有各支队和师直机关各部门的主要负责人，以及鲁南区党委的负责人。山东分局负责人也出席了会议。

谷四喜在大会作报告，他说："自先遣队进入冀鲁边、苏鲁豫、鲁西、鲁南等地区后，开辟了抗日根据地，给这些地区输送了近 300 名党政干部，帮助建立了一批县级政权，扩大了我军的力量，建立了两个军区、6 个军分区。在统一战线中，执行了党的政策，增进与友军的团结，争取中间势力，孤立和各个击破顽固势力，为我党我军的发展创造了条件。"接着，谷四喜话锋一转，说道："先遣队仍然存在缺点。一是军事的发展和党的群众工作配合不好。由于不善于团结地方干部，以求得地方党的配合，造成主力部队力量的极不充实，同时地方武装工作薄弱，还没有建立一块巩固的根据地。二是由于部队分散，没有进行必要的整顿，因而纪律松懈，破坏党的政策，损害党的形象已很严重。"说到这里，谷四喜停顿了一下，继续说："天宝山战斗，我们是打赢了，但却丢失了我们的传统。我们共产党人是讲政治的，共产党领导的队伍是有纪律的，政策问题，必须毫不动摇地坚持！"

台下，杨勇和刘玉胜都低下了头。在天宝山战斗中乱杀俘虏的人也都低下了头。谷四喜继续说："对此，我也有责任，我愿意接受上级的处分和大家的批评！"

因为大家对时局和形势有着不同的认识和判断，这次会议开得并不平静。

这天，在另一间简陋的会议室里，烟雾缭绕。谷四喜坐在会议室中间，发出了几声咳嗽。对面山东分局的一位领导人掐灭了烟，说道："我讲几句话。我们现在在山东的武装力量已经可以和日伪军相持，同国民党军队比较，在质量和数量上都初步取得了优势。八路军控制的地区已占全省的 60%，人口也占 50%。基于对形势的这种乐观的估计，我更倾向于强调建设正规化的主力兵团，打大仗、打运动战。"谷四喜听了沉默不语。其他人有的附和这个观点，有的看着谷四喜。谷四喜说话了："我不赞成对形势过于乐观的估计。我认为我们现在对敌伪军还处于劣势，对国民党也没有形成优势。现在组建正规部队，打运动战的条件尚不成熟，还是应该坚持打游击战。"

会场一时间陷入沉默，只有零星的咳嗽声。

就在这次会议进行过程中，集总来电，批评了先遣队军队纪律和干部教育方面存在的问题。对于这个批评，谷四喜表示完全接受。山东分局的领导说了句："天宝山南大顶战斗中违反政策的行为确实很严重！"谷四喜点点头："对此我负有主要责任！"

对于南大顶战斗中乱杀俘虏这件事，谷四喜和陈尔东都陷入了沉思。谷四喜说："这次的错误我负全责，与你无关。"陈尔东摇摇头，说："我是先遣队师长，当然有主要责任。"谷四喜没有说话。陈尔东犹豫着说："还有一件事，有人提出，让在湖西'肃托'中犯错误的王凤鸣当选县长，结果他又犯了错误，虽说在南大顶战斗中有立功表现，但下面有些同志对此还是很有意见。"谷四喜点点头，说："我也听到了不少议论。可队伍现在正是需要干部的时候，我们培养一个干部也不容易啊，能挽救一个是一个啊！"陈尔东犹豫了一下，说道："王凤鸣这个人独断专行，上次在湖西搞'肃托'扩大化，冤枉了不少好同志，可以说犯了很严重的政治错误。这次在当峄县县长的时候又犯了严重的作风错误，虽然他在天宝山战斗中表现勇猛，并且受了重伤，但对他的思想遗毒还是有必要深入开展一下斗争的！"谷四喜说："我们还是给集总和中央汇报一下情况吧，在中央未有明确态度之前，争取还是把问题在先遣队内部解决。"陈尔东点点头，说道："这样也好！"

电报员进来。谷四喜口授关于先遣队干部的配备问题，将此电报发给集总和中央。电文详细交代了王凤鸣和这次天宝山战斗的问题。说完，电报员转身要走，谷四喜叫住他，说道："你再以我个人名义致电集总并转中央，我完全接受集总对先遣队工作的批评，我要求调离山东去学习。"电报员愣了一下。陈尔东也愣了，说："谷政委，先遣队离不开你啊！你可不能走。"谷四喜叹了口气，说道："近来我的身体不太好，想调整调整，借此机会出去学习学习，也增强些本领！"陈尔东说："这个时候，中央是不会让你离开先遣队的。"谷四喜背着手，沉默不语。

这天，谷四喜正在院子里抱着"南下"，逗她玩。警卫员小刘进来，说："谷政委，中央的电报。"谷四喜把孩子交给秦林，秦林抱着孩子出去了。谷四喜说："念吧。"小刘念："谷四喜同志，你的来电收悉。我们认为，集总对先遣队的批评是正确的。东进以来，先遣队有极大的成绩，你们的总路线是正确的。你们均应继续安心工作，目前没有可能提出学习问题。"

谷四喜听完愣了半天，陷入了沉思。

历时许久的桃峪会议终于落幕，大家都已离场，谷四喜一个人久久坐在主席台上。他脸上的表情严肃，透着一股孤独。陈尔东走进来，在谷四喜旁边坐下来。谷四喜缓缓地说道："这次会议暴露出来的问题不少，我们和分局的分歧没有得到统一。"陈尔东点点头，说："限于主客观的条件尚不具备，一时半会儿恐怕还不能解决。"谷四喜说："我们还是要服从大局，落实集总的号召，建设铁的模范党军。下一步我们要结合先遣队的实际，在部队中广泛开展建设铁的模范党军的活动。"陈尔东点点头，说道："山东分局的意见，让我们把先遣队师部转移到沂蒙区，同山东分局和山东纵队机关靠拢。你怎么看？"谷四喜凝神思索了一会儿，说："我们执行这个意见，把师部转移到沂蒙区。但鲁南区是通向华中的枢纽，又是沂蒙区的屏障，这个地区我们不能放弃。我考虑可以将教二旅一部摆在鲁南地区，坚持斗争！"陈尔东说："好！"

第九章　野人参

1

　　刘玉胜去抱犊崮不久，赵灵芝就开始狂吐不止。新月赶紧到大药房把赵一味请来。赵一味一听说是赵灵芝，三脚两脚跑到刘家大院。进了屋，赵灵芝已经好多了。赵一味给她把了把脉，紧皱的眉头逐渐舒展开来。赵灵芝问："爹，俺这是咋的了？今儿个一大早就开始吐！"赵一味笑笑，说道："这段时间多注意休息，保持充足的睡眠，少食多餐，选择自己喜欢吃的食物即可。多吃一些清淡、容易消化的食物，如红苋菜、菠菜、生菜、芦笋、豆类、猪肝、苹果、柑橘等。不能吃热性食品，如狗肉、羊肉、胡椒粉等。另需格外注意避免过于劳累、剧烈运动以及情绪激动等。我回去再给你配一些草药，调理调理。"新月在一旁听明白了，她高兴地说道："弟妹这是有喜了啊！"赵一味点点头："头胎，反应比较剧烈！"赵灵芝一听心里乐开了花。她算来算去，正好是给公爹发丧的那几天。她在心里默默念叨：爹在天有灵，保佑俺们母子平安！等俺能跪下了，一定要给你磕头上香！

赵灵芝有喜了，一家人都很高兴。只有刘美珠和柳梢，高兴中还有一丝丝的担忧。柳梢的肚子日渐隆起，做什么事都小心翼翼。刘美行一直在寨子里帮着白雪训练保卫团，无暇顾及家里。新月心甘情愿地伺候着赵灵芝，心情舒畅。赵灵芝怀孕的消息传到抱犊崮驻地，刘玉胜高兴地直掉眼泪。老刘家终于有后了！老爹在天之灵也可以安息了！刘二也得到了这个喜信儿，吩咐马兰花尽早去一趟古城。刘二感叹，老刘家这一年真是多事之秋，大喜大悲都有了。从刘玉胜新婚大喜之日新娘子赵灵芝和柳梢、新月遭刘黑棋劫持，柳梢被刘黑棋糟践并怀孕，再到老爷子因此气急身死，这一系列的霉运如今终于有了转机。赵灵芝的怀孕，不仅意味着新的生命诞生，更是老刘家骨肉血脉的成功延续。

虽说抱犊崮离古城不算远，但刘玉胜还是无法抽出时间回去一趟。抱犊崮的战斗一个接着一个，根本无暇喘息。但他无时无刻不在牵挂着赵灵芝，他派人叮嘱二哥刘美行，增加护院站岗的人手，千万不要再出什么差错。还把张麻子叫了来，专门给一大家子做饭。老刘家三个儿媳两个有孕在身，一家人喜气洋洋。大嫂和弟媳都成了重点保护对象，操持家务的事都落到了新月头上。她忙前忙后，一会儿锅屋，一会儿前堂，真是脚不沾地，如同飞人。忙活来忙活去，突然有一天新月开始无端地伤心起来。她看看大嫂柳梢的肚子，再看看弟媳赵灵芝的身子，不禁悲从中来：自己和刘美行已经成家多年，为何肚子到现在都没啥动静？以前都以为是刘家三兄弟的身体出了问题，现在赵灵芝有了身孕，证明老三身体没啥事儿，那就说明不是什么遗传的原因。大嫂柳梢虽说怀的不是老刘家的种儿，但她能怀上说明她的肚子还是很争气的。为啥偏偏自个儿肚子就不行？新月越想越着急，越想越生气。她开始埋怨起刘美行来。这个老二，既没有老三刘玉胜的勇猛，也没有老大刘美珠的憨厚，整个人在老刘家好像不存在似的，谁都注意不到他！自从刘玉胜去了抱犊崮打鬼子，他就整天跟在那个白雪屁股后面转，说什么帮助训练保卫团，家都很少回了！连生个自己的娃都不能，还训练个屁呀！新月越是这样想，心里越是堵得慌。这天的中午饭竟然没有操持怎么做。下人过来问她："张麻子问今儿个大嫂和三嫂那里吃什么？"她没好气地说："爱吃啥吃啥！让他随便做！"下人有些奇怪地走了。新月说完就后悔了。她赶紧去了锅屋，对张麻子说道："大嫂那边炖鱼汤，灵芝那边清淡一点，鸽子蛋青菜汤吧。"张麻子点点头，又问道："那草药还放汤里吗？"新月一愣："什么草药？"张麻子说大药房送来的草药，说是有安胎之功用。新月说那就放吧。她走出锅屋，又折回来，对张麻子说："你把那草药拿来俺看看！"张麻子从里面拿出一个包得严严实实的药包说："喏，就是这个！"新月接过来放在鼻子底下闻了闻，一股清香扑鼻而来，让她精神为之一振。这么香哪！说着她把药包还给了张麻子，若有所思地去了赵灵芝的屋。

赵灵芝正坐在床上纳鞋面，新月一进屋就把针线夺了下来，嗔怒道："哎呀，灵芝啊，不是给你说了嘛，仨月内不准动手的！"赵灵芝笑笑："连根针都不能拿吗？俺这是给玉胜纳鞋面呢！"新月绷起了脸，说道："妹子是不知道！纳鞋面不得用手劲啊！这个时候可千万不能努着！俺一个要好的，嫁到了羊庄，不知道自己怀上了，一天纳了两双鞋面，结果当天晚上就见红了！差点没保住胎！"一席话吓得赵灵芝脸色发白，赶紧把手里没纳完的鞋面塞到了床底，说了句："再也不纳了！让那个只知道打仗不知道回来的死鬼没鞋穿！"新月扑哧一声笑出声来："也不兴这么说三弟的！他可是为了打鬼子，谷政委不是说了嘛，等把鬼子赶出了抱犊崮，赶出中国，咱们就有好日子过了！到那时咱们的娃才能过上好生活！"赵灵芝点点头："俺就是说着玩儿，哪能不懂这个大道理！"

两人说笑了一会儿，新月突然不说话了。赵灵芝有些奇怪地问她："二嫂这是怎么了？"新月眼光暗淡下来，咬着嘴唇不说话。赵灵芝再问，新月竟然落下泪来，赵灵芝似乎明白了什么，想说一点安慰的话，却又不知从何说起。还是新月开了口："你是自家妹子，有些话说出来也不怕丢丑，俺思前想后，还是想和妹子说说。"赵灵芝抓住她的手说："二嫂有什么话尽管说，咱们都是自家人，哪能笑话！"新月点点头说："俺和刘美行同床了这么多年，肚子一直没啥动静。现在你和大嫂都怀上了，可俺还是没啥迹象。俺就奇怪，你说这怨谁呢？要说是美行吧，都是一个爹娘生的，玉胜就没事。那只能是俺的问题！俺思前想后，觉得如果不能给刘美行留个后，就对不住他，也对不住老刘家！"赵灵芝明白了，她安慰新月道："二嫂也不用自责，这种事儿真是很难说！"看到新月还是不能释怀，赵灵芝随口说了句："要不俺去问问爹，他兴许能配个方子给你和二哥调理调理！"新月一听睁大了眼睛："真的？妹子说的是真的？！如果真能调理调理让俺怀上，俺下辈子给妹子当牛做马都行！"赵灵芝打断新月的话："二嫂快别这么说！都是自家人，不说那些外气话！"

　　隔天，赵灵芝小心翼翼地去了一趟大药房。赵一味一看到她进来，就埋怨了一句："不是说在家静养安胎吗？怎么又乱跑？"赵灵芝笑笑："俺这都快满三个月了！"赵一味给她搬了一个高脚凳子，赵灵芝坐下来，环顾四周，还是原来的样子。赵一味猜到她有事，不然不会自己跑了来。赵灵芝说了一会儿闲话，才把新月的事情简单说了。赵一味沉吟半晌，说了句："就为这事也不值当专门跑一趟呀！"赵灵芝笑着说："俺不光是为了这个事儿，还要来看爹啊！"赵一味笑笑："非常时期，还是少出来为好！"愣了一下，又说："好几年没配过那样的方子了，而且这方子要用到抱犊崮的药草，这药草也只有抱犊崮能采到！"赵灵芝一听皱了一下眉头："那咋办？抱犊崮那边正是兵荒马乱的！"她咬了下嘴唇，继续说："要不让二哥刘美行派个人去找二叔，帮你把药草采回来？"赵一味摇摇头："别人不一定识得，也采不来。这样吧，我再亲自走一趟抱犊崮，正好也采一点其他的药草。"赵灵芝有些担心地说："那让二哥陪你一起去，也好有个照应！"赵一味笑笑："现在抱犊崮虽说还在整天打仗，但多是咱们自己的人，不碍事！再说我到了抱犊崮以后先去找刘二，让他带着我上山！"赵灵芝听他这样说，只得点点头同意了。

　　新月得知赵一味答应配药，自然是满心欢喜，对赵灵芝充满了感激之情。刘美行回来的时候，她也没提起这个事，只是在那天天盼望着。赵灵芝看出她的迫切心情，就笑她沉不住气，说："上山采药是一件很麻烦的事儿！理想的药草很难找到不说，即便是找到了也不一定符合用药要求，长成的药草和没长成的药草区别还是很大的。"新月对赵灵芝说的话似懂非懂，总之是天天盼、夜夜盼，就等着赵一味的草药来。

　　见此情景，赵一味一抽出时间就去了抱犊崮。因为此前在抱犊崮采药多次，上回赎人又走了一趟。路上倒也没怎么耽搁，只是刘二的寨子换了地方，从山脚搬到半山腰去了，找他要费不少劲。抱犊崮山区面积广袤，但抱犊崮主峰却只有一个。刘二把盘踞在主峰上的刘黑棋灭掉以后，周边的小股土匪基本上散的散，投奔国民党的投奔国民党，更多的则是留下来加入了刘二领导的八路军保卫团。整个抱犊崮主峰也都是刘二的了。保卫团除了配合进驻山区的八路军主力部队战斗之外，还有一个重要任务，就是袭扰经常来山区扫荡的鬼子。这些鬼子平时驻扎在枣庄中兴煤矿，离抱犊崮十几里地，一般也不愿意跑这么远过来。但每有八路军行动的情报，或者缺吃少喝的时候，他们就耀武扬威地来抱犊崮走一圈。有时候还会伙同刘本功的国民党残部，一起合围东进抱犊崮的八路军先遣队，给先遣队的军事行动带来了不便。谷四喜指示刘二率领的保卫团，每有鬼子来山区扫荡，就在鬼子后方和侧翼袭击，分散鬼子的精力，打乱鬼子的行动计划，缴获一些武器弹药武装自己。现在整个抱犊崮山区的抗日武装力量普遍缺少武器弹药，补给基本上都是靠从鬼子手里缴获的。此时在枣庄正活跃着一支铁道大队，专门从铁道线上截获鬼子运送物资的火车，他们也会不时地给山里的队伍送来补给品。但这些补给品一般都不会送到保卫团这里来，他们还是得靠自己从鬼子手里抢。在衣食方面，刘二带领弟兄们自己动手，在抱犊崮周边开了不少荒地，手底下这些人上山之前本来就是种庄稼的好手，开荒种地自然是不在话下。至于衣服嘛，这些人大多是有家有口的，缝缝补补也不是太大的问题。最头疼的恰恰也是最重要的是武器补给，山上的队伍一直在扩大，枪支弹药越来越不够用，人手一枪都不可能做到。有的人的武器就是一个大刀片子、一根削尖的长木棍，真要是和鬼子打起来，不知要吃多大的亏。无奈之余，刘二只好找来几个铁匠，在抱犊崮山脚下的老寨子旁架起了两个炼铁炉子，哐当哐当打起了自制武器。

赵一味在山脚下看到这些铁匠炉子的时候，心里想自己不会是走错了地方吧？这哪是抱犊崮山里啊，分明是热闹的小村镇嘛。刘二这是唱的哪一出啊？搞这个多铁匠在这里打兵器！那几个铁匠看到赵一味也愣怔了半天，在这么个山野之地，咋突然冒出个穿长衫的先生来？上济南府赶考走错路了？再一看赵一味身后背着个竹筐子，手里拿着个小铲，原来是个采药的！就都放松了警惕，问他："哪里来的？人家采药都是到山顶上去，你在这山脚山半腰转什么啊？"赵一味抱抱拳："敢问老总是哪个队伍？"铁匠说："俺们是刘二的保卫团哪！"赵一味一听，得，自己没找错地方。他说："我找的就是你们保卫团，你们的刘团长在哪里？"铁匠指了指山顶："在崮顶上面！"赵一味心里说："难道还得爬上山顶不成？"一想起那条九十度的石头小道，他的腿就打哆嗦。他想要是有人能给刘二送个信就好了，省得他再跑一趟。根据他以前在抱犊崮采药的经验，要采的那些多半会是在山半腰以上。既然如此，那就往山上走吧，边走边采药，能碰到刘二更好，碰不到也就罢了。反正现在的抱犊崮也没了大股土匪，比以前安稳多了。

赵一味就地取材，找了一根长木棍，边往上走边用木棍拨开草丛，查看那些匍匐在杂草中的药草。抱犊崮上药草多，但有很多是可遇不可求的。根据赵一味的初步判断，新月不能受孕，概因情志所伤，导致月事不调，影响正常生育。所需草药应由当归、白术、生地、川芎、人参、白芍、牛膝、砂仁、香附、丹皮、制半夏、陈皮、甘草以及生姜等合成，才能具有调经育子的功效。这些药草多半都能在抱犊崮上找到，最难找的是野人参。人参喜欢阴凉湿润的气候，有很多人参都生长在昼夜温差小，海拔 500~1100 米山地斜坡上的混交林或杂木林当中。人参是多年生草本植物，生长多年的人参是非常罕见的，它的药用价值和食用价值都非常高。因为人参生命力旺盛，寿命又很长，所以才有千年人参和万年人参的说法。但真正的野山参寿命只有 100~200 年。人参对于生长环境的要求是非常苛刻的，有很多人参都喜欢生长在茂密的森林里，但并不是说所有茂密的森林都适合人参的生长。抱犊崮民间流传着很多关于人参的说法，这样的说法说明适合人参生长的森林是针阔叶混交林和杂木林，在这当中有椴树生长的阔叶林是最好的。人参对土壤的要求也非常严格，喜欢生长在棕色森林土当中，最好是拥有丰富的腐殖质。在抱犊崮，符合野人参生长的环境只能是半山腰人迹罕至的地方。赵一味循着山林间的小路，专拣那偏僻少人的地方去。不知不觉间，他已经走到了后山深处。

后山森林茂密，多阔叶林木，其中有不少椴木。椴木下是野人参最有可能生长的地方。赵一味一棵一棵树仔细查看，但一无所获。他只好再向森林深处找。走着走着，恍恍惚惚间，眼前突然出现一片草木茂盛土壤潮湿之地，赵一味有些惊奇：抱犊崮山区常年干旱，只能等老天爷下雨储存些水源，这里怎么会有一片如此湿润的地方？赵一味环顾四周，只见周围全被林木所覆盖，头顶不远处似乎有潺潺的水声传来。他循着水声向上爬，在一块大石头缝隙之处看到了一汪山泉，正汩汩地往外翻腾着细细的水流。赵一味用手心捧起山泉，喝了一口，有一股淡淡的甘甜味道。

如能用这样的泉水熬中药当是最好的，可惜赵一味只带了一个小水壶，不然就可以多接一些山泉水回去熬药了。有了这股山泉，周边的草木显得特别茂盛，这样的地方最适合野人参生长。如能在这里看到椴树，就很有可能采到野人参。他顺着泉水往下走，果然在一片灌木丛中看到了两棵高大的椴树。他手脚并用爬过去，看到其中一棵椴树根部被一片茂密的灌木丛所覆盖。直觉告诉他，灌木丛下应该就有野人参！他小心翼翼地一点一点扒开灌木丛，手刚触到椴树根部，就看到一团如豆粒一样紧紧抱在一起的鲜艳的红果。赵一味心中狂喜：找到了！终于找到了！而且从这一团火红判断，这棵野人参个头肯定不小，至少已经有上百年的寿命！能在抱犊崮山区找到这样的野人参也算是自己的造化了。赵一味强掩住自己心中的欢喜，小心翼翼地用小铲子一点一点清理掉野人参周围的土壤杂质，一棵像极了婴孩的野人参便慢慢显露出来了：最先露出来的是头，然后是脖子，再然后是两条胳膊，最后是两条粗壮的腿和结实的脚丫一样的触须。赵一味捧着这棵野人参大气也不敢喘，用几片宽大的树叶将散发着浓郁香气的野人参一层层包好，放在了竹筐子的最底层。他站起身，刚要走，突然在灌木丛底下隐隐约约地又看到了一团"小火焰"，他不敢相信自己的眼睛。不可能啊，怎么会有两棵？难道是发现了传说中的子母参？赵一味激动地蹲下身来，果然，还有一棵！看开花的样子不如刚才那棵身形大，但个头应该也不小。赵一味双手合十，对着人参喃喃自语："老天爷开眼，赵一味何其有幸，适逢这千载难遇之事！"作为一个采药人，他也知道自己碰到了两难选择：按照采药这行的规矩，遇到这样的情况，只能采一棵；如若两棵都采了去，可能会有无妄之灾！但若是救人之所需，则另当别论。赵一味心里想，新月如能吃了这子母参，定能大补，这也算是急人之所需吧。这样想着，开始挖这棵人参时他比刚才还要兴奋，还要小心。这棵人参除了整体较小，和刚才那棵形状一模一样，几无二致，果然是一对子母参！

采完这一对子母参，赵一味此行的任务已经完成了大半。心情愉快的他重新到山泉边洗了把脸，喝了几口山泉水，坐在一块石头上想歇息片刻。此时，太阳已经升到头顶，如果找不到刘二，他必须早点赶回古城去。他不敢再多停留，刚站起身，突然听到背后一声断喝："干什么的？！"他闻声转身，看到了两个背着长枪穿着国军军装的人。他的第一反应是碰到了国民党在抱犊崮的残余势力！抱犊崮上虽然没了土匪，但鬼子和国民党顽固分子偶尔会进山扫荡，难不成被自己碰上了？赵一味朝他们拱拱手："两位老总好！鄙人只是上山采药，这就马上下山。"两个人互相看看，摆摆手说："那赶紧走！别在这里瞎晃悠！刘师长有吩咐，凡是进山的生人，都要抓了去！看你是个采药先生，这次就放你一马！"赵一味赶紧对着他们拱手作揖，匆匆忙忙往山下走。没走几步，那两个人又追上来，喊道："你先别走！跟俺们去见一下刘师长！他前两天从马上跌落下来，胳膊摔折了，既然你是个先生，应该能治好！"赵一味心中暗暗叫苦不迭：这两个人口中的刘师长十有八九是刘本功，虽说自己与这个曾经的古城县长有过不错的交情，但自从刘本功逃出古城到了抱犊崮，两个人就已经分道扬镳，自己的女婿刘玉胜和他又是两个队伍里的人，最近因为刘黑棋的事情双方还闹得很不愉快。这要是真的去见他，不知道会不会有什么凶险？但显然这已由不得他了，那两个人不耐烦地催促他："别磨蹭，赶紧走！走快点兴许还能赶上饭点，老子肚子早就饿了！"

2

果然是刘本功的队伍。赵一味没料到他的大本营竟然离抱犊崮的主峰如此之近。从后山走了没多久，翻过一个小山头之后，就看到了驻扎在平地上的军营。军营里竖了一根高高的旗杆，上面飘着青天白日旗。两个士兵径直把赵一味带到了一个草绿色的帐篷里，刘本功端着缠满了纱布的胳膊，正站在·个作战地图旁边。他闻声转身看到了赵一味，愣了一下。一个士兵歪歪斜斜地敬了个礼说："师座，在抱犊崮后山碰到一个上山采药的先生，俺们想着把他押过来给您看看胳膊！"刘本功听了哈哈大笑起来，走过来用另外那只没受伤的手拉着赵一味说："没想到在这里碰到了老友！你们这两个有眼无珠的东西，不知道这是老子的古城老友吗？娘的还敢说给老子押来！告诉你们，这是古城大药房的赵老板，请都请不来！老子在古城当县长的时候我们就是好朋友！可惜老子现在是虎落平阳被犬欺，远远不如当县长时威风了！"说着，他故作热情夸张地拍了拍赵一味的肩膀。赵一味只好赔着笑容，含糊其词地说着"许久不见甚为想念，刘师长一向可好"的官话。他在心里说刘本功啥时候变得如此粗鲁了！当县长的时候可不是这样，那时候还有个国民党官员的样子。这才几年，就完全是一个土匪的模样了。

刘本功请赵一味坐下来，看到他还背着个竹筐子，有些奇怪地说了句："这里面有什么宝贝，你还舍不得放下来？"赵一味摆摆手："都是一些抱犊崮上常见的药草，能有啥宝贝！"刘本功说："那你把它放下来嘛，在我这儿，它还能飞走了不成？"说完，示意旁边的警卫员把竹筐子拿下来。赵一味连忙摆手制止了警卫员，说道："自己来自己来。"他小心翼翼地把筐子放在了脚边。刘本功看到他的样子，哈哈大笑："赵老板还是以前的脾性啊！想当年，咱们哥俩在古城里那是呼风唤雨，好不惬意啊！"赵一味也笑笑，说道："呼风唤雨好不惬意的那是你刘县长！咱一个开药房的只能靠着您照料！"刘本功点点头说："当年你的大药房开市大吉，我可是随了礼的！后来你闺女出嫁，我还是主婚人呢！"一席话勾起了赵一味的回忆。刘本功继续说："你说你把那么好的闺女嫁给谁不好？偏要嫁给了刘玉胜那小子！"愣了一下又说："要说也不怨你！谁能有前后眼啊？那时候刘玉胜还是我的得力部下呢！围寨他守得很结实，可八路军先遣队太狡猾，竟然策反了他！现在好了，这小子成了我的对头了！连我这个表叔也不认了！"赵一味不好说什么，只说了句："有句话说'时势造英雄'，还有句话说'识时务者为俊杰'，时运到了，这都由不得人啊！"刘本功听了这话，若有所思地说道："赵老板说得倒也不无道理。但现在天下大势利在国军啊！国军在正面战场抵抗日军，武器装备都有美国人的大力支持，蒋夫人去了趟美国之后，带回来许多好处。虽然共产党现如今得了不少民心，但到底是在山沟沟里打游击啊，都是小打小闹，不成气候！"赵一味摇摇头，表示不同意刘本功的说法，他字斟句酌地说道："虽说我只是一个开药房的，却也知道天下大势是什么。你说的国军怎么抵抗日军我不知道，但现在许多国军成了伪军，两边通吃却是常有的事情。八路军在山沟沟里打游击那可是牵制了鬼子的许多力量的！八路军和老百姓站在一起，依靠老百姓，为民做主，深得民心呢！"一席话说得刘本功一时语塞，哑口无言了。赵一味所说的国军伪军两边通吃暗指刘本功通敌之事，这让刘本功感觉很没有面子。现在他的队伍与国民党主力部队的联系时断时续，补给早已成为问题，他不和鬼子暗中联合怎么能在这山沟沟里守住阵地？说他是汉奸他也只能认了，在给鬼子当汉奸还是联合八路军抗日之间他宁愿选择前者，是因为他自知罪孽深重，八路军是容不得他的！

时近晌午，刘本功招呼赵一味吃饭。赵一味推辞，说想早点回大药房。刘本功笑着说："那么急慌慌干吗？我还想让你看看受伤的胳膊如何调理呢！先别忙走，吃了饭再说！"赵一味不好再推辞，既来之则安之，吃顿饱饭给刘本功看一下胳膊，再回古城不迟。菜上得很快，赵一味一看吓了一跳，他没想到窝在山窝里的刘本功还能如此铺张，只见那菜摆了满满当当一大桌子，赵一味简直不敢相信自己的眼睛！这哪里是穷山沟沟里的家宴，简直是古城里的大席！一般人家的喜宴也没有这样的排场！赵一味忍不住感叹：怪不得国军兵败如山倒，刘本功一个在抱犊崮的国民党残余势力小头目，平常就如此大吃大喝铺张浪费，怎么可能得民心顺民意？可能是看到赵一味面对一桌子菜皱紧了眉头，刘本功嬉皮笑脸地说："也就是你这样的老朋友来了，我才让他们做得丰盛一点，平时吃饭哪有这么多菜。"赵一味知道这是谎言，因为他来到这里不过一会儿的时间，刘本功此前并未料到自己会来，厨房怎么可能在这么短的时间里做出这么多的菜？刘本功示意警卫员上酒，赵一味一看是本地的女儿红，就摆摆手说："我不用酒，刘师长是知道的。"刘本功笑笑："既然难得来一趟，就破个例嘛。"说着，他拿起了酒杯，亲自给赵一味倒酒。赵一味坚决不喝。刘本功无奈，只好拿起了筷子，说那菜总得吃吧。赵一味自知此时不能太让刘本功难堪了，酒不喝菜也不吃的话可能会让刘本功下不来台。想到这里，他半认真半开玩笑地说了句："这么丰盛的菜，不吃一点确实太可惜了！"刘本功哈哈大笑，那咱们就多吃点菜。他受伤的是右胳膊，所以只好用左手夹菜，看上去很别扭。赵一味问他："敢问刘师长这胳膊是怎么摔断的？"刘本功笑笑，说："前两天从马背上掉下来了。"赵一味说："刘师长老江湖了，怎么能从马背上掉下来？"刘本功给赵一味夹了一筷子菜，说道："还不是下山的时候碰到了刘二的人，被他们追得紧！要不是我掉下来后迅速躲进丛林，恐怕现在已经落在那个谷四喜的手里了！"赵一味心里一惊，看来此地不可久待，刘本功若是知道他本想找刘二帮忙采药的话，肯定不会善罢甘休！他加快了夹菜的速度，三下五除二，吃了个半饱，然后说了句："菜很丰盛，可惜我吃饱了！"愣了一下，又说道："我来给刘师长看看胳膊吧，正好我刚才采了一些药草，我给你换上点，保证你三五天就能好！"刘本功说："急啥？你再吃点！吃完再看我这胳膊不迟，不过是骨折加上一点皮外伤，没啥要紧的！"赵一味笑笑，不容分说解开了刘本功胳膊上的纱布，仔细看了看接骨上的伤口，说："骨头接得挺好！就是这里的外伤有些发炎，我给你敷点草药即可。"说着他从竹筐里掏了一些药草出来，放进眼前的碗里，用汤勺研磨了几下，那些药草便渗出了一碗底的绿色汁液。他用这些汁液浸泡纱布后，将纱布缠回到刘本功的胳膊上。只见他拍拍手，说："好了，这下没问题了！"刘本功见他起身要走，按住他说："看来赵大老板真是有要紧事啊！你是这里的稀客，这么丰盛的菜都没吃上几口，如此着急回去，定有什么大事要办。"赵一味赶紧摆摆手说："毕竟路途较远，天黑前要赶回去才好！"刘本功笑笑："你给我看好了胳膊，也给我机会好好感谢你才对嘛。你就在我这里待一天再走不迟！"赵一味心里暗暗叫苦不迭，心说难道当年上抱犊崮救人的那一幕又要重演吗？

正不知如何是好之时，突然门外一阵骚乱，一个士兵跑来说："师座，抱犊崮山上的刘二来了！"刘本功一下子站起来："他来干什么？"说着看了赵一味一眼。赵一味心中暗喜，看来刘二已经知道自己落在刘本功手里了！一定是他手底下的那几个铁匠，看到自己迟迟没有回去骑那匹留下的马，向刘二报告了此事。现在必须让刘二看到自己，让他知道自己就在这里。想到此，赵一味也站起来，想和刘本功一起走出去。还没走两步，刘本功转身对他说了句："赵老板先坐下，再吃点。我去外面看看是个什么情况。你出去了，可能会有危险！"赵一味只好坐下来。刘本功走了出去。只见刘二一个人威风凛凛地站在外面，刘本功对他抱了抱拳，说道："刘司令真是稀客啊！今儿个怎么有空到我这里来了？"刘二朗声说道："听说俺的一个亲戚被刘师长请到营地喝酒来了，俺怕他喝多回不去，特地过来接他！"刘本功笑笑："刘司令消息倒是灵通嘛，我这里是来了一个客人，但是不是你的亲戚我不知道。"刘二也笑笑："药房的赵老板是俺侄媳妇的老爹，论理也是俺的亲家，你说是不是亲戚？！俺今天来，没别的意思，就是想把他带回寨子，请他住几天，给俺那个婆娘马兰花看看病！所以俺也没带兵，刘师长若是不信，可以到外面搜一搜。"刘本功见刘二已经知道赵一味就在自己营地，也就不好再继续隐瞒，只好说道："我是相信刘司令的，你的亲家正在里面吃饭，请刘司令也到里面坐下来，咱们拉拉呱！"刘二果然是大将风度，无所畏惧地走进来，边走边说道："那俺就恭敬不如从命了！"

　　刘二一进来，看到赵一味和一桌子的菜，哈哈一笑，说道："俺就知道嘛，刘师长一定是不会亏待俺这个亲家的！"赵一味拱拱手："本来中午是想去叔公亲家那里吃饭的，但刘师长刻意挽留，只好在此吃了。碰巧刘师长胳膊有点小恙，顺便给他敷了点草药。"刘二看了一眼刘本功受伤的胳膊，故作不知的样子说："刘师长怎么这么不小心哪！"刘本功苦笑："幸亏赵老板上了点药，不然可能会感染！"刘二说道："这次俺请亲家上山也是为了给婆娘治病！本来说好了由俺派人去接，但亲家等不及自己就来了！"刘本功问道："嫂夫人贵体有何恙啊？还须赵老板大老远跑一趟。"刘二笑笑："婆娘的事情嘛，还能有啥毛病！"愣了一下，刘二看刘本功不太相信自己的话，又说道："不过这事对刘师长说说也无妨，大家都不是外人！你看俺这年纪可不小了，论理不该再有留下个一儿半女的非分之想，但马兰花还年轻啊，她说什么都要给俺留个后！但留后是说留就能留的吗？刘师长也知道马兰花那是什么出身，窑子里的嘛，这身子骨儿能生不能生还得两说！也不知道马兰花是怎么知道俺亲家是调理生育这方面的能手，非得让俺去请他来！"赵一味一听，知道刘二已经了解了他这次来抱犊崮的目的，看来他为了自己的安全已经派人跑了一趟古城，不然不会知道得这么清楚！他借机赶紧接话说："是啊是啊，为了给亲家婶子调理身子，俺就先去了后山去挖野人参！费了半天劲才挖到这一棵！"说着，赵一味真的从竹筐里拿出了那个小一点的野人参，对刘师长说："刘师长你看，这人参长得多好！"刘本功接过来，边看边在心里说：刘二和赵一味说得严丝合缝，看来真是上山采药看病来了！并不是来山上刺探情报的。果真如此，那还真没有扣留赵一味的由头！他故作惊讶地说："啊呀，这真是一棵难得一见的野人参啊！以前听老人说抱犊崮上有人参，一直没怎么见过，今儿个可算是开了眼了！"赵一味看看刘二，说道："刘师长若是喜欢，这一棵就留给你吧！你这个胳膊受伤，也应该补一补！野人参也是大补之物啊！"刘本功一愣，连连摆手说："这个可使不得！野人参是罕见之物，再说这也是赵老板好不容易才采到的，还要给刘夫人调理身体，我就不掠美了！"说完看看刘二。刘二笑笑说："既然亲家都说了要给刘师长留下这个野人参，刘师长就不要客气了！我那婆娘哪消受得了如此阳性之物！再说了，即便是需要，也可以让亲家再去山上采嘛！"见刘本功还在犹豫，赵一味顺手就把野人参放在了桌子上。刘二起身说："那我们就此告辞！"刘本功一时间找不到什么继续留人的理由，只好拱拱手说："多谢赵老板惠赠野人参！恕不远送！"赵一味背起竹筐，和刘二赶紧下山去了。

走出去好远，刘二还不时地向四周察看，他担心刘本功耍什么阴招，暗中放冷枪。直到在山下看到自己的队伍，他才长舒了一口气，说道："刚才真是没想到刘本功会放咱们走！本来俺还准备了第二个方案，他要是敢不放人，俺就放暗号让保卫团联合玉胜的队伍一起攻山灭了刘本功残部！"赵一味笑笑："多谢亲家来相助！不然我真不知后果会怎样！"愣了一下又说："刘本功大概也没有什么理由不放人，再说我们之间还有些交情，他不能不顾及。"刘二点点头："不过，可惜了那棵野人参了！"赵一味指着背后的竹筐说："这里面还有一棵更好的！我挖到了极难遇到的子母野人参，留给刘本功的那棵是小的！大的咱们自己入药！"刘二点头说："俺一听几个铁匠说看到一个采药的，俺就想到可能是你，再看看那匹马，就更确信无疑了。俺马上派人快马加鞭去了一趟古城，知道你进山是为了给新月治病，就赶紧满山找你，在后山发现你的踪迹，顺着脚印就找到了刘本功这里！"赵一味点点头："幸亏亲家叔公及时赶到！"愣了一下又说："你说的亲家婶子的事……"刘二摆摆手："俺瞎说的！"刘二说完脸红脖子粗起来，看了赵一味一眼又说："她在俺跟前念叨过！你看俺这一把年纪了，她又是窑子里出来的，哪还有什么希望？"赵一味笑笑说："那倒也不是，你的身体很好，应该没有啥问题。亲家婶子虽说是窑子出身，但只要她没吃过断红草，调理之后还是可能有喜的。"刘二还是摇摇头。赵一味只好说："这样吧，我回去给亲家婶子配一服药试试！反正要给新月调治的，我采的药草足够两个人用！"刘二也就不再说什么了。

　　到了拴马的寨子口，那几个铁匠还在忙活着。赵一味说了句："用这土法子打成的兵器，和鬼子打起来那得多吃亏！"刘二点点头说："上山的人越来越多，短枪长枪根本不够用！只能发给他们一张大刀片子，先练练手，等以后有了枪支弹药再说。"赵一味皱皱眉头："八路军先遣队那边不能调配吗？"刘二摇摇头："鬼子动不动就扫荡，武器不好运进来，补充的枪弹主要靠从鬼子那里缴获。加上八路军的队伍扩大得太快，山外的八路军自己的武器都不够用。谷政委指示我们，武器装备只能自力更生！"愣了一下，又说道："俺真想和刘本功的残部干一仗，抢他一部分美式枪炮过来！"赵一味笑笑说："刘本功手里的武器装备真的不少！他确实对我吹嘘说都是美式先进武器。"刘二点点头："这个俺早就知道，不过对于绞杀刘本功，谷政委说现在还不是时候，等东进山东的主力部队全部挺进抱犊崮，再联合起来把刘本功赶出抱犊崮不迟！"

3

　　为了路上的安全，也为了让马兰花和新月调理身子，赵一味回古城的时候带上了马兰花，刘二专门派了两个士兵一路保护，直到进了刘家大院。柳梢待产，赵灵芝有孕在身，家里只有新月一个忙前忙后，正好缺少人手，马兰花的到来，让新月轻松不少。赵一味很快就配好了药，叮嘱她俩每月在月信之前和之后服用。三服药用完，刘美行开始和新月同房，刘二也把马兰花接回了抱犊崮。不过月余，新月和马兰花双双有了反应，当月都没有再来月信。又过了些时日，两人都开始狂吐不已。赵灵芝喊来赵一味，赵一味给新月把了脉，惊喜地说："成了！"赵灵芝抓住新月的手，惊喜地说："二嫂你有喜了！"新月听了，喜极而泣。赵一味叮嘱新月说："心绪要保持稳定，万不可大喜大悲！"新月点点头，激动得说不出话来。

　　没几天，马兰花那边也传来有喜的讯息。老刘家四个女人接连有喜，也算是一大幸事。消息在古城传开，大家都纷纷称奇不已！都在那里说一定是刘老太爷在天有灵，保佑老刘家香火旺盛。最让大家感到不可思议的是马兰花也怀上了娃娃，刘二年事已高不说，她又是那种身子出来的，咋还能有如此神迹？大家百思不得其解。不知是谁不小心走漏了消息，还是哪个有心者猜到了什么，赵一味的大药房忽然有一天变得无比热闹，那些想要娃娃又不得其法的年轻小媳妇，纷纷前来求药。大药房还从未有如此阵势，医者仁心的赵一味也不好一一拒绝，只得一连跑了几趟抱犊崮采集药草。马兰花有了身孕，刘二当然无比高兴，他发动了十几个士兵一起帮着赵一味满山遍野地找药草和野人参。直到天气转凉，药草已近绝迹，才不得不告一段落。

立冬之后，鲁西南天气迅即转凉。柳梢肚子已经像一个磨盘，连走路都十分困难，只得老老实实地躺在床上。赵一味掐指一算，柳梢十月怀胎，已近生产。按理，接生在赵一味这里不算什么难事，但碍于男女有别，况且他又是长辈，只能在背后出出主意，配一点利尿养人的药方。为求万全，他嘱咐刘美珠早早地把李媒婆请来，这个既当媒婆又能接生的女人虽说不懂多少医术，但好歹有不少的接生经验，经她手生下来的娃娃没有成千上万，百十来个估计总是有了。听了赵一味的嘱咐，刘美珠不敢大意，早早把李媒婆请了来。李媒婆一开始还不大愿意来，说："俺都计算着呢，还不到日子！让俺来这么早做甚？"等她一看到柳梢的肚子，就大呼小叫起来："俺的个娘唻！老身这么多年，给那么多小媳妇接生，还从没见过这么大个的！这娃娃来者不善啊！"说完这话，李媒婆意识到不妥，连忙掩饰道："一看就知道是个富贵娃！"她把刘美珠赶了出去，嘴里嘟囔着："出去，出去，这活儿用不到你们男人！"她又看了看站在一旁挺着大肚子的赵灵芝和新月，摇摇头说："你们也不能给俺帮忙！你们老刘家也真是的，母鸡踩蛋一样，说怀一起怀！"说完，自己扑哧一声笑了。她找来土皂，用温开水仔仔细细给柳梢清洗了大腿内侧和腹部，换上干净的土布衣裤。然后又打扫干净房间，把床单也换下来了，铺上了裹着一层西墙土的干布，拿出柳梢事先准备好的一大捆草纸和婴孩的包布包被等用物。她叮嘱站在门外手足无措来回走动的刘美珠："快去锅屋烧一大锅开水，洗净两个面盆，再去大药房找来一捆纱布。"刘美珠赶紧一一照办，从大药房回来的时候，赵一味还让他带回来一包止血的草药。李媒婆点头说还是赵老板想得周到，不怕一万就怕万一，先备好总没什么坏处。

当天夜里，柳梢肚子疼痛难忍，胎儿却不见一点要出来的动静，李媒婆有些着急，自言自语道："会不会又是一个索命鬼？"看到柳梢痛苦的样子，刘美珠悄悄去找赵一味。赵一味一听，皱着眉头说了句："可能是胎位不正。"说着他从药房拿了艾草，让刘美珠赶紧回去放到屋里熏一熏。艾草用完了，柳梢还是痛得厉害，依然不见什么动静。李媒婆跺了跺脚说："也罢，一不做二不休，俺倒要看看是你这个小娃娃厉害还是俺老身厉害！"说着，以极快的速度将手伸入柳梢下身。只听柳梢一声"娘耶"，就昏死过去了。刘美珠不停歇地从锅屋里端来一盆盆热水，再从卧房端出一盆盆的血水，忙活了老大一会儿，李媒婆累得叫苦不迭，刘美珠急得满脸都是眼泪。终于，一声凌厉的婴儿的啼哭划破了夜空。等柳梢醒来，一个大头婴儿已经躺在她的臂弯里了。赵灵芝和新月都进屋来，高兴地直掉眼泪。李媒婆此时已近虚脱，她瘫坐在一旁，指着刚出生的娃娃说："这小崽子太厉害！要不是俺当机立断，把他的腿推进柳梢的肚子里，再把头转出来，你们娘俩这会怕是……"

别说是刘美珠，就是赵一味听了这话都感到心惊胆战。柳梢母子刚才在鬼门关里走了一遭，如果不是李媒婆铤而走险，使出了极端的接生方式，恐怕柳梢母子此时都已经性命不保。看到赵灵芝和新月闻言一副惶恐不安的样子，李媒婆故作轻松地笑笑，说道："这样的情况俺也是多少年没遇到过了！不说是十分稀罕，也是极其少见的！你俩都不要担心！"说着，李媒婆看了一眼赵灵芝的肚子，说："你这个娃娃胎位很正，肚皮鼓得圆圆的，一看就知道小崽子的脸朝外。"她又看了一眼新月，说："你这个还早着呢，小崽子才成个人形，手脚刚长全乎！更不需担心害怕。"她指了指已经昏昏沉沉进入梦乡的柳梢说："她的肚子大得出奇，那是因为小崽子往横里长，出来的时候脚在先，头在后，他这是想要了柳梢的命啊！真是个瘆人的小兔崽子！"说着，李媒婆站起来，又看看柳梢怀里的小娃，说："不过这个小崽子倒是很壮实，好养活！就是来势汹汹，少不了欺负爹娘，所以你们要给他起个好名字，压压他的邪气！"刘美珠听了李媒婆这些一惊一乍的话，惶恐不安地直点头。

李媒婆说的没错，这个刚出生的小娃娃着实厉害，别看平时吃奶的时候很安静，一旦有一点不能称心如意，他就哇哇大哭，哭声震天响，像是要把屋顶掀翻一样。刘美珠让赵一味给娃娃起个名字。赵一味想起李媒婆的话，琢磨了半天，想了一个名字叫刘知母。知母是一味草药，味苦，属性寒，具有清热泻火、滋阴润燥的作用。取此名字寓意小娃娃将来火气不要太大，也有以此名压其脾性之意。说来也是奇妙，自从取名刘知母之后，这个小娃娃性情变得大为温和，不再无端大闹。别人都说赵一味真乃神人，不但医术高明，还会算命起名。只有赵灵芝心中明朗，小娃的性情大变，除了起名，更与赵一味给柳梢每天喝的草药有关。柳梢每天喝的一大碗下奶汤里面有当归、川芎、王不留等草药，这些不仅催奶，还都有去火气的功能。在这些草药的调理之下，小知母长得越来越壮实，柳梢的身体恢复得很快。

随着鬼子和日伪军加紧对抱犊崮山区的围剿和扫荡，抱犊崮根据地的局势越来越紧张。刘玉胜难得回来一趟，每次回家也都是半夜，常常天不亮就得往回赶。除了赵灵芝，家里其他人基本上都不绕面。但他每次回来，都要去接替他指挥运西根据地建设的白雪那里看看，所以围寨里的一切情况他都很熟悉。赵灵芝有孕在身，也顾不得照顾刘玉胜。刘玉胜从抱犊崮往寨子里跑得多了，引起了二哥刘美行的注意。自打刘玉胜去了抱犊崮，刘美行就主动协助白雪搞根据地建设，每天也都是围着白雪转悠。两个人一起在运西大搞减租减息，把大小地主整得服服帖帖，也获得了不少民心。古城的老百姓都说还是八路军好，八路军来了俺们农民就有了自己的地了，就能自己种粮食自己收了，不再像以前那样只能给地主种地，大多收成也不能归自己。八路军保卫团的声誉和威望在运西根据地一天比一天高，为东进主力部队供应了不少粮食和物资，受到了谷四喜的表彰。运西根据地的建设刘玉胜看在眼里，喜在心里，他每次见到白雪都给她加油鼓劲，称赞她治理有方，进步很快。白雪听了刘玉胜的话当然也很高兴，两个人一聊就是大半夜。

这天晚上，刘玉胜化装成普通百姓又悄悄回了一趟运西。他没着急回刘家大院，而是直奔围寨。他带回来谷四喜的一个指示，要白雪立即发动根据地的百姓给驻扎在抱犊崮的八路军缝制棉袜棉衣。冬天将至，整个鲁西南地区即将进入凛冽的寒冬，而驻守在抱犊崮的八路军战士却还没有棉衣可以过冬。谷四喜看在眼里急在心里，一边下令活跃在枣庄和微山湖地区铁道线上的游击队设法劫火车，把鬼子从济南运往南方的棉花棉衣等物资送到抱犊崮，一边发动根据地的战士们自给自足。运西和泰西作为八路军东进以后最早建设的根据地，理应力所能及地为主力部队提供过冬物资。鲁西南老百姓过冬之际，只要条件允许都要拾掇拾掇旧棉衣旧棉被，该晒的晒，该拆的拆，或者缝缝补补，或者置办新衣新被。刘玉胜在谷四喜面前立下了军令状，运西根据地一定努力完成一千条棉被的任务。带着这个军令状，刘玉胜不敢耽搁，连夜赶到了围寨。

为了方便工作，白雪一直住在围寨。在围寨正中间的屋子，此时还亮着灯。为了根据地建设，她也是经常熬夜。眼下进入初冬，正是运西农民的冬忙时节，玉米刚刚颗粒归仓，正是刨地瓜晒地瓜干的时候。还有冬白菜、土豆、小豆之类的，都等着收呢。虽说鬼子的主要兵力都在往抱犊崮那边集中，到运西来袭扰比以前少多了，但日伪军却时不时地来捣乱，帮鬼子抢粮抢收。看样子，鬼子也在为过冬做着准备。

刘玉胜敲了敲门，还是以前的暗号，一下轻两下重。门开了，白雪站在门后，披着一件风衣，对刘玉胜说："刚才听到马蹄声，就知道是你来了！这次又带来什么新的指示？"刘玉胜进了屋，跺了跺脚，说："这天还真是冷，还没到天寒地冻的时候呢，咋这么冷！"白雪笑笑："可不是，别说是你骑马，即便是躲在屋子里我都想生炉子了！上半夜还好说，下半夜被窝里冷得像冰窟窿！"刘玉胜笑着开了句玩笑："那是因为没有人给你通腿儿暖被窝！"白雪脸色一红，没说什么。屋里比外面暖和多了，刘玉胜缓过劲来，对白雪说："谷政委交给咱们一个新任务，在半个月内给大部队筹措棉衣棉被，我可是夸下海口了，半个月内，至少要把一千条棉被送到抱犊崮山里去！"白雪点点头："我们争取尽快完成任务吧！天冷得很快，半个月之后如果穿不上棉衣、盖不上棉被，战士们就要受冻了，我们尽量早点筹措好。现在整个运西和泰西根据地的乡亲们都很拥护咱们八路军，只要说是给山里面的八路军的粮食，自己都不舍得吃，凡是八路军要用的东西，自己都不舍得用，咱们八路军要是没有乡亲们的支持，别说是一路东进山东建设根据地了，就是过这个冬天都很难！"听了白雪的这一番话，刘玉胜略有些吃惊地看了看她，真是士别三日当刮目相看，看看眼前这个成熟的八路军女战士，谁能相信不久前她还只是一个随军的卫生员。如今的白雪，可不是以前那个文弱的小姑娘了，而是政治素质过硬的女干部了！

两个有着巨大革命热情的年轻人说着话，不知不觉间已近深夜。白雪看看时间，说了句："刘团长还没回大院看看吧？"刘玉胜这才意识到时间不早了，有些尴尬地说了句："谷政委安排的任务不能耽搁，就先来了这里！赵灵芝即将生产，俺怕深夜打扰她休息。"愣了一下又说，"时间不早了，你赶紧歇着吧，俺回大院看看！这个时间点过去，到了也就差不多快天亮了！"白雪点点头："那你赶紧回去吧，路上骑马小心点！征集棉衣棉被的任务，我争取尽快完成！"刘玉胜整了整军帽，说了句："这个一千条棉被的任务也不是一件简单的事儿，辛苦你了！可以让我二哥刘美行他们多多协助你！"说完，上了马，往大院方向去了。

刘玉胜走出去很远了，一个黑影儿从暗处走出来。他看了看刘玉胜远去的方向，再回头看看刚刚灭了灯的白雪的屋子，摇了摇头，叹息了一声，自言自语了一句："俺这个憨弟弟啊！咋就不知道避嫌呢？"

第十章　显神威

1

先遣队驻地沂水县聂家庄漫山遍野都是石头，抱犊崮和天宝山的山区本来就是山东有名的穷地方，田少石头多。此刻正是部队战士们吃饭的时间点，他们的饭同当地老乡一样都是高粱煎饼。抱犊崮山区的高粱煎饼又黑又硬，嚼起来十分费劲。战士们各种吃相都有，有一些知识分子是南方人，不会卷煎饼，就双手拿着煎饼吃，样子颇像"读报"。一个战士就指着他们开玩笑，说："读报了读报了，你看'读'得多认真！"大家都笑起来。

谷四喜站在不远处，也笑起来。他手里拿着一样难以下咽的煎饼，也在"读报"。一个小战士给谷四喜搬来一块石头，说："谷政委快坐下来'读'吧！"谷四喜摆摆手。旁边的警卫员小刘悄悄对这个战士说："谷政委这几天得了很厉害的痔疮！不能坐。"

小战士点点头，说："那他吃这样的煎饼，岂不是会加重病情？"小刘点点头说："那能有什么办法？"小战士看了看谷政委认真"读报"艰难下咽的样子，眼睛湿润了。

山区里，蔬菜十分罕见。一个战士拿来一个罐子，对谷四喜说："谷政委，你尝尝这个。"谷四喜好奇地尝了一口，说："味道不错嘛，这是什么东西？"战士说："柳树叶子嘛！腌一腌，卷在煎饼里吃，跟蔬菜一样。"谷四喜夸了句："是个好主意！"他看看战士们吃煎饼的样子，语重心长地说道："现在哪，我们过点苦日子，是为了让中国老百姓将来能过上好日子！"战士们都纷纷点头。

在不远处的老乡家里，三台鏊子并列，妇女们轮番上阵，给部队烙煎饼，她们有说有笑。有一个经验不足的小媳妇，烧火时被烟熏得直流眼泪。旁边的大嫂子笑她娇气。她不高兴，把手里的活交给大嫂子，自己到一边抹眼泪去了。另一个妇女说道："哎哟，这么大人了还哭鼻子？小媳妇是想大兄弟了吧？大兄弟也真是，新婚第二天就跟队伍去打鬼子了，一走就是两年，也不知道回来看看媳妇！"小媳妇气得一跺脚，说道："谁说俺想他了！俺才不想他呢！再说了，部队可是有纪律的，哪能想回来就回来？！"小媳妇说话时站在一棵柿子树下。正巧一棵柿子掉下来，落在她的脚边。她捡起柿子，左瞅右瞅，突然灵机一动，说道："战士们吃不惯这里的粗粮煎饼，咱们要是在煎饼糊糊里掺一些柿子，是不是就能好吃一点？"

一句话提醒了大家。大嫂子说："还有山梨，掺在面糊糊里说不定也行！"说干就干。小媳妇们找来山梨和柿子，挤碎了，掺在面糊糊里，试着烙了一张煎饼。小媳妇尝了尝，说："好吃！真好吃！你们都来尝尝！"她拿着这张煎饼送给一个小战士。小战士吃了，也说："好吃好吃！"小媳妇高兴地说："那以后就烙这样的煎饼给你们吃！"大家都笑起来。

节气入冬，寒风凛凛。北风在山间呼啸，发出尖厉的声音，像猛兽在吼。这么冷的天气，没有棉花，战士们的冬衣就遇到了问题。谷四喜和陈尔东、杨勇等边走边商量对策。几个人都愁眉不展。陈尔东说："北方天气冷，没有棉衣，战士们怎么过冬？南下郯城码头时，我们筹款解决了当年的棉衣问题。桃峪会议后，已是深秋，加上山东分局都集中在这个地区，人多，又没有棉花，摆在眼前的这个问题很严峻啊！"

谷四喜点点头，说道："这的确是一个严峻的问题。虽说运西和泰西根据地的乡亲们给我们解决了一部分棉被棉衣，但还远远不够啊！"顿了一下，又说："走，我们到老乡那里看看。老百姓是我们的天和地，往常我们有困难，都是老百姓帮我们，现在，我们还是得依靠他们啊！"杨勇说："老百姓就是咱们八路军的衣食父母！"

三个人走进一户老乡家里。老乡看到他们进来，热情地招呼他们进屋喝茶。谷四喜环顾四周，老乡家里破破烂烂，可以说是家徒四壁。再看看老乡，天气如此寒冷，老乡自己身上却还穿着很薄的破旧棉衣，一大团一大团的棉絮裸露在外面。谷四喜关心地问："天气如此寒冷，老人家还穿得这么少，不冷吗？"老人回答："没办法，家里没有新棉花，仅有的一点都给小孩子做过冬的衣服了。我们老了，咬咬牙忍一忍冬天就过去了。"谷四喜和陈尔东互相看看，都沉默不语。

老乡问他们："战士们怎么过冬啊？他们怕是受不了这里的寒

冷吧？"谷四喜摇摇头，说："也没有什么办法。"说完谷四喜抬头看看院子里的羊圈，突然眼睛一亮，问老乡："村里养羊的人多吗？"老乡说："咱们这里几乎家家户户都养了羊。"谷四喜一拍大腿，说："有了，我们就让战士们用羊毛做冬衣！"陈尔东和杨勇一齐说："我看这个可行！"

凛凛寒风中，一座座院落外面，战士们正在自制羊毛棉袄。那些未经漂洗的羊毛，很硬。往日习惯拿枪的战士，如今缝制起棉衣来不免显得笨拙。有两个小战士龇牙咧嘴，手里捏着针比扛着枪还难受，对着一堆羊毛无处下手。旁边的一个老战士呵呵笑出了声，嘴里哈出一股热气。他手把手地教小战士缝起棉衣来。

不远处，战士们有的在洗晒羊毛，有的在缝制棉衣。

谷四喜同陈尔冬沿着河边散步，陈尔冬看到许多战士在岸边石头上用柳条抽打羊毛，问谷四喜："这些羊毛能不能像弹棉花那样弹一弹呢？"谷四喜摇摇头说："如果有一台破毛机就可以解决问题了。"停了一会儿，他又说："这只有等到胜利以后才能实现，现在只能望梅止渴。"陈尔冬叹了口气，说道："穿这种棉衣，羊毛会一根一根地往外钻，弄得到处都是羊毛，还会一坨一坨地向下坠，用不了多久衣服下摆一周都是羊毛，上面就成了夹衣，根本保不了暖。"谷四喜说道："没办法，眼下就只有这样的衣服了，先遣队的指战员只能靠它度过鲁南寒冷的冬天。"

两个人说着话走进指挥部，站在一张巨大的作战地图前，开始研究全国抗战形势。作战地图上面标注了各种记号。谷四喜盯着地图说："现在形势非常严峻，对我们很不利。何应钦、白崇禧以国民党政府军事委员会正、副参谋总长名义致电新四军叶挺、项英，强令在黄河以南的八路军、新四军一个月内开赴黄河以北。"陈尔东说："这背后一定有蒋介石指使。"谷四喜点点头，说："蒋介石正在命令汤恩伯、李品灿布置对新四军的进攻。我们要做好南下支援新四军的准备！下一步我拟派政治部部长等人到教五旅和教二旅去传达有关指示，要求对国民党顽固派的进攻保持高度的警惕。"陈尔冬点点头说："国民党顽固派加紧进行反共活动，在山东，我们和日军、国民党军的三角斗争将更加尖锐复杂。"

话音未落，警卫员小刘进来，说："中央急电！"谷四喜接过来，一下子愣住了，嘴里喃喃自语："顽固派对我们动手了！"陈尔东接过电报，手抖动了一下。杨勇进来，手里拿着一张报纸，说："你们赶紧来看看！"谷四喜看了报纸，上面写着："1941年1月4日，我皖南新四军军部直属部队等9000余人，在叶挺、项英率领下开始北移。1月6日，当部队到达皖南泾县茂林地区时，遭到国民党7个师约8万人的突然袭击。我新四军英勇抗击，激战7昼夜，终因众寡悬殊、弹尽粮绝，除傅秋涛率2000余人分散突围外，少数被俘，大部壮烈牺牲。军长叶挺被俘，副军长项英、参谋长周子昆突围后遇难，政治部主任袁国平牺牲。"

谷四喜把报纸递给了陈尔东，心情无比沉重地说："这时候我们更需要冷静！在如此严峻的局势下，山东分局、先遣队师部和山东纵队三个大机关挤在一起，目标太大了！给养也不好解决。从长远打算，先遣队机关需要设在一个比较稳定、物质条件较好的根据地，以便更好地指挥全局。"陈尔东说："谷政委说得有道理！我赞成师部马上转移。"杨勇也点点头，说："目前看，师部转入滨海区比较好。"

谷四喜走到地图前，指着上面一块地方说："滨海区在山东的东南部，东濒大海，西界沂河，北起胶济路，南抵陇海路。这个地区盛产鱼盐，经济富庶，有较好的物质条件，也有较强的革命基础。"众人点头。

开辟和巩固后方革命根据地，最重要的就是讲究斗争策略。在谷四喜看来，和敌人展开正面斗争的最佳时机还没有到来，这时候最应该运用游击战和运动战，要在游击战中消耗、歼灭敌人的有生力量，同时在运动战中壮大自己。基于这样的想法，谷四喜反对急躁冒进的斗争路线。因此，对于不顾后果而做无谓牺牲的战斗，他并不支持。

开春时节，抱犊崮郯码地区重坊附近，一支八路军队伍正在行进。走在最前面的正是杨勇。突然，侦察员来报："前面发现数百名从新安镇出来扫荡的日伪军！"话音未落，一发炮弹就打了过来。后面的几个战士在轰隆声中倒下了。杨勇瞬时急红了眼，跨上战马，举起枪高喊："共产党员跟我来！"战士们跟着他勇猛地奔向敌军，和敌人近身拼起了刺刀。一阵激烈的战斗后，双方皆伤亡不少。敌人看到杨勇和战士们如此拼命，一时间胆战心寒，最终扔下了枪支弹药，吓得落荒而逃。杨勇回头看了看队伍，战士死伤不少，伤亡很大。

重坊战斗指战员牺牲名单很快送到了谷四喜手里。他看着这份名单十分惋惜而又沉痛地说："都是多么好的战士啊。"就在这时，杨勇来了。他脸上有些许打了胜仗后的兴奋神情，老远就大喊了一声："谷政委！"打了一场胜仗，他本来以为谷四喜会很高兴地表扬他，哪想到谷四喜既没有让座，也未给他倒茶，而是狠狠地盯着杨勇，劈头就问："你是来请功的吧？你是来领赏的吧？"杨勇蒙了，愣愣地站在那里。谷四喜厉声说："告诉你，我这里没有功给你，也没有赏给你。你还真是个杨疯子啊！你还我干部，你还我战士！"谷四喜眼里饱含着泪水："你违反了游击战的原则，拼掉了我们的红军老干部，你赔我的党员干部来！"杨勇一声不吭，低着头站在那里，眼圈也红了。谷四喜的情绪慢慢平静下来，语重心长地说："杨勇同志啊，干革命不能单凭一股冲劲，打仗也不能只靠一时勇敢。现在我们是开展游击战，不是打阵地战。只管打得过瘾，动不动就硬拼，这样下去，革命的本钱早晚要被拼光，我们怎么向党和人民交代啊！"杨勇低着头，十分痛心地说："政委，我错了，我请求处分。"谷四喜说："处分你有什么用？好好地记住这血的教训吧！"

在谷四喜坚持游击战和运动战的方针指引下，部队与师部机关顺利东渡沂河和沭河，进驻莒县南部十字路地区，随后南移到临沭县东南的蛟龙汪。

这天，谷四喜和陈尔东、杨勇等人正在先遣队驻地周边查看地形，几个人边走边交谈。此时，警卫员小刘送来一封电报。谷四喜看了一眼，迅速递给陈尔东，说道："中央军委指出，山东、华中敌、顽、我的三角斗争是长期性的，三方中无论哪一方均不可能迅速解决问题，因此，我们的战略部署，须适应上述根本情况，做长期打算，勿为临时消息所左右。从这一指示来看，分局认为八路军已在山东取得'初步优势'的估计显然是太乐观了！"陈尔东点点头，说道："这证明还是你的思路对！桃峪会议上没有解决的思想战略问题，现在终于解决了！"谷四喜充满担忧地说："在这种严重的局势下，估计到华北现状，敌后游击战争特别是平原游击战争的方针，应该是长期坚持熬时间的过程。因此，部队应以不过于消耗为原则，尽量争取休息、整理、训练，和敌人硬拼是不行的！"陈尔东点点头。杨勇则满脸通红，还在为自己曾经的蛮干感到羞愧。

几个人继续往前走。远处忽然传来敲锣打鼓声。谷四喜奇怪地问杨勇："他们在干什么？"杨勇答道："在排练演戏，他们要在刘家河组织一次八大剧团的联合公演，几个剧团都准备演大戏。分局同意了。"谷四喜眉头一皱，说："都这个时候了，还搞这么大动静？这可是在大后方，到处都有敌人在活动。"杨勇笑笑，说："他们这样子搞，动静确实是太大了！"谷四喜点点头说："在敌后演大戏，必然会引起敌人的注意。为了防止意外，要加强对敌情的观察和警戒。"

开始演戏了。剧团在一片空地上，搭起了一个简易的舞台，舞台上方和两边挂满了标语口号，台上正在表演《雷雨》。分局领导以及谷四喜、陈尔东等人坐在第一排。台上演员很投入，演到鲁大海闹革命时，台下响起了热烈的掌声。谷四喜招呼杨勇，叮嘱他说："你派人去巡逻，看看周边有没有什么动静？"杨勇带着几个侦察员走了。

第二场是《李秀成之死》。戏刚开场，侦察员急匆匆赶来，向谷四喜和陈尔东汇报说："果然不出谷政委所料，敌人来扫荡了！"谷四喜说："敌人现在到哪儿了？"侦察员说："五十里以外。"谷四喜说："有多少人？"侦察员回答："足有两个团，还有大炮！"杨勇建议说："我们赶紧撤吧。"谷四喜笑笑说："既然已经演了，那就等演完戏再撤不晚！"谷四喜照样很镇静地看戏。

一会儿，侦察员又过来汇报："敌人离这里只有三十里了！"谷四喜仍旧笑笑，说："再等等，继续看戏。"当侦察员第三次过来汇报时，演出差不多也结束了。谷四喜问侦察员："敌人离这里还有多远？"侦察员说："不到十里路。"谷四喜大手一挥，说道："队伍撤出村子！"这边队伍刚撤出来，那边敌人的炮弹就打过来了。杨勇看着身后的炮弹，开玩笑地说："可惜敌人的炮弹总是跑不过谷政委哪！"

大家哈哈大笑。

1941 年，鲁南的夏天和往年一样热，在群山环绕的山窝里，动一动就浑身冒汗。这天，谷四喜和陈尔东等人正在先遣队驻地指挥部研究局势。杨勇拿着一份文件走进来，递给谷四喜。谷四喜看看文件，皱着眉头说："2 月份的文件，怎么现在才过来？"杨勇沉默。陈尔东说道："我们的队伍一直在行军，这也很正常。"他看了看文件，说道："中央决定判处王凤鸣徒刑，看来，必须把王凤鸣送到延安执行了！"谷四喜点点头，叫来通信员说："马上以我和陈师长的名义打电报给中央，我们拥护中央决定。"通信员出去了。

谷四喜对杨勇说："把王凤鸣叫到师部来，我再同他谈谈。"杨勇点点头，走了出去。不一会儿，王凤鸣进来。谷四喜表情严肃，招呼他坐下。王凤鸣看到谷四喜的脸色，心里已经猜出了什么。他眼睛滴溜溜转了两圈，说道："谷政委，你有什么话就直说吧！"谷四喜点点头，说："你在湖西搞'肃托'的事儿，影响很坏。中央要求对你进行处分。"王凤鸣苦着脸，说道："谷政委，我知道你一直想挽救我，曾经还给我改过自新的机会，让我担任峄县县长，对此我很感激！湖西'肃托'我有责任，但那也是为了我们的革命呢！为了我们的队伍不出问题啊！"谷四喜不说话。王凤鸣继续说："革命任务这么艰巨，队伍这么复杂，不搞'肃托'不行啊！别说是战争年代，就是将来革命胜利了，也要大搞特搞啊！"谷四喜脸色越来越难看。王凤鸣还想说什么，张了张嘴。谷四喜打断了他，严厉地说道："我看你对自己的错误依旧没有深刻认识！我现在宣布中央对你的处分！中央决定，开除你的党籍，先调到师部机关做行政管理工作，随后再把你送到延安，执行徒刑。"王凤鸣低下了头。谷四喜口气稍缓，说道："你是一个在革命队伍里摸爬滚打过的人，也了解我党我军的政策。现在虽然对你做了处分，但培养一个干部不容易，只要你认真悔过，相信今后一定还会有转圜的时机！"王凤鸣脸色灰暗，很不情愿地点了点头。

或许，从这一刻起，王凤鸣就已经打起了逃跑的主意。

第二天，谷四喜刚刚起床。杨勇就在门口报告，气愤难耐地说："王凤鸣连夜逃跑了，投敌当了汉奸！"谷四喜正在扣衣服扣子，听到这个消息时愣住了，他后悔地砸了一下脑袋。旁边秦林看了看他，安慰说："老谷，你不要太难过自责了！"谷四喜快步往外走。陈尔东迎面走来，对谷四喜说道："听说王凤鸣跑了？！"谷四喜点点头，说："是我太大意了，还一直把他当作可以改造的同志！"陈尔东说："也不能怨你！王凤鸣这个人一直很善于伪装！"谷四喜对杨勇说："立即以我和陈师长的名义报告中央：我们对王凤鸣有迁就姑息。这个错误我负责任，请求中央给予批评和处分。"陈尔东说道："责任不能都由你一个人担啊！"谷四喜摆摆手，说："我是政委，王凤鸣逃跑投敌的责任主要在我！"

在第二天的师政工会议上，谷四喜在会上讲话时，有几个人在下面窃窃私语。谷四喜见状话锋一转，说："同志们大概都已经听说王凤鸣逃跑投敌的事了吧？这件事我要做公开的自我批评。

是我的一味姑息造成了不可挽回的后果，我向中央检讨，也向大家检讨！"会场迅速安静下来。陈尔东说道："这个事情不能责怪谷政委，他也是一片好心，想挽救一个干部。怪就怪王凤鸣太过狡猾。这件事中央已经知晓。我看大家还是多想想抗战的事儿！"

大家频频点头。

在建立山东革命根据地的过程中，谷四喜特别重视发挥新闻宣传的作用。许多时候，他还腾出宝贵的时间亲力亲为，关心新闻宣传工作的进展，甚至亲自为报社撰写、修改文章。为此，他不知道熬了多少个夜晚。这不，在昏暗的油灯下，谷四喜又在为《战士报》审改一篇社论。秦林几次催他休息，谷四喜都说着同样的话："报纸等着印刷呢！"说完又埋头修改起来。终于修改完了，他对警卫员小刘说："你马上送到报社印刷厂。"小刘说："印刷厂的人正在外间等着呢！"谷四喜闻言，起身出来，边把修改的校样交给对方边说："你们辛苦了！"印刷厂的人说："我们不辛苦，政委最辛苦！"说完还想说什么，流露出欲言又止的表情。谷四喜问："你们有什么话尽管说嘛。"印刷厂的人说："谷政委，印报的纸张快要没了，可供给部不拨给报社买纸的经费。"谷四喜一愣，说："有这样的事儿？走，我们现在就去找供给部，问问是怎么回事儿！"

谷四喜来到供给部，对供给部部长说："为什么不给报社经费啊？你们不要轻视报纸工作嘛，有时一个铅字比一颗子弹还重要！"供给部部长点点头，说："只是眼下经费实在太紧张了！我们要保障部队正常的战斗生活供给！不过，我们再想想办法，先照谷政委的意思把报社的经费拨下去！"谷四喜问印刷厂的人："你们现在是不是还没有印刷机？"印刷厂的人点点头，说："还没有，我们办报还是一直停留在'刀耕火种'时期。"谷四喜对供给部部长说道："我听说在湖西活动的教四旅有一台印刷机，你们看看能不能去搞回来。"供给部部长说："过几天正好有几个同志到徐州去，我看能否安排他们顺便把印刷机运来。"谷四喜点点头，说道："还有一件事，剧社的教员都是文艺工作者，写作、演出，常常要熬夜，还要同大家一样行军打仗，很辛苦！我建议他们中凡是会抽烟的，今后每人每月发给一斤黄烟。"供给部部长说了声："好！"

旁边的人都露出了敬佩的表情，没想到谷政委想得那么周到！可见他平时对工作的认真负责。

谷四喜忙起来的时候，常常会彻夜不眠。这天夜晚，谷四喜正在昏暗的油灯下奋笔疾书。秦林端着一杯茶水走过来，说："都凌晨三点了，该睡了！"谷四喜拍了拍秦林的手。秦林笑了一下，说道："自从主持八路军在山东的军事工作，你比以前辛苦多了！"谷四喜苦笑了一下，说："山东工作比较复杂，我应该鞠躬尽瘁、死而后已！"秦林捂住他的嘴，说："快别说'死'这个字了！"这时，警卫员小刘进来报告说："谷政委，陈师长来了。"谷四喜一愣，这么晚了，陈师长一定有什么急事。正想着，陈尔冬一头汗水地进来说："日军第十二军司令官土桥一次中将调动3个师团、4个旅团的主力和一部分伪军共5万余人，向沂蒙山区突然发动多路、多梯队的'铁壁合围'，妄图消灭我党政军领导机关，彻底摧毁沂蒙山区抗日根据地！"谷四喜站起来，在屋里踱步。

这是抗日战争时期日军在山东敌后发动的规模最大的一次"扫荡"，也是谷四喜分工主持山东军事工作以后，面临的一次严峻考验。谷四喜问："知道敌人兵力分布情况吗？"陈尔冬指着地图说："敌人分为 11 路，在坦克配合下，从四面八方向留田这边合围，先遣队师部、中共山东分局和山东省战时工作推行委员会机关共 2000 余人就驻在青驼寺东北的留田一带。而战斗部队只有先遣队一个特务营和山东分局的一个特务连，情况十分危险！"此时，侦察员来报："留田周边发现敌人！已将咱们团团围住。"谷四喜命令道："立即让部队分别把守留田周围的山头、隘口，占据有利地形。"

在留田东南面有一个叫牛家沟的小村庄，在村子里的一间草房里，此刻挤满了人。除谷四喜、陈尔东、杨勇等人之外，还有司令部、政治部各部门的负责人以及特务营的营长、教导员。炕上摆放着一张很大的作战地图，大家都围着地图在沉思，思考突围的方向。在谷四喜的主持下，会议已经讨论个把钟头了，需要赶快作出决定，因为敌人正在步步逼近。然而又不能匆忙决定，万一撞到敌人窝里，后果将不堪设想。

谷四喜问杨勇："现在敌人离我们有多远？"杨勇说："最近的离留田七八里，远的不过十余里。"谷四喜看看大家，问："大家有什么看法？"陈尔冬说："向东吧。过沂河、沭河，进入滨海根据地。"没等谷四喜表态，陈尔冬自己很快否定了这个提议，说："向东不合适，敌人有埋伏。"杨勇说道："那就转而向西，进入沂蒙山。"陈尔冬摇摇头，说道："向西仍然没有把握。"愣了一下，杨勇说："向北如何？同山东纵队会合。"谷四喜一直没有说话，他在仔细听取大家的意见，权衡着每一种方案的利弊。三个方案，没有一个人是主张向南的。因为南面是临沂，是敌人的大本营。据报告，日军此次扫荡的总指挥驻华总司令畑俊六就在那里坐镇。谷四喜重重地点了点地图，说道："我们向南！"大家疑惑地看着谷四喜，一时间都不敢相信自己的耳朵。谷四喜继续分析说："东面，沂河、沭河被敌人严密封锁，敌人预料到我们可能要到滨海，如果我们东去，很可能钻进敌人布下的口袋。北面，敌人正疯狂南压，而沂蒙区北部控制在东北军第五十一军手中。蒋介石将沈鸿烈调走，任命第五十一军军长为山东省主席后，于学忠和蒋介石的矛盾有所缓和，东北军同八路军的关系便逐渐恶化。此时，第五十一军正在北沂蒙一带同山东纵队搞摩擦。我们如果北上，很可能被夹击。西面，临沂蒙阴公路已成为敌人戒备森严的封锁线，即使能越过此线进入蒙山，那也是敌人合击的目标。南面呢？虽然是敌人的大本营，但是敌人估计我们不敢向大本营前进，而其兵力又都向北集中到沂蒙山区，后方必定空虚。"

大家恍然大悟，频频点头。谷四喜继续说："我们先向南突围，跳出敌人包围圈后转而向西，进入沂蒙山和鲁南的接合部，这个位置比较机动。"谷四喜的这个意见，乍一听出人意料，细琢磨，又非常合情合理。大家一致赞同，纷纷说好。谷四喜在地图上指出一条行军路线，对杨勇说："你们从留田向南经张庄、高里，折而向西南，越过沂蒙公路到汪沟一带宿营。"杨勇点点头，表示明白。等大家把路线记清以后，谷四喜又详细交代了经过每个地方的注意事项。交代了任务，谷四喜又给每个营的干部做了具体分工。谷四喜对大家说："战士的步枪一律压满子弹、上好刺刀，随时准备战斗。行军时不许说话，不许咳嗽，不许发出任何声响。"

2

太阳落山，河滩上飘着一层薄薄的雾霭。夜幕悄悄垂下，守卫在留田周围山头上的战士可以清楚地看到敌人点起的一堆堆篝火，只听人喊马嘶，此起彼伏。司令部等机关人员在留田东面的河滩上集合完毕。前卫一连要出发了，谷四喜大步走了过来，问道："你们连哪个班担任尖兵班？"连长和指导员回答："还是一班！"谷四喜走到一班跟前，问："哪一位是班长？"一班班长出列报告："报告首长，我是一班班长回景和！"谷四喜点点头，说："你们班担任尖兵任务多，有经验！"战士们听到政委表扬，心里都美滋滋的。谷四喜继续说："不过，今晚的任务特别艰巨。这么多机关干部能不能安全跳出包围圈，就要看你们的了！"谷四喜话音刚落，连长便立即回答："一连坚决完成任务！"谷四喜点点头，检查战斗准备情况时，他发现一个战士脸色通红，便伸手摸了摸他的额头，说了句："这么烫！"战士说："没有关系！请首长放心！"谷四喜对警卫员小刘说："去把我的军用水壶拿来。"小刘跑步拿来水壶，说："谷政委，这可是从战场缴获来的日军军用品，您一直喜欢带在身边……"谷四喜笑笑，把水壶递给班长回景和，说："你们班里有病号，把它灌上水，路上好用！"说完，谷四喜带着作战科和侦察科的几位干部随同前卫连出发了。

一开始，谷四喜没有骑马，而是很随意地走着，还不时同队伍中的指战员们打着招呼。他从容的样子不像是带着几千人去突围，仿佛是去参加一次会议甚至像是去散步一样。在队伍中间，有一个低头走路的外国人。他有些奇怪地看着谷四喜，很不理解他为何在如此紧张的情形下还能如此悠闲。

敌人的封锁线到了，两股敌人之间的距离只有 1.5 公里。谷四喜吩咐传令下去："成三路纵队快速前进。"队伍在敌人的缝隙中宛如一条游龙，腾挪闪避，迂回穿插。天刚亮，队伍到达高里，敌人的大后方。这里果然守备空虚。部队折而向西，按照预定安排，在护山庄宿营。

谷四喜、陈尔冬等人站在路边，观察四周的情况。杨勇和陈尔冬一人一边扯着作战地图，谷四喜借助微弱的光仔细观察了半天，说："此地紧靠临沂蒙阴公路，离临沂城只有 25 公里。"说着，他拿起夜视望远镜，看到敌人的后续部队、辎重队正源源北上。谷四喜命令派出人员警戒，其余人在敌人鼻子底下就地宿营。于是，大家和衣躺在草铺上。一边听着远方传来的隆隆炮声，一边悄然入睡。

天亮了，战士们兴奋地说着："这次突围，未费一枪一弹，未损一兵一卒，安全跳出了敌人的重重包围。谷政委真是神机妙算！"

在突围队伍中的那个外国人，穿着八路军的制服，在夜间看不出同大家有什么区别。天亮后，他很快成为部队驻地老乡围观的对象。谷四喜笑哈哈说道："我们的记者朋友希伯成了稀罕物了！老乡们都没见过像他这样的德国进步记者。"度过留田突围惊险的一夜后，希伯同八路军战士一样，跳舞唱歌，高兴得像个孩子。他兴奋地对负责接待他的山东分局秘书长和乡亲们说："这是我一生中最难忘的夜晚，比在西方参加过的任何一次最愉快的晚会，都更有意义，更值得留念。我一定要把这奇妙的经历写出来，告诉全世界的人民！"

谷四喜和陈尔东站在作战地图前。侦察兵骑马而来，报告说："山东纵队在沂水县以南的马牧池遭到敌人袭击。现在情况不明，无法联系！"谷四喜一愣。陈尔冬说了句："我们撤离以后，留下来的同志日子不好过啊。"谷四喜点点头，似有所悟地说："先遣队离开沂蒙山区，转移到外线去，虽然我们自身比较安全，但根据地内部已无主力坚持反'扫荡'斗争，必将遭到敌人严重破坏。"陈尔东说道："我们回师抱犊崮沂蒙山区，坚持开展反'扫荡'斗争！"谷四喜点点头，说道："通知队伍，北上沂蒙！"

谷四喜和陈尔东一边整理队伍，率师部和特务营北上沂蒙，一边研究战斗方案。谷四喜对陈尔东说："我看可以先派人去骚扰一下敌人，吸引他们的注意力，减轻山区中心根据地的压力。"陈尔东点点头，说："派杨勇去吧！"谷四喜让警卫员把杨勇叫过来，对他说："敌人在留田扑空后，正在摸我们的去向。我们要将计就计，暴露一下自己，把敌人的主力从中心根据地调出来。"杨勇点点头。接着，谷四喜又具体交代说："敌人在垛庄一带抢劫了很多牲口、物资，要运到费县，必经石岚。你带上两个连在石岚附近打他的埋伏。要打得狠、声势大、动作快，打了就撤，不可恋战。敌人正想寻我主力决战，其侧后受到威胁，他们的兵力一定会从我中心区调出。"杨勇敬了个军礼，说道："请谷政委放心，保证完成任务！"

杨勇带着部队很快到了石岚附近。这个埋伏点地形非常有利：东西两面高山耸立，中间一条大道伴着一条沙河，自北而南，纵贯而过。杨勇指挥战士们迅速占领了两侧的高山，把住了南北山口。为了增加声势，杨勇把全营的号兵都调了来。

天冷，又下起了细雨。战士们埋伏在岩石后面，等了将近一天，却一直不见敌人的踪影。有些耐不住的战士在窃窃私语："谷政委这次是不是算错了？鬼子可能不来了？"杨勇也犹豫起来。就在这时，一个通信员给杨勇送来谷四喜的指示，对他说："谷政委说，你们要坚决等下去！敌人一定会来！"

黄昏时分，雨停了，还是不见敌人的踪影，战士们愈加不耐烦。忽然，一阵嗒嗒的马蹄声从北面山口传来，敌人果真来了！鬼子看上去毫无戒备。队伍零零散散、断断续续，带着抢掠的牲口、物资，晕晕忽忽进入了埋伏圈。杨勇打出一个手势。随着一发信号弹划破夜空，只听见轻重机枪一起开火，军号声震天动地。鬼子突然遭到袭击，顿时人仰马翻，乱作一团。趁着鬼子还没反应过来，战士们从山上直扑下来。鬼子倒地的倒地，投降的投降，不到半个小时，战斗就结束了。遵照谷四喜的指示，战士们简单打扫了一下战场，迅速转移。

第二天，陈尔冬向谷四喜报告："沂蒙中心区的日军果然中计，纷纷外调。"谷四喜笑笑，说："咱们下一步要挺进东蒙山！"陈尔冬说："咱们目前的兵力是不是有些少？"谷四喜点点头说："调驻在滨海区的山东纵队二旅一个营和我们一起向东蒙山前进。"

这天，谷四喜正在帮驻地老百姓一起收拾院子。侦察员急匆匆进来，说："报告政委，十里外发现敌情，正在向师部方向赶来。"谷四喜放下手里的扫帚，说："去叫杨勇，指挥骑兵团和特务营抗击敌人，掩护机关转移！"

转移途中，一条河挡住了队伍的去路，河上仅有一座只容一人通过的独木桥。如此一来，队伍只能改为一路纵队，行军速度大大减慢。谷四喜紧皱眉头，对跟上来的杨勇说："照这个速度，不等部队过完，敌人就会追上来。"他看着滔滔河水，突然脱下鞋子，卷起了裤腿，说道："这样过不行，要动动脑筋。我沿着桥从河里蹚过去，试试水深。"杨勇阻止他，态度坚决地说："谷政委，这水不知道深浅，还是我下去吧。"说完，杨勇从冰冷刺骨的河水中一步步蹚过去，十分顺利地到达了彼岸。谷四喜马上下达命令："整个部队全部徒涉。"等部队很快过了河之后，谷四喜命令杨勇："用树枝把河两岸的脚印统统扫掉，消除徒涉的痕迹！"杨勇说："那独木桥呢？要不要炸掉？"谷四喜笑笑，说："独木桥要留着，让鬼子慢慢过！"

大家都笑起来。

根据地已经被敌人的"三光政策"搞得满目疮痍。谷四喜目光所及，到处都是被烧毁的房屋，八路军常驻村庄几成赤地。村里看不到一条狗，更看不到鸡鸭等家禽。当老百姓看到谷四喜他们回来，面容的忧郁都一扫而光。谷四喜、陈尔东站在临时指挥部门口。不远处，有几个还不谙世事的孩子正在跳皮筋，嘴里说着："一二三四五六七，马兰开花二十一。二五六，二五七，二八二九三十一。"谷四喜泪眼婆娑地看着眼前的情景说："敌人的'扫荡'被我们粉碎了，我们守住了沂蒙山区抗日根据地，这是很大的胜利。但是根据地也蒙受了重大损失，尤其是老百姓，受了很大的苦。造成这种局面的客观原因是敌强我弱和敌顽夹击，主观原因则是我们在工作中存在一些失误。"陈尔东点点头说："我们应该好好总结一下这次反'扫荡'的经验教训，给中共中央军委和集总打报告，为以后的战斗积累经验。"谷四喜点头说："这次反'扫荡'暴露了在领导上过去对于敌后斗争的长期性、残酷

274 东 进
(DONG JIN)

性、严重性认识不足。在上半年比较和平的环境中，产生了麻痹的情绪，未能接受其他地区反'扫荡'的经验教训，对反'扫荡'缺乏充分的动员和准备。同时，对于山东的三角斗争的长期性认识不足，没有认识到谁都不可能一下子消灭谁，因而在反顽斗争中忽略了对敌人的注意。"陈尔东说："实践再次证明，你的主张是对的。我们的斗争方针应该是长期的分散游击战争，采取一切斗争方式与敌周旋，保存自己的实力，而不是去和敌人做正面斗争！同时，不采取灵活游击战争，而守村守寨单纯防御挨打的办法，和一切依靠主力打天下，想先将敌顽一起消灭，打开局面后再进行工作等，都是不正确的。"谷四喜背着手踱起步来，说："在这次反'扫荡'中，也暴露出来群众工作薄弱而机关庞大，周转不灵以及不切实、不深入、铺张、形式主义作风等问题。这不仅表现在八大剧团的会演上，也表现在惯于开大会、做大报告上。对于这些完全不适合敌后环境的机关作风，我从 1941 年 4 月起曾不止一次提出过意见，但没有得到分局的重视。"陈尔东点点头，说："现在看来，你的这些意见都是对的。"谷四喜继续说："我准备再次致电山东分局并报北方局和中共中央，再一次提出对分局领导的意见。这绝不是由于困难来抱怨，而是为了认真总结沂蒙反'扫荡'的严重教训。况且，我在分局工作中也有责任。我建议分局召开一次扩大会，请中央派人来参加，总结山东工作，展开自我批评，明确山东今后的工作方针，加强党内团结，以利于今后的斗争。"陈尔东说："我支持你这个建议！"

胡服，时任中央政治局候补委员、华中局书记和新四军政委。山东曾受中原局领导，胡服对山东情况有所了解，因此，谷四喜等建议由他到山东来检查工作。这时，胡服恰好要返回延安，准

备参加党的第七次代表大会。于是，中央致电胡服，指出："山东
发生争论为时已久……你经山东时请加以考察并予以解决。"于
是，春天山花烂漫之时，胡服及随从人员从苏北阜宁单家港启程
赴山东。杨勇率部队在陇海路以南迎接胡服的到来。

胡服看到杨勇，和他紧紧握手。杨勇说："胡服同志辛苦了！
谷政委派我来接你！"胡服点点头："走，我们去师驻地！"胡服
一行到达山东分局和先遣队驻地临沭县朱樊村，与谷四喜等人会
面。胡服一落脚就找山东党政军负责人，了解各方面的情况。夜
里，风雨交加，电闪雷鸣。胡服屋子里的灯光亮了一夜。灯下，
胡服和谷四喜、陈尔东坐在一起，互相交谈。直到黎明时分，谷
四喜和陈尔东才从胡服屋子走出来。他们脸上的表情，疲惫中透
露出些许轻松。顾不上休息，整个白天，胡服都在翻阅材料。他
时而皱眉，时而微笑；时而拍案，时而颔首。

紧接着，胡服召集有关人员在一间简陋的屋子里开了一个会。
参加会议的有山东分局领导成员、谷四喜、陈尔东等，他们脸上
的表情看上去都十分严肃。胡服坐在正中间位置，脸上的表情看
不出明显变化。他说："抗战以来，山东工作取得了很大成绩。建
立和发展了抗日武装，给敌伪以重大打击，建立了根据地与游击
区，发展了大批党员，训练了一批干部，初步组织了基本群众，
并派兵增援了华中新四军。由此使我们在山东站稳了脚跟，锻造
了长期坚持山东抗战的条件。"说到这里，胡服停顿了一下，话锋
一转："同时，在山东工作中存在着严重的问题，主要是未能完成
中央 1939 年 11 月提出的应争取我们力量在各方面的优势的任务。
力量对比为敌占优势，顽军次之，而我们则处于第三……我们在
山东之所以未能取得优势，除了客观原因之外，在山东工作中也

存在许多缺点和错误。开始由于缺乏明确、坚定、独立自主地发动组织群众争取山东抗战领导地位的战略思想，失去了一些建立根据地、争取战略要点的先机。而先遣队进入山东又比较晚，故未能迅速取得优势。有些同志对于山东形势的估计常过分乐观，以为自己已有优势，已有领导权，对形势可能的恶化及困难则估计不足。在反对顽固派的斗争中，缺乏坚定的方针与切实的部署。在执行统战政策上，过于信任中间力量，让他们在我们根据地内组织'抗敌自卫军'，而我们自己的地方武装，却没有普遍地发展起来。"胡服表情越来越严肃，继续说："在党的干部中，阶级观念、群众观念薄弱，减租减息没有真正大面积地开展起来，群众的生活没有得到改善。这是广大群众未能被充分发动与组织起来的根本原因。山东在锄奸政策上犯有严重错误，党内存在主观主义、形式主义、空谈主义及党八股作风。"胡服说："今后山东总的任务是继续坚持抗战，完全巩固各根据地，加强游击区，在三角斗争中求得有利于我之若干转变，加强与聚集我之力量，以便迎接国际国内的伟大事变。"

谷四喜、陈尔东等人边听边频频点头。

这个会议化解了分歧，统一了思想，为山东下一步工作开辟一个新局面打下了很好的思想基础。会后，谷四喜同胡服紧紧握手，说："胡服同志这次到山东来，解决了山东长期存在的问题，为山东今后的工作指明了方向。今后，我们可以轻装前进了！"胡服拍了拍谷四喜的手背，说："山东工作影响全国抗战大局，你们的任务艰巨啊！"

3

1942 年的济南，公馆林立，各色人等在此出来进去。这些公馆有许多是日军在济南建立起来的，名为"公馆"，实为特务机关的机构。这些特务机构在根据地周边建立派出机构，专门对八路军进行侦察、破坏活动。谷四喜对这些阴谋活动，一直保持着高度的警惕。在各色人等中，侦察人员时常出现在"公馆"附近。他们有的化装成高级特务的样子出入公馆，有的化装成小商贩在公馆门口兜售香烟、火柴等。

这天，谷四喜正在思考问题。杨勇走进来，说道："在鲁中边区，有一个名叫水野清的日本人，自称是日本共产党员，今天来给八路军送情报，说明天鬼子要来扫荡！"谷四喜眉头一皱，说："是个日本人？"杨勇点点头，说："据我们的情报，他以前也给我们送过一些情报，都是真的。敌人'扫荡'时，他还掩护了八路军个别失散人员，营救了几个被俘人员！"谷四喜质疑道："他会说中国话吗？"杨勇点头说："会说，嘴上常常挂着一些进步名词，对毛委员的《新民主主义论》也极口称赞。他现在和边沿区许多老百姓，甚至一些干部，都混得很熟。还说我们的办法'太硬'了，群众很难接受。他常给老百姓看病，经常舍药，不少人都认为他是日本的进步人士。他还向八路军建议，在边沿地区设立一个'实验区'。他可以向日方交涉，实验区里不驻日伪军，也要求八路军不要去，完全用'中国人办中国事'，开医院，办学校，以做到中日人民真正'合作一体''共存共荣'。据他说，这种'实验区'如果推广到全华北乃至全中国，那么中国问题便解决了。据说，日本宪兵怀疑他做这些是'通共'，要逮捕他，他就跑到咱们根据地来了。"谷四喜沉思了一下，说道："情况复杂，我要会一会他！你不要告诉他我的身份，我以一个普通干部的身份亲自和他谈一次话。"

谈话就在驻地进行。谷四喜和杨勇坐在一张简陋的桌子后面，水野清坐在对面。谷四喜脸上带着一丝微笑，水野清则显得很镇静。谷四喜笑着问他："你给我们提供了很多有价值的情报，我们要谢谢你！"水野清笑笑，用流利的中文回答："应该的应该的！八路军厉害厉害的，为老百姓打天下，我很佩服，很佩服！"谷四喜问："你是日本哪里人？"水野清很迅速地回答说："我从小在神户长大。"谷四喜点点头说："那你来中国有一段日子了吧？"水野清点点头："很早就来了中国，我喜欢这里。"谷四喜笑笑说："这里在打仗，很不安全啊。"水野清笑笑，说道："我是日本人，日军不能对我怎样。"谷四喜说："既然你是一个日本人，为什么要给我们送情报？"水野清严肃地说："对于日本国来说，这是一场不正义的战争，我要站在中国人这边！我愿意为早日结束这场战争做一点自己的努力！"谷四喜点点头，看了一眼水野清，说道："我们欢迎所有支持中国的进步人士，不管他是什么国籍。所以很感谢你啊！"水野清很会察言观色，非常知趣地起身，向谷四喜告辞。

他走后，谷四喜对杨勇说："我刚才和他握手时，发现他手上有枪磨出的茧子，说明这个人以前当过很长时间的兵。这很值得怀疑。你告诉敌工部的同志，可以给水野清安排一些不重要的工作，对于他的情报要仔细核实，要从多方面了解他的情况。"杨勇点点头，说："我这就去安排。"

几天后，谷四喜正在看书，杨勇送来一张报纸，说："这是济南的报纸，上面痛骂水野清'叛国'。"谷四喜拿过报纸，扶着眼镜，仔细看了看。看完了说道："再观察观察。"又过了几天，杨勇又送来一封日文写的密信，对谷四喜说："这是边沿区武工队同志送来的，是济南日本军部写给水野清的，信中说让他安心在八路军这边工作，他的薪水照发，家属也会得到很好的照顾。"谷四喜皱起了眉头，思考了一会儿，说："敌人在报纸上报道，是想让我们信任水野清这个人。现在，故意让'密信'落入我们的手中，似乎是想借我们之手杀掉水野清，其实是想让我们认为是敌人的反间计，从而继续信任水野清。这只不过是变换了一种手法。"杨勇点点头。谷四喜继续说："水野清要办的那种'实验区'，在各地均有发现。这是在北平的一批日本的政治谋略官策划的一种政治阴谋。他们笼络了一些中国青年，搞了一个'中国革新同志会'，鼓吹用'和平''革新'的道路，'打开中国事变之僵局'，'建立独立民主的新中国'。这个组织得到了日本军方的津贴，但这实际上是日本侵略者在军事进攻受挫之后发动的一种政治进攻。"杨勇说："那我们要不要彻查一下水野清？"谷四喜说："你向延安和各地部门发出电报，并通过党在济南的地下工作者了解一下水野清的真面目，看他到底是不是日本间谍。"杨勇点点头："我这就去。"

夜幕降临，山区一片静寂。水野清在先遣队师部机关晃荡，趁着哨兵换岗的间隙，他悄悄地进入临时指挥部。水野清从衣兜里掏出一个小小的手电筒，翻检抽屉，找到了一张谷四喜手绘的作战图，欣喜若狂。他迅速用一个小型相机对这些文件进行拍照，拍完之后把地图复归原位，把相机揣进兜里。他向四下看了看，没有人，悄悄溜了出去。第二天，一股日军浩浩荡荡来先遣队机关驻地扫荡。哪料想遭到早已埋伏在路边高地的八路军前后夹击，日军被打了个措手不及。狼狈的日军丢下武器，落荒而逃。

看着狼狈不堪逃回来的残兵败将，日军指挥官气急败坏，啪啪啪扇了水野清几个大嘴巴，边扇耳光边吼道："你的情报大大的错误！"水野清有苦说不出，只得暗自发狠。打完了，日本军官命令水野清："你马上回去，在暴露身份之前，去打探确切的消息！"水野清捂着脸走了。

八路军这边，谷四喜和杨勇等人看着从日军手里收缴来的各种先进武器，哈哈大笑。杨勇说："谷政委真是神机妙算，将计就计，让水野清当了冤大头！"谷四喜说："水野清一回来，你们就把他抓起来。济南的情报员说这个人曾经打进友邻国家的共产党，进行过破坏活动，使用过许多名字，水野清是他的最后一个化名。"杨勇点点头："敌工部的同志已经布下了天罗地网。"谷四喜说："既然敌人给我们来政治攻势，我们也要见招拆招。对付他们'三分军事，七分政治'的最好办法就是贯彻中央指出的'政治攻势为主，游击战争为辅'的原则。我们的斗争，一方是在根据地、在部队中的公开斗争，一方是在敌占区、在群众中的隐蔽斗争；一方是流血，一方是和平；一方是打，一方是拉。要善于在各方面都采取不同的斗争方式。一定要把政治攻势和军事活动结合起来。分散性的游击战争本身就是以政治攻势为主。"杨勇点点头，说道："谷政委说得太好了！对敌斗争，现在人民群众也都有自己的方法。在对付伪军的过程中，各地老百姓普遍采用了一种点'红黑点'、记'善恶录'的办法争取伪军。"谷四喜好奇地问："如何点'红黑点'、记'善恶录'？你详细说来听听。"杨勇说："所谓点'红黑点'、记'善恶录'，指的是伪军中谁做了一件对人民有利的事，就给他记一个红点，谁做了坏事，就给记个黑点，并把这事登记起来。红点可以赎罪，黑点要受到惩罚。在对敌喊话时，先将这种办法通知伪军，然后不断公布记录的结果。"谷四喜哈哈大笑，说："这个办法好啊！这是咱们根据地老百姓的智慧啊！他们还有什么好的做法？"杨勇说："各地方还利用伪军家属争取和瓦解伪军。先对伪军家属进行登记，然后经常召集这些家属开会，通过他们了解伪军内部的情况，讲解八路军宽待俘虏的政策，宣传抗战形势，要求他们劝说伪军改邪归正。老百姓把这叫作'唤夫索子'。"谷四喜频频点头，不停地说着："好好好。"他对杨勇说："还可以让他们对伪军进行'身在曹营心在汉'的宣传，要他们不要忘记自己是中国人，要给自己留条后路。在这一基础上，在伪军伪组织内部物色对象，与其交朋友乃至将其发展为革命的两面派，不要求他们轻易反正，以便在敌人内部积蓄力量，或让他们成为表面应付敌人，实际为共产党、八路军服务的两面政权。对于一般伪军人员，民主政府可以颁发款待回家伪军的条例，订出奖励伪军携带武器归来的办法，成立接待回归伪军的招待所，大量印刷、颁布伪军'归来通行证'。用这样的方法，瓦解伪军，在伪军内部建立秘密联系，长期隐蔽，以待时机。对待部分日军，也可以如此。"

在八路军的攻心政策和循循善诱之下，伪军果然开始纷纷反水，或加入八路军，或回乡务农。

转眼间，又到了秋收时节，青纱帐漫山遍野。谷四喜、陈尔东等正在和战士们一起帮着老百姓砍高粱，侦察员送来一份情报。

这是一个日军的"扫荡"作战计划。谷四喜看过，交给陈尔东，问："你怎么看日军的这次'扫荡'行动？"陈尔东说："种种迹象表明，这次'扫荡'比去年那一次还要大。山东党政军领导机关都驻在滨海地区，显然是敌人很重视的目标。"谷四喜点点头，说："要准备战斗了！我们要和鬼子打一场硬仗！"

敌人将要"扫荡"滨海，风声越来越紧。乡亲们和战士都在悄悄议论。谷四喜和陈尔东等人在驻地指挥部商议对策，表情严肃。陈尔东建议说："依我看，党政军机关应迅速从滨海地区转移。"谷四喜异常沉着冷静，他久久地看着地图，对陈尔东说："我们必须弄清楚敌人的动向再转移。"他指着地图说："如果敌人决定合围滨海，四面的敌情必定有异常变化。可是在滨海区北面的潍坊和南面的连云港，并未发现敌人异常的动向。我怀疑，所谓敌人将要'扫荡'滨海，可能是故意施放的烟幕弹。我主张先不要急于转移，待看清敌人的真实动向以后再行动。"陈尔东点头，说："山东分局和山东军政委员会相继发出了反'扫荡'的紧急指示，山东军区及抗大等单位，已经准备从滨海地区向鲁中地区转移。"谷四喜听了沉默不语。

秋收之际，鲁中平原一片莽莽苍苍。青纱帐倒伏之后，隐约可见日军重兵正集结于此。他们像一条条等待围攻羔羊的饿狼一样，等待滨海区往此转移的八路军。日军侦察兵报告："八路山东军区等机关已到鲁中！"日军司令官命令说："集中临沂、蒙阴、沂水等地兵力，分十二路以沂蒙地区北部为中心合围土八路！"十二路日军在南墙峪逐步缩小包围圈。正在转移的山东军区发现了敌人的合围阴谋，趁着夜色跳出包围圈。拂晓前，日军再次在鲁中地区的对崮峪合围八路军。此时，八路军无路可走，决定正面迎敌突围。战斗十分惨烈，激战整整进行了一天。敌军人多，兵力和武器均优势明显。但面对武装到牙齿的强敌，八路军战士毫无惧色，英勇杀敌，毙敌 600 余人。同时，八路军这边也损失惨重，伤亡 300 余人。鲜血洒满了山野，尸横遍野，敌我根本无法分清。

这次突围，伤亡是十分惨重的。

陈尔东和谷四喜站在作战地图前。谷四喜板着脸，嘴巴紧闭，一言不发地对着地图。陈尔东指着地图上的对崮峪，说："省战工会秘书长等人就是在这里牺牲的。山东军区政委在突围时也负了伤。"谷四喜捏紧拳头，说道："这次突围太仓促了！虽然也杀了不少鬼子，但我们的损失也很大！"愣了一下，谷四喜又说："我们不能被动挨打，等待敌人'扫荡'合围，我们要争取主动，打到敌人那里去，搅乱敌人后方，迫使'扫荡'的敌人撤出根据地。我们应该总结留田突围时的'翻边战术'经验，派主力南下，用'翻边战术'打开滨海区南部的局面，并且配合山东其他地区的反'扫荡'斗争。"陈尔东指着地图上赣榆、海州和郯城之间的地带，说："这儿有一个新县叫海陵，该区南邻陇海路，东接赣榆，是山东与华中根据地联系的要地。而且，现在在这里活动的伪军头子，就是在湖西'肃托'中血债累累、投敌叛变的王凤鸣！他现在改名杨步仁，当了伪军别动队队长，驻守在连云港一带。"谷四喜说："我们必须除掉这个心腹大患！当年让他逃跑，后患无穷，现在我们必须铲除！"陈尔东点点头，继续说："他不但在军事上进攻蚕食根据地，而且施展毒辣的政治阴谋瓦解八路军。在先遣队政治部当过协理员的一个青年干部就被他拉了过去。王凤鸣配合日军，极力蚕食滨海根据地的东南部，向北一直到了大兴镇和欢墩埠，距先遣队师部长期驻过的蛟龙汪、朱范，只有一二十里，对滨海根据地的南部构成严重威胁。"

谷四喜边听陈尔东说话，边凝视着地图，他目光停留在海陵，用手指敲击着地图，说道："我们就在海陵这个地方来一个反蚕食斗争！教二旅向南直插到陇海铁路，然后一一拔除铁路以北，郯城、赣榆之间的伪军据点。部队动作不要平推，要从敌人中间突破，像一把尖刀，直插敌人的心脏。这不仅是一次反'扫荡'和反'蚕食'斗争，还是打狗运动，要狠狠地打击王凤鸣这一类'癞皮狗'！"陈尔东点点头说："那好！我们就来个关门打狗！"

杨勇等部指战员正在热烈讨论"翻边战术"。有的说这个战术好，可以避免和敌人正面接触，还能乘其不备端掉其老窝；有的说这个战术必须依靠准确的情报，情报工作不能有任何的闪失；有的说行动敏捷是关键，要速战速决，来无影去无踪，敌人识不破！……接下来的几天，杨勇利用"翻边战术"，连克敌伪据点16处。没几天，王凤鸣1200多人的别动队便被打得七零八落，只剩下200多人，皆被八路军生俘。

海陵战斗之后，八路军召开了祝捷和公审大会。谷四喜、陈尔东等人坐在主席台上，表情严肃。现在的杨步仁也就是过去的王凤鸣被五花大绑，跪在主席台一侧，两个八路军战士站在他的身后。

谷四喜发表讲话。他挥舞着手臂说："这次战斗打得好！再一次证明，'翻边战术'是游击战的一大'法宝'，我们要坚持！这次战斗中，我们的战士遵照这个战术要求，灵活机动地和敌人斗争，取得了很大的胜利！这个大会是祝贺战斗胜利的大会，也是一次公审叛徒的大会！"说到这里，谷四喜看了看垂头丧气的王凤鸣，严厉地说："我们的队伍中出现了叛徒、汉奸！王凤鸣就是其中的一个！他给我们的革命队伍造成了很大的损失！同志们，你们说，对于这样的叛徒、汉奸，我们怎么办？"战士们群情激奋，高呼："枪毙叛徒汉奸王凤鸣！枪毙叛徒汉奸王凤鸣！"陈尔东对押送王凤鸣的两个战士点了点头。

此刻，王凤鸣已经吓得两腿发抖，根本站不起来。两个战士把他架起来，拉到了会场外。随着砰砰两声枪响，王凤鸣得到了应有的惩罚。

祝捷大会之后，杨勇来到了谷四喜和陈尔东面前。谷四喜称赞他说："你们打得好！我和陈师长商量过了，要嘉奖你，给你记上一功！"杨勇笑笑，说："谢谢谷政委和陈师长！"顿了一下，杨勇说："日伪军在沭河两岸加紧了蚕食，在临沂青口公路上的重要集镇醋大庄修碉堡，安上了据点。"陈尔东指着地图说："敌人此举企图打通临青公路并修筑重沟到郯城的堡垒封锁线，纵横分割滨海区南部！"杨勇说道："我建议拔除醋大庄据点并要求担负主攻任务！"谷四喜看着地图，胸有成竹地说道："不，你们的任务不是拿下醋大庄，你们要绕到敌人的屁股后面，攻打郯城，进一步'翻边'！"陈尔东点点头，说道："这是一着妙棋！此举不仅可以吸引醋大庄敌人的目光，还可以策应冀鲁边、清河区的反'扫荡'斗争！"杨勇敬礼，说道："保证完成任务！"

为了确保万无一失，杨勇让侦察员化装成百姓深入郯城侦察。侦察员发现敌人后方空虚，街上行人稀少，军营只有日军一个小分队，另有伪军百余人。

夜里，攻打郯城的战斗打响了。八路军采取连续爆破的方式，让敌人的炮楼一个一个飞上了天，突袭取得了成功。经过一天激战，第二天夜里，八路军攻入城内，全歼守敌。

战斗结束以后，杨勇带着谷四喜巡视战场。两个人走到一个坍塌的炮楼前，突然从瓦砾中钻出来一个蓬头垢面的日军。杨勇本能地掏出了手枪。哪知那个日本人指着胸前的望远镜，一面哇里哇啦地说，一面竖起大拇指。杨勇感慨地对谷四喜说："看来，鬼子现在也知道谷政委'翻边'战术的厉害了！"

第十一章 大悲喜

1

随着抱犊崮地区战斗形势越来越严峻，刘玉胜回古城的次数也越来越少。即便是偶尔回来一趟，也是匆匆忙忙。他每次回来，都只能和赵灵芝匆匆见上一面，两个人说会儿话，天亮前就得往回赶。他回来得突然，也都没有什么规律，赵灵芝也习惯了刘玉胜三更半夜出现在她面前。这天刘玉胜前脚刚走，赵灵芝起床正拿着鸡毛掸子轻扫床上的灰尘，新月推门进来。她的肚子也鼓起来了，像锅屋里的那口大铁锅一样，圆圆的，鼓鼓的。赵灵芝看到她，笑着说了句："怎么感觉好像一夜间肚子就大了这么多！"新月不好意思地笑笑说："就是，你看俺怀上比你晚吧，搞得肚子倒像是比你怀上的还早！"说完，新月愣了一下，欲言又止的样子。赵灵芝有些奇怪地看了看了她，心说新月一向是心直口快的，今天这是咋的了？怎么吞吞吐吐的？她对新月说道："二嫂有什么话就直说吧！"新月还是犹豫，咬咬嘴唇说："算了，没啥事，咱们到锅屋去吃饭吧！张麻子一大早就给大嫂做了莲子羹，说也有咱们的一份！"赵灵芝笑笑："大嫂那是要给知母和东进喂奶，咱们又不是！"愣了一下，又问新月道："你指定是有事要说，就别婆婆妈妈的了！"新月脸色一红，说了句："都是你二哥，在俺跟前多嘴，说三弟每次回来都要去寨子里，他感觉有些奇怪！我问他有啥奇怪的？他就说每次看见老三和白雪在一起商量啥事儿，孤男寡女黑灯瞎火的，你又在孕期里，怕别人说闲话！"赵灵芝一愣，低头沉默了一会儿，说道："二嫂二哥怕是想多了！玉胜和白雪都在忙着根据地建设的事儿呢！玉胜是个什么样的人，俺心里有数着呢。至于白雪姑娘，她是和俺爹一起到过抱犊崮，救过咱们的恩人，咱们要相信她，相信八路军！"新月听了，心里惭愧得不行，脸红到了脖子根儿，低着头说："俺就说嘛，你二哥他就是喜欢没事瞎琢磨，老三他们在外面打鬼子，咱们可不能让他分心！"说完，她拉着赵灵芝去了锅屋。

大嫂起得早，此时正在哄着小知母睡觉。这个小知母最近不知道怎么回事儿，老是天不亮就哭闹，给奶水不吃，非得让柳梢抱起来，听唱小曲儿才能安静下来。弄得柳梢睡也睡不好，奶水都没有以前足了。刘美珠也只好起得比以前更早，自己一个人收拾好院子，就带着小东进到大门外溜达一圈，背着手回来时，手里便多了两个拨浪鼓。自从小知母出生以后，刘美珠整个人都变了，变得特别有精神，走路都噔噔响。柳梢一开始还担心刘美珠心里有疙瘩，担心他是故意装出一副毫不在意的样子来安慰自己。后来看到刘美珠确实喜欢知母这个孩子，娃那么小，他就不停地给他买这买那，整个街上哪家有兜卖娃娃玩的用的，哪家卖吃的喝的，他都门儿清。见天就去一回，买个啥东西回来给知母玩。一买就是两份，小东进和小知母各一个。尽管知母还很小，根本不会玩那些玩意儿。刘美珠还常常左手牵着小东进，右手抱着小知母，嘴里念念有词："小知母快长大，长大了要发达，你可是老刘家的长孙呢！"看到刘美珠的样子，柳梢心里的一块石头落了地。孩子是她心头上的一块肉，无论他是谁的种，她都是娘亲。

　　眼看着赵灵芝也快生产了，一家人自是一番紧张。尤其是赵一味，如临大敌一般，精心做着各种准备。往常他也给别家临产的小媳妇配过助产的草药，但从未有过这样的担心和害怕。轮到自己的闺女要生娃了，他这个精通中医专门给人开药方的药房掌柜却常常有一种无力感。赵灵芝的肚子一直很安静，不像大嫂柳梢那时候，小娃娃在肚子里闹腾得不行，脚踹手摇，孙悟空大闹天宫一样。连比她晚怀上的新月肚子看上去都比她的大。赵灵芝自己也奇怪，为何肚子一直都没有像新月和柳梢那么夸张，不知道是不是和自己身体瘦有关？她看上去并不像一个孕妇，肚子只是微凸而已。正是这一假象，让所有人包括赵一味一时间都大意了。他以为赵灵芝会和其他怀上孩子的女人一样，顺利怀上、顺利生产。赵一味没有对赵灵芝的怀孕状况有太高的警惕，也很少给她把把脉象。直到赵灵芝这边有了临盆的迹象，才把李媒婆请来。李媒婆看到赵灵芝的第一眼，有意无意地说："到底是大门不出二门不迈的千金小姐，怀个孩子都和人家不一样！普通人家的女娃天天下地干活的，肚子挺得再高，里里外外都是紧绷绷的，从肚皮都能看到小娃娃的腚朝外还是头朝外，你这个倒是好，像是怀了一窝小崽子，根本看不出来！"赵一味这才警惕起来，赵灵芝的肚子似乎不太对劲。人家正常怀一个的，肚子都是中间凸起来，赵灵芝的肚子好像两边肉眼可见两个凸起，莫非赵灵芝怀的是双胞胎？可是不对啊，赵灵芝的肚子并不显大啊，如果怀了两个，她的肚子应该大得多才对！可现在她连新月的肚子都赶不上。要知道，新月可是比她晚怀了整整两个月！赵一味不敢大意，沉下心来给赵灵芝把脉。他把了半天，脸色越来越凝重；又把了一会儿，脸上的表情稍微松弛下来；再把，他脸上露出了微笑。他转脸问李媒婆："接生了这么多的娃娃了，双胞胎你接生了几个？有没有这方面的经验？"李媒婆一愣，不相信地拿手摸了摸赵灵芝接近透明的肚皮，左边摸了一会儿，右边摸了一会儿，最后露出十分错愕的表情来，张大嘴巴说道："这不可能！她肚子这么小，怎么会是双胞胎？这么多年，俺也遇到过几回一次生俩的情况，但毕竟是少之又少！关键是她这么小的肚子咋看都不像是怀了两个！"赵一味点点头："表面上的确不像，但我从灵芝的脉象来看，确实是两个，而且很可能是龙凤胎！"赵灵芝听了这话，又高兴又害怕。高兴的是自己给刘玉胜怀了一双儿女，害怕的是自己能否有力气把他们顺利生下来。她可没少听过两个娃娃只能保一个的事情！

赵一味思量了半天，还是有点不放心让李媒婆在家里接生。最保险的做法是把赵灵芝送到西医医院去。但最近的西医医院离家也得有一百多里地，而且那里已经被日本鬼子占领。虽说也让一些有钱的中国人住进去，但医院毕竟已被鬼子接收了去，一旦他们知道赵灵芝和刘玉胜是夫妻，肯定会像对待其他八路军的家属一样，迅速关押起来，利用赵灵芝来抓刘玉胜。如果是那样的话，到那里去岂不等于自投罗网？在家里生有风险，去医院有危险，这可怎么办？

　　看到赵一味在院子里皱着眉头走来走去，李媒婆胸有成竹地走了过去。她对赵一味说道："赵老板要是相信俺，就让俺来给灵芝接生吧！虽说是个双胞胎，但灵芝的肚子不是很大，俺估摸着两个小娃个头不会太大，所以生的时候应该不会像柳梢那样凶险！"赵一味点点头："照现在的情况来看，我并不担心灵芝肚子里的小娃的个头，我担心的是一次要生两个小娃，灵芝能不能有这个力气？毕竟她从小跟着我在药房长大，没出过什么大力，不像柳梢和新月，地里家里活计做的多。灵芝在大药房里，大门从没迈出过，嫁到刘家来也是被刘玉胜宠着惯着，我担心她这个娇弱身体……"李媒婆很有把握地说道："这个不怕！俺一个老婆子虽说不是什么神医大医，但经俺这双手接生下来的孩子也不少了！再说，你不也是个药房先生嘛！咱们两个联手，就像上次柳梢生娃娃一样！没啥好怕的！"赵一味点点头："那再把白雪叫来吧，她以前是八路军队伍上的卫生员，西医这方面懂得要比我多！"说完，他转身去找正在逗弄小东进和小知母的刘美珠，让他赶紧跑一趟围寨。

　　一听说赵灵芝那边需要自己过去帮忙，白雪立即意识到一定是遇到了什么麻烦。一般的接生，李媒婆这样的乡村接生婆就可以应付。尤其是赵一味还在那里，现在他提出来让自己过去，那就意味着赵灵芝的情况可能不妙。白雪顾不上多想，赶紧到旧铁皮柜子里拉出了急救箱。多年在队伍上当卫生员的经历，让她一直保持着随时携带急救箱的习惯。她仔细检查了一下急救箱，急救药物都在。她背上箱子来到刘家大院，还没进屋，就听到赵灵芝一声高一声低的痛苦呻吟声。赵一味正在赵灵芝的屋门前左右徘徊，一副焦躁不安的样子。他看见白雪进来，说了句："赵灵芝可能是一胞两胎，我很担心她不能顺利分娩！"白雪愣了一下，安慰他说："双胞胎也属正常，赵老板不用太担心了！"说着，她一个箭步跨进屋里，看到李媒婆正忙得手忙脚乱。白雪着急地问李媒婆："真的是两个吗？"李媒婆点点头："看样子是，现在俺还说不准，赵老板把了脉象说是两个。"说完，她又自言自语道："这一年老刘家真是怪事多！说不怀娃都不怀，三个小媳妇说怀上娃都赶一起怀！这个更厉害，干脆一次来了两个，老刘家这香火也实在是太旺了！"白雪握住赵灵芝的手，叮嘱她："不要紧张，也不要害怕，只管均匀用力就行！"赵灵芝点点头，此时她已满头大汗，连呼吸都变得有点困难了。

李媒婆一直在按压赵灵芝的肚子，赵灵芝疼痛难忍。白雪想制止李媒婆，对她说："轻点按，灵芝的身子毕竟单薄。"李媒婆并没有停下来，边按压边说："柳梢那么大个儿的娃都生出来了，这个娃应该不大，没事儿！"这时，赵灵芝发出一声刺耳的尖叫，第一个娃终于探出了脑袋。李媒婆喜出望外，说："好了好了，头出来了就好了！"话音未落，一声娃娃的啼哭传来，第一个小娃娃顺利出生了！所有人都松了一口气。李媒婆两手抓着娃娃的腿，像拎着一只小猫一样，对赵灵芝说："是个带把儿的，男娃！娃身子虽说不算太大，但精神好着呢！"白雪也很高兴，从李媒婆手里接过小娃，给他擦拭干净身上的血迹。新月一直站在门外，因为她的身子也很重，李媒婆不让她进屋，说有白雪在，两个人就行了。她在外面听到了第一个娃娃顺利出生，赶紧对院子里的赵一味说："生了，生了，是个男娃！"赵一味脸上有了些许笑容，他知道只要第一胎顺利，第二胎一般也不会有什么问题。就在他长长松了一口气之时，忽然听到白雪大叫一声："不好！大出血了！"接着传来李媒婆带着哭腔的声音："哎呀，灵芝娃呀，你怎么会出了这么多血！快再使劲啊，把第二个娃也生出来！"听到赵灵芝大出血，赵一味顾不得许多，赶紧把事先准备好的草药汤拿进去，隔着帘布交给白雪，让她赶紧给赵灵芝喝下去。白雪边哭边说："来不及了，来不及了，血出得太多了！"李媒婆也没有经历过这样的事情，吓得脸色发白。但她毕竟有些经验，拼力把第二个娃拽了出来。此时，赵灵芝已经陷入昏迷，血仍旧无法止住，整张床都被鲜血浸透了。

听到这边的动静，柳梢放下还在啼哭的小知母，让小东进逗他玩，三步两步匆匆跑过来，看到赵一味和新月怀里各抱着一个包着被褥的娃娃，两个小娃都在哇哇大哭。柳梢赶紧从赵一味手里接过一个娃娃来，对新月说："快把娃娃抱到那屋去吧！"听到赵灵芝大出血，新月此时已经六神无主，牵线木偶一样跟着柳梢去了她的屋子。赵一味带着哭腔仰天长叹："灵芝她娘，你在天之灵保佑灵芝吧！千万不能让她和你一样啊……"这时赵当归从大门外进来，看见赵一味就哭喊着："爹，俺妹她没事吧？俺妹她没事吧！"赵一味不发一言，只摇头。白雪面无表情地从屋里走出来，对赵一味说："灵芝可能不行了，她让你进去！"说完，她哭着对蹲在不远处的刘美珠说："大哥你快想办法去一趟抱犊崮，通知刘玉胜赶紧回来，晚了可能就见不到灵芝姐的最后一面了！"刘美珠站起来，跺了跺脚："俺老刘家这是怎么了？！爹啊，你就不能显显灵吗，灵芝妹妹这么好！你可不能这么早就带走她啊！"一个七尺男儿，此时却早已哭得如同泪人一般。

赵一味看到赵灵芝的第一眼，就忍不住流下了眼泪。刚才还活生生的女儿，此刻却已经气若游丝，眼看着一条腿迈进了鬼门关。赵灵芝抖抖索索地抓着他的手，有气无力地说了句："爹，你开大药房开了一辈子，怎么最后连自己的女儿都救不了了？"赵一味捧着女儿的手，号啕大哭起来。李媒婆和白雪都听不下去了，默默走了出去。赵灵芝继续说："爹，你别难过，只要两个小娃娃都平安，俺死也瞑目了！"赵一味哭着说："灵芝你千万不能死，两个小娃娃还等你去喂奶呢！"赵灵芝闭上眼睛，两颗硕大的眼泪从脸上流下来。她带着哭音说："爹啊，俺对不住你了，不能在你跟前尽孝了！俺对不住两个娃娃了，一生下来就没了娘，像俺一样从小就命苦！"她停顿了一下说："俺刚才看到俺娘了，她在那边等着俺呢，她在那边给俺备好了一切，说要永远陪着俺，再也不会离开。"赵灵芝停了一下，又说："没想到俺和娘一样，都走了一样的路……"说着，赵灵芝的呼吸变得急促起来，她拼命拉住赵一味的手一字一顿地说："告诉玉胜，给他生了一儿一女，俺赵灵芝对得起他了！"赵一味点点头，说："玉胜很快就来了，你等等他……"赵一味话还没说完，赵灵芝已经闭上了眼睛。此时，只听到柳梢的屋里，两个刚出生的小娃哭声震天。

2

赵灵芝的丧事办得很简。按照刘玉胜的想法，赵灵芝的丧事要大办。他说赵灵芝是刘家的大功臣，这丧事一定得大办！赵一味却坚持说还是不要闹出太大动静了，毕竟两个娃娃刚出生，一切都要以他们为重，死人已矣，娃娃为大！说这话时，赵一味显然已经从女儿的意外之死中恢复了平静。刘玉胜扑通一声跪倒在赵一味的面前，说："爹啊，俺对不住灵芝，她从嫁到俺老刘家的第一天起就没享过什么福！最后走了还给俺留下了两个娃！给俺留下了血脉！俺对不起她啊！"赵一味摇摇头，扶起了刘玉胜，说道："这不怪你！灵芝她也不会怪你！要怪就怪这个不让人活的世道！怪她自己命苦！她的娘当年也是因为生……"赵一味说不下去了。

　　刘玉胜一直很遗憾没有见到赵灵芝的最后一面。当他接到大哥的信儿一路哭着从抱犊崮回到刘家大院时，家里已是哭声一片，有大人的号啕声，也有小娃的啼哭声；有男人的呜咽声，也有女人的嘤嘤声。他知道自己来晚了。他含泪喊了一声："灵芝……"就扑倒在大门前。赵当归和刘美行赶紧扶他起来，他跪爬着一路进了卧房，看到躺在血泊中面带微笑闭着眼睛的赵灵芝，臂弯还保持着怀抱婴儿的样子——那是她最后时刻还想着抱一双儿女。刘玉胜痛苦得哭不出声来，只能以头抢地，他的头磕在浸满鲜血的泥地上，双手握成了拳头，砸得地面砰砰响，直到血肉模糊。赵当归上前拉他，被他一把推开了；刘美珠去拉他，也被他推开了；刘美行再上前，他就对着所有人大吼起来："你们都滚开，你们都滚开啊，让俺和灵芝待一会儿，让俺和她待一会儿！俺不在家，你们这么多人，为啥就照顾不好她啊？为啥啊……"白雪看到刘玉胜痛苦的样子，默默抹了一把眼泪，示意其他人都走开，留下刘玉胜一个人，让他安静地和赵灵芝道个别。等所有人都出去了，刘玉胜逐渐安静下来。他捧起赵灵芝的脸，像娶她过门时那样端详了好久。他用床头的一块湿毛巾，一点一点清理掉她身上的血渍，嘴里念叨着："灵芝啊，你就这么走了，留下的一双儿女以后可怎么办啊……"

安葬完赵灵芝，刘玉胜把两个小娃放在了大嫂那里，又担心柳梢的奶水不够三个娃娃吃，加上小东进还没有断奶，就又请了一个奶娘。两个小娃满月的时候，刘玉胜让赵一味正式给他们起了名字，男娃叫赤芝，女娃叫紫芝。赵一味说赤芝和紫芝都是灵芝生长的一部分，取这两个名字是要让两个小娃永远记着他们的娘。

安顿好赤芝和紫芝，刘玉胜就去了抱犊崮沂蒙山区，那里战事正紧。

3

进入冬季，天寒地冻并没有阻止日军对抱犊崮山区的围剿。面对日军的疯狂围剿，谷四喜沉着冷静，指挥东进部队的各路人马同鬼子周旋，以游击战的方式灵活应对，粉碎日军的同时尽最大可能保存力量，等待反击的时机。就在此时，日军突然袭击了刚建成不久的鲁南军区被服厂，布料和棉花等物资被洗劫一空。时值寒冬，抱犊崮根据地部队指战员还都穿着薄薄的夏天衣服。面对如此情形，谷四喜在指挥部里边踱步边想办法。如果再发动根据地群众支援部队，一是在时间上比较紧张，一时间乡亲们恐怕不能组织起来人员应对数量如此庞大的被服需求；二是乡亲们刚刚支援过部队，再让他们拿出自己过冬的衣物来支援部队，谷四喜确实又于心不忍。如果让战士们像去年那样自己动手采集羊毛缝制棉服的话，眼下也行不通，部队要应付频繁扫荡的鬼子，根本没有时间去做这个工作；即便是有时间，也没有足够的布料和羊毛。怎么办？怎么办？谷四喜踌躇来踌躇去，还是没能想出最好的办法。这时，杨勇面带喜色地走进来，说了句："谷政委，枣庄铁道大队传来消息，他们又在津浦路上截获了鬼子的一列火车，搞了不少武器弹药！"谷四喜眼睛一亮："铁道大队！枣庄的铁道大队！我怎么没有想到他们！"

铁道大队是一支主要活动于津浦铁路鲁南段、临（城）枣（庄）支线和枣（庄）台（台儿庄）支线上的抗日武装，他们夜袭洋行、破坏铁路、炸掉桥梁、劫货车、打票车、拔据点、断通信，来去飘然，搞得敌军惊恐万分。他们还保护交通线，护送过近千名干部过湖西和微山湖等，均让他们安然无恙顺利通过。这是一支具有传奇色彩的小型部队。这支部队原来并不属于东进山东的先遣队指挥。最早是属于苏鲁豫皖边区特委路西交通站情报机关临城抗日情报站，后来在此基础上建立了枣庄抗日情报站，在战斗序列上隶属苏鲁人民抗日义勇总队，主要任务是做好情报工作，减少抱犊崮根据地军民在日伪军的扫荡中的损失。不久后，成立了临城铁道队，后来名称几经更改，从鲁南铁道大队到鲁南独立支队，再到鲁南军区特务团一营二连等，接受了鲁南军区的领导。尽管名称变了，但习惯上还是被称作铁道大队。其活动范围最初是在枣庄，依靠中兴煤矿的掩护，在煤矿周边侦察敌军动向，联系抱犊崮山区根据地。

离抱犊崮不过十里地的枣庄是一座煤城，地下到处都是黑金子。早在唐宋时期便有人家在此地依几棵老枣树而居，开展采煤活动，并由此形成村落，村落因多枣树而得名。鸦片战争后，随着近代工业的发展，煤价越来越高，枣庄地区的煤田由不成规模的手工作业过渡到机器开采，产煤量大幅度提高。1878 年洋务运动时在李鸿章的支持下，创办山东峄县中兴矿局，成为中国近代为数不多的民族工业的代表。到 1931 年"能与外煤相竞争者，唯山东峄县中兴公司"。枣庄的煤炭资源自然引起了日军的垂涎，他们一到枣庄就入侵了中兴煤矿，夺走了煤矿的开采权，所开采的原煤源源不断地运往南方，为日军入侵中国提供了能源上的保障。正因为此，枣庄的地位才如此关键，八路军东进山东，在抱犊崮开辟革命根据地，其中的一个重要任务就是要把属于中国人自己的煤矿控制权夺回来。而铁道大队的主要任务就是依靠中兴煤矿，来秘密为抱犊崮根据地提供情报，在铁路上打击日伪军的嚣张气焰。后来铁道大队暴露，沿枣临铁路西迁到齐村，再迁到临城，在敌人的打压下，进一步西迁到微山湖一带，以微山湖中的微山岛为生活基地。当敌人出动大部队围剿时，他们就暂时隐蔽到山区休整提高；敌人一撤退，他们就立即出山，寻找机会在铁路线上继续进行英勇顽强的斗争。

这是一支值得东进八路军信赖的队伍，也是令入侵枣庄的日伪军闻风丧胆的队伍。在抱犊崮地区的老百姓眼里，他们像飞虎一样来无影去无踪，因此都称他们为飞虎队。为了加强对这支队伍的领导，东进山东的先遣队定期为他们提供进山休整的机会，并利用这个机会对铁道大队的干部进行培训。铁道大队人员不算多，大多数时候战斗人员稳定在百来个人的样子。他们最早的一批战斗人员是中兴煤矿下井挖煤的工人，因为临枣铁路和枣台铁路就是为了运输中兴煤矿的煤炭而开办的，所以这些人经常在铁道上混来混去，对铁道上的规矩摸得一清二楚。再加上与铁路管理人员相熟，一来二去，都成了铁哥们儿，彼此间甚至成了拜把子兄弟，这为他们成立秘密的情报站创造了很好的条件。但这些人毕竟是煤矿工人出身，都是受了煤矿上的工人运动骨干分子的影响，才起来反抗日军的侵略。他们身上多多少少都有些自由散漫的习气，甚至有时候和抱犊崮山上的土匪一样，没有什么组织纪律观念。所以，定期对他们进行培训是很有必要的。现在又到了冬训时节，铁道大队的人即将进山接受培训，谷四喜考虑把筹措棉服的任务交给他们来完成，劫敌人的火车，把日军运往南方的棉被服和布料、棉花等截下来，运往抱犊崮根据地。想到这里，他让杨勇立即派人把铁道大队的负责人梁兴初找来。梁兴初此前在湖西就是一员干将，到了铁道大队担任大队长兼政委之后更是发挥出了政治干部的特长，把这支队伍的思想政治工作做得有声有色，如今的铁道大队思想觉悟高、战斗力强，是活跃在枣庄铁道线上的一支"铁军"。把这样的任务交给他们，在目前的情况下，是再合适不过的了。

从临城铁道线到指挥部的交通线一直是畅通的，即便是在鬼子扫荡最猖狂的时候，也保持着正常的地下运转。特别是护送八路军领导从根据地过微山湖再到延安时，这条秘密交通线一直在发挥着重要的作用。接到谷四喜的命令，梁兴初很快就来到了指挥部。他一进门就朝着谷四喜和杨勇抱拳说："哎呀，现在到指挥部这边可比在湖西时近多喽！我以后向谷政委汇报的机会就更多喽！"谷四喜哈哈笑道："梁队长啊，好久不见喽！听说你这员大将到了铁道大队又有了用武之地！在铁道线上呼风唤雨叱咤风云呢！"杨勇也说道："铁道大队让枣庄的鬼子闻风丧胆，可谓是出奇制胜、屡建奇功！梁队长的功劳大大的！"梁兴初笑着摆摆手，说道："都是谷政委指挥有方！让我们扎根铁道线，搞情报和敌人周旋打游击战，实践证明，这个方法比在正面和鬼子硬碰硬地干要好得多！现在鬼子在津浦线上的每一趟列车运送的物资我们都了如指掌，就是因为我们建立了完善的情报系统！"谷四喜点点头，说："现在又到了发挥你们的情报优势的关键时候了！"说着，他示意梁兴初坐下来，让杨勇倒了杯水，接着说："现在鬼子偷袭了鲁南军区的被服厂，根据地分局、纵队和先遣队缺衣少穿，无法过冬。现在交给你们一个艰巨的任务，打探清楚日军近期在津浦路上有没有运往南方的棉衣、布料等物资，截下来后运往抱犊崮支援后方！"梁兴初喝了一口水，点点头说："这个时候鬼子少不了利用津浦线运送过冬的战略物资，我们劫他一家伙应该没问题！"说到这里，他犹豫了一下，又说道："劫火车没问题，但安全地把这些过冬的物资运送到指挥部这边有点困难。"杨勇点头说："你具体说说。"梁兴初继续说："无论是布皮面料，还是棉衣被服，都不易隐藏，从临城和微山湖地区运送这些物资到这边来，要经过敌人的两个卡口，一个是日伪军把守的常山口，一个是鬼子把守的西暨古镇刘庄大桥隘口。伪军把守的这个还好说，那里有我们的线人，利用夜里的换岗时间，应该可以顺利通过。要命的是鬼子驻守的西暨古镇刘庄大桥隘口，隘口离鬼子在西暨的总部大寺庙只有咫尺之遥不说，桥下就是贯穿西暨古镇全境的小龙河，此时虽是冬季枯水期，但水量依旧不小。大桥是必经之路，鬼子在那里重兵把守，还在隘口架起了四挺机枪，我这次过来就差点被他们发现。何况在运送过冬物资时目标更大！"谷四喜沉吟了一下，问道："用牛车驴车运输肯定是不行了，只有化整为零、分散目标才可以。"他站起来，在屋里踱起步来。走了两圈，他神色轻松地说道："有了！你们铁道大队负责劫火车，把东西弄到微山湖边，我让刘玉胜、白雪和万春圃他们动员手下保卫团的人化装成老百姓，想办法把物资运送到抱犊崮！"杨勇点点头："从运西根据地和万春圃这边抽出三五百人问题不大。"梁兴初说："这样的话，我们就赶快行动！"谷四喜点点头，对杨勇说："立即通知刘玉胜、白雪和万春圃，准备接应铁道大队！"杨勇说："我这就去办！"

梁兴初回到微山湖之后，为了尽快搞到布匹，决定先采取见车就扒、见货就查的办法搞布。结果一连几个晚上，先后扒了十几次火车，连一寸布也没搞到。梁兴初只好立即召集铁道大队在湖心岛秘密召开"诸葛亮会"，大家你一言我一语一起讨论具体的劫车办法。会上，大家对任务及斗争形势进行了详细分析，提出了三个必须解决的问题：一是必须搞到布车的准确情报；二是必须解决大量布匹暂时隐蔽存放的问题；三是要解决大量布匹的运输问题。现在第三个问题已经由谷四喜布置给了刘玉胜、白雪和万春圃。对于第一个问题，梁兴初向所有情报人员发出密切注意"布情"的命令。关于布匹的存放问题，大家认为将布匹暂时存放在微山岛比较安全。因为微山岛易守难攻，具有良好的群众基础。但为此必须发动沿湖村庄的群众帮助搬运，还须与微山湖大队和湖区政府联系，让他们协助动员群众，组织渔船和安排布匹存放地点。劫车地点选择在沙沟车站至塘湖车站之间，那里离微山湖最近，便于运输。

第二天，铁道大队便接到沙沟车站地下情报员的情报：在日军由青岛开往上海的某次客车上，尾部两节闷罐车厢内装有布匹。梁兴初一听，这是大好的消息，为完成任务提供了机会。但同时也有不利的消息，火车经过铁道大队既定劫车地点的时间是白天，不便动手。唯一的办法就是拖延布车出站的时间。于是，梁兴初命令沙沟车站的情报员先到滕县站把沙子放进了火车的油壶里。火车从滕县站开出后，发现有故障，被迫在下一站临城站修理。当日军将车修好已到夜间。布匹车开出临城火车站时，铁道大队队员就爬到零担车厢的顶部潜伏下来。待列车运行到姬庄西面的转弯处时，拔掉车厢间的风管和挂钩销子，两节装布的车厢与前面的车厢随即脱钩。疾驰的列车继续前行，脱了钩的两节车厢逐渐减慢了滑行的速度，慢慢停了下来。

与此同时，铁道大队按计划联络了微山湖大队，抽调200余人，又在几个基点村动员了600多名老乡参加抢运。铁道大队将这些老乡分编为三队，每队都有游击队员掩护。当晚十点钟，铁道大队将老乡全部集合在沙沟的关帝庙前，由梁兴初做了简单的动员。老乡们一听说是给八路军转移战略物资，一个个都摩拳擦掌、跃跃欲试。当两节布匹车厢停下来时，铁道大队队员便一个箭步登上车厢，撬开大锁，打开车厢门，将大捆大捆的布匹往下扔。早已等待在那里的老乡在铁道队员的指挥下，立即围了上来，开始转移运输。微山湖大队则组织好船只在微山湖边接应，再把布匹运往微山岛。

一个时辰之后，忽然从南面开来一辆满载日本兵的巡逻车。原来客车到徐州后，敌人发现少了两节零担车厢，就开着巡逻车向北沿途寻找。还没等敌人靠近，负责警戒的铁道大队队员便机枪、步枪、手榴弹一齐开火，向巡逻车进攻。时值天降大雾，巡逻的日军只听见人声嘈杂，感受到进攻火力强大，以为碰上了八路军主力部队，不敢贸然前进。梁兴初见情况紧急，命令铁道大队将没卸完的布匹连同车厢一起付之一炬。待运布的群众走远后，梁兴初便指挥铁道队员撤出战斗。巡逻日军这才来到车厢跟前，看到附近大片的耕地都已被踏平，更加相信是主力部队所为，不敢追赶。只是朝着铁道大队的撤退方向放了一阵子空枪便沮丧地回去了。

回到微山岛，梁兴初兴奋地查点这次劫布车的战果，共截获棉布 1200 余匹、皮箱 200 件、日军服装 800 余套、缎子被 100 余床，还有药品、呢料、毛毯等物品。这颇丰的战果，运输到抱犊崮山区根据地也是一项十分具有挑战性的任务。

自从接到运送转移战略物资的任务，刘玉胜、白雪和万春圃就迅速行动起来。一开始，刘玉胜和白雪商定在夜里行动，这样不易引起敌人的注意，可悄悄通过常山口和西暨古镇。但这个计划遭到万春圃的反对，他分析说敌人现在防范的就是八路军夜间行动，在两个关卡都设置了探照灯，而且加强了巡逻布防。白天反而放松警惕，卡口的检查人员也相对较少。刘玉胜点点头说，但白天行动的目标太大了，咱们这么多人，恐怕也容易引起敌人的怀疑。万春圃说，咱们可以利用西暨逢集的时候，让运送物资的人装作去赶集的样子，就不会引起敌人的注意。白雪觉得万春圃的建议可行，就是担心敌人一旦产生怀疑，会搜身检查，那些布料做工精致，不可能是老乡自己织出来的，加上通过卡口时人又太多，可能会暴露。刘玉胜说那就分成两个时间点通过卡口，一支队伍集中在黎明时分，就说是赶早集；一支队伍集中在早晨，敌人吃早饭的时候。这样就可以分散行动，不易引起敌人的怀疑。三个人觉得这样最为稳妥。按照这个方案，很快就动员了300名战士，全部换上抱犊崮老乡的衣服。这些装扮成老乡的战士由白雪和刘玉胜统一指挥，准备趁着夜色向微山湖进发，白天在西暨古镇逢集时返回。万春圃带领一个排的队伍，埋伏在最为凶险的西暨古镇隘口，接应刘玉胜和白雪。

刘玉胜和白雪将运送物资的队伍按照二三十人一组，分成十个行动小队，组成两支队伍并分别带队，很快到达微山湖边。梁兴初等人早已在此等候，简单寒暄之后，刘玉胜和白雪就立即让战士们分别将布匹隐藏在山货底下，准备返回。为确保安全，梁兴初特地将刘玉胜和白雪等人护送到常山口，目送他们在夜色中顺利通过第一道卡口。过了伪军把守的常山口这一关，刘玉胜和白雪同时松了一口气。但刘玉胜仍然不敢松懈，他知道最为凶险的情况还在后面。为了白雪的安全，刘玉胜决定自己先带队过西暨古镇，如敌人松懈，白雪稍后再通过。就这样，刘玉胜带着第一支队伍加快行军速度，于黎明时分到达西暨古镇刘庄大桥。卡口果然戒备森严，两队鬼子分别站在卡口两边，四挺重机枪枪口阴森森地对着卡口外面。西暨古镇周边的百姓都习惯赶早集，虽说时间尚早，但已有老乡零零散散地通过卡口去集市买卖东西。刘玉胜躲在暗处，看到鬼子逢人必检，一个都不放过。这让他紧张得额头直冒汗。

西暨古镇地理位置特殊，是临城进入抱犊崮山区的咽喉地带。明代万历年间编著的《峄县志》记载，此地最早属于大彭国，明代时尚有盟台古迹可寻："土台高数尺，方广数十亩，居人呼为盟台。相传春秋时诸侯盟于暨，即此。"即城位于盟台之上，春秋时期称"暨"。西暨位于盟台之西侧，故称"西暨"。此地有古峄县佛教名刹普照寺，俗称大寺庙。寺院坐北朝南，在古龙河之阳，背负远山，左右为西暨、姜庄村翼护，堪为形胜之地。普照寺始建于隋朝开皇年间，金大定年间曾扩建重修，明代万历年间规模宏大。现寺院存大殿5间、东侧3间、西侧2间，殿前廊下竖四根青石盘龙立柱，大殿正门两侧镶嵌着明隆庆年间翰林学士贾三近的诗碑刻。殿内保存一通清道光年间龙河精舍碑刻，记述了普照寺周围的自然环境和寺庙概况及维修经过。普照寺寺门建在南边近河沿处，门外龙河碧波荡漾，两岸芳草萋萋，风景颇美。普照寺当年有檐门三间，四大天王守护两侧，院内五间大殿雄浑壮观，檐廊下四根雕刻着盘龙的石柱非常精美。殿内观世音佛像泰然安坐，十八罗汉姿态各异。大殿东侧为沧浪殿，供奉着水神，西厢房三间，祭祀着关公。院内古木参天、碑碣林立，环境极为幽静。一段时期内，这里成为斗鹌鹑的理想之地，也是刘玉胜未投诚八路军之前经常光顾之所。滔滔龙河绕寺而过，横贯整个西暨古镇，从南面的临城到北面的抱犊崮，除非涉水，刘庄大桥是必经之路。正因为此，鬼子来到抱犊崮地区之后，迅速占领了大寺庙，将此作为进出西暨古镇的大本营。

刘玉胜思考了半天，决定不能贸然过桥。他让几个小队躲在暗处，自己沿着小龙河岸朝着大寺庙的方向查看了一下水位。龙河河床宽阔，尤其是夏秋时节，上游发源地抱犊崮沂蒙山泉水量大，龙河水位随之上涨，深不可测。现在则为冬季，接近枯水期，水流量相对较少。刘玉胜查看了许久，发觉正对着大寺庙的方向有一处渡河痕迹，为枯水期之时乡民偶尔绕道赶集涉水过河之地。此处过河比刘庄大桥近了不少，水流量不算很大。刘玉胜脱下布鞋，下水试了一下，最深处水流到大腿根部，勉强可以过去。只是水温较低，冷得人上下颌直打战。他赶紧回转临城方向，与快到达刘庄大桥的白雪碰面。白雪看到刘玉胜，大吃一惊，问他："为何还没按计划通过关卡？是不是出事了？"刘玉胜摇摇头说："关卡口鬼子把守森严，咱们如果都从大桥走不易通过。"白雪一听，说道："不走大桥，还能走哪里？"刘玉胜说道："咱们分开走，一队从大桥正面通过，吸引敌人注意，同时另一队涉水走大寺庙过抱犊崮。"白雪点点头说："如此甚好，但大寺庙正是鬼子的大本营，万一被发现，后果不堪设想！"刘玉胜点头说："我比较熟悉大寺庙那边的情况，还是由我带一队人马悄悄过河，你看准时机从大桥通过。注意，你要确保自己的安全！叮嘱队员务必分散开来，不要引起鬼子的注意！我看鬼子逢人必检，你们千万要伪装好，将山货和布匹混杂在一起。"白雪点点头。刘玉胜又迅速赶回刘庄大桥一侧，叮嘱队员转移到龙河岸边，从大寺庙出口处涉水渡河。

事实证明，刘玉胜的判断是正确的。最危险的地方往往也是最安全之地，涉水渡河虽然有很大的风险，但一旦通过龙河，在过大寺庙时并没有遇到任何阻力。天色微亮，鬼子都还在沉睡中。在大寺庙门前站岗的两个鬼子只把刘玉胜带领的零零散散的队伍当作了赶集的普通百姓，根本未引起警惕。这边通过大寺庙，再一路往北直奔抱犊崮，进入八路军的根据地，不会再有任何风险。过了西暨古镇之后，刘玉胜指挥队员继续跑步前进，和万春圃的接应队伍汇合。他则和万春圃埋伏在一侧的洼地里，等待着从卡口过来的白雪。半个时辰之后，白雪带领的队伍陆续走过来，眼看就要全部通过时，还不见白雪过来，刘玉胜心里着急，对万春圃说："白雪不会是出了什么事吧？我得过去看看！"万春圃说："我和你一起去！"刘玉胜看看他的衣着打扮，不愧是有丰富斗争经验的老江湖，此时的万春圃完全是一副老农形象。时间容不得多想，刘玉胜和万春圃装作赶集回来的一对父子，快速向刘庄大桥赶去。

远远地，刘玉胜看到桥头上的鬼子多了不少，似乎听到白雪怒斥鬼子的声音。不待两人走近桥头卡口，两个鬼子便用刺刀挡住了他们，喝问道："哪个庄上的？什么的干活？"万春圃指了指刘玉胜说："刘庄的！俺们父子俩刚赶集回来！"鬼子不相信地说道："刘庄？怎么没看见你们过去！赶集可真够早的！"万春圃应付鬼子的时候，刘玉胜看到白雪已经被五六个鬼子团团围住，有两个正在翻检她的背袋。看起来鬼子已经对她有了怀疑，检查得非常仔细，把山货扔的满地都是。刘玉胜很着急，这样检查的话肯定会发现背袋里的布匹。果然，鬼子很快就发现了藏在背袋底部的一捆缎面布匹。他们狞笑着朝白雪吼："你滴，死啦死啦滴！布滴，皇军滴干活！"白雪摇摇头，不说话。情况万分紧急，万春圃对着这些鬼子喊："太君，这是俺们自家的缎面，儿媳妇要去集上卖掉换米！"一个看上去像是小头目的鬼子走过来，一把抓住万春圃的脖领子，吼道："你滴，八路滴！"万春圃对着鬼子拱拱手，说到："我滴，良民，良民滴干活！"说着，他的手伸向上衣口袋，被鬼子一把抓住，开始搜他的身。刘玉胜知道万春圃身上有武器，一旦被鬼子发现，后果不堪设想。他看了一下鬼子，总共八个，便和白雪对视了一眼，说时迟，那时快，他从腰间掏出手枪，啪啪啪连打三枪，眼前的三个鬼子登时倒地身亡。剩下的五个鬼子一时间慌了神，纷纷举枪向刘玉胜射击，万春圃一个箭步跳到白雪跟前，一边掩护她逃跑，一边抬枪又打死两个鬼子。举枪射击刘玉胜的三个鬼子转身又朝着万春圃开枪。为了掩护白雪，万春圃左胳膊中弹了，他对着白雪和刘玉胜大吼一声："你们快跑，我来掩护！"此时，又有一个鬼子被刘玉胜一枪毙命。就在这时，听到枪声的大寺庙里的鬼子如马蜂一样向着桥头拥来，眼看就要把三个人团团包围起来。如再不突围，恐怕三个人一个都跑不了。在万春圃声嘶力竭的怒吼下，刘玉胜看了一眼桥下的小龙河水，拉着白雪转身跳进了深水漩涡处。几乎在同时，万春圃又连发几颗子弹，撂倒了近处的三个鬼子，他还想开枪，发现子弹打光了，只得抢夺近身的鬼子的武器。一堆鬼子一边准备活捉万春圃，一边纷纷朝着小龙河河面射击。而此时，河里早已经没有了刘玉胜和白雪的身影。

4

刘玉胜从小在运河水边长大，水性极好。他拉着不会水的白雪，顺着小龙河水漂流到下游。因担心鬼子沿着小龙河搜索，他和白雪先是在靠近刘庄的芦苇荡里躲了半天，确信鬼子没有追来以后，才从芦苇荡里出来，抄近道直奔大寺庙。大桥肯定是不能再走了，刘玉胜决定还是在正对着大寺庙的地方涉水过河，过去后可以直接观察到大寺庙的情况，伺机把万春圃营救出来。白雪犹豫了一下说："现在不像黎明时分过河，大寺庙里的鬼子此时一定提高了警惕，会不会一上岸就自投罗网？"刘玉胜说："鬼子可能不会想到咱们这么快就敢回来，我们过河后绕到大寺庙后面，侦察一下情况再看。"白雪一时间也没有更好的办法，只得跟着刘玉胜涉水过河。对岸的鬼子果然放松了警惕，他们抓到了万春圃以后，觉得抓到了一个重要的八路军，一路推搡着押到了大寺庙。鬼子之所以活捉他，是想从他嘴里掏出一些情报。情况紧急，鬼子直接把万春圃押到了大本营的最高长官的屋里。

刘玉胜和白雪绕到大寺庙的后面。寺庙的院墙很高，从外面根本无法侦察到里面的情况。刘玉胜想起以前在此地斗鹌鹑时曾经走过一个后门，他带着碰运气的想法来到了后门处，发现小门仍在，但紧紧关闭着。他让白雪蛰伏在寺庙旁边干涸的深水沟里，自己匍匐在地上爬到了后门处，用手一推，门竟然没锁！他朝白雪摆摆手，示意她在外面等候。他自己则继续趴伏着钻了进去。大寺庙里面和以前斗鹌鹑时一样，只是杂草丛生，充满了一股臊烘烘的腥臭味道。刘玉胜伏在草丛里，看到大寺庙七八个房间里几乎都住满了鬼子，或许是因为大桥上的战斗，此刻他们都已全副武装地集中在院子里。从整齐排列的队列来看，大寺庙里的这股鬼子不到 200 人，有七八挺机枪，分别在大门口和最高处的塔楼上。整个大寺庙都在机枪的射程范围内，看来，如果强行攻打，肯定要吃大亏。刘玉胜看到万春圃被绑在大寺庙正殿一侧的盘龙柱子上，脸上的表情痛苦不堪。一个像是长官模样的鬼子手里拿着一把锋利的军刀，嘴里吼叫着："你滴，八路的干活！老实滴交代，皇军的不杀！"万春圃不为所动。小头目狞笑了两声，对站在旁边的一个手持尖刀的鬼子说："凌迟滴干活！"刘玉胜一听，心里一惊，鬼子要一刀刀活剐了万三爷！这是中国最残忍的刑罚，鬼子是想通过这种折磨让万春圃招供叛变！刘玉胜真想冲出草丛，杀向鬼子，但这样一来，不但救不了万春圃，还可能暴露了自己。他迅速退出小门，滑到干涸的水沟里，对白雪说："情况紧急，鬼子正在审讯万春圃，你赶快去二叔那里搬救兵，他的队伍离这里最近！这里共有近200个鬼子，让他把自己和万三爷的队伍都带过来！记住，一定要从前门先解决掉鬼子的重机枪！我听到枪响就从后门冲进鬼子的营地，来个里外夹击，救出万三爷，拔掉这颗威胁抱犊崮山区根据地的钉子！"白雪点点头，她不敢耽搁时间，爬出大寺庙鬼子的视线之后，一路小跑着回了抱犊崮。

看着白雪安全走远，刘玉胜又从后门悄悄爬回了大寺庙。此刻，鬼子的队伍都已解散，开始吃起了早饭。有一个鬼子端着碗朝这边走来，一只手托着碗一只手松开裤腰带，在草窝旁边撒了一泡尿。刘玉胜把头紧紧埋在草丛里，鬼子只顾吃饭和撒尿，尿完了转头就走。刘玉胜捏住了鼻子，强忍着草窝里的腥臊气味，眼睛紧紧盯着正在折磨万春圃的两个鬼子。鬼子的刀法娴熟，从万春圃大腿受伤的部分开始，一刀一刀割下肉片。每一刀下去，万春圃都疼得满头冒汗，但他硬是没发出一句求饶声。鬼子的尖刀在万春圃的大腿上来回游走，把弹片周围的肉一一剐掉，直到看到了骨头和子弹头，鬼子用刀尖把子弹头剔除。此时，万春圃再也忍受不住，骂了一句："狗日的小日本！老子操你八辈子祖宗！"一旁的小头目狂笑起来。刘玉胜心头像是着了一团火，几次都想跳将出来，旋即又冷静下来，等待着抱犊崮援兵的到来。此时，见万春圃毫不妥协，鬼子停下了折磨万春圃的动作，先去一旁吃饭去了。一个鬼子牵来一条大狼狗，拴在万春圃的脚边。大狼狗看到地上的肉片，贪婪地吃了下去，对着万春圃狂叫不已。

半个时辰之后，吃完饭的鬼子小头目又开始折磨万春圃。刘玉胜在心里默默念着：二叔，快点，快点啊，二叔！晚了万三爷的命可就没了！他摸了摸腰间的短枪，里面子弹已经快打光了。鬼子的凌迟转移到了万春圃的另一条腿，这一次，鬼子从小腿开始剐起，把脚脖子上的筋挑了。鬼子每一刀下去，万春圃都发出一声吼叫，咒骂着鬼子不得好死。吼着吼着，渐渐声嘶力竭，只能看见他还在张着口，却发不出一点儿声音。刘玉胜看看头顶上的太阳，已经升起来老高，估摸着刘二的队伍应该快到了。他看到已经不耐烦的鬼子把刀放到了万春圃的胸前，小头目见审讯不出来什么结果，做出了一个咔嚓的手势。刘玉胜知道鬼子要动手了，这一刀下去很可能就会让万春圃毙命。等不了刘二和白雪的枪声了，他瞄准了手握利刃的鬼子。只听见一声枪响，鬼子应声倒地。其他的鬼子顿时慌乱成一团，纷纷拿起武器，惊恐地四下里寻找枪声的来源。塔楼上的鬼子握紧了机关枪，也把枪口转向了草窝这边。就在此时，只听见大寺庙门口传来一阵密集的枪声，机枪手迅即毙命。救援的队伍到了！刘玉胜从草窝里一跃而起，就近击毙一个手拿钢枪的鬼子，抢夺下武器，向着还在惊慌中的鬼子射击。鬼子遭到前后夹击，慌乱不已，一时间不知道该往哪儿开枪，只得乱打一气。有的干脆抱头鼠窜，逃到寺庙的大殿里。

鬼子的指挥官挥舞着指挥刀，叽里哇啦地呵斥着四处逃跑的鬼子。鬼子终于慢慢冷静下来，开始寻找隐蔽之地，并朝着冲进来的保卫团扫射。鬼子的火力猛增，阻挡了刘二前进的脚步。刘玉胜情急之下，迅速向着塔楼跑去，只有控制住大寺庙最高处的机枪，才能压制住敌人的火力。塔楼上的鬼子受了伤，正在挣扎着站起来想重新控制重机枪。刘玉胜及时赶到，一脚把鬼子踹出了塔楼。他手握机枪，开始对着鬼子扫射。鬼子没料到会遭到来自塔楼的攻击，顿时乱了方寸。刘二的队伍得到了喘息的机会，迅速把枪口转向大寺庙正殿，发起了猛烈进攻。在强大的火力之下，鬼子终于支持不住，死的死伤的伤，剩下的不再抵抗，纷纷缴械投降了。白雪把万春圃从盘龙柱子上解救下来，用绷带缠住腿上被刀割的部分。看着万春圃裸露着白骨的伤口，白雪忍不住流下了眼泪。

　　清剿西暨古镇鬼子的大本营，是刘二的队伍歼灭鬼子最多的战斗。虽说战果丰硕，缴来的武器足够装备保卫团，但在这次战斗中，刘二也死了不少弟兄，伤者更多，其中一个还是谷四喜派来帮助提升战斗力的八路军排长回景和，他就是那个在留田突围中表现突出的尖刀班班长。被谷四喜通报表扬后，他刚刚从班长被提拔为排长。在这次战斗中，他腰部受了枪伤，必须立即转到八路军驻地的野战医院取出弹片。要把他护送到野战医院，就必须绕过鬼子设在抱犊崮和驻地之间的一道关卡。刘二思来想去，都没有想出什么好办法。伤者情况严重，时间耽搁不起。最后，刘二决定自己装成赶驴车的车夫，让年轻的回景和换上抱犊崮庄户人家的衣服，扮成受伤猎人的模样，让马兰花假扮成他的婆娘，一起走一趟关卡。

　　一切收拾停当，刘二赶着驴车，载着受伤的回景和，和马兰花三个人一起出发了。刘二本来的想法是马兰花挺着个大肚子，容易麻痹鬼子，鬼子就是再坏，也不能为难一个怀孕的女人吧。一个孕妇送打猎受伤的丈夫去医院，这是再合理不过的事情了。但后来的事实证明，当了一辈子土匪的刘二还是把鬼子想得太善良了，鬼子就是鬼子，狼子野心，十恶不赦。

　　当驴车一点一点靠近鬼子的卡点时，马兰花不祥的预感就越来越强烈。果然，三个鬼子拦住了驴车，呵斥着刘二把驴车赶到关卡的炮楼旁。因为担心被鬼子识破，刘二身上并没有带枪。他故作镇定地"吁吁"两声，把驴车停在一旁，下车来赶忙给三个鬼子递上枣庄本地的兰陵牌高级香烟。只有一个鬼子对香烟感兴趣，他接过来放在鼻子底下闻了闻，嘴里说着"哟西哟西"。另外两个鬼子一个掀开盖在回景和身上的被子，看了半天，说了句："死啦死啦滴！"刘二连连点头。另一个鬼子看了看马兰花，不怀好意地奸笑了两声，说着"花姑娘，花姑娘"。马兰花吓得脸色发白。刘二指着马兰花的肚子说："太君，她滴，怀孕滴，怀孕滴。"鬼子并不搭理刘二，一把把他推到了一边，指着马兰花说："你滴，皇军优待优待！"他说着从驴车上把马兰花拉下来，往炮楼里拖。马兰花想挣扎，又担心肚子里的孩子，不敢太用力。刘二登时慌了神，这下该咋办？炮楼里面还有其他鬼子，如果反抗，手里没有武器，肯定会让受伤的回景和送命。如果不反抗，马兰花就会被鬼子拖进炮楼里糟蹋。他看了一眼正想抽烟的那个鬼子，他身上背着一条枪。他装出一副给鬼子点烟的样子凑过去。就在这时，忽然从驴车上传出一声枪响，只见刚检查完驴车背对着回景和的鬼子倒在了地上。枪声来自驴车，回景和开了枪！说时迟，那时快，刘二以极快的速度抢下正在点火抽烟的鬼子的长枪，一脚把他踹倒在地。正在拖马兰花的鬼子惊恐地看着从驴车上坐起来的回景和急红了眼睛的刘二，不由自主地松手放开了马兰花，马兰花趁机逃进了茂密的树林。炮楼里的鬼子听到枪声呼啦啦都端着枪跑了出来，刘二顾不上多想，赶着驴车想冲过关卡。鬼子一齐开枪，回景和颤巍巍地抬起手来，又打死了两个鬼子，同时也中了致命的一枪，当场牺牲。刘二大吼一声："妈拉个把子，老子和你们拼了！"他抬手连打了几枪，又放倒了两个鬼子。无奈鬼子人多，十几个鬼子一齐向刘二开枪，刘二终究抵挡不住，躲在驴车轮子底下再也无法还击。

刘二被鬼子活捉了，当天就被押到了临城监狱。逃脱后的马兰花回到了抱犊崮，赶紧让人把消息告诉了刘玉胜，让他想办法救人。刘玉胜请示杨勇和谷四喜。谷四喜说鬼子的临城监狱戒备森严，只能智取不能强攻。杨勇也觉得派出一个小分队去营救为好。刘二是刘玉胜的二叔，他当然十分着急。这一年老刘家一连失去了两位亲人，他不想再眼睁睁地看着鬼子杀死刘二。他考虑了一会儿，决定事不宜迟，必须尽快悄悄走一趟临城。和刘玉胜并肩战斗多年，杨勇当然清楚他迫切救人的心情。他对谷四喜说："让刘玉胜带上刚刚立下大功的铁道大队骨干去营救刘二吧，铁道大队常年在临城和微山湖的铁路上和鬼子打交道，比较熟悉那里的情况，和日伪军混得也比较熟，可以随机应变。"谷四喜点点头，同意这个安排。

日伪军把守的临城监狱臭名昭著，只要被鬼子抓进去就别想活着出来。监狱戒备森严，别说一个人，就连一只鸟儿都插翅难飞。刘玉胜接受杨勇的建议，化装成流散的伪军，在铁道大队疏通好关系之后，他们大摇大摆地靠近了监狱门口的炮楼。看守炮楼的多是伪军，趁着天擦黑，刘玉胜在铁道大队的配合下，带上了早已准备好的酒肉，伪军几杯酒下肚，一个个就放松了戒备，刘玉胜很快就和炮楼里的几个伪军熟络起来。几个伪军，几乎都收过铁道大队的好处，对于铁道大队介绍过来的人，一向都是疏于防范。他们喝着兰陵酒，抽着兰陵烟，变得和刘玉胜无话不谈。

见喝得差不多了，有几个说话舌头也大了，刘玉胜问其中一个小头目："哥几个都喝好了吧？咱打听一个事儿啊，昨天咱们这里是不是关进来一个八路？"小头目卷着舌头说："你说的是哪个八路？咱们这里每天都有八路关进来！"刘玉胜说："是一个上了年纪的，从抱犊崮那边抓过来的老头儿。"小头目愣了愣，说道："昨天进来两个，只听说一个是枣庄那边搞情报的地下党，另外一个不知道是个啥情况。"旁边一个伪军说："那个好像就是从抱犊崮抓来的！不过，不管是从哪里来的，今天夜里都要拉到滕县那边的大本营去，皇军要亲自审问这些嘴比石头还硬的八路军。"刘玉胜一听，着急地问道："确定今天夜里就拉过去吗？"伪军点点头："这会儿恐怕已经上了大卡车了。"刘玉胜心说这下完了，二叔要是被拉到滕县的日军大本营，那就基本上没有啥活路了，营救难度更大。这样想着，忽然听到下面一阵慌乱，那些看门的伪军都稀里马哈地站起来，歪歪斜斜地对着开出去的两辆大卡车敬礼。伪军小头目朝着开出去的大卡车努努嘴，对刘玉胜说："瞧见没有？这就是去滕县大本营的！"刘玉胜霍地站起来，真想冲出去劫了大卡车。但他很快就冷静下来，不慌不忙地又喝了几口酒，吃了几粒花生米，抹抹嘴巴，对铁道大队的人使了个眼色，朝喝得东倒西歪的伪军拱拱手，大摇大摆地出去了。

刘玉胜快马加鞭，回到八路军驻地把情况向杨勇和谷四喜做了汇报，杨勇和谷四喜都沉默不语。刘玉胜知道刘二到了滕县日军的大本营一定凶多吉少。

果然，第二天就传来了消息，刘二和另外四个被捕的地下党已经被鬼子活埋在滕县大本营的墙外。马兰花得知刘二被活埋后，号啕大哭，肝肠寸断，一定要去滕县给刘二收尸。刘玉胜看着挺着大肚子的马兰花，担心她有什么闪失，劝她不要到场收尸，由他化装成农民去就行了。马兰花不同意，坚决要去，她哭着说一定要亲手把被鬼子活埋的刘二从土里扒出来！看看被杀千刀的鬼子所杀害的刘二是不是还活着。刘玉胜看着马兰花绝望的样子，想起了自己失去赵灵芝时的情形，明知道刘二还活着的可能性很小，还是咬咬牙下决心带着马兰花走一趟滕县。

滕县鬼子大本营离抱犊崮足有五十里地，去一趟并不容易，尤其是对于马兰花这样有孕在身的女人来说。这一路上的颠簸自不必说，单是通过鬼子在路口设下的那一道道关卡也够危险的了。但马兰花态度坚决，她一路上不发一言，只是默默在掉眼泪。刘玉胜看在眼里，不由得想起刚刚过世的赵灵芝和留下来的两个小娃娃，也不禁悲从中来。想想这可恨的世道和苦难的年月，真不知何时才是个头！或许把鬼子赶出中国的那一天，就是老百姓能过上好日子的时候！马兰花和刘玉胜各有心事，都默默无语，一路上只顾低头赶路。好在这一路上关卡虽多，但鬼子看到马兰花挺着大肚子，都把两个人当成了回娘家待产的小夫妻，他们也就有惊无险地顺利通过了。

一路奔波，等到了鬼子的大本营时，天色已经不早。在老乡的指点下，两个人匆匆忙忙去了鬼子的刑场。刑场在一片荒芜的野地里，就在鬼子大本营的墙外。从刑场可以清楚地看到大墙内近在咫尺的炮楼，那上面有两个日本兵正在来回走动，两个人在野地里的一举一动都被鬼子看在眼里。刘玉胜提醒马兰花，咱们现在是在鬼子眼皮子底下，寻找被活埋的刘二得速战速决，以免引起鬼子的怀疑，过来盘问。马兰花红着眼睛点点头。因为哭了一路，她的眼睛此时肿得像两个大鱼鳔。大概因为马兰花是个孕妇，所以鬼子并没有过来刁难她。马兰花在野地里找了许久，终于在一片凹下去的新土旁边看到刘二的一只布鞋。那只鞋是她亲手一针一线纳出来的，鞋帮子上还绣着一朵盛开的兰花，她再熟悉不过了。看到这只鞋，马兰花难以自抑地号啕大哭起来，边哭边跪地扒土。刘玉胜担心她伤着肚子里的孩子，赶紧拉起她，自己动手快速扒起来。虽然二叔在他很小的时候就上了抱犊崮，几乎没有什么感情，但毕竟是叔侄血亲，况且老刘家最近又遭到接二连三的打击，此时的他也是悲愤难平。他奋力地扒着土，一言不发。终于，土坑挖开了，眼前却只有四具尸体，并不见刘二。刘玉胜一合计，猜测刘二很可能死里逃生了。为了迷惑敌人，他小声叮嘱马兰花，继续大哭。在马兰花的哭声中两人离开了刑场。

回去的路上，刘玉胜和马兰花心里一直起伏不定。刘二活不见人死不见尸，他现在到底是个啥情况？因为在鬼子的刑场没看到刘二的尸体，马兰花心里产生了一丝希望。她一路都在想，如果刘二真的逃脱了，他会去哪里呢？想来想去，马兰花觉得他应该回刘家大院了。毕竟到抱犊崮山高路远，回刘家大院倒是相对近多了。想到这里，马兰花让刘玉胜赶紧掉转方向，两人赶着驴车向着刘家大院的方向奔去。

刘二果真回到了刘家大院。刘玉胜和马兰花前脚到家的时候，刘二后脚也摸进了大门。只见他衣衫褴褛，浑身都是脏兮兮的泥巴，头发上还粘着黑黄色的土粒。马兰花一看到他，就哇的一声哭出来，边哭边数落："你个老东西，你还没死啊！俺就知道你个老奸巨猾的东西死不了！俺肚子里的娃娃还等着见他爹呢！"刘二走了很远的路，已经劳累不堪，再加上在监狱和被活埋时担惊受怕，此时身体已近虚脱。刘玉胜让他到屋子里安顿下来，洗干净了身子，换下脏衣服。这才听他讲了事情的来龙去脉。

原来，刘二被拉到滕县日军大本营之后，当天就遭到了严刑拷打，日军头目让他交代他是不是八路军，他就是不承认。他一口咬定自己就是个赶驴车的，不认识什么八路军九路军。日军问他既然不是八路，为何要在卡口抢枪打鬼子？他就说因为害怕鬼子打死自己。日军头目撬不开他的嘴，也没办法，但因为他开枪打死了日本兵，所以当即就下命令把他和另外四个地下党一起活埋了。也是命不该绝，敌人活埋他们的时候，老天爷突然下起了大雨。鬼子见大雨倾盆，就有些不耐烦，匆匆忙忙地埋完了。活埋之后，鬼子怕他们不死，又往土坑里打了几枪才离开。这时雨越下越大，刘二身上埋的新土一会儿变成了泥浆，很快就流走了，于是他成功脱险。

听了刘二的话，一家人都惊奇不已，感叹天底下竟然有如此奇特的事情！大家都庆幸刘二命大，都说刘二大难不死，必有后福。这边话音刚落，那边就传来马兰花要生了的惊呼声。或许是刚刚经过一路的颠簸和精神上的悲喜交加，一惊一乍之后的马兰花，羊水提前破了，还没等李媒婆来到，她就在柳梢和新月的帮助下顺顺当当生下了孩子。孩子一落地就哇哇大哭。抱着小娃，马兰花有气无力地说了句："这哭声和他爹一样，长大了又是一头犟驴！"一句话让新月笑个不停。还没笑完，忽然觉得肚子一阵疼痛，柳梢见状赶紧把她扶到床上。这时，正好李媒婆赶到，本想给马兰花接生的她却赶上了新月的生产。李媒婆边忙活边感慨："你们老刘家真有意思，连生孩子都扎堆，说生一起生！"

第十二章　迎曙光

1

　　进入严冬，鲁南气温骤降。一场结结实实的大雪过后，大地一片白雪皑皑。晚上，和秦林温存了一会儿后，谷四喜出来解手。脚步踩在地上厚厚的积雪上，发出咯吱咯吱的声响。秦林担心天黑路滑，在谷四喜身后替他打着手电筒。谷四喜站定，一阵滋滋滋的声响过后，雪地上留下一片血红色。秦林无意中瞄了一眼，顿时愣住了。她举着手电筒又仔细看了看，有些惊慌失措地说："老谷，你怎么尿血了？"谷四喜看了看地上，满不在乎地说："或许是因为这些日子太紧张了，没有很好地休息，没什么要紧，你不要大惊小怪的。"秦林摇摇头，说道："这不是个小事情，还是赶紧去请医生。"几分钟后，医生过来了。他手里拿了一个瓶子，对谷四喜说："谷政委你回头留一些尿液，我要观察观察。"

谷四喜无可奈何地点点头。

稍晚时候，医生取了尿样回到简陋的医务室。他左手高高举着瓶子，放在昏暗的灯光下，仔细观察了半天。可以看出，尿的颜色仍然是血红色的，放置了一会儿还可以看到沉淀下来的血块。他不敢怠慢，立刻把情况报告给了陈尔冬。陈尔冬闻言大吃一惊，着急地问医生："情况到底怎么样？"医生摇摇头，说："情况不太好！谷政委需要服药，但目前我们只有'大健凰'消炎药片，这是目前在缺医少药的敌后根据地里，所能找到的最好的药了。除了吃药，谷政委还要卧床休息，饮食上停止吃辣椒。"陈尔冬点点头，那赶快去弄药吧。

谷四喜这种尿血的状况持续了一个月。

一个月以后，谷四喜仍然尿血不止。只见他脸色焦黄，人变得消瘦起来。透过眼镜片，可以看到他的眼窝已经凹陷了下去。但他的神情依然安详、镇定，他仍然抱病坚持工作，每天照常批阅电文。凡是需要他参加的会议，他总是坚持参加。即便是行军转移，谷四喜也坚持不躺担架。有一次他跟着部队行走了一会儿，体力渐渐不支，大家都劝告他："谷政委还是躺到担架上吧。"谷四喜没办法，只得躺在担架上。他和抬担架的战士拉起了家常，问一个战士："你家在哪里啊？"战士一口四川话："四川的，从老六团来的！"谷四喜很惊讶，说道："看你这么年轻，还参加过老六团！"战士指着另外几个人，笑着说："他们还都是红军战士呢！"谷四喜一听，马上挣扎着坐起来，想从担架上下来。大家阻止了他。谷四喜说："你们都是部队的骨干，可以以一当十，你们几个就等于一个连的战斗力！哪能让你们抬着我呢？我还是骑马吧！"谷四喜强撑着，骑上了马，拍了一下马屁股，慢慢前进。

战士们看着谷四喜的背影，眼睛湿润了。

因为坚持工作，谷四喜的病情越来越严重。这个状况引起了陈尔东和山东分局领导郭涛等人的担忧，他们在驻地指挥部商量办法，因为谷四喜不愿意停止工作养病，这必将导致病情加重，如果他有个三长两短，这可不是他一个人的损失。陈尔东说："谷政委的病情愈发厉害，我们应该报告中央。"站在一旁的杨勇点点头，说："谷政委的病不能再耽搁下去了，越耽搁越危险，我们越早报告中央越好。"

两个人说完一齐看着郭涛。

郭涛皱着眉头说："谷政委的病情的确不能再等了。但中央现在正准备调整山东的领导班子，这个时间点，让谷政委离开山东，可能不是时候。"愣了一下，郭涛又说："我们先发电报给中央吧，向中央报告谷政委的病情，听听中央的意见。"

电报很快到了延安，毛泽东和胡服以及在延安学习的山东分局政委璞玉仔细看了郭涛、陈尔东等人的电报。但在革命的关键时刻，毛泽东并没有谈论谷四喜的病情，而是关心起山东的领导班子问题。他问胡服："你对山东的领导班子有过考察，你怎么看这个情况。"胡服说："应该尽快调整班子，尽早实现山东一元化领导。"毛泽东点点头，问璞玉："你一直在山东工作，你对于山东的意见呢？"璞玉回答："山东情况复杂，八路军东进以后，山东情况发生了很多变化，我也赞成尽早实现一元化领导。"毛泽东点点头，说："实践是检验一个干部的试金石，谷四喜同志在山东四年多来的工作，充分证明了他贯彻执行中央路线方针政策的坚定性，也充分表现了他的理论联系实际、密切联系群众和善于团结干部的优良作风。中央军委考虑，在山东的军事指挥上，委以谷四喜同志统一领导的重任。"胡服、璞玉点点头。

但谷四喜的病情却在加重，他不得不一再给中央打电报："因病情恶化，请中央准许我休养半年。"但中央给谷四喜复电没有同意谷四喜的要求，而是提出："你的病如果还不是很严重，暂时很难准予休息。同时，根据中共中央《关于统一抗日根据地党的领导及调整各组织间的关系的决定》的精神，中央决定在山东抗日根据地实行党的一元化领导，成立新的山东军区，由你担任山东军区司令员兼政治委员。"拿着文件，谷四喜愣住了。继而他又释然了：在这个时候，山东的确离不开他。秦林提醒他："老谷，你的身体熬得住吗？"谷四喜看看秦林，说："这个时候，我怎么能离开山东呢？为了不辜负毛委员，为了中国抗战的大局，我就是死，也要死在这里！"秦林边点头边抬手抹了抹眼角的泪水。

谷四喜担任山东军区司令员兼政治委员的同时，中央让陈尔东赴延安参加党的第七次全国代表大会。陈尔东临行前，谷四喜和身边工作的战友来送他。陈尔东诚恳、坦率地对身边工作的人说："几年来的实践证明，谷四喜同志是正确的，希望你们今后在他的领导下，搞好团结，好好工作。"大家都点点头，说："放心吧！谷政委是大家的主心骨，我们一定好好拥护！"陈尔东和谷四喜深情地拥抱了一下，骑马远去。

这天，谷四喜刚接受完医生的检查，正躺在床上休息。秦林坐在床边，安静地看着他。杨勇进来，他看到谷四喜正在休息，一副犹豫不决、欲言又止的样子。秦林走近他，问道："有什么事吗？"杨勇点头，说："我等一会儿再过来吧。"他刚想退出来，谷四喜醒了，问他："有什么事？快进来说。"杨勇走到谷四喜床前，说道："蒋介石指派的嫡系山东籍将领李仙洲已经入鲁。"谷四喜一听，挣扎着坐了起来，说："山东已经有了国民党的于学忠部，现在老蒋又派来一个李仙洲。于、李如果合流，国民党顽固派的力量将大为增强，从而使我军在三角斗争中处于不利的境地。"杨勇点点头，说："李仙洲命令第一四二师东越微山湖和津浦路以后，已与刘本功部勾结，要共同对付我们。"谷四喜皱皱眉头，说："刘本功？不就是那个做过国民党古城县长恶贯满盈的大汉奸吗？"杨勇点点头，说："就是他！这个人心狠手辣。抗战前他洗劫鲁南寺彦村，一次便杀了700多人。抗战初期他投降日寇，跟随日军进攻胶东抗日根据地。1939年又宣布'反正'，蒋介石给了他一个国民党的番号。现在李仙洲入鲁，他得到了国民党嫡系部队的直接支持，愈加猖狂起来。"谷四喜说道："对于李仙洲的进犯，我们只有起而自卫！坚持自己的阵地，坚决打击为虎作伥的刘本功，同时我们要利用李仙洲和于学忠的矛盾，在政治上坚持和李部联络、疏通，推动他们抗日。"杨勇说："您先养病，别太操劳了！"

谷四喜带病工作的消息很快传到了驻军在淮南的陈毅陈老总那里。他了解谷四喜的性格，很担忧他的身体。正好驻在淮南的新四军这边有一个医术高明的大夫，陈老总决定邀请谷四喜来治病。陈毅对通信员说："马上给中央打电报，建议让谷政委来新四军治病。新四军里有一位奥地利的泌尿科专家，名叫罗生特，医术很高明。"就近治疗的电报得到中央的批准，谷四喜在秦林等的陪同下，从滨海驻地出发，越过陇海路，经过苏北的淮海区、盐阜区到淮北区，然后渡过洪泽湖，到达驻在淮南区盱眙县东南黄花塘的新四军军部。当天晚上，风尘仆仆从前线赶回来的陈老总请谷四喜和秦林吃了一顿淮南小笼汤包。在战争年代，谷四喜和秦林很少有机会吃到这些。两人吃得津津有味。陈老总开玩笑说道："谷政委啊，你也不能太委屈自己啊。即便是自己可以委屈，你也不能委屈了秦林同志啊。"谷四喜笑笑，说："后方根据地条件差，我们也没办法嘛。"陈老总说："你的身体就是这样搞垮的！你也太拼命三郎了，你这样子搞工作，秦林同志要有意见了！"秦林红着脸说道："是我没照顾好老谷。"陈老总对谷四喜笑笑说："你看，多么好的同志啊！老谷你要赶紧把身体养好！"谷四喜笑笑。

为了迎接谷四喜，新四军军部召开了一个欢迎会。欢迎会上，有一个奥地利人唱了一首苏联歌曲《喀秋莎》，他就是罗生特。陈老总把罗生特介绍给谷四喜，谷四喜和罗生特握手，开了句玩笑说："我的身体就交代给你了！"罗生特和陈老总都笑起来。

晚间演戏。陈毅陪着谷四喜、秦林等人看了一会儿，对谷四喜说："你治病的事儿我都安排好了，你安心在这里治病。徐州那边前线军务忙，我今晚要赶回去。"谷四喜点点头，说："你去吧，不用担心我！"陈老总对罗生特等人说："老谷我就交给你们了！你们要尽全力把他的病早日治好！"

第二天，在一间简陋的茅草屋里，罗生特给谷四喜做全身检查。罗生特面有难色地对翻译说："为了弄清楚是膀胱还是肾脏出血，需要做一次膀胱镜检查。现在没有麻醉剂，做这样的检查是非常痛苦的。"翻译正在琢磨怎么说。谷四喜像是猜到了罗生特的意思，对站在一边的翻译说："请转告罗生特大夫，我是专程来请他治病的，他要怎么检查、治疗，就放心大胆地进行吧。"翻译把谷四喜的话翻译给了罗生特。罗生特点了点头，立刻用膀胱镜给谷四喜做检查。膀胱镜是用金属做的，检查时尿道内壁不可避免地会被擦破。当罗生特用稀释的硝酸银溶液冲洗膀胱时，难免碰到擦破的伤口。谷四喜忍住剧痛，硬是不吭一声。他用坚定的目光来宽慰和鼓励身旁的医护人员。此时，看到豆大的汗珠从他额头上不断渗出来，整个身躯时时发出阵阵轻微的痉挛。罗生特很感动，他一边细心地操作，尽量减轻谷四喜的痛苦，一边不停地用不熟练的中文唠叨："马上就好，马上就好！"

从检查的结果看，谷四喜的膀胱本身并无病变。

罗生特又给谷四喜做了靛胭脂的静脉注射，以检查肾功能。结果显示谷四喜左右两侧的肾脏都有病变。罗生特对秦林说："在没有 X 光机的情形下，无法判断究竟是肾肿瘤还是多囊肾，只好暂且决定进行保守治疗。"秦林点点头说："好，赶紧治疗吧，不要再耽搁了。"

在一片水稻田和芦苇丛中，有几间新的茅屋，四周桑竹掩映，听不到枪炮声，能听到的是鹊噪蝉鸣、一片蛙声。谷四喜正在这里静养身体。杨勇轻轻走进来，说道："后方送来情报说，李仙洲部的第二梯队到达湖西，随即向冀鲁豫八路军展开了进攻。"谷四喜一愣，说道："李仙洲入鲁以后，动作不断呢！刚刚进犯天宝山，就迅速东进，想与于学忠会合，抢占沂蒙山！现在又进攻湖西！"愣了一下，谷四喜又说："立即动身，返回山东！"杨勇担心地说："你的身体还没好……"谷四喜摆摆手，说："情况紧急，不能再等了！"

谷四喜牵挂山东战局，无心静养，踏上了回抱犊崮山区的归程。在路上，谷四喜对守护在担架旁的秦林说："我要订一个五年计划，争取再活五年，赶走日寇，死也瞑目了。"秦林抑制着自己的焦虑心情，安慰他说："你的计划一定能够实现，将来革命胜利了，就有条件把病治好了。"谷四喜微微一笑，说："是吗？"就没有再说什么。

2

先遣队驻地指挥部，谷四喜和郭涛、杨勇等站在作战地图前凝神思考。杨勇介绍情况说："蒋介石以调整全国抗战态势为名，将苏鲁战区同苏鲁皖战区合并为第十战区，调于学忠出鲁整训，实际上是罢了他苏鲁战区总司令的官。同时，蒋介石要李仙洲入鲁接替于学忠，还升任李为第二十八集团军总司令兼苏豫皖第一路挺进总指挥，又把于学忠原在山东所辖的地方武装都划拨李仙洲建制。"愣了一下，杨勇指着地图继续说："包括驻鲁南的刘本功，驻胶东的赵保原，驻滨海北部的张步云等，这些大大扩大了李的势力。"谷四喜点点头说："国民党不信任东北军，所以要于、李换防。按常理，于应当等李来了再走，但是于学忠如果想搞得漂亮一点，最好不等李来拍拍屁股就走人，这样对我们可就有利了。"郭涛点头说："如果我军能把李仙洲顶住，再给于学忠提供便利条件，他完全可能先期出鲁。"杨勇高兴地说："好，如果于学忠真能这样走，我们就礼送他出境。至于对李仙洲，则坚决顶住，决不能让他过来。"

谷四喜指着地图说："我们对于于部西开不加钳制，并在一定条件下给予便利。对李部东进、北上尽量迟滞其时间，并在自卫原则下，乘其伸入我根据地立脚未稳之际，予以歼灭一部之打击……对于部防区附近之地方部队，争取可能争取者，歼灭某些最坚决反共者，力求控制鲁中山区，以便向外围发展。"杨勇和郭涛一齐点头，表示同意。

几天后，李部还在鲁南徘徊，于学忠不等其接防便开始撤离。于部撤离时，以烟火为号，八路军看到烟火，即去接防。于部在鲁中根据地通过八路军防区时，八路军筹备粮草，予以欢送。大家如同一家人，相互拥抱、握手话别。有一些士兵对前来欢送的八路军的连队长说："俺们不想西去，不如留下来和你们一起抗战，打狗日的鬼子！"连队长看了看他们令人眼馋的先进装备：国民党的装备确实好，弹药多，全是一色的"捷克式"步枪。他不由自主地点了点头。

杨勇得知此事，马上去向谷四喜汇报。谷四喜正在重读毛泽东的《论持久战》，杨勇进来，说道："于学忠的一些部下不愿意走，连队的一个同志把他们连人带枪都留下了。"谷四喜一愣，忽地站起来，说道："胡闹！要严厉批评这个连队！立刻将人、枪全部送还！"杨勇点点头，说道："我们要告诉各级干部，提高政治和纪律观念，不要因小失大。"谷四喜说："马上发电报给各军区，东北军是中间势力，与我有西安事变前后之友好历史。我对于学忠部应采取团结态度，决不能轻启衅端，即使顽固分子从中挑拨，我们也应以忍让为妥。"

在八路军的配合下，于学忠部冒雨顺利通过津浦路，向西而去。

与此同时，先遣队指挥部灯火通明。谷四喜、郭涛、杨勇等身影在灯光中摇曳，他们正在研究部署下一步的行动。杨勇指着地图说:"因于部撤走而空出来的沂鲁山区和诸日莒山区顷刻之间身价百倍。在这两块山区周围的伪军和顽固派,包括驻在鲁山以南的山东最大的一股伪军吴化文部,盘踞在诸城一带的已经公开投敌的伪军张步云部,诸日莒山区北部的安邱一带的伪军厉文礼部以及在厉之羽翼下的摩擦专家秦荣残部,还有原驻鲁南后转至日照莒县公路以北的张里元部,对于这两个山区都垂涎三尺,都妄图染指。"谷四喜端详着地图,说道:"为了赶在敌人前面占领于部退出之阵地,鲁中区和滨海区的部队分别向沂鲁山区和诸日莒山区进行大规模的进军!"

按照谷四喜的部署,在战场上八路军同日军支持下的张步云部、吴化文部和厉文礼部展开激烈战斗。在进攻厉文礼的据点时,击毙了山东别动总队司令秦荣。这个手里沾满了八路军战士鲜血的民族败类,曾经一手策划了太河镇惨案。谷四喜指示杨勇:"对于这样的人,坚决歼灭之!"谷四喜接着进行下一步的部署:"控制了诸日莒山区和北沂蒙地区后,立即把作战重点转向南面。在天宝山山区、沂蒙山山区乃至鲁中区的腹地击退或歼灭李仙洲北犯部队,要集中优势兵力寻求在运动战中歼灭李部的机会!"鲁南军区司令员张光中、政委王麓水按照谷四喜的指示,集中主力第三团、五团及地方武装一部,在天宝山地区刘春霖部的侧翼,纠缠扭打,进行反击。顽敌越过滋阳临沂路窜至费县北,又遭鲁中第二团的打击。此间,津浦路西的冀鲁豫军区也开始反击李仙洲部的主力,于曹县阻击进犯鲁西南根据地的李仙洲部,毙伤顽军2000余人,俘虏6000余人。李部入鲁时有20000余人,此时剩下不到8000人,眼看大势已去。李仙洲北进无望,只得灰溜溜撤回皖北。

得到李仙洲撤退的消息，谷四喜激动地拍了两下桌子，说："送于抗李，这是山东军民的杰作，解决了我们多年来的心腹之患。这既是历史先机，更是不常有的，历史先机或许是很短暂的，一月甚至一周，但它能给予我们的，往往能使我们完成多年所不能完成的事业。阻李入鲁从而占领了山东战略制高点，正是这样的事业。"愣了一下，谷四喜问："那个恶贯满盈的刘本功抓住了吗？"杨勇摇摇头说："他又投向了日军，当了伪'和平建国军'第十军第三师师长，同时还保留着国民党的番号。"谷四喜说道："这个狡诈的刘本功，顽固得很嘛！过去多次被打垮又重新拉起队伍。一定要捉活他！没有活的，死的也行！"

按照谷四喜的指示，八路军打响了围剿刘本功的战斗。大军压境，把刘本功逼到了抱犊崮一角，刘玉胜和刘二率领保卫团迅即出来，无处可逃的刘本功终被击毙。得知刘本功已被歼灭，谷四喜兴奋地对杨勇说："终于除掉了这个山东人民的心腹大患！马上给剿灭刘本功的刘玉胜他们回电，过去鲁南有些地方群众发动不起来，主要是因为刘本功这块石头还压在人们的心上！现在刘本功被除掉了，要趁此良机，坚决贯彻山东分局《四年工作总结》的精神，继续进行减租减息，广泛发动群众！"杨勇点点头，说："我这就去找刘玉胜布置这项工作。"

杨勇刚刚出去，郭涛走了进来，对谷四喜说："重庆来电，要我们赶快把刘本功的罪行摘要报告上去。国民党大喊大叫我们击毙了他们的'师长'。上次在伪军巢穴中击毙顽固派头子秦荣时，国民党政府就借此大肆攻击八路军。这一次，我们要驳斥国民党政府的'抗议'，打好一场舆论主动仗！"谷四喜点点头，说道："赶快将刘本功的材料报上去，国民党看到刘本功作恶多端，估计也就无话可讲了。"

　　战争局面发生改变，谷四喜判断："现在局势对我有利，在有利的形势下不可麻痹轻敌，但这并不意味着消极保守。我认为，在军事上，已有可能扩大攻势作战，以扩大解放区，缩小敌占区。"对此，杨勇和郭涛都表示同意。谷四喜说："这次攻势作战的原则是分散的群众性的游击战争和主要方向的集中兵力作战相结合，军事进攻和政治攻势相结合，以求得在运动战中歼灭敌人。我们现在所要进行的运动战，不是一般的运动战，而是发挥自己的长处、避免自己的弱点的带游击性的运动战。战术上要隐蔽突然，速战速决，作战地点最好选在八路军占局部优势的地区。兵力的分散与集中，应视具体情况而定。要保证主要作战方向上集中需要的兵力，又不能影响到分散坚持一些地区，如鲁中、胶东和滨海可以在一个时期各集中四五个团的兵力，渤海和鲁南可以集中二三个团的兵力，这样便达到了集中全区主力总数二分之一以上的兵力，从而使自己在战役或战斗上能以优势兵力对付局部的敌人。"

　　按照谷四喜的部署，这一年的春季攻势在滨海军区拉开。在日照莒县公路上的重镇石沟崖，八路军歼灭了汉奸朱信斋部。鲁南、胶东、渤海三个军区的部队先后袭占和逼撤了日伪军一批据点，并歼灭了日伪军一部。

　　在指挥部，谷四喜运筹帷幄："春季攻势的重点是鲁中军区讨伐吴化文部。根据当前的形势，这次我们可以组织比过去规模稍大的攻势作战，除鲁中的部队外，我们准备调滨海军区的第六团配合作战。这次主要打吴化文部，其他日伪军的据点，暂时不要理，以达到孤立吴部的目的。要争取以比较小的代价，去换取更大的胜利，因此一定要做好侦察，充分准备，严密组织。"此时，正值日军调防、伪军整编、敌伪部署较为混乱的有利时机，八路军开始发动强大攻势。吴化文部遭到严重打击。日军派遣战斗机轮番助战。根据形势，谷四喜指示鲁中军区："吴部集中鲁村、悦庄，死守待援，因此在运动中歼敌已无机会，强攻恐难奏效，应迅速结束战役，并防敌人向我出击报复。"由此，八路军主力转移到机动位置，待机歼敌。

因为过度劳累，无法静心休养，谷四喜病情不见好转。谷四喜躺在床上，杨勇、罗生特和秦林站在一边，愁眉不展。罗生特对秦林说："根据地连 X 光机都没有，不仅无法治疗，连正确的诊断都做不出，我建议秘密赴上海治疗。"秦林眼含泪光，看着谷四喜。谷四喜没说话。

杨勇和秦林走了出来。

杨勇对秦林说："现在正是展开对敌攻势的关键时期，谷政委自己是不会答应离开根据地的。这个事情要请示中央，如果中央同意谷政委秘密去上海，谷政委就会同意。"秦林点点头，说道："看着老谷如此痛苦，我夜里都睡不着觉。"几天后，杨勇拿着一纸电文来到谷四喜住处。他高兴地对谷四喜说："中央复电同意你去上海治疗！"谷四喜并没有表露出多么高兴的样子，只是面无表情地点了点头。

谷四喜到达新四军三师驻地，正在作短暂休息，杨勇又拿着一份电报进来，说："中央来电。"谷四喜让他念。杨勇念道："你的病况，中央同志很关心，因来电所述病情甚为严重，故我们复电在山东医治，如不可能则去上海，实含若干冒险性质。究竟近情如何，是否完全不可能在山东医治，又是否完全不可能来延安而非去上海不可，如果去上海又如何去法，均望详告。"

谷四喜点点头。罗生特进来，想查看一下谷四喜腹部的伤痕。谷四喜斩钉截铁不容反驳地说了句："为了让中央放心，立即返回山东！"

3

面对节节败退的不利局面，日军迅速增援东西两侧共 2300 余人会合于悦庄，掩护吴化文部重新布防。对此，谷四喜采取的应对举措是八路军以小股部队向敌弱点进攻，进退迅速。这样一来，日军对八路军捉摸不定，无法察觉八路军主力所在。打消耗战和运动战，日军都不是八路军的对手，只得逐渐回撤。谷四喜迅速做出判断："日军回防，吴部调整防务，部署尚未就绪，这是一个良机，鲁中部队应迅速发起讨吴战役第二阶段的作战。"于是，鲁中主力围攻驻悦庄附近之吴部第四十九师一部，全歼吴部 1 个团带 4 个连，以政治攻势招降了吴部独立第四旅 600 余人。

面对不利局面，吴化文亲率 4 个团由其总部所在地莱芜境内的郑家王庄东援。八路军乘其后方空虚之际，于夜间集中兵力奔袭郑家王庄，歼吴之总部大部，打乱了吴部后方，吴化文被迫率其增援部队及第四十九师残部撤至鲁村一带。至此，悦庄地区为八路军所控制，整个战役即告结束。

杨勇总结这次战斗，对谷四喜等人说道："此次战役，共毙伤敌 1300 余人，俘伪少将以下军官 323 人、士兵 4800 余人，连击溃在内共歼灭吴部有生力量 7000 余人，占吴部原有兵力 60% 以上，攻克重要据点 40 处、重要山寨 20 处，解放村镇千余、人口 30 多万。战略要地鲁山山区的大部为八路军所控制。"谷四喜高兴地说："这次战役不但对于山东的抗日根据地很重要，而且是敌后战场上我八路军、新四军配合正面战场作战行动的一部分。我们要进一步扩大胜利，配合正面战场作战和保卫夏收，指挥各军区发动大规模的夏季战役攻势。"

按照这个作战方针，接下来的时间，八路军开展了密集的战斗，继续东进。

1944 年 5 月 1 日，鲁南军区集中第三团、第五团全部及尼山支队一部，兵分三路，在其他部队掩护下，奔袭伪军荣子恒第二师刘国桢部。是夜，狂风大作，八路军以迅雷不及掩耳之势，直奔费县以南的天井汪，将伪第二师司令部团团包围。次日将其全部歼灭，刘国桢被击毙，荣子恒逃窜到泗水。至此，崮口山区全部解放。

7 月 18 日，鲁南、湖西部队及新四军一部，向微山湖东西地区之投降派周侗、申从周等发起反击，控制了湖东百余里地区，重新打通了湖西与鲁南的联系。渤海军区则以 12 个连的兵力，配合益都、寿光、临淄、广饶四县边区武装及民兵，向广益公路出击。

7 月 20 日，伪灭共建国军暂编第一师王道部脱离敌伪，宣布起义。编为山东军区独立第一旅，王道任旅长。

7 月 23 日，滨海军区发起讨伐伪军李永平战役。经过 4 天激战，共歼敌 700 余人，攻克大小据点 40 余处，控制了诸城日照公路大部及海州青岛公路、诸城胶县公路一段，改变了滨北形势，巩固与发展了滨海与胶东的联系。

8月15日，鲁中军区集中主力4个团及地方武装、民兵一部，进攻沂水城，全歼守城伪军。随后，集中主力攻击由日军据守的中心炮楼。突击队连续爆破5个碉堡，与日军展开了白刃搏斗，毙日军31名，俘20名。

8月16日，渤海八路军攻克利津城，歼灭伪绥靖军第八集团第二十七团，取得了渤海八路军首次城市攻坚战的胜利。

正面进攻上，八路军势如破竹，谷四喜、杨勇等决定乘胜追击，继续以优势兵力压制敌人。杨勇指着作战地图说："济南、青岛等地的情报站纷纷报告，敌人正在全山东境内调动部队，其中有日军9个大队，还有伪军吴化文、荣子恒等部共1万余人，集结于莒县、日照、临沂、青口、海州等地，其中日照有600余人已经出动北进。敌人扬言，要向日照以北'扫荡'。"谷四喜看着地图，笑着说："敌人北上只是佯动，我看他们的真实目的是合击驻在莒县南部的山东军区和滨海军区领导机关。"谷四喜对杨勇说："你马上通过电话同鲁中、滨海军区的领导互相通报一下情况。敌人进入根据地后，怕踩地雷，前进的速度不会太快，加之敌人每路人马均在千人左右，粮食都是从济南、兖州等地捕捉大批民夫挑来的，估计'扫荡'时间不能持久，应沉着冷静地对付敌人的'扫荡'。"愣了一下，谷四喜又说："你电告胶东和渤海军区，敌人兵力不足，捉襟见肘，要他们乘敌集中兵力'扫荡'滨海之际，寻机打击守备薄弱的敌人，以策应滨海区的反'扫荡'。敌人不是要合击军区领导机关吗，我们就来和他玩一把捉迷藏！敌人在山东和江苏的建制不同，山东属于华北日伪军辖区，而江苏则为华中日伪军辖区。两区之敌难以密切协同配合，其间有机可乘。这个地区非常适合打游击。"

接着，谷四喜率领军事干部和机关从莒县西南的洼子埠迅速南下。按照敌进我退的原则，回旋穿插于江苏、山东两省边缘地带，在莒县南部，赣榆、郯城以北地区跳来跳去，同敌人玩起了"捉迷藏"。

这天深夜，在沭河东岸，谷四喜率众在一个村子宿营。拂晓时分，杨勇正在同各个情报站通电话。突然，电话里敌人插起了话，说："东亚共荣圈是中国的出路，八路军是中国的罪人……"杨勇一愣，继而愤怒地说道："世界战争局势越来越明了，你们就是秋后的蚂蚱，蹦跶不了几天了！"谷四喜正躺在隔壁床上休息，他被电话声吵醒，立即起身，对杨勇说："放下电话机！停止讲话！"杨勇愣了愣，立即放下电话。谷四喜说："这是敌人用电话机搭上了我们的电线，在监听侦测。我们的位置可能已经暴露，机关部队必须马上转移！"杨勇看看窗外，天已大亮。他有些疑惑地问谷四喜："以往转移都是选择黄昏以后，这次突然上午转移，会不会容易暴露目标，被敌人合围？"谷四喜坚定不移地说道："即便如此，也必须马上转移！敌人极有可能已经侦测出刚才通话一方是领导机关，并了解了大体方位和距离。如不迅速转移，必遭敌人合击。"事不宜迟，谷四喜带着机关人员，同特务团兵分两路，进行转移，连做好的早饭也没顾上吃。部队离开的时候，饭还在冒着热气。

谷四喜带着机关人员钻进一片杂树林。杨勇有些担心地问他："万一碰到敌人怎么办？"谷四喜回答："那就进行战斗！但今天这种情况必须转移！"走了二十公里，谷四喜看到已经摆脱了敌人，便命令大家就地休息。战士们开始支锅做饭。这时，侦察员报告说："早晨住的那个村子已经遭敌人合击。"谷四喜听了微微一笑，说："等敌人明白后追过来，我们可又转移了！"杨勇等人脸上露出了无比钦佩的表情。他们知道，如果早晨稍一犹豫，就可能遭敌合击，后果将不堪设想。

时序即将入秋，日军集中兵力在滨海"扫荡"，谷四喜决定抓住这个有利时机，来一个"你打你的，我打我的"，指挥各根据地对敌展开秋季攻势作战。各大军区据此指示，纷纷行动起来。

胶东军区：8月24日攻克牟平南部日伪军据点水道，向蓬莱、掖县地区展开攻势；8月31日，收复文登县城；9月2日，收复荣成县城。

渤海军区：8月19日发起攻势，继攻克利津后，又收复乐陵、临邑、南皮等县城，解放沾化除县城以外的全境。

鲁南军区：将滋阳临沂路、临沂枣庄路彻底破坏，断敌交通，有力地支援了滨海区的反"扫荡"，加强了各分区的联系。

这天，杨勇带来一个情报，向谷四喜汇报说："我们的电台截获了日伪军的一些通信密码。敌人在各地遭到连续打击，在滨海'扫荡'不下去了，8月27日开始分兵后撤。"对此，谷四喜命令鲁中、滨海、鲁南军区派出部队打击"扫荡"撤退的敌人，截击被抢走的物资和牲口。

9月2日，"扫荡"滨海回窜之敌一路2500余人，由莒县经沂水城北窜博山。鲁中军区以主力4个团，分别于沂水城西沂河两岸隐蔽埋伏。3日晨，敌分两路沿河北窜。左路为伪军吴化文部的陈三坎旅，行至陶沟地区，被八路军截住。经过彻夜激战，该股伪军1000余人全部被歼灭，陈三坎亦被击毙。右路是日军草野清大队 450 人、伪军 500 余人，沿沂博路北窜。进入葛庄伏击圈内，鲁中部队与其展开争夺葛庄东岭高地的白刃格斗，刺死敌第五队长冈田建以下 50 余人，将敌压制于岭下。黄昏，鲁中部队对部署稍事调整，即展开总攻，冲上敌人阵地，投入白刃战斗。敌伤亡惨重，退守葛庄西小岭上。4 日下午 6 时，敌向南突围。鲁中部队沿沂河两岸平行追击。敌狼狈不堪，将大部分武器丢于河中。敌大部在渡河时被击毙，掠夺的牲口、物资大都被夺回。

研判当前局势，谷四喜、郭涛和杨勇认为敌人"扫荡"滨海遭受打击后，会复归沉寂，但敌人还是相当强大，可能会更加谨慎地对我发动大规模之"扫荡"。为了准备打击敌人任何一种"扫荡"，保存最有利的反攻阵地，应争取迅速打通铁路线以内各个根据地间的联系，使之连成一片。为此，应配合内线工作的成熟，选择有利于我之时机，首先收复莒县、郯城，彻底破坏台儿庄潍县路临沂枣庄段与诸城莒县段，造成对临沂之孤立。和军事进攻相配合，开展大规模的政治攻势，争取大股伪军起义。

1944 年 11 月，八路军集中滨海军区第四、六、十三团，鲁中军区第一团及山东军区特务团两个营，独立第一旅和 5 个独立营，区中队、民兵各一部，共 1 万余人，攻打莒县县城。在伪军伪保安大队长莫正民起义做内应的有利条件下，攻城与起义同时开始。八路军工兵穿上莫部的军服混进城内用炸药包炸掉了日军炮楼，以此为信号，八路军战士一部分在起义官兵的引导下，从打开的城门冲进城，一部分则直接翻越城墙进入城内。杨勇随特务团两个营一起从南门进城。滨海军区第六团从东门进城，莒中独立营则从西门进城。同时，一队队起义的官兵，臂上戴着写了"正"字的白袖章，排成四路纵队向城外涌出，人流中押着伪县长、日本教官、顾问等。尽管如此，县城里的顽固日军仍不投降，他们龟缩到一个小围子里，据守 4 个碉堡，负隅顽抗。经过多次爆破，八路军攻下了两个碉堡。另外两个碉堡的残敌，则在增援之敌的接应下逃离。

与此同时，鲁中军区向南肃清了临沂城的外围据点，向北直逼胶济线附近。很快攻克大平邑，控制了泗水城至费县段公路，直逼临城、费县、泗水、滕县等城市，并接近了津浦、陇海两条铁路线。至此，鲁中、鲁南军区已连成一片。胶东八路军粉碎日伪军 5000 人的"扫荡"之后，逼退栖霞城守敌，解放该城，烟台青岛北段完全为八路军所控制。渤海的八路军在惠民以西地区，对投降日寇充当伪军的戴镐东部的进攻发起反击，歼其 3200 余人。紧接着，又粉碎日伪 5000 余人的"扫荡"，打破了敌人重占利津城的企图。

形势一片大好。

1945 年 4 月，中国共产党第七次全国代表大会胜利召开。谷四喜虽然由于工作需要未能出席，但仍被大会选为中央委员。消息传来，大家纷纷对谷四喜表示祝贺。一个文化战士找到杨勇，神秘兮兮地从随身背包里掏出一个木刻画像，告诉杨勇说："这是 1941 年先遣队政治部出版《战士》杂志时，准备在《战士》杂志的扉页上刊登的谷政委的画像。当时谷政委不让登，说杂志不要登我的像，要登就登毛委员、朱总司令的像。现在，谷政委当选中央委员，我们是不是可以印制头像了？"杨勇一听很高兴，说："我去向谷政委汇报，他一定很高兴！"杨勇兴冲冲来到指挥部，对谷四喜说："谷政委，同志们想给您印制头像，您看怎么样？"听了杨勇的话，谷四喜一愣，旋即说道："你赶紧制止这件事！"

杨勇不解地说："这样做是同志们出于对您的尊敬啊！"谷四喜摇摇头，说："尊敬可以，但也不必把我的像挂到墙上去啊！当务之急是贯彻七大的精神。我们要扎扎实实地做工作，而不是去搞这些事。"杨勇似乎明白了什么，点点头，出去了。

此时，由于连日操劳，谷四喜病情一直未好转，相反，还有所加重。一天，秦林扶着谷四喜去小解，发现他依然尿血不止。谷四喜的身体状况也牵动着延安中央领导的心，中央致电谷四喜以示关怀。谷四喜拿着电报对秦林摇摇头，说道："在敌后如此频繁地反'扫荡'中，哪里有休养的条件？"部队继续行军，谷四喜坐在担架上，以惊人的毅力，坚持指挥。

1945 年 8 月 10 日深夜，在莒南县大店村一个普通民房里，谷四喜正秉烛研读毛泽东的《对日寇的最后一战》。机要科送来一份加急电报，电文不长。谷四喜迅速看了一遍，高兴地对正在收拾床铺的秦林说："好消息啊！大好的消息！"秦林放下扫床的笤帚，转过身来，看着谷四喜。谷四喜尽力克制自己激动的心情，声音颤抖地说："日本政府发出照会，要求投降了！"秦林发出一声惊呼："真的吗？！"她感到自己好像是在做梦一样。秦林凝视着谷四喜憔悴而又兴奋的面容，心情十分激动。

谷四喜对秦林说："现在看起来，我还可以再订一个五年计划，参加新中国的建设！"秦林也高兴地说："抗战胜利了，医疗条件好了，你的病会治好的，一定还可以定好多个五年计划！"谷四喜和秦林再也不能入睡了。两个人你一言我一语，兴奋地回顾着虽然艰苦但又十分值得怀念的十四年抗战岁月，展望着尽管光明但也许又包含着不测风云的未来……

尾　声　抱犊谣

　　鬼子宣布投降的那天，在刘家大院有六个小娃娃，正在院子里追逐一只刚刚会飞的鹌鹑，追着追着，只见其中一个从墙角里搜罗出一个笼子，正是刘玉胜当年把鹌鹑时用的那一个。他大呼小叫着："东进、赤芝、紫芝、银翘、丁香，你们快来看，快来看，俺找到了一只好看的鸟笼子！正好可以当咱们鹌鹑的窝！"柳梢闻声从锅屋探出头来，指着那个正拿着鸟笼的娃娃说道："刘知母，你个天杀的，可别动那个鸟笼，那可是你玉胜叔叔的宝贝疙瘩！等他回来，看不把你们的小腚打烂！"另外两个长得一模一样的娃娃一听到玉胜这两个字，马上来了劲头，对着那个拿着鸟笼的娃娃大喊："刘知母你赶快把笼子给俺们！这个是俺爹的东西……"

　　看到六个娃娃在争抢鸟笼子，新月从屋里出来，笑着说："你们这些娃娃，这有什么好争的！"娃娃们根本不听她的话，仍旧在争来抢去。最后，还是马兰花出来，说了句："别争了，你们这些小祖宗！都过来，俺来教你们咱们抱犊崮的歌谣儿。"娃娃们一听，顿时来了兴趣，放下那个鸟笼，都跑到马兰花的身边。

马兰花低声唱道：

相传当年老君山，
天台万丈入云端；
四壁悬崖无天路，
唯有一线可登攀。
山上良田几十亩，
地老天荒无人烟；
一年忽来"蜘蛛人"，
超凡脱俗住此间。
一日奇人发奇想，
欲把耕牛牵上山；
一来寂寞好做伴，
二来帮人可耕田。
想罢飞奔下山来，
将一牛犊抱山巅；
养大牛力代人力，
人牛相依到百年。
奇人化仙骑牛去，
独留抱犊成美谈；
自此老君山名改，
抱犊崮山美名传。
自打鬼子进了山，

鲁南大地起狼烟；

抱犊崮上多匪患，

沂蒙山里泪涟涟。

山区来了八路军，

百姓起来闹翻身；

人民有了谷政委，

抱犊山区晴了天！

2018 年 8 月，剧本初稿；

2021 年 9 月，小说初稿；

2022 年 2 月，小说定稿。